最后一个日本王

叁

德川庆喜

とくがわよしのぶ

〔日〕山冈庄八 著

程亮 译

群言出版社

QUNYAN PRESS

·北京·

图书在版编目（CIP）数据

最后一个日本王 ：全3册 /（日）山冈庄八著 ；程亮译. — 北京 ：群言出版社，2015.6
ISBN 978-7-80256-719-1

Ⅰ. ①最… Ⅱ. ①山… ②程… Ⅲ. ①长篇小说－日本－现代
Ⅳ. ①I313.45

中国版本图书馆CIP数据核字(2015)第066487号
版权登记：图字01-2015-1966号

《TOKUGAWA YOSHINOBU》

责任编辑： 陈 佳
装帧设计： 孙丽莉

出版发行： 群言出版社
地　　址： 北京市东城区东厂胡同北巷1号(100006)
网　　址： www.qypublish.com
自营网店： http://qycbs.shop.kongfz.com（孔夫子旧书网）
http://www.qypublish.com（群言出版社官网）
电子信箱： qunyancbs@126.com
联系电话： 010-65267783　65263836
经　　销： 全国新华书店
法律顾问： 北京市君泰律师事务所

印　　刷： 北京雁林吉兆印刷有限公司
版　　次： 2015年11月第1版　2015年11月第1次印刷
开　　本： 787mm×1092mm　1/16
印　　张： 73
字　　数： 1048千字
书　　号： ISBN 978-7-80256-719-1
定　　价： 98.00元

目 录

纪伊德川氏宗谱

（——是指直系或直系编入　‖是指同族和异族编入）

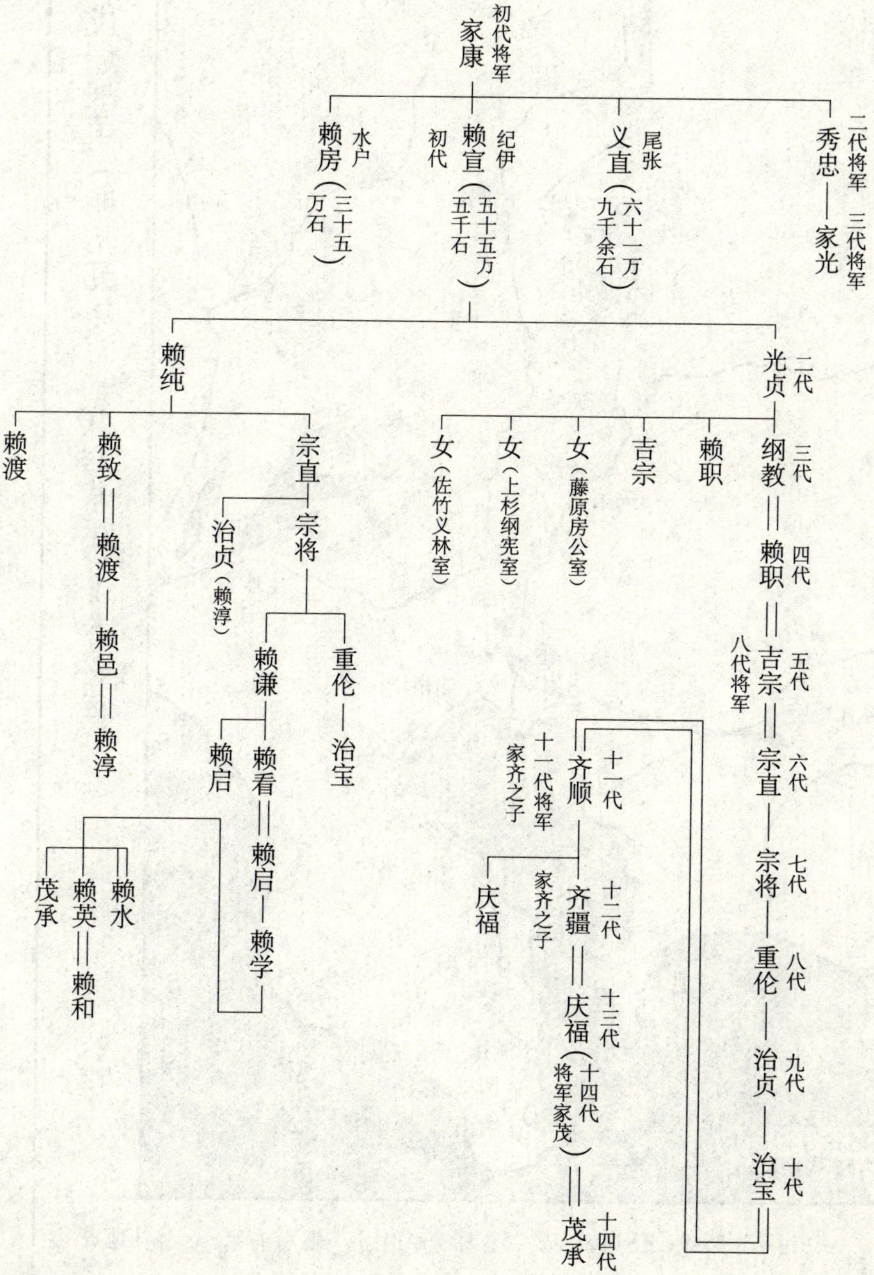

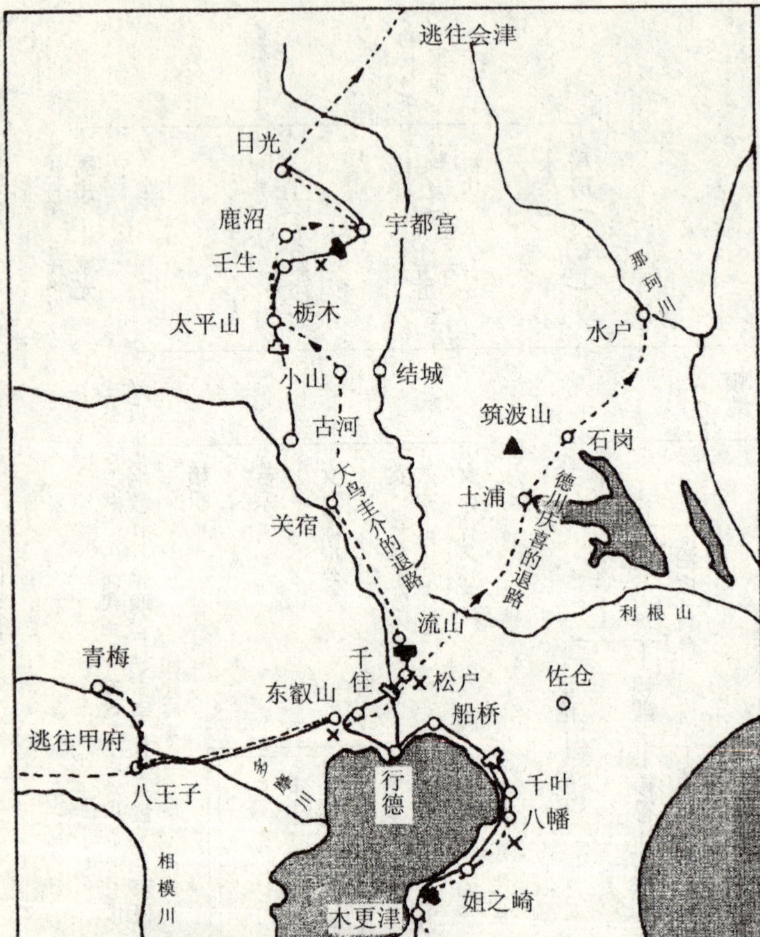

戊辰战争（明治元年，一八六八年）*关东地区

——讨幕军路线、凸讨幕军、------幕府军退路、▲幕府军、×战斗地点

针锋相对

一

在这种情况下，萨摩与庆喜的冲突很显然是幕府与萨摩在“勤皇”上的较量，同时是一种政略方面的实力竞争。庆喜确信自己的勤皇之举是正确且成熟的，但对于萨摩的勤皇举动，他亦无法断然地全盘否定。纵然现今萨摩领军者久光的勤皇之举不够正确、成熟，但自源赖朝以来父传子继的传统之中，正确且成熟的勤皇理念也许依然生机勃勃地延续着。

为了探明究竟，最好的办法便是令庆喜与久光爆发激烈冲突。而庆喜之所以能够如此当机立断，是因其满怀自信之故。

倘若二人之间爆发激烈冲突，自然会出现收拾残局之人。如此一来，庆喜便可以与这股势力合作，压制住暗中蠢蠢欲动的久光。然而，庆喜虽已成竹在胸，表面却依旧不动声色，只是根据圣旨中所定日期，静候将军家茂抵京。

将军家茂乘坐幕府的翔鹤号轮船，于12月27日离开江户驶往京都，并于正月八日抵达大坂。至于将军抵京并进入二条城，则是在7天后的正月十五日。

这期间久光自然不会袖手旁观。幕府本就希望开国，倘若凭借久光的斡旋，能够令天皇收回诸如横滨锁港等异想天开的攘夷论，那么将军也必定乐于主动进京。

届时若能巧妙地大肆散布谣言，宣称庆喜与长州结盟，久光反而会在众人眼中变成佐幕派。一旦久光被幕府视为救星，他便有足够的能力赶走庆喜——这便是久光所打的如意算盘。

将军家茂进入二条城后，依照惯例须设酒宴，由各藩大名分饮将军杯中之酒。至于出席之人，无论是越前的春岳，还是伊达或者山内，众人皆已表示支持萨摩，故而久光亦信心十足，放心地出席了酒宴。

当日，到了分饮将军杯中酒的环节时，将军家茂竟然亲自斟酒传杯，态度之郑重可谓前所未有。而在酒杯传完一圈之后，将军家茂便径自离席退入内堂去了。

山内容堂当日并未出席，将军走后，席间所剩之人除了后见职庆喜，还有越前的春岳、伊达宗城和岛津久光。

对久光而言，这一刻可谓绝佳良机。将军家茂自不必说，留在席间的春岳和宗城都是不赞成横滨锁港的。若能令众人明示反对之意，纵然庆喜如何坚持，内心也势必会产生动摇……不仅如此，久光此番前来，还准备了一把“刺刀”，打算彻底击溃庆喜。

“今日实在可喜可贺。前日我自关白大人处得知，圣上对将军的到来早已迫不及待，将于本月21日召见将军，并册封将军为右大臣。”

闻言，庆喜轻轻点了点头。

“事实上，我的家臣高崎猪太郎今早被请入中川宫（亲王）府中，于交谈之际得知，此前下达的横滨锁港的圣旨实则有误，并非圣上真意。故我特此先行知会诸位大人，圣上或许会收回先前成命呢！”

久光此番话中接连提及的天皇与中川宫之名，正是那把蓄谋已久的“刺刀”。对庆喜而言，这无异于当头棒喝，他眼中蓦地闪过一丝寒光。

“哦？您这番话当真叫人无法置之不理。正因圣上亟盼攘夷，我才主张暂锁横滨。禁止夷人设立使馆之类的小事自不必说，若到万不得已之时，我亦不惧与之一战。”

“我方才已有言在先，那份旨意实则有误，并非圣上真意。圣上也说了要收回成命。”

久光冷静地打断庆喜说道。

“此话着实不可理喻！”

“开国亦是幕府夙愿，如此一来，岂非幸事？”

“住口！你的意思是说，萨摩人通过中川宫得到的圣旨是真的，而身为后见职的我，所得到的旨意却是假的吗？中川宫将我庆喜当作什么人了！不对，三郎殿下刚才所言空口无凭，这番话当真是中川宫亲口所说？”

“您若不信，可以详细询问我岛津家臣高崎猪太郎！”

“罪不可赦，实在罪不可赦！在执掌天下的一国之君面前，纵是亲王，亦与我们同为臣子。倘若这番话确为中川宫亲口所言，我庆喜绝不会后退半步！同为圣上旨意，萨摩人所得便是真的，而下达于我的却是假的！若对此等胡言乱语尚且不闻不问，何谈国家？何谈万民命运？不好意思，三郎殿下要做一回证人了。不，仅有三郎殿下尚嫌不够。既然要同亲王对质，还请春岳殿下和伊达殿下也能一同前往！”

“这……这个，您的反应是否有些过激了……”

宗城急欲加以劝阻，庆喜却早已用力一拂身上的和服，挺身而起。春岳自不必说，连久光亦从未见过庆喜如此模样。

（后见职被愤怒冲昏了头脑……）

纵是久光，此刻亦迫于庆喜的威势，终于一同站起身来。庆喜气势汹汹地大步走向大玄关，脚下落地有声。

“无论是何等身份之人，都不能篡改圣上的旨意！简直岂有此理！此事正所谓有百害而无一利，如此置喙国政，情理难容！此事与诸位亦有直接关系，我们应该即刻前去与中川宫对质！”

自然，庆喜并非真的是被愤怒冲昏了头脑。他也明白，天皇向幕府下发的敕命是被近侍所篡改过的，此事亦有先例。然而，倘若不弄清楚中川宫因何做出如此举动，又是经何人授意，那今后的政令仍有重蹈此覆辙的可能。

“我们即刻前往中川宫府，随从跟在后面！”

庆喜厉声下令，随后不由分说地指挥着三人来时所乘的坐轿一起出了城门。随从惊讶不已，点起灯笼跟在后面。其时已过黄昏。正当傍晚用膳时分，三人如疾风般穿过渐趋昏暗的街道，奔向位于皇宫附近的中川宫府邸。

二

中川宫闻讯不禁大吃一惊。以来客的身份，他自然不能草率接待，但以自己的身份，却也并不需要亲自出迎。可是，在听到来客的名字之后，中川宫还是忍不住亲自起身出门相迎。

这位中川朝彦亲王，便是安政年间在井伊直弼的逼迫下继承了青莲院衣钵的伏见亲王之子——尊融法亲王。

他生长于贫苦人家，孩提时曾寄居于本能寺中，做过跑腿打杂的差事。在奈良兴福寺的一乘院时，他与住持女儿产生恋情并致使此女怀孕，因此曾被关入相国寺中。

文久三年（1863年）8月，他在肃清长州派的运动中表现突出，很快便一跃成为宫廷头号近侍。其人性格豁达不羁，曾命人制作过一顶连皇太子亦不曾戴过的高级王冠，亲自扮成护良亲王[1]的模样。

正因他有如此出身，才会在乍闻来客的名字后，便立即派遣家丁前去酒铺。从此举来看，中川宫对民间礼节相当精通。他或许已经敏感地察觉到了庆喜的来意，并以为酒宴是缓和愤怒的最佳手段。

“这真是稀客大驾光临，请先随便坐吧！”

此时此刻，庆喜眼中也闪过一丝寒光，却表现得醉态十足。随同前来的三人显得颇为稳重，而庆喜却高高举起案上的酒杯，开口高声说道：“这个杯子真小，实在太小了！”随后猛地将酒杯倒扣在桌上，“好不容易能来这里喝酒，请给我大杯！”

说罢，庆喜揭开木碗的盖子，将碗猛地伸向中川宫。

中川宫本该为庆喜此举气得横眉怒目，自重返朝廷以来，他一定从

[1]　护良亲王（1308—1335），日本后醍醐天皇的三皇子。

未受过如此粗暴的对待。然而他却并未发怒，而是亲自拿过酒壶，将酒斟满，随后说道："你似乎醉了，当真少见。"

"此次贸然造访，只因有件事无论如何都必须要当面询问不可。中川宫啊！那件事，是否当真如此？"

"啊？那件事是指……"

"自然便是圣旨一事！下达给我的横滨锁港旨意是假，而发给三郎殿下的却是真的。如此前后矛盾之言，简直不合天理！"

中川宫顿时变得脸色铁青。他万万没有想到，这两人竟会联袂而来。

"幕府政治暂由我来执掌……中川宫以为能将日本国玩弄于自己的股掌之间吗！"

庆喜大喝一声，犹如晴天霹雳，可谓前所未有。这一席话，恐怕只有这位有栖川亲王家的孙儿方能说得出口。众大名自然不用说，即便是将军家茂也是做不到的。

"万民向圣上献出的乃是勤皇真心，绝非奸计。萨摩却心怀不轨，玩弄手腕，以期夺取幕府政权。此事天下皆知，不知者唯有大蠢材而已！"

庆喜一边说着，一边喝光碗中之酒，然后再次递到中川宫面前。中川宫神色惊慌地望向一旁，只见随同前来的春岳和宗城二人也在微微发抖。

"快斟酒啊!今日请恕我直言不讳了，为何发给我的圣旨是假的？究竟是何缘故？我倒要问个清楚！"

庆喜待青衣侍从将酒斟满，便立刻向中川宫提出质问。

"我不明白一桥殿下所言何意……"

中川宫感到无比窘迫，不禁望向久光。纵是素以老奸巨猾著称的久光亦忍不住插口说道："后见职殿下，您的声音未免太高了些吧……"

"你且住口！你虽身为证人，亦是待罪之身。'下达于我的圣旨是假，给萨摩的旨意才是真。'此乃你亲口所言，但中川宫方才却表示不明何意。圣上心意自然是始终如一，如此说来，谎称圣旨有真有假的必是你与中川宫其中一人。我此番前来就是要问个清楚，倘若不能查个水落石出，要如何执掌天下政治？”

庆喜厉声大喝，似乎连房梁上的灰尘都要被震落下来。中川宫和岛津久光皆无从辩解。因为若是一方洗脱嫌疑，另一方便要承担罪名。

中川宫不禁轻轻咂舌，在心中大大埋怨久光，不明白对方怎会蠢到带着此人一同前来。

“快斟酒啊！今日我就不客气了，一定要喝个痛快！唯有听过中川宫的解释之后，我才算尽到职责。中川宫究竟是萨摩的同党，还是幕府的朋友？希望你今天能在我们面前说个明白。”

“这……这个……”

“答不出吗？哈哈哈……中川宫大概是太贫苦了。”

“什……什么？太贫苦了……”

“不错。在我的印象中，中川宫本是爱讲排场之人。纵是遮掩钉子的装饰铁片，都要小题大做地造成十六瓣菊花的形状，可住宅却十分简陋，家具亦是极少。但您是否知晓，如此欲盖弥彰之举，反倒显得既贫穷又愚蠢。”

“这……一桥殿下！”春岳慌忙扯了扯庆喜的衣袖，但庆喜自然不会就此住口。

“无须多虑。我们尊奉的唯有圣上一人，如果不就此说出反而不忠。”说罢，他又再次面向中川宫道，“据我调查，中川宫在经济上接受了萨摩的贿赂，因而会被萨摩左右。你之所以声称圣旨是假的，也是迫于这种小恩小惠吧？”

“这……”

“好，自明日起，你的生计就由我庆喜承担，你只管安心策划百年大计即可。只需如此，我也就不再追究圣旨真伪一事。与其为生活所迫而依附于萨摩，不如依附于我庆喜！”

庆喜这番话可以说是极其粗暴无礼，却也是直刺人心的大实话。说罢，他哈哈大笑。笑声方落，庆喜上身陡然一晃，猛地趴向摆满碗碟的食案，一副喝多后难以自控的醉态。

酒水四溅，饭菜乱飞，同席的三位诸侯连忙起身，迅速上前搀扶庆喜。但只见卧倒的庆喜四肢摊开，鼾声如雷，竟已沉沉睡去。

三

“他喝醉了，不，是醉过了头。”

“没想到他竟然如此海量。”

“恐怕正是因为不胜酒力，才会喝得如此烂醉吧！”

事实上，庆喜并非时常喝得烂醉的好酒之徒。对庆喜而言，天皇乃是极为重要之人。中川宫是天皇的宠臣，但却要依靠萨摩的援助来生活，所以庆喜才会破口大骂。那时，中川宫家和近卫家或多或少都在接受着萨摩的生活援助。

既然已经彻底捅破了这层窗户纸，庆喜只好装作醉后胡言乱语，否则久光将被逼至绝路。

不，岂止是久光一人，春岳和伊达宗城等天下贤侯也都被庆喜骂成了蠢材——连萨摩与中川宫之间存在金钱关系都看不透的蠢材……

事实上，此事正体现出了庆喜非同一般的决断力。他将对方指作恶人，以当时的武士骨气而言，对方必然不会就此善罢甘休。但由于庆喜是将军后见职，又是有栖川亲王家的孙儿，身份高贵，因此受辱之人唯有自尽一途。

庆喜明知如此，便故意装作烂醉如泥，不管三七二十一地发动了攻势。既然发动强攻，自然需要后盾支撑。事实上，庆喜当时已命池田筑后守长发乘坐法国船只，以赴欧使节的身份前往长崎。

横滨锁港是为了保全朝廷颜面，但庆喜表现得极具理性，特意派出使节与对方国家的掌权者进行交涉。也就是说，庆喜打算以新的外交手段，开拓新的交涉途径。成功与否自然无关紧要。倘若对方断然拒绝，只需根据情况，与天皇商议决定是否开战即可。

这种对外交涉之法是以往的日本官员们完全想不出的。日本一直被对手的外交机构任意摆布，如今则巧妙地避开不利因素，以“目前正与贵国交涉”为由，在交涉结束前稳住对方外交机构的公使及代理人，令他们无话可说，借此拖延时间。

实际上，想出这一办法的日本人是一位初出仕途的低级官员——外国奉行下属的调查官助手，冈崎藤左卫门。老中井上河内守和板仓胜静听闻此人主张后，便立即告知庆喜。庆喜向来只求良策，不问身份，是以立刻便将此计付诸实践。

庆喜似乎还与当时的法国公使贝拉克（洛奇的前任）有过商谈。

然而，越前的春岳对此却持反对意见。在一向诚恳老实的春岳眼中，这种外交交涉亦不过是权谋术数，有失真诚。

（诸多事件背后都有萨摩的身影……）

这既是庆喜的先见之明，同时也是极大的自负。

（我既已亲自出马，小辈焉敢拦路！）

于是，终于爆发了今日的激烈冲突。

“一桥殿下今日所说皆为酒后之言……”

春岳先向中川宫致歉，随后抓住庆喜的肩膀一阵摇晃，将醉卧的庆喜唤起。

“喝……喝不下了，够了……够了……”

庆喜是当真烂醉还是在演戏？春岳也猜不出来。然而，若将他丢在这里置之不顾，反而会发展成无法收场的严重局面。宗城的心里也怀着这般思绪，而久光因被庆喜一针见血地刺中要害，显得茫然无措。

春岳一边催促二人，一边用力将庆喜摇醒。

“将他留在这里只会给中川宫添麻烦，只好由我们送他回去了。”

三位大名都不曾照顾过醉汉，又不便将家臣唤至此处。最终，被骂成蠢材的三人只好亲自将庆喜抬入坐轿之中。

按照常理，刚才一席话已使得包括中川宫在内的四人都成了庆喜的敌人。但即便如此，以庆喜方才的心境而言，他实在难以保持缄默。

（竟无一人明白国体真正的宝贵之处……）

也就是说，既无人明白家康将“王道”与“霸道”区分开来的心意，也无人了解水户学所追求的至高大义。

（由此看来，还远远不能将政权交给萨摩之流。）

庆喜心中早已准备放弃幕府。如今的幕府已不具备足以执掌当今霸权的知识与智慧，其组织上的腐朽势力一直顽固地抵抗着人才的广泛录用，不肯顺应时势。

因此，倘若萨摩能够领悟王道与霸道的不同，庆喜便打算对其多加培养，进而退位让贤。然而，现在的萨摩纵有政略，却无一丝真正的勤皇之心。如此一来，幕府将会从了解国体民情的德川幕府，沦落至仅凭蛮力掌权的岛津幕府。

（既然如此，只有暂时由我庆喜撑起日本这所老旧的房屋了！）

同时，庆喜认为必须对仅凭政略行动的萨摩加以监视，但放眼整个幕府，唯有自己一人能够担当此任。

世人多以为二者日后的对立属于胜负难料的政权斗争，但个中真相却绝非如此。庆喜眼中既无幕府，亦无萨摩，他眼中有的只是可与家康开创天地相比肩的新的大创业。外国将这种创业称作革命，但大和民族将生命视作天长地久的存在，因而不存在“革命”一说，而应将其称作维新。

三位诸侯将庆喜送回后见职府后便即刻离去，庆喜待三人的身影消失在大玄关外，方才缓步走出坐轿。此时的庆喜脚下已能站稳，身边还有原市之进搀扶，因此走起来并没有什么负担。出人意料的是，待庆喜回到起居室，只见市之进、圆四郎和阿芳三人竟都齐聚屋内。

看起来三人均已了解了情况，全都屏着呼吸，显得极其紧张。

“阿芳，给我拿杯水来。”

“啊……是。”

与水相比，阿芳更在意庆喜衣服上的污渍，但她仍将更换的衣服留在原地，匆匆忙忙地穿过走廊，奔向厨房。

四

庆喜当面辱骂中川宫之举绝非随意为之。在少年时代，庆喜就从未像别的公子一般，在水户梅树上悬挂风雅的和歌短册，而是喜欢将小猫吊在树枝上取乐。如今，他再次展现出这种反抗精神，可以说此次激烈冲突的对象绝非中川宫，其目的在于试探自己的勇气。

当年丰太阁身亡之际，众多大名私下在伏见城内展开争斗，先祖家康公则高声呵斥，声称绝不放任何一人活着离开……或许现在的庆喜需要比当时的家康更大的勇气。

总而言之，自嘉永以来，政治混乱的根源便在于人们难以区分王道与霸道。无论如何，制定国策须做到高屋建瓴，倘若国策不敌现实，遭到歪曲，便会使数千年的传统与历史蒙上污点。然而，开国抑或锁国不过是霸道上的政策，并非国策。天皇近侍中的某些人却将二者混为一谈，通过不断篡改敕谕，干涉现实政策。如此一来，岂非等同于将高高在上的天子拉入泥田之中？

"圆四郎，关于中川宫的生活费……"

"啊？"

"我是指中川宫的生计问题。你要妥善处理，我们以后要保证中川宫生活宽裕，岛津三郎已不会再插手了。"

"话虽如此，可是……"

"供奉神佛的供品也需不时奉上。其生活有不便之处皆因我等的无能，还有近卫家也需如此。你可听明白了？"

"是，我明白了。"

说到这里，庆喜颇为享受地一口气喝光了阿芳递来的水。

"从今以后不能再指望他人，沿海防御也好，皇宫护卫也好，通通由我庆喜率先承担。"

听闻此言，原市之进眼中闪过一丝光芒，开口说道："如此说来……会津中将的守护职之事又当如何？"

"我的勇气还远远不够啊！我总是在意幕府内部的反感，以至于在当为之事上有所懈怠，实在愧对东照权现公。"

"如此说来，您也要向会津中将表明心意？"

庆喜毫不犹豫地点了点头。他自然明白此事定会无比艰难，但若是逃避，只会令王道与霸道的混乱情形变得更加严重。

倘若现状得不到改变，萨摩很快便会利用天子实现政变，通过中川宫篡改敕命便是前兆。若是坐视萨摩挟天子一步步实施政变，日本无疑将会倒退到源平时期的院政时代[1]。

萨摩必定会在近期与英国合作，令本藩之人负责沿海警备。倘若英国企图通过萨摩来占领日本，那萨摩的忠诚恐怕会直接变成对英国的忠诚。不仅仅是英国，还有俄罗斯和美国，以权谋术数为中心的霸道政治极有可能臣服在这些国家的脚下，其危险程度已不容小视。

“一切有我庆喜！已经到了势在必行的时候了。”

庆喜斩钉截铁地说道，其声势犹胜原市之进眼中那道闪亮的光芒。

朝廷是日本的核心，不，甚至可以说是整个民族的核心。正因为有了这个将民众称为“子民”、当作“国宝”的核心思想，受到太阳恩惠的生命之芽才会不停向未来蔓延，永无止境。正因如此，那些想利用此种思想来谋取私利之人的跋扈行为才更加不可原谅。

所以说，在真正了解该核心重要性的人出现之前，无论掌权的组织如何腐朽，也不能将政治权力交到下一代手中。

因为无论在哪个时代，权力交接都是天下的公敌，必将毁灭无数生命。

“会津中将定能够明白我的苦心，关键在于……”

说到这里，庆喜突然闭口不语。他原本想说：关键在于将军家茂是否能了解当前国体。但他却在心中提醒自己这句话是断不能说出口的。

事实上，庆喜在幕府中的绰号已由“猪一公子”渐渐变为了“二心殿下”。庆喜此前一直坚信越前春岳是自己的盟友，但事到如今，连春岳也不懂庆喜心中所想，亦已作壁上观，庆喜绰号的变化自然也就不足为奇了。将军家茂此时也已动了真气，甚至扬言庆喜不可信赖，此事有案可查。

---

［1］ 源平时期，是日本平安时代末期源氏和平氏互相对立、争夺政权的一段时期。院政，指在位天皇直系太上皇代替天皇摄政的政治形态。

由此便不难看出，萨摩的宣传有多么巧妙了。

萨摩此时的举动看起来的确是在佐幕，另外，由于朝廷的真正精神在于公武一体，是以萨摩的举动看起来亦是勤皇。但换个角度来看，结论便会完全相反——萨摩取代长州，寻找倒幕时机，因此是幕府之敌，而幕府之敌则意味着对朝廷公武一体理想的践踏，因此也很难将其视为勤皇。

然而，将军和春岳都未能看透这一点。

老好人春岳的解释是——天皇表示可以不必封锁横滨，这件事自然应当感谢令天皇改变主意的萨摩。而从这个角度来看，庆喜起初提倡攘夷，后又转为开国派，当天皇认为开国已经不可避免时，他却又派出公告横滨锁港的赴欧使节。如此变化无常的庆喜，就如同极擅权谋之鬼，令人不禁心生惧意。

当然这其中亦不乏萨摩的宣传。谣言曾宣称庆喜欲与萨摩合作，夺取天下，但由于萨摩打算忠诚地帮助幕府，因此又谣传庆喜这次要与长州联合起来。而当此关头，长州仍继续频频发动雪冤运动。

如此一来，人们自然会给庆喜冠上“二心殿下”的恶名，渐渐高涨的“讨伐长州”的呼声也便不足为奇了。

对于这些，庆喜自然是很清楚的。但明知如此，他仍然准备站在风口浪尖之上，而这种选择需要拥有非同寻常的勇气。

“我可不是束手无策的蠢材，萨摩和长州休想趁虚而入。只要有我庆喜在，就不会让日本发生任何异动。”

说罢，庆喜让阿芳取来被褥，很快便安然睡去了。

庆喜虽然以将军家人的身份长大，但他从小便敢将小猫吊在梅枝上取乐，并曾扬言针刺好过读书。这样的庆喜，从为人的角度来看，可算得上是一位豪杰。

思想派别

一

是夜，庆喜睡着睡着，突然踢开被子，重又坐起身来。其时已近破晓。

“怎么了？您做噩梦了吗?”

睡在一旁的阿芳被吓了一跳，也醒了过来。

“没，不是做梦，我终于明白了！”

“您明白什么了？”

“我终于明白，那个暗中操控岛津三郎的权谋第一之人实际上并非水户弟子。”

“水户弟子？”

阿芳只是侍寝之人，自然听不懂庆喜在说什么。然而，庆喜早已忘乎所以，着魔般地继续说道：“岛津三郎之兄岛津齐彬曾积极学习水户学，并特意将日下部父子和西乡吉之助派到藤田东湖身边学习，但只有如今随意操控岛津三郎的大久保一藏从未学过水户学。”

“从未学过水户学……那又怎样？”

“不懂水户学，则不明大义！将尊皇与现实中的霸权相互混淆。是的……就是这样没错！”

庆喜声色俱厉地说罢，似乎意识到自己有些失态，连忙放低了声音。

“没什么……你不用起来，天还没亮，接着睡吧。”

“啊……是。不过公子方才突然睁眼，我还以为有坏人潜入，吓了一跳。”

“对不住，接着睡吧。是了，我只是在做梦，只是做了个梦。”

说罢，被黎明前的黑暗笼罩的屋内又复归沉寂，仿佛周围皆被冻结一般。

庆喜自然已无法入睡。

面对那样毫不留情的奋力一击，久光想必已震惊得目瞪口呆。然而，这种程度的攻击恐怕还不会令久光身后之人感到丝毫惊讶。

（操控久光之人是大久保一藏……）

一藏出生贫寒，是鹿儿岛街头郎中大久保次右卫门之子，后来好不容易才获得士籍，成为了一名低级武士。

围绕岛津家的继嗣问题，在齐彬与名叫由良的庶民之子久光之间曾爆发过一场争斗，史称由良骚乱。在这场骚乱中，一藏清贫的父亲因为拥立齐彬而被正义派流放到了孤岛之上。

鉴于如此原委，由良之子久光自然便是一藏的仇人。

圆四郎便曾说过，一藏念念不忘复仇，他之所以接近久光，恐怕也是因为心中继承了父亲的愤怒，意欲报复。总而言之，一藏是非比寻常的关键人物。他手中掌控着一支由萨摩尊皇攘夷派的低级武士组成的队伍，被称作精忠组，西乡吉之助亦是其中成员。久光若想继承兄长之位，只有掌握这个组织的势力方能成事。一藏深知这一弱点，因此，如今他已是久光身边不可或缺的大亲信、大谋士。

庆喜方才半睡半醒间突然想到，这个大久保一藏从未学过水户学。

（没错，这是一个疏忽之处……）

庆喜的身体一动不动，只是不住点头。

勤皇与国体的尊贵是家康时代的立国之本。战国时期的武将们对此二者都未曾有过真正的理解。历经数千年的时间，连天皇身边的公卿们都已开始忘本，呈现出一派混乱局面，妃子和皇后都不顾廉耻地暗中传递情书——所谓的“猪熊事件”[1]便是一例。

为了拨乱反正，水户的修史大业开始了。如今遍布整个日本的尊皇志士们几乎都受过曾亲自踏上水户土地之人的精神洗礼。在如此氛围中，倘若有人从未去接触过水户学，而且此人又是一个出类拔萃的霸权论者，那么这个异类究竟会如何行动呢？

此人是否会认为朝廷里只是一群极易利用的稚儿，因而将朝廷视作无物呢？而且，如今连那些围绕着朝廷而生的公卿们也开始争夺政权，企图由自己一手掌控，并在这种难以克制的冲动下恣意妄为……

（没错，此事必定早有预谋……）

岛津久光是庶民之女的儿子，一直梦想攀上七十七万石的太守高位。而那个贫穷郎中的儿子一藏企图利用久光，才会有意接近。

“无论面对何种骚乱，只有那个男人从未垮台过，他浑身上下都拥有着敏锐的直觉。”

这是圆四郎对大久保一藏的评价。在这样的时代中，未尝一败者绝非常人。身为“精忠组”精神支柱的西乡吉之助曾被多次流放孤岛，或许正是因为此人在暗中捣鬼。若令西乡留在久光身边，勤皇之举就会变得过于纯粹，因此这位精于权谋之人自然会故意设法将西乡暂时赶走。

久光的为人已被庆喜彻底看透。他无论如何都希望能成为不逊于兄长的大人物，因而在内心认定必须将政治权力掌握在手中。然而，倘若操控久光的大久保一藏是更加疯狂的权力崇拜者，情况又将如何？

久光纵然被庆喜一击击退，也必定会更加固执地蓄谋反击，卷土重来。

（没错！倘若不对一藏严加监视，很可能会被他钻了空子。）

想到这里，庆喜不禁轻声笑了起来。他再次想到，若要拯救祖国，自己就必须变成不逊于祖先家康公般事事入微的现实主义者。无论

[1] 猪熊事件，发生于日本江户时代初期的一大丑闻事件，以被称为“天下无双”的美男子猪熊教利为中心，并涉及众多朝廷高官。

是多么擅长诡计的谋略家，都必须怀有与其谋略相称的恨意才行。

贫穷的武士之子在成长过程中亲眼目睹了父亲在权力压迫下痛苦挣扎的窘相，仇恨、野心和才能因此融为一团熊熊燃烧的烈焰！

“等着瞧吧！”他认定任何事都需要手握大权才能办到，因此在仕途上勇往直前……世间即便存在此等人，想来亦不足为奇。

二

至少庆喜明白朝廷的尊贵之处。无论在才能还是谋略上，领悟了由太阳指引的宇宙之道的人都不会输给人间的权谋家。庆喜笑着笑着，心中终于安定下来。

（走在不败之路上的人是不会失败的……）

这或许是一种近乎于信徒般的自信与自负。

（久光也好，大久保一藏也罢，我都会在允许的范围内尽可能给予他们想要的东西。）

等到他们的欲望超出允许的范围，我再施以铁拳即可。事实上，家康公的做法便是一个极好的范例。

想到此，庆喜再度睡去。

一觉醒来，庆喜立刻执笔，给中川宫写了一封信，对16日的宫中仪式——踏歌会表示祝贺，随后又略微提及久光，似乎反倒将昨夜之事忘了个一干二净。庆喜在信中写道，不要忘记久光也是重要的功臣，同时还表示自己最近正在安排官职的委任，暗示中川宫今后的生计可以不必依赖岛津。至于提供多少供奉，自然会由使者平冈圆四郎妥善安排。

就这样，17日，岛津久光终于如愿以偿地得到了任命——从四位下，左近卫权少将。

久光如今的官阶虽然低于会津松平容保的左近卫权中将，但如此一来，也足以平息他心中强烈的反感。更为重要的是，中川宫终于可以松一口气，庆喜自然也放下了心头的一块大石。

然而，不出庆喜所料，大久保一藏这位大政略家却一点也不轻松。人间的政略家自然免不了为人间的纷争而纠缠不清，在他看来，这件事无论如何都是庆喜的胜利，久光的败退。

由于幕府负责人庆喜的插手，完全以夺取幕府政权为目的的久光被迫与中川宫分道扬镳，还要避免接近近卫公。以此看来，他距离“败北”确已不远。

而且另一方面，进京的将军正在迅速接近天子。

派遣外交使节一事已得到正式批准，到了21日，将军家茂也自内大臣升为右大臣，由正二位的官阶升至从一位，如此荣升足以令久光和一藏目瞪口呆。

将军以拜谢荣升为名，带领一桥庆喜、纪州的茂承、越前的春岳、会津的容保等四十四位大名望族，风风光光地晋谒天皇，可谓威风凛凛。回想起天皇参拜贺茂时被长州人嘲笑的家茂将军，二者可谓有着云泥之别。

另外，沦落至长州的三条公也在逐渐将归朝之手伸向朝廷大臣中间。如此一来，大久保一藏势必需要重新制定策略。

“没错！最好的办法便是将西乡唤回京都！”

这便是在任何情况下都未尝一败的谋略家即将出手的下一步妙棋。

关于大久保与西乡，有人认为他们起初是无话不谈的知心好友，但也有人认为并非如此。

其实，无论哪种看法都不算错。

岛津久光所有举动的唯一动力便是觑机取代德川氏，夺取天下大权。后来他感慨自己被大久保一藏出卖，就此沉沦，二者的官阶自然也被完全颠覆。至于西乡，最后被一藏逼死在了城山。正因如此，当一藏在元治元年（1864年）向久光提议“可以唤回西乡”时，委实叫人难以揣度他心中的如意算盘。

只不过，一藏感觉到自己在当前情况下不宜暗中活动，若是此时轻举妄动，必会招致八方之敌。

于是，他认为眼下最好的办法便是令久光赦免在萨摩精忠组中人人敬畏的西乡，为己所用。这步妙棋，正体现了这位在任何情况下都不会累及自身的天才谋略家的智慧。

显而易见，西乡是被久光疏远并流放至孤岛的。但换个角度来看，大久保若想成为久光的头号近侍，西乡便是他最大的阻碍者。

然而，这次的情况却有所不同。

若要在面对庆喜时抢得先手，就必须奇招迭出才行。简而言之，便是唤回在低级武士出身之人组成的精忠组中极受欢迎的西乡，而自己则躲在幕后对其加以操控。

按照大久保的话来说，西乡有些痴气，因为他是天生的太阳人种。只要结合理想进行劝说，无论面对何种绝境，他都会一声不响地勇往直前。

大久保打算向西乡灌输这样一种思想：无论多么极擅权谋，庆喜也并非水户之子。也就是说，他要让西乡以为，庆喜是企图夺取天下的坏人，比自己更加危险。仅需如此，西乡便会勃然大怒，必将号召萨摩乃至长州、土州、肥州等藩的低级武士们一起反抗庆喜。考虑到西乡不可思议的人望，或许连水户藩的志士们也会目眦尽裂，公然反对庆喜。

（无论人多人少，西乡都能令混乱变得更加严重……）

而且，如此一来，一藏自己还能置身事外，不需承担任何责任，可以优哉游哉地等待下一次的出场机会——这正是这位天才的特色。

京都的治安已迅速恢复正常。庆喜的皇宫守卫总督、会津的京都守卫职，再加上所司代和町奉行的配合，长州派暂且不提，只要压制住萨摩的暗中活动，京都的状况自然便会恢复正常。

在这种暂时的平静中，西乡吉之助得到准许，于3月14日进京。而在当年2月20日，年号已改为元治。

对于西乡进京，最高兴的便是潜入京都，为倒幕与重振长州倾尽心血的全国志士们。这些志士自然既非天人一派，亦非人间一流。他们只是坚信天子的理想能令大地重现生机，呼吁恢复朝廷权力，是一群纯朴善良的日本人。

由于京都的治安环境表面上已经恢复正常，众大名纷纷请求返回自己的领国。

5月7日，将军家茂也离开京都，进入大坂城，带领庆喜巡视了从大坂到兵库的炮台及警备状况，并根据庆喜的意见，发布了下调物价的命令。随后，将军又于5月16日乘坐蒸汽船翔鹤丸前往江户。

5月20日，庆喜在调查下调物价的实际成果后返回了京都。

5月27日，曾经一度有所收敛的暗杀活动再次在朝廷周围发生。

中川宫的家臣高桥健之丞被杀，首级被悬挂在本愿寺的堂前。

这一次，近侍公卿中并无激进之人，这一事件自然是向以庆喜为中心的秩序维护势力发出的挑战。在几天后的6月2日，轮王寺亲王家的家臣古高俊太郎被新选组逮捕。

各藩志士们皆坚信，不重振长州派就无法实现倒幕，于是在他们的策动下，3天后的6月5日又爆发了著名的“池田屋骚乱”。

池田屋是三条小桥的一个客栈。其时恰逢举办祇园祭，煞费苦心地驻留或潜入京都的志士们在池田屋聚集，打算趁乱强行发动政变。他们计划先混在人群中接近皇宫，在皇宫内放火，然后烧毁中川宫府。如此一来，会津的松平容保因为担心中川宫的安全必定会率先赶来。随后，志士们便埋伏在途中，待中川宫和容保一同前往晋谒天皇时，将二人一举斩杀。

这是一个十分惊人的计划。倘若计划成功，志士们会立刻将三条公等人送到天皇身边，一举恢复朝廷权力。这是多么单纯而又令人毛骨悚然的暴动啊！

而在如此暴动背后，必然存在一定原因。

长州派一定早已三番四次地请求朝廷赦免长州藩主父子，重新任用三条公等人。他们一定以为顽固阻拦请愿之人便是会津、中川宫和庆喜。而且，若是长此下去，天皇很快便会下达讨伐长州的敕命。一旦敕命下达，他们就会变成朝廷的敌人，因此众人心中一定都很焦急，不得不即刻制订计划。

但即便如此，这一逻辑也是无比荒谬的。如此一来，无论结果如何，天皇都只能被当作政权争夺的玩具。近侍一旦被视作“君侧奸人”，就会受到无止无休的各路攻击，而天皇每每都不得不按照他人要求写下“敕命”。

国体的尊贵本应朝着太阳的大爱而行，而如今却要被迫沦为人间争斗的旗号。因此，意欲阻止此事发生之人自然不会对池田屋事件坐视不理。

于是，会津、所司代、奉行所和新选组都抖擞精神，将池田屋团团围住，准备将骚动扼杀在襁褓之中。

三

在世人盛传的池田屋骚乱中，肥后的宫部鼎藏和长州的桂小五郎都被认为是好人，而当夜杀入池田屋的新选组组员近藤勇则注定成为他们口中的坏人。

当时桂小五郎（木户孝允）扮作乞丐躲在大桥下面，意识到事态有异，最终险险地逃过一劫。这件事的确能够令人联想到当时志士的苦心与认真态度。

而当夜在池田屋壮烈牺牲的领导人宫部鼎藏，也是肥后一位乡下郎中的儿子。此人自小立志弃医从武，遂学习山鹿流兵法，与横井小楠一同成为肥后藩青年志士的核心，得以大展身手，其见识自然绝不会低。

他曾怀揣亦师亦友的横井小楠所写的介绍信，在江户叩响了藤田东湖的家门，自此开始接触水户思想。

不久之后，宫部便遇见了吉田松阴。他与松阴一道巡游东北，并在水户逗留了一个多月，潜心学习水户学。因此，他对水户的勤皇论理应有着极深的了解。

至于密会的详细计划，宫部或许并不清楚，因为他是在密会的前一天刚刚潜入京都的。听闻同志们将在池田屋密会，他立刻匆匆赶去见与会的22名同志。

当时，池田屋已被会津及其他藩的士兵团团围住，经过精挑细选的七八十名新选组组员也准备好大举杀入，宫部鼎藏自然对此也是毫不知情。

孩子啊，备好马鞍，趁着皇宫玉阶的樱花尚未凋谢。

他深爱子女，文如其人，是一名重情重义的高洁之士。正当他在席间高声吟唱自己创作的歌曲时，近藤却骤然率人杀入。

众人起初还竭力抵御，但片刻之间便被斩杀殆尽，甚至来不及兴起逃跑的念头。

“好，大丈夫断不可受辱，死也要有尊严！”

宫部鼎藏大声疾呼，挺立原地，就此剖腹自尽。

不知为何，关于这次密会的内容，长州方面不愿详加透露。事后看来，恐怕是因为其中存在诸多误解。当时被杀之人还包括杉山松介、吉田稔麿等几名松阴门下的杰出人物，而宫部鼎藏与松阴乃是刎颈之交，这多少也可看做是一点慰藉。

宫部自尽时才四十五岁，着实令人惋惜。

还有一则关于宫部妻子的轶事。他的妻子曾为年幼的女儿事先准备了漂亮的衣服，并如此训诫幼女：“你是武士之女，当官吏前来逮捕时，不可像普通女子那般哭闹，应该身着盛装，规规矩矩地束手就缚——这件衣服便是为此准备的。”

“母亲，不用先换衣服吗？”

据说，当密探来到宫部家中时，他的女儿如此天真无邪地问道。

众多如此善良之人，终不免化作堆积如山的累累白骨，这便是现实政治中人间权力的斗争。在这如山白骨的面前，若还能平心静气地手持“诏书”，如何能维持天长地久的理想？所谓的人间的政治，有时实在是无比残酷。

赦免西乡自然也是这种政治策略之一。岛津久光被任命为权少将，长久以来的忠诚终于得到认可。从表面上看，这样做算是对岛津久光的祝贺。

按照大久保一藏的安排，吉井幸辅和西乡吉之助的弟弟西乡从道等人将作为使者前往冲之永良部岛迎接西乡。西乡心绪澎湃，花了好长时间才找出上代藩主齐彬所赐的外褂套在身上。

随后，在西乡的授意下，众人还一同带回了被流放在鬼界岛的村田新八。然后，西乡带上侧室所生的爱子，于2月28日乘船抵达鹿儿岛。到了鹿儿岛后，西乡所做的第一件事便是去齐彬墓前祭拜，而后于3月4日再次乘船前往京都。

3月14日，西乡抵达京都。

18日，西乡谒见久光，受命负责军事赋役。

可以说，从这一刻起，他以陆军大将的身份在城山自尽的悲惨命运便已注定。

上代藩主齐彬为西乡设定的是“机密秘书官”这一彻头彻尾的政治立场的职务，但如今，久光身边已有大久保一藏，若大久保和西乡同时作为久光近侍，将令大久保无法畅所欲为。于是，久光令西乡摇身一变成为军人。既然西乡是军人，大久保一藏只需声称：“这是久光侯的旨意！”便可轻易压制西乡。

而且，赦免西乡是大久保的主意，单纯、正直且重情重义的西乡想必心中对其十分感激，必定会唯命是从。

另外，萨摩自英国订购的两艘军舰和六十门大炮也已运抵横滨，西乡想到自己可以凭借这些新型武器投身于救国运动之中，必定会感激得热泪盈眶。

至少在获得赦免的这一时期，西乡是满心的感恩，完全看错了大久保的为人。西乡或许坚信大久保与自己一样……不，也许他认为大久保的心意比自己更加纯粹，是向着“建设日本皇国”迈进的大英雄。

而西乡抵达京都后不久，便爆发了“池田屋骚乱”。

我们大致可以想象，重情重义的西乡在得知主谋者是木户孝允等二十多名长州藩士和肥后的宫部鼎藏后，心中会作何感想。

西乡此时的思维暂时性地偏离了正轨，不，并非偏离正轨，应该说是忘记了水户而过于接近大久保。他终究失去了自己应有的判断，已经无法去质疑单单凭借权谋术数是否真能创造出一个“皇国”。

而久光和大久保宣称池田屋骚乱的主使者便是庆喜，这一招也颇为见效。

而且，当时的西乡既不清楚水户与长州之间的“密约”，也不知道庆喜其实并不赞成攻打长州。如此一来，西乡遵从藩策，暂时变成了庆喜的敌人。

所谓水户与长州的密约，是指由水户藩粉碎故步自封的幕府政权，长州藩则负责破坏后的重建，确保万无一失。

庆喜对此事也略有耳闻，而水户也是因此统领志士，将井伊斩杀。然而，长州却在事后变得愈发激化，以至于事态发展到了如今的地步。因此，自从以三条实美为首的七位公卿被迫离开京都后，讨伐长州就逐渐成为了宫廷之内的舆论焦点。

庆喜则一直在暗中压制这种舆论，因为他认为，长州不可理喻的行为更多是源于因年轻气盛而导致的暴乱，他对此深感同情。

因此，当时的水户，依然有藤田东湖之子小四郎和武田耕云斋的天狗党起兵，而浪人们也接连不断地向宇都宫聚集。当然，从精神层面上来看，这与水户同长州之间的密约不无关系，庆喜也意识到了这一点。

西乡于此时进京，且又不知水户与长州之间的密约，自然导致连接西乡与庆喜的思想纽带遽然断裂。这是历史上一个极大的不幸，但从现实的角度来看，人类的所知毕竟有限，终究是件无可奈何的事。

“一桥殿下似乎颇有成为将军的野心，青莲院宫（中川宫）也变得不再可靠了……”

这便是西乡当时抵京后的述怀之言，直接效仿了大久保的政治方针。

如此一来，京都的气氛自然会变得不再平静。京都先前已暂时性地实现了公武合体，而以池田屋骚乱为契机，一度平静的京都治安再度发生崩溃。

这也表明，萨摩重新得势，天皇实现君臣如一的理想再度发生了严重动摇。

当时的天皇曾如此转告将军和庆喜——在左京[1]的众大名中，会津的松平容保最值得信赖，其次便是越前的春岳、伊予的伊达宗城、土佐的山内容堂和萨摩的岛津久光等见识非凡之人，在执政时应该多听听他们的意见。

而且，天皇甚至还在书信中表示，他视将军如己出，希望将军也能将自己当作父亲一般。

身为天皇，有如此想法不足为奇，可一旦脱离国体，置身于现实政治中来看，便会发现其中的不通之处。因为这样做或许会造成对立性的误解，例如，格外喜欢弟弟是否意味着讨厌哥哥呢？

就这样，在各种思想混乱错杂的情况下，长州终于决定进京。这一决定体现出了草莽豪杰们难以忍受的焦虑——倘若就此不加理会，藩主庆亲父子自不必说，从七位公卿到众多志士恐怕都会因蒙上“贼名”而惨遭埋葬；而另一方面，从战术上讲，若是袖手旁观，幕府和萨摩恐怕会联手讨伐长州，长州很可能会被全灭。

这或许也是一种先发制人的战略思想，而所谓的“思想”当真是一种微妙之物。

[1] 左京，以朱雀大路为界，东侧的京都部分称作“左京”。

蛤御门之变

一

在池田屋骚乱之后，京都的街头巷尾又被人贴上了各种标语。

一桥中纳言以奸计捕杀勤王的正义之士，论罪当于其住处放火，将其烧死。

此次事件实乃一桥一手所为，他是皇国的大罪人，不久定将对其执行天诛。

在以往的执政者中，无论是将军也好，政事总裁也好，那些最高责任人都不曾像庆喜这般信心十足地站在风口浪尖之上。庆喜责备中川宫、呵斥岛津久光，自然会受到猛烈的非难。

“一桥是百年罕见的奸谋家，他定是企图除掉挡路之人，自己做将军！”

不用说，最为积极地散布这条谣言的自然是萨摩人。久光也好，大久保也好，只要谣言出自萨摩人之口，人们或许便只能信其有了。如此一来，幕府内部自然又会有人对庆喜产生怀疑。连越前的春岳和伊达宗城都已表示怀疑，据说对庆喜较有好感的大久保忠宽和胜海舟（麟太郎）也在二条城内窃窃私语——

“应该是有谋臣为其出谋划策吧？”

“谁是谋臣？”

“自然是平冈圆四郎。此人取代在江户雉子桥门外被杀的中根长十郎成了一桥家的总管，最近又被任命为近江守，颇为得意。”

“是吗？如此说来，只要除掉平冈，就能粉碎庆喜的野心吗？”

传闻有时会准确言中，有时却会完全不着边际，但庆喜的举动并不会受到他人意见的影响。从这个意义上来说，平冈圆四郎是在庆喜的教导下打开眼界，也是因庆喜而意识到政治的两面性，他是庆喜忠诚的崇拜者。

然而，这种传闻最终断送了圆四郎的性命，酿成了第二个悲剧。

事情发生在池田屋骚乱后的第十一天，即16日的傍晚。

当日幕府欲以将军家茂的名义，向天皇进献十五万袋米。为就此事进行接洽，平冈圆四郎当日离开庆喜居住的若州府邸，前往关白府。

6月16日的天气正值酷暑，圆四郎却并未敞胸露怀，而是手握白纸扇，带着三名随从朝向姊小路的东面走去。太阳虽已落山，天色仍然明亮。当四人行至某条小巷前时，只听有人在左手边建筑工地的角落里亲密地打了声招呼：“喂，平冈！”

平冈转身看过去，一个暴徒突然从右手边的小巷内跃出，以迅雷不及掩耳的速度挥刀下劈，从平冈的右肩一直斩至左侧的肋骨下方。平冈被这记斜斩砍得飞了出去，甚至来不及发出任何声音。他的随从川村惠十郎立刻挥刀横扫这名刺客，随即又向其他刺客的脸上劈去。

对方共有四五人。当他们纷纷四散而逃时，圆四郎已经断气，地面被大滩鲜血染得一片惨红……

当时跟随平冈圆四郎左右的川村惠十郎是圆四郎的部下，剑法也是在平冈于甲府值勤时随其学的。此人剑法高深，只是学识稍欠，圆四郎今日将其带在身旁，也是作护卫之用。

正因如此，他当时才能在瞬间斩杀两人，但圆四郎的另两名随从却早已倒毙在地。惠十郎的手部也受了伤，但他仍然拼命追赶着逃跑的两名刺客，向堀川大街奔去。

被惠十郎追赶的二人拼命奔跑，直到逃至千本大街一个名叫芝忠的花店前时，终于力竭不支，坐倒在地。二人方一坐倒，其中一人便猛地回刀刺入自己腹中，另一人则倒转白刃，割喉自尽。

二人的自尽间不容发，实在干净利落。

到了第二天早上，所司代查明了自尽二人的身份。人们原本以为刺客定是长州的浪人，但出人意料的是，这两人竟是水户攘夷派的林忠五郎和江幡贞七郎。

看到这里，读者是否又想起水户与长州的“密约”了？

便是那个由水户负责破坏、长州负责重建的密约。当然，这一派的首领实则是武田耕云斋和藤田小四郎等人。世人虽不清楚，庆喜却很明白。

得知刺客来自水户后，藤田东湖的堂弟——庆喜的近臣原市之进向庆喜说道：“不必担心，您身边还有我市之进在。”

庆喜则默默地望着空中。

中根和平冈这两名心腹都因被人误解而送了性命，如此一来，第三个目标自然便是原市之进……庆喜很明白这一点。

“事态正在按照预料发展……市之进完全明白。如今，水户的天狗（武田）在关东起兵，长州也与其呼应，正在计划进京。然而却无人知道真正的核心是三位殿下[1]。不，他们都没有意识到，水户的大义正逐渐在人间创建一个崭新的皇国。”

庆喜眼中顿时流出泪来。他所关心的，是深明日本国体的下一位政权负责人的出现。倘若不能亲眼目睹他的成长，自己将无颜面对自始祖家康之后的祖辈之灵。这是他身为领导者的责任感。

然而，现实却频频与他作对。人们早已不关心庆喜的贤愚，他身边之人更是接连牺牲。由此可见，封建君主的行动会被近侍的意见左右这一观念，已然在世人心中根深蒂固。一切悲剧皆源于此。

“人类真是罪孽深重啊，市之进。”

---

[1] 指庆喜，当时其官位位于从三位。

“您不要这样说，下一次自有我市之进来制止。”

圆四郎的尸体已被运回府中，庆喜站在遗体前，默默地双掌合十。

在如此紧张的气氛中，长州军的请愿队终于离开领国，起程前往京都。

二

不用说，长州军的进京自然与水户天狗党在筑波山的起兵有着密不可分的关系。

周防的岩国藩士杉山几之进自江户来到长州，竭力游说：“水户已按密约起事，长州也必须加以响应。”长州藩家老福原越后便率兵离开山口，而与此同时，入江九一、久坂玄瑞、寺岛忠三郎等过激派的尊皇攘夷论者也相继出发，踏上了东上之途。

另一方面，武田耕云斋也正离开水户，赶往下总小金车站集合。他当时尚未将庆喜视作敌人，依然相信庆喜仍是“水户人”，至少他能够理解他们的举动。这一点与萨摩和长州迥然不同。

长州藩的福原越后在6月16日，即平冈圆四郎被暗杀的当天离开山口，率领三千士兵于22日进入大坂，并于其中选出七百精兵强将，于24日抵达伏见。

久坂玄瑞、真木和泉、入江九一和寺岛忠三郎等人则带领其他士兵沿淀川逆流而上，经摄津的前岛村挺进山崎。他们将大本营设在男山八幡，企图兵分两路进发以撼动京都。

当时的旗号无非是“讨萨奸会”、“尊皇攘夷”之类，并未涉及“讨幕”。这其中的很大一部分原因自然是考虑到水户与长州的密约，以及庆喜的为难立场。

令朝廷兴起讨伐长州之意的“君侧奸人”是萨摩和会津，并非庆喜。因此，他们的目的只是除掉萨摩和会津，并不打算对付水户出身的庆喜。他们甚至还对庆喜有所期待，希望他能在事后巧妙地在朝廷和长州之间调停。

实际上，正是长州的这种天真想法令庆喜最为苦恼。

“水户和长州皆已起兵，您以为形势如何？”

平冈死后，原市之进便成了庆喜身旁的头号近侍。听到他出口如此询问，庆喜不禁露出苦笑。

“不必担心，长州亦有思想成熟之人。”

“您认为可以劝退他们？”

“纵然无法劝退，也不可征讨，否则徒令萨摩坐收渔利。”

说罢，庆喜又慎重地补充道：“关键在于如今朝廷内是否存在蠢蠢欲动之人……”

这句话实在意味深长。水户激进派的起兵绝非促使长州决定进京的唯一原因，宫廷内部一定还有人与七位公卿呼应行动，企图令这七人重返京都。庆喜这句话的深意在于，根据这些人提供的情报，长州既可能强硬地坚持到底，也可能会就此乖乖撤兵。

“您的意思是说……朝廷内部也有如此天真之人？”

市之进最近变得比庆喜更加慎重。某些昔日曾为亲密同志之人，如今也变成了意欲进京的水户激进派，倘若激进派和长州分别自东西两个方向进京纠缠庆喜，庆喜纵然极不情愿，也不得不在双方首领的胁迫之下与幕府、萨摩和会津开战。

“长州对此战自有算计，仅凭眼下形势是无法获胜的。我庆喜负责宫廷警卫，手中还握有驻扎京都的二十五藩联军，他们应该能够想到这一点。”

“原来如此……”

“但朝廷对此战却算计不到。长州军若是包围京都……倘若朝廷内部因此乱作一团，长州定会对朝廷产生误解。”

“误解？”

“没错。朝廷或许会因为害怕长州军的迫近而乱作一团，担心若不同意赦免七位公卿和长州的话，京都会被再度烧毁。依照以往的情况来看，恐怕又会生出各种棘手的密诏问题。”

“而朝廷若是下达密诏，长州就会借机以武力入侵。”

“如此一来，恐怕不管胜负如何，他们依然会诉诸战斗。这个世界上最难对付的便是这种不论胜负的战斗了。”

“如此说来，我们要做的第一件事便是设法防止朝廷内部因惊慌而导致的混乱。”

“没错。一旦朝廷内部乱作一团，便会不敌长州。我们要让朝廷意识到，长州人正是因为看穿了朝廷的这一弱点才会起兵。”

市之进重重地点了点头，返身离去。

事实上，情况正如庆喜所料。朝廷内有人在三条实美和三条西季知的控制下秘密策划行动，企图令他们重返京都。正是这些人误导了长州激进派的判断。

只要稍加威胁，那些人便能迫使天皇下达密诏，如此一来，七位公卿和藩主父子便可以重返京都。等返京事成，就有很多办法可行。这也正是当时势力争斗的一个定式。

这种偏离正轨的想法实在讽刺。一边高声叫嚷着勤皇、勤皇，一边却一手将天皇从天上拽到人间，为了自己的权力争斗而对其百般利用。伪诏也好、密诏也罢，诏书早已失去原有的价值，致使朝廷的地位愈发不堪。而犯下如此错误的罪魁祸首，与其说是武士，不如说是天皇身边的这些公卿。

“只要他们回京就有办法了……”

这种想法可说是对皇位的极大侮辱。天皇若听任近侍高呼“清君侧”的口号，只会令政治斗争变得永无休止。

究竟有谁意识到了这一根本性的缺陷？

正当庆喜费尽心思想要说服长州军的时候，7月19日，将京都团团包围的长州军终于兵分三路，展开军事行动。

“前进就是胜利！”

长州军之所以展开如此行动，想必定是根据自朝廷内部所得情报作出的判断。

三

长州军的行动，是皇国史上最大的污点之一。不，即便抛却“皇国”这一特殊的国体不谈，长州的行动也可以说是完全的战略失败，原因便是过于急功近利。

按照长州的战略，他们打算在领国地区攻击外国联合战舰，同时在天皇面前高呼：“这才是真正的、基于敕命的尊皇攘夷！”

当然，这并非所有长州人的想法。从欧洲返回的井上闻多、伊藤俊辅等人当时已可称作开国派，其想法与庆喜相近，他们都拼命地试图阻止长州做出这种无谋之举。

然而，除了福原越后以外，身为长州藩老的国司信浓也无视他们的呼声，于6月26日率领桂小五郎（木户孝允）等人的第二军离开了山口。7月3日，正亲町三条实爱向关白二条齐敬提出书面申请，要求准许福原越后进京，事态已经发展成为直接谈判的局面。

庆喜得知此事后，立刻派遣使者前往伏见拜见福原越后，催促长州撤兵。朝廷方面也向庆喜宣旨，要求在京诸藩一同劝诫长州藩士。

7月6日，因幡、安芸、筑前、对马以及津和野五藩接连向伏见派出使节，劝告长州撤兵。

“你们应于后天，即8日之前撤兵。否则，因长州军入侵而战战兢兢的公卿们会接连不断提出抗议，届时，天皇恐怕将不得不下发讨伐令。”

然而，福原越后此时已是骑虎难下。用现如今的话来表达，或许便是所谓的“民意难违”。

“我们已有必死决心，唯望三条实美和毛利父子的诚意能够得到认可，天皇能够下诏准许他们入京。”

正当其时，国司信浓率领的第二军共八百士兵，于7月8日抵达了兵库，如此一来，战争已是不可避免。7月9日，国司信浓率领军队抵达山崎，与福原越后会合。同日还发生了一件大事，便是筑波的水户军在关东向常陆的下妻城发动了袭击。

不，说到大事，在此还不得不提起另外一件——在这一片剑拔弩张的气氛中，胜海舟的妹婿佐久间象山在京都被人暗杀，享年五十四岁。佐久间象山是位杰出的军事学家，亦是一个开国论者，在学问上无疑足以做胜海舟的师傅，此事不需笔者赘述。

当日，他跨坐在与庆喜一样配有西洋式马鞍的骏马之上，先是拜访了山阶宫，而后在归途中顺路前往五条的本觉寺，见了自己的弟子蚁川贤之助。在返回木屋町的住所时，却不幸遇难。

他当时的官职是“御用海陆防卫官”，以日本头号西洋军事学家的身份被朝廷招募，并向庆喜阐述了自己的各种想法。木屋町有一条大路横跨高濑川两岸，当象山行至这条大路的拐角处时，光天化日之下忽有一人挡在马前，象山受惊落马，同时腹部中刀，天灵盖上也狠遭一劈，又被另一人砍中肩部，当场惨死。宫廷内的公卿们俱被此事吓得魂不附体。

后来得知，暗杀象山之人是肥后的河上玄斋。而通过事后天皇近侍的举动，便可看出此事造成的影响之大。

这件事发生后，近侍立刻请求天皇即刻移驾彦根，并由以中山忠能为首的五十六人联名上书，奏请天皇对长州宽大处理，准许毛利父子进京；而另一方，在近侍奏请的同时，约四百名萨摩兵争先恐后地涌入京都。近在眼前的天龙寺中，长州豪杰来岛又兵卫正高举“讨萨奸会”的旗号，公卿们自然是被吓得魂不附体。

总而言之，幕府和会津虽然都格外注意秩序的维持，但在紧要之处却存在极大的疏漏。正如现代的过激派虽四处横行，却唯独不涉足学校一般，到了危急关头，各藩的藩邸同样可能成为刺客们的藏匿之所。

当时，河上玄斋也迅速躲入了因州藩邸。其实在当时，无论躲在哪里都有攘夷论者，因此与现在的暴力学生潜入学校的情况颇为相似。

玄斋迅速来到井边，先洗净溅在身上的血，随后开始清洗沾满鲜血的木屐。

“河上先生，这血……这是怎么回事？”

"啊，我刚刚杀死了一只疯狗。"

"那……那真的是狗血吗？"

"哼，被你看破了吗？实际上，我刚刚干掉了佐久间象山。"

在现代，暴力学生利用学校作为隐蔽之所的策略，无疑是受到了昔日刺客遁入藩邸的启示，而这种暗杀之举在瞬间就足以令朝廷的气氛彻底改变，因而暗杀活动一时层出不穷。攻其不备……此乃人之常情，古今如一。

长州军将宫廷内部的这种气氛清清楚楚地看在眼中。根据公卿们的反应，长州认为已经足以举事，便开始变得盛气凌人。

7月19日。长州藩家老益田右卫门介、福原越后和国司信浓等人分别从伏见、天龙寺和山崎三路率兵，向皇宫进发。

由于宫廷内部的狼狈混乱，庆喜最终未能令长州明白自己的一片苦心。

同日凌晨，一部分长州军展开行动,逐步迫近皇宫各门的守卫，并于凌晨五点多展开了迫击炮攻击战。在战斗打响的三四十分钟前，长州藩开始行动的消息传入了庆喜耳中。

当夜，庆喜仍由阿芳侍寝，睡眠正酣。突然，走廊里响起一阵匆忙而沉重的脚步声。

"报告！长州军出动了！您快醒醒！"

当原市之进高亢的声音在杉木板门外响起时，庆喜骤然掀开被子，如同弹簧一般一跃而起。

"终于动手了吗……"

四

按照庆喜的看法，水户与长州的密计就此已经变成倒行逆施了。

负责破坏的水户军或许打算一举攻占京都，然后强行通过庆喜与朝廷展开交涉，届时再由负责重建的长州展开行动。由于二藩此行前来皆秉着发源于水户的尊皇大义，因而庆喜一直坚信他们断然不会做出如此偏离正轨之举。因此，庆喜与诸藩一起暂时按兵等待，可谓费尽心思。

（事情为何会变成这样……）

自吉田松阴以来的严谨的尊皇精神怎会变得如此恣意妄为？

总而言之，若是就此进入战斗状态，长州定会蒙上“贼名”，再无余地可言。若是长州军向皇宫发动攻击，天皇下诏命令庆喜讨伐长州的话，庆喜就真的要被逼得走投无路了。实际上，事后得知，长州之所以如此妄为，确实是因为长州豪杰来岛又兵卫的一时冲动。

7月18日夜里，长州军在位于男山八幡宫神殿内的大本营内召开了最后的队长会议，决定是否可以进军。其时，来岛又兵卫坚持主张进攻，松阴的妹婿久坂玄瑞则极力阻止。

“若真想开战，随时都可以。但武力解决一途，应在无计可施时再行考虑。倘若现在进军，必定要向皇宫开炮，而若向皇宫开炮，则大义名分就将荡然无存！不如暂时率兵退至大坂，尽力整顿军备，等待水户的联络。如此或许不必与会津、萨摩士兵交战，也可得到圆满解决。”

很显然，久坂玄瑞的一番话才是庆喜一直期待的。然而，来岛又兵卫却对这位松下村塾的才子劈头痛骂：“你不过一介医生之子，又如何懂得战争？战争最重要的便是士气。我会在东寺的五重塔之上，手执铁扇进行指挥，尔等医生之流还是闭嘴好好看着吧！”

这个中情形实在微妙。若将日本国体视作不起战乱的神州，那么来岛又兵卫的这个决定便是对国体的公然叛逆，是对上天的侮辱。当然，此二人皆无权调动军队，最终做出决定的只能是身为大军师的久留米的真木和泉守保臣。

真木自然也是水户弟子，甚至被尊称为今世楠公，可说是在野之臣的代表。可不知为何，真木和泉当时竟将兵权交给了来岛又兵卫。或许这个如神一般诚恳的真木也无法抗拒以来岛为首的年轻一辈对藩侯的感情，最终只得妥协。

“我与长州共命运，与诸位同生死。事到如今，唯有与诸位共同誓死一战！”

话音未落，久坂玄瑞已紧紧闭上了眼睛。

对人类而言，除了事理，还有感情和立场。真木这样的人物之所以会同意一战，便是因为这难以割舍的情谊。但同时他也已预料到，此战便是自己的葬身之役。

就这样，7月19日夜半，福原越后自伏见街道进兵，先在稻荷街道与大垣兵激战，然后抵达嵯峨的屯营，在此兵分两路。一队由国司信浓（参谋为桂小五郎）率领，逐渐击退筑前兵，企图冲入中立卖御门；另一队则由来岛又兵卫指挥，计划通过蛤御门侵入皇宫。

另一方面，久坂玄瑞与真木和泉一同率领共计五百义军，计划渡过桂川，经松原路横穿乌丸，再从四条经柳马场路北上，冲到鹰司府的后门。显而易见，这一队的目的是扣押鹰司老公和其世子，再向天皇请愿，力争获得敕命准许。

无论如何，庆喜都是皇宫守卫总督。倘若知道有人进犯皇宫，他必须将生死问题抛诸脑后，首先考虑如何防御。

"阿芳，我要进宫。"

"是。"

阿芳跳起身来，跑到隔壁房间，将衣冠束带摆放整齐。

庆喜一边飞速穿衣，一边又嘀咕了一句："还是动手了啊……"然后又对阿芳叮嘱道："你要明白，你是武士家之人，要时刻谨记。"

"是，我记住了！"

庆喜所说的"谨记"自然是指府邸遭到袭击时的生死之事。阿芳对此坦然接受，开口说道："原先生，拜托你了。"随即跟在庆喜身后走向玄关。

天色渐亮，只见马匹正候在前庭。庆喜轻盈地纵身上马，一扬鞭便奔出家门。他虽身着衣冠束带，却依然身手敏捷，不愧是出类拔萃的武将。另有三四人也策马随后冲出。当庆喜行出竹屋町时，在途中超过了两组二人步哨。这些兵士每人都头扎白巾，全副披挂，手持无鞘长枪，在路上奔跑。

"辛苦了！"

庆喜以为对方是会津兵，但这些人实际上是长州军的侦察兵。

听到有人慰问，长州兵也不知所以，全未意识到对方正是敌人的总将。由于庆喜身着衣冠束带，长州兵以为对方只是普通公卿，因此并未在意。

进宫之后，庆喜立刻拜谒关白。关白脸色铁青，将庆喜引至内殿竹帘之前。

“事态如何？是否要请天皇即刻移驾睿山？”

庆喜没有理会关白的询问，而是表情严肃地跪拜在竹帘之前，开口说道：“一桥中纳言拜见天皇。”

“哎……”竹帘内响起天皇夹杂着叹息的声音，“立即……立即讨伐长州。”

这才是真真正正、毫无虚假的敕命。但对庆喜而言，天皇下达这条敕命绝非喜事。

为何要做出如此疯狂之举，为何不能平心静气地商量呢？

“中纳言，请即刻领命。”

关白颤抖着催促庆喜，庆喜却故意一字一顿地说道：“有我庆喜在此保护圣驾，请圣上放心。”

庆喜声音凛然地做出回答后，便径直退了出去。这可谓是一种无与伦比的武将之风！庆喜一出走廊，立刻便有几位公卿匆忙追了上来，个个显得惊慌失措，一望便知与庆喜非同一种人。

庆喜小时候仅仅因为睡相难看，枕头两边便被立起了剃刀。

“休要惊慌，无论发生何事，我都不会让暴徒进入皇宫，请放心吧。”

话音方落，清晨的寂静便被炮声打破。庆喜径直走出侧门，进入了中立卖御门对面的菊亭卿府。

为了以防万一，庆喜的甲胄已被运至此处，将这里作为备战之处。庆喜胡乱脱掉衣冠，快速地换上了军装。只见他内套紫色渐染的护胸，外披绣有白底黑绒葵形家徽的披肩，腰佩饰有黄金熊毛鞘的大刀，黑漆帽的边缘还缠着紫色花纹的头巾。如此装束再配上手中的金色令旗，活脱脱一个威风八面的武将形象。

庆喜将爱马“飞电”牵至门前，从公卿门策马奔向蛤御门。他马前竖着银色的马标，率领以原市之进为首的近侍十人、床几队[1]百人、讲武所的小枪队五十人、游击队一百五十人、别手组[2]百人、步兵队百人，以及杂兵二百人、炮队数十人，摇身变为一名英武大将。

当日之战可谓极其混乱。

桂小五郎所属的长州军正打算进入中立卖御门时，两翼遭到会津和萨摩士兵的攻击，队伍立马溃散。而前往蛤御门的来岛又兵卫的部队则遭遇激战，从炮战、小规模枪战最终发展成白刃战。可以说，来岛又兵卫的战死是决定胜负走向的一个重要原因。

另一方面，久坂和真木率领部队打算从鹰司府的后门闯入，但却与早早就包围鹰司府邸的会津藩士兵发生激战，双方精锐随即展开了大规模的白刃战。会津兵射出的炮弹击穿了鹰司府的屋顶，目力所及之处尽皆起火。一片白烟之中，长州军遭到了会津和萨摩两军的夹击。若非一发子弹击碎了久坂的胫骨，这场殊死拼杀恐怕还会持续下去。然而，受伤的久坂玄瑞已经是视死如归。

他将后事托付给入江九一后便将其遣走，自己则从后面的房间里取出供奉用的方木盘，开口说道："长州藩的同志在府内多有骚扰，实在对不住！这些钱虽然不多，还请分与各位的家人。"

说罢，他将军款放在方木盘上，与寺岛忠三郎一同自尽，慷慨赴死。久坂其时二十五岁，寺岛只有二十三岁……

五

仅此一个错误的决定，便致使众多年轻有为的志士惨遭不幸，真是

[1]　床几队，庆喜的亲卫队。床几是日本古时野战时使用的工具，以两根支架交叉捆绑，上面附上一层皮革制成简易支架，可当椅子使用。

[2]　别手组，负责保护外国公使的警卫队。

让人悲叹不已。虽然未能阻止长州藩的暴动，但久坂最后将剩余军款献出，并为闯入而道歉，他的生命之花最终凋零，却依然如此美丽。

命如雨露短，

明月照千年，

今日依稀可重见。

这是久坂玄瑞二十二岁时的感怀之作，歌意哀切，其中包含了作者天长地久的生命观，并将其与一开一落的四季之花联系起来。当然，凋零的不仅仅是如稚嫩樱花般的青年志士，五十一岁的真木和泉在当时的战斗中也大腿负伤。但他权且听从了久坂玄瑞的话，杀出鹰司府，同幸存的队员一起撤到了山崎。

途中有人被杀、有人掉队，当他们抵达宝寺时，所剩不过二十余人。

真木认为当日出击势在必行，因而做出了进攻决定，可谓是罪魁祸首。至此他自然已经没有求生打算了。他之所以特意退到山崎，是因为考虑到不能死在鹰司府中，他一定是打算效仿大楠公在凑川的死法。

敌人并未穷追不舍，终于到了19日的黄昏时分。

“甩掉追兵了吗……”

真木环视众人，幸存下来的宍户左马介和竹内正兵卫异口同声地说道：“敌人似已不会追来，我们应该暂时退到离宫八幡的祠庙里，回国后再计划起兵事宜。先生也和我们一起走吧！”

真木一边包扎大腿的伤，一边静静地笑道：“我意欲随同年轻志士一道共赴黄泉，你们若能回到本藩，恳请转告犬子，要他继承我的遗志。”

说罢，真木也从怀中掏出一些黄金送给二人，然后径直拖着伤腿，步履蹒跚地向渐渐隐入黄昏中的天王山爬去。他的脸上始终带着微笑，即便身影消失在茫茫山野之中，仿佛仍有余香经久缭绕……

真木真正做到了知行合一，其大师风范尽显无遗。他从一开始便知道自己难免落得如此下场，早已准备好与众人一同赴死。在其身后，大和的大泽逸平率先冲出，向从容不迫的老师追去。接着，另外十七名烈士也一同跟了上去。

“大泽君，将这个交给三条卿。”

真木爬到山顶，取出随身携带的纸笔，慢慢写了起来。

山巅巨岩白骨殒，
风雨兮岁月，
漫漫几经大和魂。

随后，真木以刀刺入腹中。在此过程中，他脸上的表情没有丝毫变化。十七名烈士也随之剖腹自尽。而此时，真木的灵魂已经跨越了幽显的藩篱，脸上重又露出了安宁的神情。

另一方。

庆喜眼前的战斗结束于正午时分，但市内的扫荡战却还在继续。

庆喜命人将胡床放在小御所旁的草地上，坐下休息，原市之进则单膝跪在身前，详细汇报皇宫周围的战况。

“经此一战，公卿们似乎终于了解了三位殿下的人品。”

庆喜望着空中，眼神空洞，脸上没有一丝笑容。此次讨伐真挚朴实的长州军并非庆喜本愿，但考虑到自己的职责所在，却不得不这样做。

“连女官们都在议论纷纷，认为此战最大功臣便是三位殿下，第二功臣则是萨摩的西乡。”

“非也，会津亦作战勇猛。不，正因为诸藩皆齐心协力拼力一战，才会击败长州。这都全赖将军的威严。”

“不，根据我方才所说的传闻，可以肯定，经此一战，三位殿下的英名和萨摩的勇武必将天下闻名……”

庆喜再度陷入默然。这种传闻正是最令他担心的。

天皇刚刚下达讨伐长州的敕命，倘若萨摩趁势与幕府军一同讨伐长州，那么从京都到长州的一百二十里内的人民都将饱受战乱之苦。

万民皆为赤子。

只有圣意如此，方能保证公武合体的真意不被歪曲。但天皇如今已下诏讨伐长州，前后已然迥异，这样一来最终不就变成与被迫讨幕同样的结果了吗……

（若是萨摩不趁势添乱就好了……）

讨伐长州也好，倒幕也好，都违背了日本国体和朝廷理想，在这一点上两件事是一样的，庆喜对此事的担忧不无道理。事实上，此战的胜利令萨摩家老小松带刀心情大好，他已向幕府提交建议书，打算乘胜攻打长州，迫使长州在萩城缔结城下之盟。

从把握胜利的角度考虑也好，从幕府军的利益角度考虑也好，这一建议或许并无错误。然而，倘若立足于水户学的大义，考虑到日本皇室从无“敌人”这一真正的国体，该建议无疑是极端错误的。

如今，列强正凭借武力，将日本团团包围。倘若天皇不顾外敌反而攻打赤子，犯下与昔日源平之争一样的错误，那事态很可能会发生逆转。

考虑到这些因素，对庆喜而言，此次胜利还不能高兴得太早。而且，幕府内部可能还有人与萨摩持有同样想法，认为庆喜最好能与萨摩携手，一举攻陷长州。

“看吧！一桥正觊觎着将军之位。”

直到现在，老中之中仍有很多人持有这种看法。

“三位殿下，是否应该尽快与会津中将接洽？”

听了原市之进的话，庆喜依旧望向空中，神色凝重。

讨伐长州

一

市内的大火仍未熄灭。

一想到市民在战后的火光中纷乱逃生的场景，庆喜便感到内心频频作痛。或许是因为生于武家之故，他在战斗过程中并没有多大感触，一心只为取得胜利而行动，暂且忘掉了一切。

“市之进，火势仍未平息吗？我很担心火灾造成的损失。”

听闻此言，市之进一边估计风的方向，一边飞奔离去。

市民四散乱逃，根本不可能有足够的人手去防火灭火，在流弹纷飞的情况下，他们只能选择离家出逃。战乱和火灾向来形影不离，此次战火连续燃烧了两个昼夜，共计八百一十一处起火，烧毁房屋两万八千间、寺庙二百五十三所，其中包括东本愿寺和佛光寺。这是继广仁之乱后京都遭受的又一重大灾难，而另有一种记载甚至称总计有四万三千户受灾。

监军村田氏寿在堺町御门被散弹击中身负重伤，越前春岳等人不禁与萨摩人一起捶胸顿足，激愤不已：“长州此番行为与足利、北条的暴举相比亦有过之而无不及，实在罪无可赦！”

如此一来，长州藩已经无法避免被烙上“朝敌”的烙印了。

于是，8月3日，朝廷正式下令讨伐长州。

讨伐名义如下：

第一，长州藩向皇宫开炮，致使京都再度化作一片废墟，必问其责。

第二，长州采取即行攘夷（在马关攻击外国船舰）的无谋藩策。

第三，拥护七位公卿回京。

就这样，曾经力劝朝廷准许毛利父子参朝的署名人中，鹰司和中山两位公卿及其下众人皆被禁止参朝，幕府也被迫命令中国（日本地名）、四国和九州等二十一藩出兵征长。

不出所料，此次出兵并不顺利，反而变得越发坎坷。除了众人对长州藩的同情之外，更大的原因在于幕府内部对庆喜的反感与怀疑。倘若中国、四国和九州等二十一藩合力进攻，长州顷刻之间便会溃灭。

（但长州果真罪当至此吗？）

总而言之，下令攘夷的是朝廷，长州不过是全力听命罢了。无论诏书是真还是假，都罪不至此。而且，倘若果真如传闻所言，庆喜企图联合萨摩消灭长州，而后取代将军，则二十一藩很可能会支持庆喜，消灭将军。

因此，预计担任征长军总督的松平春岳以“鄙人并无统领三军的器量”为由，率先请辞。幕府经过再三权衡，又任命尾张藩主德川庆胜为总督，以接替春岳的越前松平茂昭为副总督，至此阵容终于齐整。

正当幕府根据敕命重新调整讨伐长州阵容的时候，美、英、法、荷的联合舰队开始攻打下关。

其时，长州的毛利庆亲已经上书呈报，表示自己已将进京作战的家老益田右卫门介、福原越后和国司信浓免职，并禁锢于德山反省待罪。而此时列强突然而至的进攻，一定令他感到无比愕然。

同族相拼的内乱争斗非但没有实现勤皇，反而即刻招致外侮，遭到了列强发动的联合攻击，昭和的民众想必也绝不会忘记此事。即便有人打算与中国遥相呼应，在日本国内展开游击战，但鉴于越南的先例，美国很可能会以此为由，在日本头上再次疯狂地投下炸弹。

毛利父子惊愕之余，立刻向鸟取、冈山、佐贺、福冈和广岛五藩派出使者，拜托他们在长州与朝廷之间斡旋。

当此关头，倘若列强的联军与幕府军呼应行动，事态将变得绝非仅仅是长州灭亡如此简单。虽然表面看来是同族相拼，但实际上却会致使列强牢牢掌控住自己的生杀大权，甚至可能让日本沦为殖民地而被诸列强分割占领。

如此一来，家康的训诫也好、水户的修史也好、勤皇也好、佐幕也好，都将沦为空谈，志士们自安政大狱以来献出的赤诚热血也将被白白浪费在国内斗争上。

西国诸藩并未听命响应征长军募集的原因也在于此，但细细想来，对国内统一异常执著的孝明帝基于国体所提出的攘夷论其实并非全是空谈。而鉴于当前情形，想到这点着实令人心痛不已。

毛利父子一定也已放开眼界，开始重新审视列强攻击下关之举。

8月6日，长州藩兵据守前田、坛之浦等地的炮台竭力抵御，但不幸敌人仍成功登陆，接连破坏各个炮台，连安置在炮台上的大炮都被悉数掠夺。

至此，皇国的命运可以说已是危如累卵。

于是，毛利父子一边派遣高杉晋作为正使，连同副使渡边内藏太和杉孙七郎向联军求和，一边命令自欧洲火速赶回的井上闻多、伊藤俊辅（博文）二人向朝廷求和。

倘若幕府此时趁势攻打长州，后果将不堪设想。而为了牵制幕府军，水户的正义派在关东作出了多大的努力，如今想来仍令人心痛不已。

“水户藩的存亡并不重要！”

为了履行密约，水户人言出必行，为日本的将来拼上了本藩存亡，做出了最悲壮的举动。若仅仅将此等行为视作普通的权力争斗，那么日本的历史也将无从谈起。

然而，当此危急关头，朝廷不仅没有撤销长州烧毁京都的罪名，反而向包括萨摩在内的三十五藩下令出兵，讨伐长州。如此一来，长州只能向遵从敕命行动的幕府降伏，表达恭顺之意。

8月22日，长州总算和列强联军达成了和议，藩主毛利庆亲被幕府剥夺官位，因与将军犯讳，“庆”字也被禁止使用，改名为敬亲。

和议条件共有以下四点：

一、勒令藩主毛利敬亲和世子广封二人蛰居反省。

二、命令禁门之变的主谋者益田右卫门介、福原越后和国司信浓三人自尽。

三、将三条实美等五位公卿移至九州。

四、毁掉新城山口。

长州藩接受了所有条件，第一次讨伐长州宣告结束。不用说，此次幕府全胜，长州完败。同年（元治元年，1864年）12月27日，征长总督德川庆胜（尾张）发布撤兵令，诸藩的动向也就变得无关紧要了。

然而，对于朝廷对长州的处理，以越前春岳为首，包括伊达宗城和山内容堂等人都感到极其不满。且不论这是否出自三位家老的独断独行，但长州军毕竟毫不客气地向皇宫开炮，烧毁了京都街道，理应受到更为严重的处罚，如此简单处理实在难以彰显国体之明。这便是他们不满的原因。

就这一点而言，庆喜恐怕亦有同感。然而，当时还有另一个问题比长州更令他感到揪心——在关东四处作乱的水户天狗党因仰慕庆喜，正逐渐向京都迫近。

庆喜认为将征长军交给尾张统率即可，他更担心的是江户城内对自己的猜疑心，以及一部分萨摩人大肆宣传的谣言。

“一桥卿怀有覆灭长州、取代将军的野心！”

而这些谣言便出自庆喜和萨摩各自对勤皇理解的差别。

水户的勤皇志士都已纷纷舍弃己藩，开始行动。庆喜自不必说，他眼中也已无“幕府”安危。虽然他并不打算令幕府背负贼名而灭亡，但他也并不认为幕府的存亡会直接关系到日本的安危。

他很清楚，倘若不能贯彻孝明帝的理想，实现举国一致，在全国自由选拔人才，创立一个全新的政府，那么日本将无法在今后的世界上立足。

长州已经偏离正轨，将京都烧毁，若是比长州更加凶猛的水户天狗党也进京，又该当如何是好……

二

天狗党行军途中毫不在意各藩的看法，对幕府军和各藩军队均予以毫不留情的反击。10月5日，受命镇压天狗党并被推举为首领的松平赖德（常陆宍户藩主）命令对方剖腹自尽，这令武田耕云斋、田丸稻之右卫门、藤田小四郎及其下首脑愈发激愤，气势汹汹地杀至美浓。庆喜再也无法坐视不理了。

“维持京都秩序是我庆喜的职责，我会亲自镇压进京的水户浪人。”

庆喜之所以不得不这样说，很明显是出于两个理由：其一，除了庆喜以外，再无他人能够镇压天狗党；其二，便是在幕府内部四处传播的野心谣言。也就是说，倘若庆喜没有觊觎将军之位的野心，那么必定会彻底镇压并处罚天狗党，以示众人。

不予镇压而与之合流，再联合萨摩夺取天下……幕府内部猜疑不定，认为水户之子很有可能做出如此举动。

萨摩的行动完全以本藩利益为重，幕府的行动也完全基于幕府利益……就这一点而言，双方都与庆喜的愿望相去甚远。可以说，这两方与庆喜在“爱国”的境界上存在天壤之别。

（总之，只能由自己加以劝说了……）

为此，庆喜与原市之进展开商谈，交换了相关方面的情报。

11月30日，庆喜主动请求追讨以武田为首的天狗党，领受敕命。其时，武田等人的先头部队已途经美浓的太田、鹈沼，直指天王寺车站。庆喜火速离开京都，来到近江的大津严阵以待。此举给天狗党众人造成的精神打击是无法用笔墨形容出来的。

（幕府的首脑和众大名不值一提，但一桥中纳言定会理解我们的真正用意！）

他们怀揣对庆喜极大的信任前来，但对方却以讨伐军总指挥的身份拦在他们面前，其所受打击之大可想而知。

但他们依然坚持无论发生何事，都不能与庆喜的军队爆发冲突，并认为庆喜也一定是有其他的想法才有此行动。于是，天狗党众人立刻改变方向，绕路进入美浓的谷汲山道，在蝇下遭遇大雪后，又经大河原、黑户村，越过笹保，抵达了木本村。

当时，长州的毛利敬亲已主动投降，并向总督德川庆胜呈交了认罪书，长州事件已经宣告结束。

但长州的问题虽解决了，庆喜和天狗党的立场却变得愈发尴尬，而天狗党内部开始发生严重动摇。

“是否因为庆喜得知此事，才会出面讨伐我们？”

“不可能！他一定是想救我们，才会主动请缨。”

“既然如此，我们要直接投降吗？”

“不，不可！若是投降，接管我们的将会是幕府军，他们一定会与我们百般纠缠，如此一来就将扰乱中纳言（庆喜）的计划。”

其间，天狗党和接受庆喜密令的原市之进也进行了多次交涉，但所有交涉无一不是微妙的文字游戏，实则并未阐明彼此心中真正所想。

很显然，庆喜如此做是希望拯救以武田为首的水户众人。

然而，庆喜同时也是一个负责人。他不仅受命处理这一棘手的暴动，还要遵从敕命，讨伐从水户强行闯至近畿的违法部队。不，若是从幕府的角度来看，庆喜需要不由分说地拦在天狗党面前，将他们一举消灭，这是他应尽的职责。而因为长州的事情已经暂时告一段落，倘若庆喜没有消灭天狗党的实力，那么幕府可以立刻命令其他藩出征，比如会津或者桑名等。

正因如此，无论是对天狗党的武田耕云斋还是庆喜而言，这都是一个尤甚于自断手足的大问题。

天皇已下达“敕命”，绝对不能违背。若是无视敕命，不仅水户的立场会变得无比尴尬，自始祖家康以来的光圀、齐昭、庆喜等人所有的尊皇思想都将沦为空谈。

话虽如此，但一方面，当前存在的一种专一佐幕的忠诚思想，即以幕府为重、以将军为重的思想，与庆喜的想法存在根本上的不同，所以基于这种思想的人会对庆喜大加猜疑；而另一方面，全国志士们的眼中都闪烁着无比热切的光芒，纷纷考虑着“一桥卿将如何制裁”。

就感情而言，武田耕云斋与最初进京时便担任庆喜身边护卫的原市之进是以前的同志，关系最为密切。武田、田丸、山国兵部、藤田小四郎父子均为庆喜兄长庆笃的爱臣，在情谊上与庆喜有着斩不断的密切联系，而且这八百余名赤诚之士都已决心为他牺牲。

对庆喜来说，若要遵从大义，就不得不杀死这些胜似亲人之人；若要讲求情谊，就会违背家国之训。庆喜恐怕在一生中都从未遭遇过如此大的考验。

不，笔者相信，正因为经历过这一考验，当他后来蒙上莫须有的罪名时，才能做到一直在上野的宽永寺闭门反省。庆喜赌上了自己的性命，以武田为首的水户人更是如此。整件事背后凝聚着幕末维新史上真正的点点血泪。

总而言之，武田等人冒着纷纷扬扬的大雪，从木曾路进入池田乡，经田仓、今庄抵达新保，在此收敛战意，于12月17日向加贺藩投降。

此前的八百二十三人直至此时已减至四百人，幸免于难的人或许已经意识到，通过掉队的办法也可以各自逃生。这件事充分反映出了日本人将情谊与大义区分对待的特点。最终，武田耕云斋及其下众人在敦贺的松原被判处死刑。元治二年（庆应元年，1865年）2月4日，这一残酷无情的事件终于尘埃落定。

而同年2月28日起，长州经过重新思量，将藩论变为倒幕与反抗，再次展开行动。

通过蛤御门之变，长州学习到了一个政治现实，那便是对萨摩的彻底不信任。而庆喜也因武田耕云斋及其下众人所受的刑罚深刻地认识到了这一点。萨摩根据国法规定，对违法的天狗党众人一一处以严厉刑罚。如此一来，首先是水户与幕府不合，随后将军与庆喜之间的关系也将发生分裂——因为倘若将军与庆喜之间关系融洽，就无法实现“讨幕”，萨摩入主朝廷的愿望也将难以实现。

庆喜强忍内心滴血般的痛苦，对天狗党的处罚表示赞成，究其原因有二。

其一，庆喜觉得自己若不赞成，身为勤皇信仰本源的水户藩就会因无法镇压本藩出现的天狗而先被消灭。庆喜的亲哥哥——水户藩主庆笃认为自己对此事应负一定责任，已于元治元年（1864年）12月9日开始闭门反省。朝廷内的某位亲王也多次提议，声称应该追究庆笃未能约束本藩的严重失职。

另一原因就在于，庆喜本身便是宫廷护卫的直接负责人。

因此，庆喜被迫站在了非此即彼的立场之上——毁了水户，或是处死天狗党。正当庆喜作出了痛苦抉择的同时，在隶属于庆喜的先锋松平民部辅的士兵，以及加贺、会津、小田原等藩兵中间，萨摩又开始散布谣言，干扰庆喜的行动。

连散布谣言之人的姓名都已一清二楚——萨摩藩士河田十郎。

“一桥中纳言十分清楚天狗党的实情，因此他绝对不会将其处死，而是期待他们归顺，我们必须用心体会他的心意。纵然要押着犯人通过国境，也不能轻易处死，否则便会忤逆总督（庆喜）的心意。”

这一流言的散布，再次将庆喜置于难以言表的尴尬立场之上。加贺和越前都已有所行动，倘若仍然不处死天狗党，水户藩就将面临灭亡。于是，庆喜挥泪斩天狗，却立即招致各藩武士们从“仁义道德”的角度对庆喜产生的强烈反感，全然不顾各种主义主张。

“总督是何等铁石心肠之人啊！毫不犹豫地抛弃了因仰慕自己而冒险进京的水户人……”

这种一开始还仅限于“抛弃”的传闻，在大肆散播后，不久便变成庆喜从一开始就残忍地打算处死水户人。

“不要说让天狗得到正式的判决了，他直接就同意将一干人等如牛马一般宰杀！”

长州自然也受到了这一令人恐惧的欺诈传闻的影响。

“庆喜也只是个不足以信赖的阴险之人！”

什么大义，什么皇道！除了保护自己以外，还有什么办法可以生存！如此一来，长州藩摇身一变，成为了战国时代的毛利藩，开始谋求自身的生存之道，这也算是理所当然之事。而在这一刻，国体尊严又被再次远远地抛诸脑后……

三

对于长州藩的再次起兵，世人习惯以勤皇派的复活来粉饰历史，因为若不如此，便达不到宣传明治维新的效果。但事实却是完全相反，当时的长州已经陷入了绝望之中——对诏书感到绝望、对国体感到绝望、对水户和庆喜感到绝望、对身边的公卿们也感到绝望。

（没有什么可以相信，能够相信的唯有自己的力量！）

在如此绝望之中，战国时期的思考方式与行为方式便自然而然地再度复活。高杉晋作的起兵也好，奇兵队的暴乱也好，拼死也要与幕府军较量的疯狂决定也好，这些人的行为与其说是有勇气，不如说是有如战国时的困兽一般。

另一方面，庆喜默默承受了所有困难，依然打算一心保护国体的尊贵和敕命的威严。若不如此，就会令祖宗的功业蒙羞。不，若不如此，自家康公、赖房公以来水户的全部奉献就会被深深埋入泥土之中。

庆喜唯恐事态会演变到这种地步，只好闭眼忍痛处死了以武田耕云斋为首的水户人。如今，倘若庆喜不挺身承担讨伐困兽的任务，虽然也是一条出路，却绝非其为人的真实体现。

（我并非仅仅对水户人冷酷！）

作为一个未满三十的年轻人，纵有如此想法，也是很正常的。在维新之后，连庆喜的近侍都对庆喜讨伐长州的决定作出了如此评价："这是他千虑中的一失！"

然而，若是同意这种批评，便无法看清真正的庆喜。

长州是困兽，萨摩是觊觎政权的恶鬼。他们与庆喜所坚持的、同时也是水户所秉承的国体为尊主义格格不入，存在本质上的区别。困兽和政权恶鬼的愿望很大程度上是一种近代国家的利己主义，只求能在更好的条件下生存，而庆喜则是站在纵使舍弃幕藩体制亦无怨无悔的立场之上，一切行动皆以天长地久的宇宙理想为基准。

因此，庆喜自然会认定必须对倒退至战国时期的困兽加以讨伐。然而，这一决定脱离了近代化的“凡人”政治的路线。

经过安政时期到现在的严重骚乱，全国的大名多少都有亲近长州的嫌疑。而志士中纯真的领导者们，大多都怀抱着世俗难以理解的不可思议的固执信念撒手人寰。

何谓大义？神州这个观念真有如此重要吗？即便这些姑且不论，敕命也未免改变得过于容易了吧……

用现在的话来说，或许这便如同对联合国的不信任吧。而这种不信任实在过于明显，从某种意义上来说，即使认为众大名都是长州派亦无不可。

萨摩则立刻跳出，表示反对讨伐长州。事实上，萨摩想要的并非公武合体抑或其他，而只是一心想夺取权力，因此，萨摩的表现实在是再理所当然不过了。

显而易见，萨摩反对讨伐长州所反映出的不只是众大名的疑虑，还有幕府内部的反庆喜热潮。不，可以说，反庆喜的罪魁祸首实际上便是萨摩，而通过其巧妙的策动更加深化了幕府内部的疑心：“应该防备庆喜，庆喜的真正用意恐怕是除掉将军，自己夺取天下。”

而此时，朝廷决定再次讨伐长州，并下达敕命，要求将军第三次进京。江户城内各方看法的混乱程度已经超出了所有人的想象。

从江户的角度来看，所有的一切统统都是庆喜为了自身利益而安排的长远计划。不单单是庆喜，朝廷和会津也被庆喜拉了进来，绞尽脑汁地为难幕府。

众人各自为战，立场分崩离析，所有情况都与日后昭和议会上的混乱极为相似。连将军这时也主张，自己一旦进京，将即刻命令庆喜迅速返回江户。针对这一主张，天皇专门下发给阿部丰后守诏书，其内容如下：

大树（将军）去年面奏，荐中纳言代掌京都警卫及沿海防御之任，而今却出此言，实为失礼之至。（中略）大树于上坂一事所言颇多，然今仍未出发。长州亦全然不及镇压，昨年归府之后，诸事多有延滞，竟至开人心不和之先，以致朕多有不安，此次虽应火速起程上坂，谋一和之良图，然亦应先行进京。

细细玩味诏书内容，可以清楚地看出，天皇无论如何都想要实现公武一体，但他认为目前幕府内部或已一分为二，对反庆喜热潮大加叱责，并要求将军先行进京解决这一问题。

但如此一来，一直以反庆喜为计划重心的萨摩（西乡除外）的立场将会如何呢？鉴于天下诸侯的动向，萨摩也不得不改变态度，这是可以理解的。

于是，将军无法再拒绝进京，幕府也不得不再次考虑二次讨伐长州的办法。

同为“二次讨伐长州”，庆喜原本考虑的是在大义名分下的处置，但事到如今，讨伐的本质却被迫变得迥然不同。幕府内部现在已经不存在“长州亦是赤子”的国体之心，无论制定何种谋略，无非都以制伏对手为目的，俨然已倒退至战国时代。结果，最终制订出的计划就是将已经服罪的藩主敬亲父子和逃至长州的现存的五位公卿招至江户，重新加以制裁——这完全是一个仿照战国时代的只顾自身颜面的愚蠢想法。

可以想见，庆喜有多么失望、多么懊恼。连萨摩都打算肆意地无视国体，而此时幕府内部对庆喜的猜疑心也被迫至进退两难的窘境，这无异于是雪上加霜。

自然，幕府内部的分裂是所有幕臣的责任，包括庆喜在内。神州的国体尊严，是源于家康的潜心思索、赖房的献身探寻、光圀的不懈努力，以及历代先祖皆孜孜不倦的埋头研究，几经艰辛方才探明的，如今却因对庆喜的猜疑而逐渐土崩瓦解。

此时庆喜心里想，若果真如此，自己就该早早辞去当下职位。而他之所以会产生如此想法，或许是因为他终究还是一个普普通通的人。

庆喜认为，根据情况，自己或许应先行前往江户，替换将军，避开不必要的猜疑。于是，他向松平大藏大辅写了一封信，征询对方的意见。在庆喜眼中，松平大藏是个刻意回避各方争斗而退至纷乱之外的人，可以说是一位冷静的旁观者。不久，大藏大辅就发来了如下回复：

公若心怀东下及辞职之意，则令天下绝望，自此万事方休。诸藩割据之局自然土崩瓦解，大祸终至，恳请公能与会、桑一道，留驻京都。

庆喜本已打算返回江户，但看过大藏大辅的回复，便断了这个念头。

（不是一开始便下定决心由自己来背负一切吗……）

无论大海表面如何波涛汹涌，海底都不会轻易发生变化。

（没错……从今往后，我要表现得更加冷静……）

以前自己倚仗才能，行为处事表现得过于干脆利落，或许正是因为锋芒过于锋利反而导致多方树敌。如今，纵然提议将敬亲父子和五位公卿交至江户，长州人也不会答应。此等做法只会激怒对方，招致拼死反抗。如此一来，幕府纵使极不情愿，也不得不征集大军，凭武力加以讨伐。

庆喜心目中的讨伐并非如此。长州之所以沦为朝敌，皆因冒犯了国体尊严。因此，庆喜的本意是与朝廷一起责令长州方面对此作出严肃反省。否则，朝廷曾经颁布的诏书将在不知不觉间被埋葬，国体尊严亦将被浓雾遮掩，变得黯淡无形。如今诸侯言辞不一，对是否攻打长州犹豫不决，这正是国体尊严开始变得黯淡的证明。

然而，幕府出于对庆喜极度的猜疑心，最终制定了极不合理的方针。

长州不可能交出毛利父子与其余五位公卿。既然如此，朝廷就不得不凭借实力讨伐长州。萨摩首先会置身事外，其中虽也存在如西乡般“长州亦是子民”的想法，但实际上，仍然是出于“各藩不会轻易行动”这种最直接的利己心理。事态真是愈加困难了。

不管是否清楚此事，将军家茂都不得不受命第三次进京。

当年恰逢东照宫的二百五十年祭典。于是，将军将在4月的祭典结束之后，于5月进京。将军一旦进京，必将很快实行“亲征长州”。到时，庆喜企图贯彻以敕命为重的征长计划将宣告彻底失败。一想到将军的可悲处境，庆喜就感到无比心痛。

四

自从将军决定进京起，事态的变化层出，争论不断。

“朝廷这次又会出什么样的难题？”

大多数人心中都存在这种担心。事实上，所有诸侯几乎都不愿跟随将军进京。即便如此，到了将军预定离开江户城的5月16日，仍有不少人顾及长年的恩义，最终改变了想法。《长防追讨录》的七年史中，如此描述了此次出发的场景。

> 时值月中，鎏金马标耀于日光，熠熠生辉，自老中以下诸大名随同出征，队伍齐整如一。

就这样，将军于26日抵达骏府，出于问候天皇的礼节，在此首次宣布进京晋谒天皇。闰五月十一日，将军进入名古屋城。从骏府到名古屋足足需要十六天，一路上各种议论与想法纠缠不清，其纷乱程度可想而知。

将军本打算命尾张大纳言先行进京，再寻找合适时机令其从军，但就连此事都无法明确地决定下来。尾张大纳言按照命令，于16日先行离开名古屋，将军则于22日进京晋谒天皇。一行人原本预定在膳所城留宿，但当将军行至途中的近江，却突然将留宿地改为大津。

原来膳所藩家老田护左卫门之子川濑太宰一直与长州往来密切，是积极的尊皇攘夷派，一直企图暗杀将军。有人将此消息秘密汇报给将军，将军才避开膳所，改在大津留宿。

因此，京都町奉行逮捕了太宰，太宰的妻女将文书烧毁后自尽。膳所藩也逮捕了太宰的十一名同志，勒令其剖腹。一时间，幕府威严扫地。

将军进京后首先晋谒天皇，留宿于二条城，而后立刻进入了大坂城。虽然现在必须遵从讨伐长州的诏书，在此进行一番军事部署上的讨论，然而将军当时仍心存怀疑，不知讨伐长州是否当真出自天皇的决定。

身边所有人都在谈论这一切皆是庆喜的阴谋，将军早已听得厌烦。

将军家茂将从京都跟随前来大坂城的会津中将松平容保引入自己房中，待双方落座之后，家茂便低声询问道："我听闻一桥有谋叛之心，此事是否当真？"

这个问题令松平容保心中涌起难以言表的悲伤。

（终于连这二人之间也开始相互猜疑了吗……）

家茂通常并不会亲口询问如此卑鄙的谣言。他为人大气，在任何事情上都相信家臣，这正是他的优点。但如今，他却对在京都与松平容保一起不惜粉身碎骨的庆喜表示怀疑。

"将军怎能怀疑一桥殿下！"

"可传闻如此……"

"不可！万万不可！"

容保回答的声音很低，却胜似呐喊。此时，二人的脸色均已变得铁青。

人世间，本应相互信赖的父子或主仆间却出现各种猜疑，相信没有比这更令人心痛的事了。

（既然将军会怀疑一桥殿下，若有奸人进献谗言，他同样会怀疑我……）

一念及此，容保顿时双眼含泪，而与此同时，家茂脸上也变得一片通红。自己竟问了如此可耻的问题……他定是对此有所反省。

"是这样啊，我想也是如此。"

之后，家茂便再未提及庆喜之事，但方才所言却令容保始终无法释怀。将军对一桥卿抱有怀疑，这一事实很有可能会成为轰动整个日本的政治问题。容保回到京都后，忍不住向庆喜说了此事。

“什么！将军怀疑我谋叛！？”

不出所料，庆喜脸上瞬间变得血红。根据容保判断，这种反应并非出于惊愕，而是因过于意外所导致的愤怒。他认为这种反应是理所当然的，便抑制住内心的忐忑，等待庆喜继续说下去。

在容保的凝视下，庆喜终于发出了一声长长的叹息。

“是这样啊……也难怪，我的所作所为确实有很多地方容易招致误解，都是我的无德所致啊！”

“将军问过之后似乎也感到颇为后悔，您不必介怀。”

“多谢转告，我会小心应对。”

庆喜干干脆脆地说完，便转变了话题：“针对将军此番进京，列强可有何举动？”

“此次联军恐怕会驱舰驶入摄津海域。”

“他们是否以为我不具备讨伐长州的实力？”

“不，或许是有人认为可以借此机会一举击溃长州。”

“原来如此。实力强的打算一举迫使朝廷作出决断，而实力弱的则企图借此离间朝廷与幕府。”

“如此一来，国内定将爆发令人束手无策的内乱，重蹈中国（太平天国运动）的覆辙。”

“真是棘手啊！总之，京都的治安就拜托你了。”

“明白。”

容保离开后，庆喜唤来原市之进，本欲说出此事，最终还是忍住未讲。长州问题必然会招致列强联军的干涉，问题向来如此——国内的不满和反感一旦清晰地表露在外，立刻便会招致外敌来侵。

日本究竟有没有能够带领子民杀出一条血路的政治豪杰呢……

“三位殿下，看来萨摩已经开始逐渐揭去公武合体的假面具了。”

“唔。”

“萨摩一面煽动进京的将军亲征，一面极力劝说长州方面拼死反抗。也就是说，他们旨在故意为难将军。”

庆喜并未回答，因为对于日后所要面对的困难，他的认识要比市之进更加深刻。

萨长联盟

一

将军家茂的做法令长州藩一怒之下决定抛弃恭顺一途，并于5月28日写给广岛藩主浅野茂长的信中首次流露出了决战之意。在这封信中，众人以毛利敬亲父子为首，并联合支藩的毛利元蕃、元纯、元周等人共同签名，拜托浅野茂长暂为斡旋。

这封信同时也是一份威胁书——倘若浅野的斡旋不能令将军中止讨伐长州的计划，长州将立即举藩抗战。

几乎在广岛藩的浅野茂长接到此信的同时，熊本城主细川庆顺也向幕府提交了一份意见书，认为讨伐长州之举过于残酷。

6月6日，长州终于下定决心，一举抗战。当日，岩国藩主兼毛利一族领袖吉川经干来到山口，与德山、长府、清末等支藩藩主开会商议，明确决定抗战。

将军家茂进入大坂城的时间是闰五月二十五日，而长州藩的这一决定刚好是在此后第十天。也就是说，家茂进京的举动，令长州由此前打算恭顺的态度一转变为举藩抗战。

如此突变自然不会没有理由，在这期间还发生了一件决定性的大事——鼎鼎大名的土佐藩士坂本龙马为了萨摩与长州二藩和解而展开了积极的周旋。闰五月一日，坂本龙马怀着和解的想法，在下关初次会见了桂小五郎（木户孝允）。

坂本龙马所敬佩并视为师长之人，便是庆喜也极为熟识的海军奉行胜海舟，在此暂不再赘述。

这二人的会见令长州看到了一丝曙光。闰五月二十一日，萨长联盟的密约成立，而当天正是到达近江的将军决定不入膳所城而留宿大津的日子。

当日，自鹿儿岛来到下关的龙马的同志——土佐藩的中冈慎太郎，在下关会见了长州藩的桂小五郎、高杉晋作、井上闻多、伊藤俊辅及村田藏六等人。双方基于对二藩一旦结盟，幕府便无法进攻的认识，缔结了密约。

自然，二藩结盟在维新史上具有无与伦比的重大意义。二藩结盟将长州自绝望中拯救了出来，却也令萨摩公武合体的梦想化为泡影。这一事件隐隐体现出国体与现实政治难以融通这一事实，是幕末维新史上最值得关注的一件大事。

扮演这一盟约主角的坂本龙马与胜海舟自然不可能毫无关系，至少胜海舟嘴上虽然不说，心中却必定会站在同意的立场上，情不自禁地赞叹："哎呀，真厉害！"

而且，坂本龙马此举应该还包含着"庆喜公一定能理解我"的自信，证据便是当坂本龙马得知庆喜实行大政奉还后，曾流着泪感谢庆喜："大人英明！我龙马愿为您奉献生命！"

萨摩的公武合体化为泡影，长州公然采取抵抗姿态。当此关头，有两个人自然要彻底浮出水面。其中一人是孝明天皇，而另一位，自然便是遵从诏书来到大坂城的将军家茂。不，还有坚信必须维护诏书尊严而行动的一桥庆喜，以及一心一意为天皇考虑的会津中将松平容保。

于是，问题在此一分为二：是要彻底贯彻国体绝对的立场，还是以现实为重心而采取行动？

事实上，只要整个日本民族渴望拥有天长地久的皇室，此事便是永远存在的问题。如何才能将太阳赐予的宝贵的生命与繁荣，一同传给万世一系的子孙后代？这个问题以皇室为核心，深深地铭刻在人们生命与思想的基石之上。但现实中，这一最高理想与包含各种利己思想的俗政之间，注定会产生出各种激烈的冲突。

幕府的始祖德川家康对这种激烈冲突早有预料，为此便将皇室与政府一分为二。但在如今的现实中，人们从对政府（幕府）的不满，逐渐变成为了达到“亲政”的目标而毫无顾忌地行动。

然而，这种行动也有限度。面临生死关头时，人都会抛弃理想，在利己思想的驱使下行动。纵然明知会走上不幸之路、灭亡之路，也不可避免地会暴露出这种下意识的习性。

事情走到这一步，每个人平素是否不懈自我锤炼，一看便可分晓。

天皇不会妄下决断，但这反而会滋生抵抗。诸列强看到日本国内发生如此混乱，立刻倚仗联合舰队的威势，逼迫兵库开港，展开无耻的武力交涉。再加上讨伐长州受挫，外患内忧接踵而至，首先便令缺乏锤炼的将军家茂陷入了无奈的混乱之中。

令将军陷入混乱正是萨摩和长州的目的。倘若将军能够堂堂正正、信心满满地处理问题，他们自然会按兵不动，但很明显将军并不具备如此器量和历练。

“兵库不可开港。”

“理应尽快平定长州。”

制定相应的策略并付诸实施不正是将军这一政治首脑的职责吗？但无论事实如何，天皇下达的诏书都不会改变，将军家茂已然形同一个可怜的傀儡。

家茂一声悲鸣，庆喜已经不再是他的辅弼者了，他将老中及其下近侍召集至大坂城的广间商议。席间，将军唤来向山隼人正，开口说道：“我欲辞退征夷大将军一职，你即刻写好辞呈，我要上交朝廷。”

就这样，将军命令向山隼人正当场书写辞呈。这份辞呈绝不是对天皇的谄媚，也不是在玩弄手腕。将军已被彻底逼至进退维谷之境。

就性格而言，将军家茂生性温厚，与一桥庆喜截然不同,二人可谓有着天壤之别。家茂的生父纪州齐顺实际上是第十一代将军家齐的第六个儿子。因此，虽然父亲继承了纪州家，但祖父却是个娇生惯养的大将军，权倾一时，连大奥之中的老女也多是家茂从小相熟的人。在这种氛围之中，家茂于十二岁继承将军之位，并迎娶了以天皇养女的身份下嫁于她的皇妹和宫，其成长环境如何可想而知。

在这种环境中成长起来的家茂聪明伶俐，富有同情心，论及血统又是先代将军的孙儿。若在太平盛世，他可以说是一位无可挑剔的贵公子。正因如此，他并不需要接受毫无必要的严格锻炼，也无须去经受狂风暴雨。

而如今，列强倚仗联合舰队强迫开港，而朝廷又要求将军将列强与长州一并处理。面对如此局面，家茂却全无对策，生出逆反之意自然便不足为奇。

“当此危急关头，您却要辞去将军之职……既然如此，您认为究竟有谁能担此重任，继任将军呢？”

老中们脸上纷纷变色，开口询问。

“这……这个，或许是一桥卿吧。”

“但那位一桥殿下……”

连近侍都对将军的想法无言以对。就当前形势而言，将军的职位的确并非家茂之流的人可以胜任。但此前众人与一桥庆喜那般对立，现在家茂表示欲立一桥，自然会招致众人反对。事到如今，若由庆喜继承将军之位，那家茂拥立派便会被打上“毫无远见”的烙印。

“断然不可！若由此人继任，幕府将土崩瓦解！”

“而且，朝廷已被一桥掌控……”

果然家茂也只是个娇生惯养的任性之人。众人皆以为，朝廷不准兵库开港也好，要求幕府尽快解决长州问题也好，都是由于庆喜在暗中策动。但其实这种判断不过是出于其他官员的臆测，若家茂自己亦作此想，其实可以立刻罢免庆喜。但他不能那样做，而任命庆喜为将军也无法解决问题……家茂之所以说出如此歇斯底里的话，原因便在于此，但近侍们却未能领会。

（果然如此……庆喜果然凭借与天皇的密切联系而不断为难将军……）

这些人原本就对庆喜心存怀疑，而此事又再次成为双方分裂的根本性原因。将军亲手将这一混乱推至了高潮。

围绕这一问题，大坂和江户上下顿时陷入了一片混乱。

二

听闻家茂请辞，萨摩和长州的一部分人不禁击掌叫好。

（令来到大坂城的将军为难的罪魁祸首就是庆喜！因此将军才会提出辞职。）

大部分老中自然对这种无稽传言一笑置之，因为即便将军立刻向天皇上奏，提出辞职，只要天皇下诏予以驳回，事情立即就会平息。然而，史料中仍有“城中有如疯狂”的记载，可以想象，大坂城内旗本们的兴奋与反感实在非同寻常。

“理应即刻讨伐庆喜！”

“没错。我们应当立刻进京，包围若州府，斩杀谋叛之人！”

城内旗本的激愤之情愈发高涨，作为将军亲卫队大番头的室贺出羽守即刻拜访了老中松平周防守，表明了自己的态度：“如此下去，一桥卿将会继位成为新任将军，但我们决不担任这位新将军的护卫。倘若一桥卿果真成为将军，我们决心抛却性命，杀入一桥府，故特此告知……”

不仅如此，在此事传入江户的大奥后，甚至在女人和孩童中都引发了巨大骚乱。

“烈公的儿子终于要实行谋叛，入主柳营（幕府）了吗？既然如此，我活着也没什么意义了……”

据说，其中甚至还有人打算口衔短刀，纵身跳井自尽。

将军根据凭空猜测的一时失言，竟然引发了如此混乱的局面，但这绝非是因为众人对将军家茂有多么尊敬或信赖，所有骚乱和反应皆出自人们对变化的恐惧和对利益的追求。从这个意义上来讲，只能说大众是极度厌恶变化的愚昧之人。

庆喜对这种事情的发生早已略有预感，而家茂曾亲口向松平容保道出猜疑一事也是庆喜预感的来源之一。

正因如此，当原市之进前来报告这一大事时，庆喜只是轻轻地劝诫道：“我自有办法，无须惊慌。”随后，他立刻上书提议自关白以下的官员全体集合。

集合地点自然设在关白府，当日各个亲王及传奏议奏、近侍公卿等人悉数到场。

“将军此次提出辞职，关白大人是否知晓？”

“自然知晓，圣上也认为当此非常之际，此举实在胡闹。”

“既然如此，想必您已拟定好了拒绝方针。但倘若将军仍不改初衷，您打算如何处理？”

庆喜语气平静地说完，又补充道：“在下自然也已做好准备，打算辞去现任职务，与将军一同返回江户，不知诸位大人意下如何？”

庆喜冷静地点燃了导火索，意欲就此杀出一条血路。听闻此言，众人吃惊不已，面面相觑。

“实际上，关于将军提交辞呈……”关白冷静地说道，“我听闻将军已下令由一桥殿下一并继承将军之职和宗家。”

“不可，在下坚决请辞！由年长的我继承年少的将军，世人岂会赞同？此事不可，不必再议。”

众人再次沉默下来。突然，有人开口说道：“那田安家的龟之助君……”话音未落，便被关白咋舌阻止。

“此事无关年长年幼，圣上不会同意将军辞任，只要下达诏书，将军也不会强行退位的。”

关白再次提及诏书，却也因此表现出了一个严重的破绽：在近侍之中依然存在一种简单的想法，认为只要是诏书，无论多么无理都要遵从。

庆喜慎重地歪起脑袋想了想，又静静地摇了摇头。

“诏书恐怕并不管用，这与圣上的命令并无关系。”

“此言何意？”

“问题在于列强强行通过谈判要求兵库开港以及讨伐长州这两件事。”

“的确如此。”

“圣上下令要一举解决这两个问题，但实际上将军家并无此等实力。倘若将军提出辞职是基于对于时势的严肃反省，那么纵有诏书，将军恐怕也不会轻易改变初衷，或者……”庆喜顿了顿，然后格外冷静地继续说道，“将军进退维谷，进而自尽亦未可知。”

话音未落，关白、议奏和传奏都已脸上变色。经庆喜一说，事情确实并非如此简单。倘若将军无法遵从诏书，那么剖腹亦不足为奇。

“将军已是劝无可劝，只能挑选某人的儿子继承将军之位，再由一桥殿下继续担任辅政大臣……”

“岂有此理！令将军陷入如此窘境的正是我庆喜，倘若将军意欲自尽，我庆喜当先行一步，否则何谈为士之道！”

“这……”

“虽然这么说，但无论是谁剖腹，都不会令事态有所好转。经过深思熟虑之后，我想到了一个办法。”

“什么办法……”

关白迫不及待地刚开口询问，立刻又闭上了嘴，貌似有所领会。他第一次听出了庆喜话中之意：“只要能找到有实力抗拒列强、讨伐长州之人，此事便与诏书无关了，对吧？”

“没错。至于备用之策，便是找到能够做到二者其一之人，不知这样是否能令圣上满意？”

庆喜语气冷静，声音中不带丝毫犹疑。然后，他静静地望向关白。

萨摩和长州似乎已经结盟，若向萨摩下诏，令其讨伐长州，只会致使萨摩也变为朝敌。同时与萨、长为敌，再加上列强，就现实情况而言，当今日本并无具备此等实力之人。

关白此前一直以为，仅凭一纸诏书便可以处理一切问题。如今，他第一次意识到横在眼前的巨大障碍，一时竟至无言以对。而一旁的庆喜正襟端坐，双手放在腿上，正等着关白做出回答。

“好，便由本官再次询问圣意。在此之前，我暂不受理将军的辞呈。”

庆喜突然高声说道："我等不能就此两手空空地回到将军身边。"

"哦？你有何异议？"

"关白大人,将军不会乖乖地等待圣上批准，因此，若关白大人不能将您的思虑告知在下，那么我等是不会就此罢手的。"

"什么？不会就此罢手……"

"圣上至今仍不批准，这等同于驳回了将军的请辞。这恐怕反而会令将军下定自尽决心，如此一来，在下将不得不即刻引咎剖腹。"

"这……这也太急了吧……"

"既然如此，就让在下听听大人将会向圣上进言何种妙计吧！"

关白顿时脸色铁青。当时，他对岩仓公（岩仓具视）与萨、长的结盟之间的关系也略知一二。他此刻觉得，庆喜也已知晓此事，因此才会如此催逼。

"你的意思是说，我们必须以圣上下诏准许兵库开港为由，劝说将军收回辞职之意？"

"是的。不管怎样，这都是关系到德川家存亡的一件大事。"

"也就是说，如果没有开港诏书，也就无法讨伐长州，将军亦会因此自尽？"

庆喜微微一笑，开口说道："将军若是自尽，在下亦会紧随其后。如此一来，家臣们的骚乱想必会达到空前绝后的地步。唉，人心所向实在微妙，诸位大人亦万万不可大意。"

关白陷入了沉默。他虽未因这番言论吓倒，却也并非不明事理之人——倘若将军和一桥卿双双自尽，京都与大坂必将陷入巨大骚乱。若是列强的联合舰队再趁此骚乱登陆，长州势力也跨过藩国攻打过来的话，该当如何是好……

当此关头，只能暂时将国体和理想高高挂起，优先考虑现实的解决办法。

"也就是说……也就是说，只要圣上下诏准许开港，将军便有信心讨伐长州？"

"在下不敢担保。只是若不如此，便也再无其他办法。将军之所以提出辞职，原因正在于此。只有明白将军心中真正所想，才能设法劝阻。”

“明白！本官立刻晋谒圣上，呈奏此事。唉，要同时解决这两个问题的确太过勉强。”

二条关白最终接受了兵库必须开港的事实。

三

庆喜不能让将军家茂就此辞职。将军对庆喜抱有偏见，以为他在暗中活动，才会将自身逼至如此窘境。如果将军在此时辞职，纵然由庆喜取而代之，也只会招致幕府内部的反感，毫无益处。

因此，尽管不易办到，也必须令天皇同意兵库开港，统一幕府步调。对好胜的孝明帝而言，此事无疑会令他感到无比痛苦和遗憾。

“幕府竟然如此软弱无力！”

天皇一定会咬牙切齿，暗中垂泪不已。

然而，就现实情况来看，和宫的丈夫，也就是将军家茂已经提交辞呈，天皇亦只能选择退步，含泪开港。对于此事，原市之进佩服地抚掌感叹道：“不愧是三位殿下！”

他认为，对于这次危机的处理，正彰显出了庆喜强大的政治能力。这一理解亦无不可，因为此时接受列强开港的请求，列强或许还会帮助幕府讨伐长州。

“三位殿下，圣上的旨意已令将军收回辞职之意了。”

“是吗？”

“如此一来，下一个问题便是讨伐长州。关于此事，您知道法国的提议吧？”

“真是惶恐之至啊……我实在对不住圣上和将军……”

“话虽如此，但当此关头不可犹豫。幕臣中已经接连出现打算利用拿破仑三世的大舰队和大炮粉碎长州之人。”

“嗯……”

“如今应该即刻下令，一举击溃长州！没错，已与长州缔结密约的萨摩暂且不提，有了法国的援助，至少可以令佐幕派的众大名们勇气大增。”

庆喜并未作出回应。

“当然，借助外国的力量一事的确……但这实在并非本意，而是战略，必须凭借有巨大影响力的事件，方能一举提升士气……”

说到这里，市之进突然停了下来。他原本相信庆喜肯定会赞成自己的意见，却没想到此刻的庆喜正襟端坐，脸颊上已是泪光闪闪。

“三位殿下！您怎么了？凭借您的智慧，大事已然成功一半！万万不能在此关头犹豫不决啊……”

突然，庆喜一字一顿地说道：“不胜……惶恐……”说完便转过脸去，低声呜咽起来。

世间万事万物都可以从不同的角度来考虑。若攻克长州是最好且立足实际的解决方法，那么庆喜自然会全力粉碎长州。至于长州与萨摩的结盟，显而易见，也完全是出自现实至上主义的想法。

然而，倘若站在更高的境界，基于日本国体所追求的理想来看，这一决定明显就是邪门歪道。

孝明帝贯彻始终地以公武合体为目标的真意在哪里？幕府绝非敌人，幕府也被朝廷视作赤子，不容许任何对立发生。既然不能将幕府视作敌人，那么将长州视作敌人便可以吗？

（那是绝不可能的……）

庆喜对这一问题看得十分清楚。幕府代替朝廷统管全日本的武将——这便是现行体制。然而，幕府在现实中却无法管理身为武将之一的长州，以致领受了直接讨伐长州的敕命，这责任究竟在谁身上？

下达敕命不就已经是令人不胜惶恐的大事了吗？

萨摩也是一样。倘若他们心中还信奉着以万民生命为重的国体尊严，便不应在此时与长州结盟。

“您的意思是说……纵与拿破仑三世联手，亦无信心取胜？”

市之进露骨地问道。但他也只是在按照常识考虑——若有信心，自然不会犹豫。

“非也。”说着，庆喜已擦干眼中的泪水，恢复了往日的冷静，“若要讨伐长州，办法很多，兵力和武力都不是问题。”

“既然如此，此刻正应下定决心……”

“不。让朝廷下令讨伐赤子之举实在愧对列祖列宗，权现公泉下有知，必将勃然大怒。”

“这个，权现公……”

“没错。不能令朝廷沾染世俗的怨恨，幕府的职责便在于此。”

“可是……”

“听好，倘若对赤子加以讨伐，甚至不惜借用列强之力，这才是对国体的彻底摧毁。难道你不认为，这种行为无异于亲自践踏水户世世代代传承至今的史业吗？”

庆喜声音逐渐低了下去，眼底再次泛起泪光。

“不必多言，列强暂时不会轻举妄动，如今我们只能默默地协助将军……在此期间，萨摩也好，长州也罢，应该会有人觉醒过来，理解我们的真意，理解国体的重要。因为水户……水户明明都教过我们这些的。”

原市之进抬头凝望庆喜，一动不动。对他而言，“水户”一词总是犹如一把锐利的匕首，直直刺入心中。

无本之国

一

原市之进生于水户，是藤田东湖的堂弟，可以说是在水户精神的熏陶下长大的。但直到天皇下诏准许列强要求的兵库开港，直到将军辞职问题得以解决时，他才明白了真正的水户精神。

武田耕云斋及其下众人眼含热泪，在若狭慷慨就义，幻化成了水户精神的魂魄。原市之进原本以为，这场悲剧中的操刀之人并非庆喜，而是自己。然而，这不过是小小的自以为是的想法罢了。无论从思想的高度或深度而言，市之进的勤皇与庆喜的勤皇都无法相比。

在市之进的信念中，这不过是出于“倘若放过武田及其下众人，水户本身便会灭亡”这种事关一藩存亡的利己心理。然而，庆喜却有着必须超越这种想法的苦恼与见识，这种见识是一种立足于天地万物的思想，是计较一藩利害或一国利害的现实政治所无法比拟的。

以这种容纳宇宙的视野看穿人类与生命的本质，并在此基础上建立起来的“祭政”，是渴求天长地久的日本朝廷的滥觞。而心怀这种思想与政治而产生的机构，便是家康经过深思熟虑后创造的幕府。

若幕府没有自我依存的核心，也必将会陷入无边的堕落。基于这一前提，家康公才会命令水户藩祖赖房负责监督德川一族的未来。赖房为了完成监督的使命，首先调查国体，考虑立国之本，并将此志向传给光圀；光圀尊奉先人遗志，以毫不动摇的决心开始了修史事业，其结果便是孕育出了烈公、庆喜及各藩以尊皇为绝对的志士们。

（众多志士们的目标到底是什么？）

显而易见，必然是在现实政治中实现整个民族的繁荣，但不幸的是，这与国体理想发生了根本性的冲突。这一切都是在外国列强的逼迫下所掀起的巨浪，然而在采取阻挡巨浪的手段时，却衍生出了超越国体的现实论。

（在这种情况下，领导者究竟应该选择哪条道路？）

想到这里，原市之进愕然不已，不由得开始重新审视自己身边的一切事物。

庆喜认为，为了处理这一现实问题，首先必须令天皇下诏准许开港。也就是说，与外患相比，他更加在意的是维持“君臣一体”的国体论。

纵能暂时平定外患，却不可避免地会引发君臣相争的讨长之战……出于此番考虑，天皇最终还是准许开港。然而，不再考虑辞职的将军家茂是否有能力体察其意，使这场内乱得以善终呢？

换句话说，眼下的问题便在于，是否有人能够将庆喜的想法转告萨、长，并能令其信服。市之进仿佛第一次睁开双眼一般，开始重新审视自己身边一切。

（庆喜可以令天皇下诏准许开港……）

然而，庆喜认为不可讨伐长州的想法也好，意欲与萨、长协商的心意也好，都绝不能说出口，也不能在态度中表露出来。倘若这些想法被将军家茂身边的人得知，一定会引发诸如“看吧！一桥卿果然企图与萨、长结盟，夺取天下”之类的言论，燃起一片猜忌的火海。

因此，庆喜仅仅处理了开港问题，然后只能暂时保持沉默，等待家茂……不，应该说更多地是等待他身边的要臣们自己醒悟。

当然，即便将军决定留任，现在也不能随意向长州进军。

到了庆应二年（1866年）6月3日，新任命的征长先锋总督——纪州的德川茂承离开大坂，向长州进军。

由于天皇已下达敕命，是以家茂及近侍都坚信必须讨伐长州。而在宫廷内部，贺阳宫朝彦亲王也曾特意晋谒天皇，向天皇上奏："战争不日即将打响，想必诸方多有进言，然当此关头，圣上万万不可犹豫迷惑！"

于是6月5日，先锋总督德川茂承抵达广岛。

将军家茂以大坂城为大本营，将参谋部设在广岛，命令山阴、山阳、四国、九州等三十余藩的士兵将防长[1]的四境团团包围，企图大举进攻长州。

从理论上来看，幕府的战斗力绰绰有余。倘若拿破仑三世的海军也能前来，便更能鼓舞士气，势必能一举击溃长州。然而，正如前文所述，这一作战计划存在一个很大的漏洞。

同年4月4日，萨摩的大久保一藏曾告知长州藩士木户孝允（桂小五郎）时机已至，煽动长州起兵，而庆喜则严厉拒绝了法国公使洛奇提出的援助建议。只要了解了这些，想必是何漏洞便也不言而喻。

6月9日，萨摩藩的使者岸良彦七和平田平六二人特意来到山口，意在促进萨、长之间今后更加的亲睦。

12日，幕府军尝试突袭大岛郡，长州藩的高杉晋作等人大败来犯的幕府军。

13日，高杉等人更是乘坐丙寅丸，闯入停泊在久贺海面上的四艘幕府船舰中间，纵横驰骋，用大炮将对手一一击沉，大展武者之勇。

大岛之战，长州军胜得痛快淋漓。

6月17日，英国公使帕克斯带着金提督自横滨港来到海上的鹿儿岛，岛津久光大设欢迎晚宴。由此可见，当时的外交形势可谓错综复杂。以朝廷为核心的国家体制已经混乱，于是，法国和英国分别将吞食的目标定为幕府和萨摩。

在这种情况下，贵公子出身的将军家茂终于病倒在大坂城中。这场战争所包含的所有复杂与离奇，都是家茂所无法胜任的，他必然无法承受。

在将军家茂极度混乱的头脑中，存在一个无法解开的疙瘩。长州军

[1] 防长，日本古时周防国（防州）与长门国（长州）的合称，既现今的山口县。

中混有因萨摩的激励而奋起的奇兵队，而幕府军却对诏书抱有疑惑，二者之间的士气差距直接导致了幕府军的败退。

（如此下去，或许会战败……）

在“结果至上”的战争中，倘若胜利的希望变得渺茫，众人的步伐便会无法统一，大坂城就此陷入了极度混乱之中。在这种情况下，将军家茂终于因脚气攻心而病倒。

7月20日，年仅二十一岁的家茂便撒手人寰。

关于死因究竟是否为脚气攻心，可谓众说纷纭。由于和宫夫人无法陪同将军前往大坂城，因此随行的是小妾“佐伯局”。然而，无论是佐伯局也好，近侍也好，所有人都对将军的病状缄口不言，对其死讯亦秘而不宣，因此不可避免地出现了各种无中生有的流言。

将军起初表示咽喉疼痛，几乎无法发声。而他以前便肠胃不好，太医似乎也对此做过诊治。后来突然脚肿以致死亡，因此认为死因是脚气攻心。

自然，毒杀说也流传得煞有介事。至于对假想凶手的推断，可谓极其复杂。

笔者以为，首先受到怀疑的人便是庆喜。

家茂生性温厚，据说一生中绝少对他人发怒，而他却针对庆喜发泄过两次怒气。第一次是元治元年（1864年）5月21日，将军由京都返回江户之时。在返程途中，家茂对老中们说道：“一桥过于瞻前顾后了！”他之所以这样说，只因为他并不理解庆喜的深谋远虑。至于第二次，便是提出辞职时，失口说出或许会由一桥继任将军之位。

由此可见，抛却理性不谈，在感情上，家茂已沦落到了大奥女子的水平。

清点当时江户城内的女中人数，跟随将军家茂的有一百七十六人，跟随和宫的有七十七人，跟随天璋院（岛津氏、家定遗孀）的有八十一人，跟随实成院（家茂生母）的有二十三人。这些女人都认为家茂是一个极好的将军，同时将庆喜当作了争夺继嗣的仇敌，可以想见她们对家茂造成了何等影响。

其次受到怀疑的自然便是朝廷公卿。天皇向家茂下达讨伐长州的诏书，倘若知道家茂并无讨伐实力，就不得不撤销诏书。然而，倘若如此轻易撤销，诏书的权威便会荡然无存，于是只好杀掉家茂……这种阴谋的可能性也是存在的。

第三个受到怀疑的自然便是长州，第四个是萨摩，第五个则是暗中策动并帮助实现萨长结盟之人。

就这样，无数的猜疑相互纠缠，造成了严重骚乱，其情形如同捅了马蜂窝一般……

二

任何物质中都存在核心。而失去了核心的人类集合体，只能称作乌合之众。若要对乌合之众的发展趋势下个定义，也只能说是毫无秩序的弱肉强食。一切真实都由强弱决定，一切正义和非正义都因强弱而被歪曲。

从这个意义上来说，当时的日本便好似这样一个失去核心而开始分裂的物体。

在外，法国想要通过帮助幕府来成其私心，英国则紧抓萨摩不放，露出殖民国家的爪牙；在内，长州为了生存而拼命奔走，萨摩通过与长州结盟，谋图其夺取政权的野心……

在如此毫无秩序的舞台揭开帷幕时，必然会上演一些丑恶的剧目，自然也便产生了诸多暗杀家茂的流言。

然而，认为庆喜是暗杀主谋的臆想，不过是那些几近疯狂的妇人的妄自猜测罢了。

在酷热的7月17日，庆喜得知将军病情非同一般后，便火速前往大坂探病。当时，就连家茂也主动提出要见庆喜，他一定是想询问当前战况如何。当庆喜被引入起居室时，只见家茂正仰卧在纯白色的褥子上，屋内还有见习御用取次[1]兼小姓组番头的蜷川相模守（五千石）和佐伯局

[1] 御用取次，向幕府将军居室，或大老、老中等官员的办公室传达消息的职务。

二人。

太医渭川院则退守在隔壁房间内待命。

“你来了。”家茂声音嘶哑地说道，“我自12日起便睡不好，浑身痉挛，痛苦万分……”

说完，家茂似乎想起当前正在进行的战斗，便继续说道：“至于我的病情，你就问问渭川院吧。三四天前，我还能在别人的服侍下起身，现在也不行了，不能怪他。”

通过家茂的话，庆喜听出他还不知道幕府军近期的败退情况。最近几天内，从和歌山、松江、福山等藩一直到滨田藩所在的当麻山的幕府军防线都已被长州军击破，周布川也已明显露出败象。

更重要的是，只要失败一次，那些藩兵就会立刻返回领国。如此一来，他们也算尽到了义理，幕府亦无话可说。

“您不必担心，请安心休养。”

“京都的治安如何了？”

“十分稳定……正因如此，我才能来探望您。”

“是吗？那就多多拜托你了。”

庆喜一边点头，一边绕到被子脚边处。

（看来，病情比想象的更加严重……）

庆喜若是与家茂的目光相对，恐怕会忍不住流出泪来。于是，他便悄悄地绕到一侧，将双手探入被中，静静揉捏家茂的双脚。

“辛苦你了……”

家茂再次说道。而后，他又叨念了一些因为有庆喜在，自己可以安心养病之类的话，但声音无比孱弱，庆喜并未听清。

在庆喜看来，家茂曾经那样激烈地与自己争夺继嗣之位，但到头来，他只不过是一个可怜的权力牺牲者。实际上，家茂是被特意选出，被迫登上了一个悲剧的位置。

家茂本身自然并无那样大的野心。庆喜望着昏睡中的家茂，只见他横卧在榻，一张脸苍白浮肿，看起来仿佛是另外一个自己。

家茂刚刚二十出头，庆喜从未想过他会就此死去，但也并不认为凭借此人的裁断能令事态平息。如今家茂卧病在榻，正是自己重整旗鼓的机会。想到这里，庆喜感到肩膀上的压力又重了一分。

（不能再打下去了，必须另辟蹊径……）

于是，庆喜返回京都。第二天，又有一组探病的客人自京都抵达大坂，似乎有意与庆喜错开一般。这组客人的身份并不清楚，他们自称“我们来自京都”，见习御用取次蜷川相模守接待了他们。

不用说，见习御用取次负责代将军会客，是家茂身边的心腹。事实上，蜷川相模守似乎还一直不眠不休地在家茂身边负责看护。当相模守听说这些带着御医的客人来自京都，便郑重地向家茂引见。

家茂自然也是诚惶诚恐地命人将来客接入病房。以天皇与家茂之间的关系，天皇亲派御医前来诊治也不足为奇。探病的御医仔细地为家茂诊脉，然后配好了药。遗憾的是，这位御医的姓名并未流传下来。当夜，家茂怀着深深的感动，服用了药物。

“太大意了！”

根据蜷川相模守儿子的描述，他的父亲每次在妻儿面前提及当夜之事，就会变得双眼血红，浑身颤抖，一边说一边流下男儿之泪……笔者的朋友也曾多次听博士谈及此事。

服药半刻钟之后，家茂突然捂住胸口，感觉十分痛苦。蜷川相模守大惊失色，慌忙将家茂扶起，护理照料。他起初并未怀疑是药的问题，完全以为是其他原因。

第一次痛苦暂时得到缓解，但到了深夜，家茂再次发疯般地挣扎起来，只见其胸口上遍布奇怪的紫斑。

御医自然早已被唤来候在一旁，适值在场的大臣也都赶了过来。然而，众人都对家茂的痛苦束手无策。家茂经历了一天两夜的折磨，最后紧紧抓着蜷川相模守的手臂说道：“抱紧我，疼啊……”

直至20日凌晨，家茂在疼痛的折磨下已是汗水淋漓。最终，德川家茂不可思议的贵族生涯就此结束。究其一生，是幸还是不幸，委实难以评说……

三

家茂的死因或许当真如公布的消息一般，是脚气攻心。若在年轻时远走他乡，在食物和气候水土皆不习惯的地方生活，脚气几乎是大部分人都会得的一种常见疾病。

若说是脚气攻入心脏，也并非是不可思议之事。

然而，蜷川相模守固执地否定了脚气攻心致死一说。

“我当时不眠不休，一直侍奉床前，警惕事情外泄。将军死后遗体送回江户城时，我也一直跟随。你们能理解我的悔恨和痛苦吗……听好，将军是被人用计毒死的！这一点我必须说明，你们绝不能忘却！”

既然蜷川相模守对妻儿如此言之凿凿，曾去拜访过他的使者和医生一定也已猜到了幕后凶手。然而，他们对凶手的身份却守口如瓶。考虑到其中隐情，再结合能够调动大内御医之人的身份，凶手的范围已被限定得极小。

时值战况不利，又不知是否应当停战之际，幕府只顾极力隐瞒将军死讯，对毒杀一说毫不理会，这令相模守极为不满。

当将军的死讯传到已攻至小仓的熊本藩阵营中时，熊本、久留米、柳河诸藩的士兵立刻放弃小仓，纷纷返回各自领国。萨摩原本就并未出兵，如此一来，战争便无以为继。也就是说，将军之死宣告了此次征长战争的结束。

其时，身在小仓的老中小笠原长行于8月1日乘坐军舰富士山号逃至长崎，而后又自长崎来到兵库，并于8月12日向庆喜详细汇报了战况。

当时家茂的死讯尚未对外公布。然而，除了京都和大坂之间，自江户大奥中也不断有医生和客人前来大坂探寻将军病情，因此这件事终究是瞒不住的。而且，幕臣之中再次出现了非难庆喜的声音。这些不满的声音认为，一定是庆喜等人令天皇下达了讨伐长州的诏书，而面对如今的窘境，庆喜竟然还是如此冷静，简直就像在隔岸观火一般。

面对这种非难，庆喜尽量保持超然，他认为自己不能就这样静静地离开京都。倘若自己离开京都，放任宫廷内的所谓“王政复古派”暗中活动，天皇将被置于极其不利的立场。天皇虽已向长州下达宣战布告，但他并不知道，经过萨、长结盟，布告已经失去了实效。天皇还以为，与近卫家关系密切的萨摩如今仍与会津和幕府一样，为实现公武合体而不遗余力。

由于萨摩之故，战争其实早已无以为继。此时，小笠原壱岐守长行怒气冲冲地前来会见庆喜。

“成何体统！下令讨伐长州的是朝廷，致使萨摩倒戈、令熊本及其他藩放弃作战的也是朝廷……看来朝廷的一颗心也只顾自身利益，其功利性毫不逊于萨摩和长州！”

小笠原长行清楚现在庆喜身边只有原市之进一人，便直截了当地表达了对败退的不满。只要朝廷存在王政复古的利己之心，纯粹的水户大义就会遭到践踏。

庆喜默默地听着，不置一词。

“肥后家老长冈监物建议先召集诸国大名，在御前重新商议，而后再行追击，然而此建议却未被听取。若执意进攻，首当其冲的引岛倒是不难攻陷，但之后又有什么办法能攻入后面的山口呢？倘若没有成果，纵然勉强攻打也是无济于事。这一切都是受萨摩藩的影响。”

“嗯……”

“肥后无法劝动萨摩，萨摩无法撼动京都……如此一来，究竟何以为战？我要将萨摩的叛变奏请圣上，请圣上定夺对策！”

“你是说令萨摩变心的原因在于朝廷？”

“若非如此，萨摩为何变心？萨摩认为，与其联手幕府，不如同长州或英国联手侍奉朝廷更符合己藩利益。而此种说法最有力的证据，就在京都郊外的岩仓村。”

庆喜依然保持沉默。

说到在京都郊外岩仓村隐居的朝臣，便是仍然遵从诏令闭门反省的岩仓具视，号友山。

岩仓具视是一位足智多谋之人。在和宫下嫁时，他曾上奏提出条理井然的公武合体论，最终促使天皇同意和宫下嫁。而此事招致倒幕论者的愤怒，将其当作三奸二嫔的首领，勒令其远离天皇身边。

然而，他并不会仅仅因此就一直隐居。庆喜也已注意到，岩仓具视一直绞尽脑汁，企图再次接近朝廷，重回天皇身边。而当朝廷下达讨伐长州的诏书时，他终于找到了重返朝廷的办法。

天皇心中一直秉持着万民赤子、一视同仁的传统。岩仓具视一定已经想到，若是立足于这一传统，便有可能以萨长结盟为由令朝廷夺回政治权力，实现王政复古。

“岩仓是彻头彻尾的夺权主义者。他以前曾与幕府联手，如今又计划萨长结盟，其行为的本质都是一样的。也就是说，他不过是离开幕府这匹马，转而骑上了萨摩这匹马。因为他认为与萨摩联手更有利于夺取权力。因此，我们也必须采取必胜手段，否则将失去这场战争。”

小笠原继续滔滔不绝地说道。庆喜既未点头，也未摇头。

倘若优先考虑战略，小笠原所说并没有错。但如此一来，纵然获胜，恐怕也会失去“神州”的理想。

“您的意思是说，我应该立刻接受法国的援助？”

庆喜脸色苍白，沉静地反问道。

“三位殿下！萨摩早已明确与英国联手，计划与萨摩联手讨幕的或许便是帕克斯公使。帕克斯和金提督抵达鹿儿岛湾时（6月17日），岛津久光就带着当家忠义郑重出迎，款待极尽周到。”

庆喜暗暗发出一声深沉的叹息，仍未作答。

小笠原长行刚从战场归来，情绪激动。如今，其所思所想都出自这种激烈情感的驱使，并不合适。

“三位殿下！如今的王政复古派已经不仅仅是萨长联盟和脱藩的草莽暴徒，而且英国实行‘万国称臣’的外交政策，极擅阴谋诡计，而岩仓具视正在暗中与英国往来密切。”

庆喜未作任何回应。

“而且，在幕府内部，以出使法国的池田筑后守长发为首，老中阿部丰后守、松平伊豆守、若年寄酒井飞驒守、勘定奉行小栗上野介、御用取次竹本隼人正等人皆赞成接近法国的意见。”

庆喜依然保持沉默。

“您听到了吗？池田筑后守在巴黎时，一位号称‘法国的勃朗峰’的贵族曾如此明确表示——贵国若要实现繁荣，应该依赖法国，削弱并统一诸侯……倘若日本政府有意清理国内叛徒，实现与外国的永久亲和，法国将不惜提供任何援助……洛奇公使和翻译官莫梅特·卡乔恩如今也在热心地劝说幕府。”

人类一旦陷入痛苦与混乱之中，想出来的办法往往大同小异。如今幕臣之中也有人认为应与法国联手，就像萨摩当初与英国联手一样。

借助法国之力压制英国，借助萨摩之力压制幕府，庆喜对此十分清楚。然而，纵然采取这种以夺取权力为目的的手段，也绝对无法成为实现最高理想的政策。

促使英国接近萨摩之人是武器商人格洛佛，但双方的目的，充其量不过是对各自眼前利益的觊觎，与正义和良心毫无关系。

（若令神州卷入这种纷争，何谈攘夷？如此做法才是出卖神州之举！）

庆喜正要高声说出自己的想法，最终还是忍住未说。

“我庆喜呀，可是相信我们日本人的。”

庆喜开口说道。他的语气十分随意，但在小笠原长行听来，却犹如一根尖锐的钢针刺入耳中。

“如今国家缺乏核心，才会如此混乱。但孩子不会永远都是孩子，他们一定会长大成人。长大以后，便可以独自处理自己家中的问题，无须借助任何人的力量……就让我们耐心地等待这些孩子长大成人吧！”

继承

一

8月20日，即将军家茂病逝一个月后，幕府对外公布了他的死讯。十二天后的9月2日，他的灵柩被运离大坂，里面装有侍妾佐伯局的黑发和自江户送来的和宫的断发。

而从家茂病逝的7月20日到9月2日这短短四十二天的时间内，可以说，幕末日本的命运已成定局。

家茂离开江户时膝下无子，因此，他曾针对自己的继承人一事说过这样的话："既然要上战场，那么身死疆场也不足为奇。我若阵亡，可令田安龟之助为嗣子。"

家茂此言似乎并未经过深思熟虑，却被老女泷山听到，并遍告夫人和宫及大奥内的女人。此事自然也传入了庆喜耳中。

仔细想来，家茂此言是颇欠考虑的。万一遭遇不幸，二十一岁的将军竟意欲立年仅三岁的幼童为自己的继承人。可以说，家茂对当前国难毫无认识。而且，在京都时，家茂一气之下曾表示自己辞退将军之职后可由庆喜继任。从如此前后颠倒、毫无顾忌的言行举止可以看出，他无论如何都称不上明君。

家茂虽然为人温厚，却无法胜任非常时期的大宰相。但如此一来，庆喜反而下定了决心，因为他对大奥女人的棘手程度有着刻骨铭心的认识，深知她们都是顽固的守旧派。

（就这样吧，便立龟之助为嗣，这次由我亲自辅弼即可……）

因此，7月20日家茂病逝后，8月12日小笠原长行前来汇报战败报告之时，他已经下定决心，打算彻底放弃讨伐长州的计划。在他看来，讨伐长州的命令与倒幕一样，都是同胞相残，有悖国体。然而，见诏书如见天皇本人，只要诏书存在……不，只要将军家茂存在，就没有庆喜提出意见的余地。

而家茂之死彻底改变了这一局面。在8月12日这一天，令日本平定的是将军的尸体。而且，纵然按照将军遗愿，立田安龟之助为嗣子，讨伐长州的执行似乎也应由庆喜代为决定。

于是，庆喜与在京的诸官员经过商议后，以“将军之死”为由，于8月13日秘密拜访了关白二条齐敬，请他下达敕命解散奉旨讨伐长州的军队，并再次召集诸大名在京都集合。可以说，这一策略完全是庆喜惯有的风格。他打算就此终止与长州的争斗，贯彻合理的救国之策。

然而，江户的阁僚们却集体反对拥立田安龟之助。他们认为，当此艰难时局，必须由庆喜担任将军一职，诸位阁僚的危机感是大奥老女们所无法相提并论的。于是，老中笔头板仓胜静怀着坚定的决心，自江户火速前往大坂。

“怎能让三岁幼童来承担战时的艰难局势！”

虽然他们还想不出如“中止讨伐长州”一般的高深策略，但他们也清楚地感受到幕府士气的极度委靡，也知道国境上的连连败退。正因如此，他们才认为必须以庆喜为核心，重振当前的武力。

于是，7月28日，阁僚们以将军家茂的名义，建议朝廷任命德川庆喜为讨伐防长的负责人。

7月29日，仅仅不过一天时间，他们又急不可耐地请求朝廷下诏，立庆喜为德川宗家的继承人。

以死去将军的名义下达军令本已古怪，而让已死之人出来确定自己的继承人一事，更是胡闹。然而，朝廷当日（29日）便下达诏书，准许庆喜继承宗家。

即便如此，这种极端拙劣的手段背后所隐藏的用心昭然若揭，看上去是如此狼狈不堪——先令庆喜继承德川宗家，然后公布家茂的死讯，再令庆喜继承将军一职，将讨伐长州的责任完全丢给他。这其中明显地暴露出了已然腐朽的幕府政治长久以来形成的极端自私的陋习。

就这样，老中笔头板仓胜静先确定了发丧的步骤，然后于8月11日自大坂来到了京都，当天也正是庆喜秘密鼓动二条关白中止讨伐长州的日子。

老中笔头相当于幕府的总理大臣。或许正因如此，他才企图迅速果断地运作一切。板仓胜静听罢战败报告后无比烦躁，他在二条城与御家门笔头松平春岳一起，向庆喜告知了由他继承宗家的决定。

板仓胜静以为庆喜自然也会十分欣喜。然而，板仓胜静话音刚落，庆喜便一口回绝。

“在下不能继承宗家。将军欲立田安龟之助为嗣子，在下不能背叛他的遗愿。”

瞬间，板仓胜静惊慌失措地眨了眨眼。

“您说什么？若是由于大奥的缘故，您大可不必多虑，大奥众人都已被说服……”

“不好意思，如此重要之事，最好按照将军遗愿来处理。至于在下，会认真做好辅弼一职。”

“若是朝廷已下诏准许此事呢？”

“这可不妥！尚未征求在下意见便请朝廷下诏，是幕府对诏书的轻视，理应按照更加严格的程序办理。总而言之，此事毫无商量余地，在下坚决请辞，希望春岳殿下也能理解。”

语毕，庆喜便径自站起身来，迅速返回了若州府。这位“倔犟公子”一旦话说出口，便绝不收回。

“怎会这样……”

说着，板仓胜静望向春岳，脸色一片惨白。

二

真正迫使板仓胜静立刻展开行动的其实并非幕府在战场上的败势，而是已经开始散发尸臭的将军遗体。若不尽快发丧并将遗体运至江户埋葬，事情终将无法收场。

在阁僚之中，胜静可以说本来就是倾向庆喜一派的。正因如此，他的偏袒之举反而成了疏忽之处。

“越前侯，请您帮忙劝说劝说吧！此事可是分秒必争啊！”

松平春岳闻言立刻皱起眉头，陷入沉思。与板仓胜静相比，他心中感觉到了另一种不安。

（庆喜是因未曾事先与他商量而生气了吗？）

若是如此，只需低头道歉便可解决问题。然而，倘若庆喜已经预见幕府终将垮台，有意避免蒙上“毁灭宗家之人”这一污名的话，便无计可施了。

“若是老中尚可辞职，但若成为将军，便无法辞职了。”

“关于龟之助大人过于年幼这一问题，是否也应该让大奥派人前来向三位殿下做一番陈述呢？”

“三位殿下方才已经表示，正因如此，他才愿意担任辅弼。您也知道，三位殿下号称倔犟公，所言又合情合理，不好办啊……”

“既然如此，请您仔细想想，是否还有其他人选？”

“尾张早过盛年，除却田安外，其他人并无子嗣。至于田安的父亲，自然是不行的。”

“您能否再以此为由加以劝说……”

“在下可以三番五次地劝说三位殿下，但只怕他会说出一句可怕的话来。”

“哪一句话？”

“‘此时消灭幕府不是很好吗？’倘若三位殿下真的认为这样做对日

本国有利的话……”

“什么！这太……太不像话……”

话音未落，胜静突然闭上了嘴。因为他心中其实也曾产生过这一令人全身寒毛倒竖的想法。

（若是不注意，自己恐怕也会说出诸如“这是大政奉还的好机会”一类的话。）

“好吧，我先前往若州府看看，比比谁更倔犟。”

“与三位殿下比试倔犟？”

“是的。板仓胜静也是武人，若是就此败北，实在无颜面对祖先。”

“如此说来，您今夜不回府了？”

“没错。我要当面问问他——是否打算将将军的遗体丢在大坂？若是如此，我也就此剖腹，任凭尸体烂在你若州府。”

“如此做法并非上策，若不拿出一些大道理，是无法说服他的。所以我们需要想个好理由。”

“不，光讲道理没用，我要出奇制胜。这绝非什么策略，他若不同意……唉，倘若我不回大坂，将军的遗体便不能动。因此，他若不同意，就算待到将军、我、幕府，甚至日本国皆化作腐朽的那一天，我也会抱定信念，坚决不出若州府。”

胜静果然不愧是硬铮铮的板仓家后人。

幕府如今的境遇，已经可以用“走投无路”来形容。但如此不可思议、如此宿命般的走投无路，也着实罕见。

若说天皇的女婿，即将军之死是宿命，那么先遣部队里的一位老中——小笠原长行逃到京都也是宿命。

小仓城自然已遭沦陷，幕府只能暂时解散军队。不，事实上，肥后、久留米和熊本都已解散了军队，迅速返回各自领国，幕府对此也是无计可施。在这种情况下，纵是大奥也认为拥立三岁幼童龟之助的主张是不可行的。但是，大奥的想法却严重偏离了正轨。

幕府与朝廷分别拥有行政权和诏书，形成对立之局，如今再加上萨长联盟，三个利己集团纠缠在一起，形成了一个难以解开的死结。

不仅如此，还有英国死死咬住萨摩，法国也并未放弃帮助幕府与之对抗的想法。如今，幕府的新陆军正在接受法国教官的训练，在横须贺也建起了大规模的造船厂。倘若幕府与法国联手，便会握有胜算，如此一来，各藩为了独立，也会重新站在幕府一边。

然而，在如此酷热的天气里，幕府臣子竟将将军的尸体丢在大坂城内，令庆喜一人承担所有责任并期待其妥善解决，这种想法实在太过自私。当初不惜发生激战也要排挤庆喜，令家茂继承将军之位的又是谁呢？

至少，被他们当作神一样崇拜的德川家康也从未面对过如庆喜现在这般进退维谷的艰难立场。

（将庆喜逼迫至远超家康的艰难立场，但最终却还是不得不依赖他……）

当板仓胜静紧随庆喜之后前往若州府时，庆喜正在静静地享用晚膳。胜静擦了擦头上泛着铅灰色的汗水，向原市之进低声说道："你帮帮我。我惹三位殿下生气了，你先不要通报，我想借用一个小房间。"

市之进双目炯炯地凝视着老中笔头，开口说道："好的，我明白了。"然后将胜静引入靠近门口的一间八张榻榻米大小[1]的待客室。他似乎以为胜静要在房间里与自己密谈。若在平日，这里自然不是接待老中笔头的地方，至多用于接待各藩家老。

二人进入房间后，胜静再次从天花板到房门仔细巡视了一遍，然后说道："我要借用这里一段时间，膳食可以让我的家臣从府邸送来。"说完，他便不慌不忙地敞开了衣领。

"不忙替我引见，请你转告三位殿下，板仓胜静暂且借用一间房间，准备埋骨于此，此外，我有一个请求。只需如此说即可，还请原谅我的小伎俩……"

市之进听到这话，惊讶地瞪大了眼睛。

[1] 一张榻榻米约1.62平方米。

三

当市之进匆忙地跑进庆喜的起居室时，庆喜已经吃过晚饭。而一旁的阿芳看上去已经完全适应服侍的工作，正在麻利地收拾碗筷。

“妾身又遭到殿下呵斥了。”阿芳向市之进说道，“妾身并未忘记将军之丧，但为了令殿下忘忧祛暑，便上了酒水。”

市之进并未理会，而是跪拜在地，开口说道：“板仓大人来了，貌似决心在此剖腹。”

“什么？你去将他赶走。他的意思我明白，告诉他不要只考虑自己的脸面。至于诏书……那是造成所有不忠行为的根本原因。”

庆喜不悦地说完，立刻又补充道：“等等！听好，告诉他不要拘泥形式。担任将军后见职也足以奉公，不必故意继承宗家，多方树敌。我不是那种听别人说句好话便上当的老好人，而且现在我正在考虑如何收拾解散军队后的残局，告诉他不要打扰我。”

“这个……”

“怎么了？策略的制定要以神国的民众为本，理应正大光明。你告诉他，若是不能改变歪曲的思想，就无法使民众沐浴到纯粹的太阳之光。”

“其实……他已经借用了一个房间，似乎不打算离开。”

“什么？岂有此理……这简直就是农民起义！他竟也来这一手……”说到这里，庆喜重重地咋了咋舌，“好吧，带他过来，但我的答复是不会改变的。”

市之进这才望着庆喜说道：“让他以为静坐示威便可说服大人的便是我。”

“你说什么？”

“如今，世人多在传扬市之进说过的一句话——尊皇是一种精神，并非政治。”

“那又怎样？难道不对吗？凭借诏书是无法赢得战争的，而怀着奉旨之心实行的策略便是政治。因此，不应过于轻率地大肆宣扬诏书的作用，这一直是我十分担心的问题。你的话很正确。”

“可是，板仓大人似乎理解有误。也就是说，他认为朝廷官员根本不懂政治，无论他们如何倚仗时势出谋划策，幕府都绝不会将政权交到他们手中。如此一来，幕府之中可以信赖的人便只有三位殿下了。”

“目光太短浅了！”庆喜再次烦躁地咋了咋舌，“带他来吧，我来说服他。不过，为了防止今后还会发生这种事情，不能允许他这样自以为是地静坐示威。”

于是，在天下闻名的倔犟公与抱定必死决心的老中笔头之间，一场拼尽全力的意气之争在所难免。

市之进慌忙跑向胜静静坐示威的房间。

一刻钟后，板仓胜静脸色铁青地来到庆喜房内，额头上挂满豆粒大的汗珠。

“大人近来可好……”

“哼。”

“明早越前侯也会前来……届时，我们二人将一同向您郑重请愿……”

“你的意思是说，今晚就这样算了？”

听到庆喜轻轻的反问，胜静避开了对方的目光。他从一开始便完全不想与庆喜争论，他知道一旦争论，自己必输无疑。与其辩个不休，倒不如尽早令庆喜明白——倘若不答应，自己便决心死在这里。

“在如此酷暑之下，在下担心将军的遗体在大坂难以保存，您可知道特殊的保存方法？”

“哼，将军的遗体可还在下达各种命令呢!你可不要随便违背将军的遗愿。”

“诚惶诚恐！三位殿下继承将军之职并不违背将军的遗愿。将军生前曾直接上奏，声称万一自己遭遇不幸，则由一桥殿下继承……”

“你说什么？你又要重提将军请辞时的旧事吗？”

“不敢。由三位殿下继承将军之职乃是诏书所定，因此，您理应恭敬接受……至于未曾与三位殿下商量，则是在下的过失，在下不会辩解。”

庆喜故意望向新门送来的忘忧草，并未作答。板仓胜静将将军家茂在辞职时随口说出的话当作诺言，在理论上并无破绽。

然后他又转而凝望着一动不动的风铃，顾左右而言他道：“市之进，吩咐阿芳备好茶点送来。”

胜静仍然静坐，不发一言。

“板仓，你似乎打算用将军遗体来威胁我，不过那是没用的。现在，我劝你还是喝杯清凉的麦茶，待汗消了便离开吧。”

“纵然三位殿下这样说，我胜静也不会就此离开这里剖腹自尽，在下要等到越前侯明早来此。”

对于这句反驳，庆喜并未搭话。

“既已约好两人一起请愿，在下此刻便不再多言。当我如此下定决心后才发现，今夜的暑气真是令人怀念啊！”

听到这句话，庆喜立刻转过头来，目不转睛地凝视着胜静——那张挂满汗水的脸庞透着沉着，清晰地映现出了一个武人的决心。

“哦？你非要让我开口不成？”

“非也非也，您不说话也没关系。”

“此时此刻，隔着这层厚重的暑气，我听到了草木成长的声音。能够成长的并非仅有草木，幕臣之中也好、朝臣之中也好、长州也好、萨摩也好，都有正在飞快成长的人。我认为，当他们成长到能够背负日本命运的那一天，幕府就会消亡，这个家就可以交给新成长起来的年轻人了。倘若在下成为将军，我的忠告必将不被这些年轻人所接受……更重要的是，若由在下继承将军一职，令年轻人产生背叛先祖的错觉，于国体也毫无益处。你能理解我的吧……”

板仓胜静依然默默地凝望虚空，一言不发。庆喜时而称自己为“我”，时而称自己为“在下”，像是自言自语般地在一旁继续说着。

面对将军家茂的尸体即将腐烂的情形，二人仍在继续展开尖锐的问答。庆喜很明白这一点。

（此时不能采取无用的策略……）

“板仓大人，此时幕府的当家正横卧于灵柩之中，纵然设法令其复活，亦是徒劳。这种徒劳之事，在我们尚有一息之人的世界里也是数不胜数。将军之死是上天给予的天罚。

“所有人都在哀叹，所有人都悲痛得流下眼泪，希望将军能够复活。然而，那是无法实现的……将军大人的肉体已非此世之物，他已被召回天上去了。虽然将军年仅二十出头，这样说会有些古怪，但事实如此，与是非无关。”

“……”

“这世上，有人十五岁或二十岁便早早死去，那当初又为何要将他们生出来呢？但纵然如此埋怨，亦是无济于事。明智光秀为了短短三日的天下，而葬送了信长四十九年的生涯。如丰太阁那般的人物也不过得了天下十余年而已，与之相比，我们德川家是多么长久啊！究竟是哪一步走得不同，天寿的长短才会如此迥异？正是这些历史，时刻训诫着那些固执己见的人，让我们回到历史中去揣摩寿的长短……我庆喜生于水户之家，理应在暗中保护幕府的万世安泰，若由我继承宗家，此事成何体统！若是由在下自己计量自己的寿命，简直无异于一个自私老人的垂死挣扎。正是这种乱世中的垂死挣扎，才是与国体宏远的训诫背道而驰的行为。你明白吗？板仓……”

“……”

“我国国体以天长地久的存在为目标，即是从父母到子女，再从子女到儿孙，一直保持这种永不腐朽、绵延不绝的生命之道的本质。在下纵然辛苦，也必须一直监督德川家的本质是否与朝廷的本质一致。倘若在下因自己的固执而偏离正轨，祖祖辈辈的苦心便会化为泡影。板仓大人，如今的幕府就像一个老朽病弱，因此必须尽快培养年轻人，将国家交付与他们，而我是万万不能产生想当将军的念头的。”

不知不觉间，胜静开始浑身颤抖。他认为庆喜的话中存在两个难以理解的独断之念。其一，庆喜打心底便不曾有过觊觎将军一职的念头；其二，庆喜已将幕府的命运与家茂的灵柩视作等同。

幕府已经死了……不，他认为幕府已濒临死亡且无药可救，纵然强行救治，也有违神意。他已抛弃了幕府……

冰凉的麦茶已被送来。胜静默默喝了口，恭敬地施了一礼，然后站起身来。虽然他仍旧固执地不发一言，脚下却不住地颤抖。

四

为了防止尸体腐烂，除了使用盐和烧酒涂抹身体外，还可以使用朱色印泥，但幕府事先并无任何准备。若是去各家强行收集，也并非不可，每个家庭里都有画押用的印泥。但此事若是对外宣扬出去，将军病逝秘而不宣一事就会沦为一副滑稽的嘲讽画。

当夜，老中笔头板仓胜静住在靠近玄关的房间里，反复考量着这件事。住在若州府这一异常行为本身并不奇怪。如今，天下大事皆在一桥庆喜居住的若州府中决定，幕府的总理住在这里自然不足为奇。

（但真相并非如此……）

板仓胜静一夜未眠。无论与松平春岳一起说些什么，庆喜似乎都不会答应，成功的概率只有五成。

（对了，倘若庆喜一口回绝，便只能当场剖腹。）

倘若板仓剖腹，春岳和庆喜便必须承担起处理尸体的责任。

（然而，家茂的死实在是太奇怪了。若果真天意如此，那么老天究竟在迫使我作何思考呢……）

另一方，松平春岳也在反复思考此事。在春岳看来，庆喜仍是讲求策略之人，而不听他人劝说也是他的策略之一。等到最终任何人都无法再出口干涉时，他才会同意接受。

（一旦他当上将军，若想摧毁幕府岂非易如反掌……）

因此，松平春岳以为，只要固执地纠缠不休，庆喜纵然不悦，最终也一定会同意。庆喜想必仍会展开论点鲜明的辩论，但自己不能上当，一定要坚持请愿，与他比拼耐心，除此之外别无他法。

想到这里，不觉东方已经开始泛白。松平春岳似乎难以等到天亮，便起身来到若州府。

“如此一来，我们便只有强行请愿了，要和他拼比耐心，绝对不可心急误事！”松平春岳鼓励着因睡眠不足而眼皮沉重的板仓胜静，“等他醒来，我们便即刻前去拜见。”松平春岳先令原市之进前去通报，然后又继续开始多方研究庆喜的态度。

上午八点整，松平春岳二人被引入庆喜的起居室。春岳极为振奋地开口说道：“想必您已与板仓大人长谈过了，将军病故一事非比寻常，这一定是上天的密旨。这旨意，我们是应该理解为应当趁此机会摧毁德川宗家呢……抑或奉行天长地久呢？在下以为，一切必须自此谈起。”

春岳虽然告诫板仓胜静什么都不要说，自己却是个好辩之人，并自负地认为即便是争论亦不会输与庆喜。而庆喜正襟端坐，一边啜着茶，一边听春岳和胜静理论。他感到比平日更加强烈的困意，想必也是因为失眠所致。

“在下前来只是为自己的过失道歉，并诚恳地向您请愿。”

若被拒绝，便会当场剖腹……虽然胜静并未这样说，但可以看出他已经下定了决心。

“虽然已重复说过多次……”由于对方一直默默地听，春岳的道理也越讲越明了，“信奉天长地久的生命绝非仅限于皇室之中，只有民众也严格奉行这一宗旨并传承下去，日本国才能不断生息繁衍、世代昌盛。否则，所谓的万世一系恐怕也只是一副空壳，您认为呢？”

“……”

“当然，在下毫无与一桥殿下争论之意。春岳也知道，如今一桥殿下身边有很多令人不快的反对之声，尤以大奥为首。但说起来，那些只是私事，水户的大义却并非如此，不是吗？”

“……”

“事关国家存亡，在下也必须跨越一切私情，向您请愿。若是如此您仍不同意，在下也将与板仓一样，甘愿在您面前义愤自尽。原本，根据可以称为家康公遗言的公武法度第十四条……”

松平春岳说到这里，庆喜轻轻地打断了他：“将军的遗骸最多能保存到何时？”

这句话并非问向板仓，而是问向春岳。

“这个……要问板仓……”

“最多不能超过本月20日。”板仓接口道。

“既然如此，为了将军遗体的体面，也必须在20日前令长州解散军队。板仓，你尽快命人将遗体送回江户，同时安排军舰奉行胜海舟立刻前来见我。我要派他前往广岛。还有一人……梅泽孙太郎好了，派梅泽前往九州，劝说长州藩士解散军队。同胞相和也是对将军最好的祭祀。若是敕命如此，想必二位对这个人选也没有异议吧？”

“这，毫无异议……”

“既然如此，那就尽快派遣使者，然后立刻为将军发丧。若不发丧，遗体也无法运回江户。这是先决条件。”

“可是，若在发丧之前未能决定先前商议之事……事情理应按照顺序来处理。”

“此事我已明白，既然形势如此，庆喜便同意继承宗家。”

“这……这个，既然如此……”

“但我认为，纵然可以继承宗家，也不能继承将军之职。家乃命之所在，客观存在的穴巢本是亘古不易，然而职务编制与此却大不相同。职务编制会随着肉体的消亡而一同毁灭。你们若是同意，庆喜便答应继承宗家，然后我们尽快研究如何运送遗体。”

一瞬间，春岳和胜静变得目瞪口呆。

春岳将庆喜称做强迫型海量，这里指的自然便是喝酒。然而，庆喜绝非直爽的好酒之徒。

“够了，已经喝了太多。”

他虽然会这样说，但若有人强行劝酒，多少都能灌得下。不，若是不强行劝酒，他反而会不高兴……从这个意义上来说，自他装作醉后胡言乱语而狠狠讥讽中川宫时起，其风格便已成定势。与喝酒的习惯一样，若是有人不断地拜托、请求，他定会接受。然而，纵然内心已经接受，表面上还是喜欢一次两次地拒绝。

但这一次，庆喜在春岳尚未竭尽全力劝说时便答应了下来。正因如此，当庆喜表示继承宗家与继承将军性质不同，自己不能接受将军之职时，春岳才会出人意料地轻松接受。

但毫无怨言地接受实在有些下不来台面，因此，春岳将这看做是庆喜“强迫型海量”风格所附加的条件。仔细想想，虽然可以继承宗家，但政令由朝廷和幕府分而颁布，如今已是混乱不堪。因此，庆喜纵然不受将军之职，亦不足为奇。

板仓胜静更是激动不已。庆喜不仅同意继承宗家，并要他尽快准备送回遗骸，这令他目瞪口呆，简直难以置信。而且，为了祭祀将军遗骸，庆喜甚至打算派遣号称“新官僚之雄”的胜海舟前往长州，终止战争，这般果断的政治实践力也令人瞠目结舌。

（如此一来，便可战胜当前国难……）

现实政治千变万化，只要眼下的事态产生一点进展，日后便会衍生出更多的可行之策。

“谢谢……太感谢了。”板仓胜静边说边向庆喜拱手施礼，只想放声大哭，“如此一来，国家便有救了。”

胜静说完，率直的春岳也充满信心地说道：“没错！国家有救了，我们神州也有救了！”

然而，这两人的想法与庆喜的想法究竟是否处于同一步调之上呢？

庆喜认为，自己应该继承德川宗家血脉，若是拒绝，便会违背尊奉生命永恒的国体尊严。然而，他表示自己不会继承将军之职，其中包含着更多含义。

职务应由具备合适能力的人物继承，而不应实行世袭制。世袭制度实际上扼杀了无数有实力的人才，这也是导致幕府今日衰微的元凶，庆喜早已看穿了这一点。因此，他所说的“不继承将军之职”，便意味着征夷大将军的幕府在家茂死后即宣告终结。

如此一来，委托给幕府的大政便会自动回归朝廷。既然政权自动回归，庆喜便打算在原有的结论之上更进一步——让德川家以一个大大名的身份参与政治，创建举国一致的政体。

“希望如此一来，这场骚乱便可平息。”二人走后，庆喜自言自语般地向紧跟而来的原市之进说道，“纵然不能转祸为福……太阳运行的轨迹只有一个，若是踏入迷途便万事皆休，所以我才会接受。”

“您说的是继承宗家一事吗？”

“没错。年轻的将军突然身死，而且还有诏书，我只能遵从。只不过，我必须拒绝将军一职。你尽快将今天的经过告知关白。”

“那个，关于将军之职，您无论如何都……”

“当然！让我继承将军之职不合情理，人们反而会以为我想当将军，因此才会继承宗家。建议长州解散军队是因为将军薨殂。将军薨殂，长州在这个世界上便再无敌人。当然，这并非以前所谓的大赦或恩赦。没有敌人，便无法进行战争。如此一来，圣上便可以重新召集长州、萨摩、德川、会津、桑名等所有大名，这应当便是圣上最初的心意。如此一来，万民皆纷纷集中在圣上周围，一切都可以重新开始。”

庆喜的话令市之进始料未及，以至于他未能立刻作答。他还同春岳和板仓胜静一样，以为庆喜已经取代了家茂。

（原来大人是打算在家茂死后将大政奉还朝廷，才继承并无政权的德川家……）

“你明白了吧。据说英国成立了名为议会的合议机构，如今洛奇也正在帮我积极调查法国的做法，还有池田筑后的调查——日本也不能落后，必须改建广泛录用人才的机制，这才是对将军突然遭遇不幸的最好祭祀。”

“也就是说……也就是说，纵然圣上要求您继承将军之职，您也会……”

“请辞。”

“倘若圣上不准请辞……”

“到那时，我便不得不详细解释了。当然，我要补充，权现公的想法也是没错的。”

“难道权现公不希望您继承将军之职吗？”

“没错。当无法实现举国一致的政治时，应自天下诸侯之中推举一位人品与器量兼备的人物担任将军，这便是公武法度第十四条的精髓所在。我会如此向圣上请辞：当初，赖房公被直接任命为监督将军家之人，而庆喜则是赖房的后人，即便不得不继承宗家，也绝对无意背叛祖先遗志，请准许庆喜遵奉祖先的教诲。不过，这些都是后话。因此，你要明确告知关白……庆喜今日迫不得已同意继承宗家。”

原市之进轻轻点了点头。他告诉自己——总而言之，庆喜继承了宗家，单凭这一点就必须向关白报告。

莫名风向

一

事实上，庆喜继承宗家是一件决定了日本日后发展大方向的重要事件，可以称得上是历史的骨骼或基石。当然，无论在任何时代，都有人对此看得通透，也有人却从未看清。纵然时至今日的昭和[1]，无法看清的人依然看不清，这实在令人无可奈何。

因此，立场不同，对庆喜继承宗家的看法也便不同。

在大奥中，天璋院与和宫夫人的看法便不尽相同。天璋院认为，既然将军家茂早有遗命，便一定要由田安龟之助（家达）成为宗家的嗣子。然而，和宫的看法并非如此。

论及当前时势，龟之助尚且年幼，莫可胜任。若无可靠辅弼之人，则不能成事。故应为天下挑选合适之人。（《宰相典侍嗣子记》）

关于“合适之人”，和宫虽然并未明确提及名字，但显而易见，所指便是庆喜。

被视为幕臣中最进步的大久保一翁等人也与庆喜的想法十分接近：“此

[1] 本书写于1947年，当时日本的年号为昭和（1926—1989）。

时不如设立大小公议会，通过公论实行政治，未知可否？”

他的提议与现在的合议制颇为相似。然而，这一提议仅仅限于自各藩挑选老中及官员，仍未涉及将军一职，可以说不过是当时众多“怨声载道”中的一句，与庆喜的深谋远虑不可相提并论。

有人举出庆喜于7月24日依次拜访关白和贺阳宫时的言辞，认为其中体现出了庆喜的决心：

> 老中与大藏大辅等人一味逼迫在下继承德川家，不才力微，难以胜任，因此断然请辞而不可得。倘若朝廷亦有指示，在下只能退隐不出。故此先行请愿，勿令此事发生。（《朝彦亲王日记》）

对庆喜的这番话，各人的看法也有所不同。

有些人认为庆喜已经看到了幕府的末路，认为他并不愚蠢，自然不会竭尽全力支撑幕府，直面必须战胜国难的困境。抱此观点的人认为，庆喜是一个无比精明的人，并误以为此番话便是源自他的利己之心。

就在这样纷纭杂沓的气氛中，庆喜“继承宗家却坚决辞退将军一职”的举动，其真意所在并不能为世人轻易理解。

> 当此国事多端之际，若是任性妄为，反误国家。德川家暂且不论，如何谢罪于皇祖皇宗？悲哉！纵然此志未果，亦有其他良机。（《昔梦会笔记》）

这是最了解庆喜心意的原市之进针对庆喜坚决辞退将军一职而作出的解释，并已直接向天皇上奏。天皇得知庆喜答应继承宗家后，总算松了口气。恐怕天皇和近侍们都以为庆喜辞退将军一职只是一种外交辞令。

将军家茂身为和宫之夫，名义上是天皇的女婿，他的去世给天皇带来的悲痛可想而知。然而，天皇的悲叹也只是公家的私事，至于考虑任命庆喜为继任者，却是理所当然之事。

庆喜虽然继承了德川家，却并未同意继任征夷大将军一职。毋庸赘言，征夷大将军是军职，庆喜坚决辞退军职只能说明——家康于庆长八年（1603年）2月12日设立的将军一职，在庆应二年（1866年）8月20日不复存在，德川幕府已然灭亡。

此事并非历史学家可以根据情况随便篡改的，理应明确记载下来，与其后各藩的行动加以对照。也就是说，德川家康创建的幕府在经历了二百六十三年的时间后，骤然消亡。

既然幕府已经消亡，政权便已返还朝廷。从这点来看，自此以后的王政复古运动，实际上都是那些利己主义者以勤皇为借口的无头乱窜。

关于此事，庆喜在昔梦会[1]上也曾明确提出：必须在不远的将来将政治形态改为一君万民的形式，因此，为使众人能够自由发表意见，此时不应再设立将军一职。也就是说，庆喜认为，必须以将军家茂之死为契机，终结不合时势的幕府政治，改为普遍顺应世界的新政体。

于是，当年的12月5日之前，日本事实上已不再存在征夷大将军。反过来说，从8月20日到12月4日，政事的中心便顺理成章地回到了公家手中。

然而，我们不能忘记，到了12月5日，公家却再次下令，任命庆喜为征夷大将军。事实上，这便说明日本这个家族真正的后继者尚未成熟。

公家的岩仓具视促成了萨、长之间的联盟，并一直积极地暗中策划着王政复古的密谋。而萨摩的西乡隆盛（吉人助）等人也表示："以幕府今日之势，一事难成，理应即刻重建制度，令新进之士参与政治。"

可是，说到实行方法，他也只说首先应该团结有实力的五藩大名。这里的五藩，指的应该便是萨、长、土、肥以及伊予的伊达。然

[1]　昔梦会，曾经担任庆喜家臣的日本近代实业家涉泽荣一，为了撰写庆喜的回忆录而举行的座谈会。

而，如此做法只会引发愈演愈烈的国内分裂行动和讨幕运动，可以说是对天皇意愿的践踏。

只有真正尊重天皇的意愿，才能称作勤皇。人们忘却根本，将勤皇利用于无理取闹的革命，终究不过是小孩儿的游戏而已。

而庆喜却在期待着这些恶童们的成长，因此坚决辞退了将军一职。

天皇和近侍都认为，继承宗家之人亦应继承家茂遗志，因此，天皇再次命令庆喜讨伐长州也是理所当然的。庆喜自然也恭敬地接受了命令，因为这并不是下达给征夷大将军的命令，而是来自天皇的敕命。

二

德川幕府已因将军家茂之死而土崩瓦解。虽然这件事情自始至终的走向都如风过不留痕，但事实毕竟如此。

从将军真正去世的7月20日到8月20日发丧期间所颁发的命令，只是政府组织假借死者之名耍弄的小花招，而这些命令也在宣布将军去世的同时彻底失效。

那么在此之后，全国诸大名自然应该按照天皇的意愿，聚集在天皇周围，召开大型会议，讨论如何战胜国难。当幕府依然存在时，因政治全权委任于幕府，幕府便一直借此制度独断专行。一切纠纷皆源于此、纠缠于此，因此，既然如今已无将军，便必须先以天皇的名义召集所有大名。

然而，朝廷尚未完全准备好接受并活用家茂之死，以及庆喜坚决辞退将军一职这两件事。因此，庆喜就必须在恭敬地领受并执行讨伐长州任命的过程中为此打好基础，以便结束战争，令全国所有大名都能虚心虔诚地聚集在天皇膝下。

关于这个问题，无论是谁从哪个角度来看，都只有这一条“路”可循。当然，庆喜选择了这条“路”。

8月20日，将军家茂发丧。

8月21日，庆喜领受天皇敕命，借家茂发丧之机，暂停征长。

翌日，即8月22日，胜海舟抵达广岛的宇品，通过广岛藩将此情况转告给了长州藩。这自然要归功于庆喜与胜海舟之间的密切联系，但历史对此事的记载却颇为奇怪。

8月25日，幕府向芸藩传达休战之命，令浅野茂勋处理后事。

而之后的26日，毛利敬亲（长州藩主）派遣家臣广泽兵助、太田市之进、井上闻多、长松文辅等人前往广岛接应胜海舟，但在年表中所记载的却变成了接应幕府，胜海舟则成了幽灵般的存在。

确切地说，幕府当时早已不复存在。继承宗家的庆喜也已经明确表示自己不会继承将军一职，因此，纵然勉强将其说成是为前将军时代暂时性的执掌政务，也太过牵强。

由于庆喜坚决不接受将军一职，政权便顺理成章地回到了天皇手中。因此，事实真相应该是——身为德川家一家之主的庆喜根据敕命，派遣旧幕府的军舰奉行前往广岛展开撤兵交涉。而此时的庆喜也好，浅野茂勋也好，胜海舟也好，毛利敬亲也好，都应一视同仁地视为平等的朝臣。

庆喜已经有了这种觉悟，但朝廷却没有。因此，我们就必须要来看看庆喜在二条城内和胜海舟的谈话内容。对胜海舟而言，这比后来在江户开城时所耗费的苦心还要多上数倍。

关于庆喜与胜海舟的会面，流传下来的所有记载都不够真实。二人都是拥有大器量的人物，决不会拘泥于无聊的论战。后来，当胜海舟失去嗣子小鹿时，庆喜甚至将自己的儿子精作为小鹿的养嗣子送入胜家，让其继承胜的家业，此事便可充分说明二者之间的关系。

“这个世界已经变了，麟太郎（胜海舟）。”

“与其说世界变了，倒不如说是被人为地改变了。听说大人要继承德川家，却不继承将军一职，是吗？”

“没错。我担心若不尽快结束与毛利的战争，整个日本都会灭亡。”

“大人果然英明。”

“你此次前往广岛，可有说服长州的信心？”

“哈哈哈……除我之外皆是全无自信、不堪一用之人，您也是因此才下命令的吧！”

“如此说来，你果然是值得托付之人了？”

“愧不敢当！我并非如此傲慢之人。自关原之战[1]起，将军一职便成为毛利心中的一个疙瘩，一直令他们心有不快。倘若彻底废除将军一职……想来必定能令他明白日本人的骨气。”

“我认为，只要端正姿态，即便是列强也不会屡屡提出苛刻的要求，因为同样都是人啊。”

“您所言极是。既然是人，自当有人的公道。当然也必须拥有实力才行，但凭借实力互相乱打一气也绝非善事。”

“两方对战，必然会有一方灭亡。这是极其愚蠢的赌博，想必所有国家对此都是心知肚明。”

“长州也不会愚蠢到把算盘打到令日本国内乱作一团的地步，这也正是我的着眼之处。”

“德川家已无将军职位，德川家与毛利家想必也不会再互相残杀而徒令列强坐收渔人之利。”

“我会在这点上对长州稍作恐吓——既然你们一定要凭借武力，那我们也奉陪到底……你们若不顾损伤坚持战斗，我们还有很多亲藩，而且还有无比希望我们开战的法国。圣上此前一直十分担心，认为不可手足相残，但你们若不同意罢战，我们只有抛开圣上顾虑，与尔一战。”

对胜海舟的这一番话，庆喜并未作答。

（能明白我的心意就好。）

“对了，你培养的各藩年轻人已经有很大的进步了吧？那些人若不能尽快长大成人，整个日本就会如同新建的房子缺少地基一般。”

谈话涉及到后继者，胜海舟立刻露出严肃的表情，拍着胸口说道：“神

[1] 关原之战，德川家康与丰臣秀吉家臣石田三成决定天下的战役。

州的年轻人天生坚韧顽强，您请放心。”

通过庆喜和胜的立场进行联想，世人多以为这二人起初关系不佳，但这不过是一种独断的想法罢了。无论身处何种浪潮之中，在尊皇之水洗濯下出生的庆喜都是带有日本风格的自由奔放之人。自然，这里所说的“日本风格”指的自然并非如欧洲个人主义一般的个人特色，而是指以立足于宇宙的视野、以自然科学的角度看待事物的自由人。

或许如此形容并不贴切，但庆喜的这种自由观，就好比在太阳孕育之下的人类本身具有的各种个性，因此不必、也不能人为地对此加以扭曲。简单说来，就是“顺着阳光所指的方向生长”。

与之相比，胜海舟由于自出生起便毫无家族重压，因此形成了一种犹如野人一般的自由。

因此，二人的接触可以说代表了人类自由这张白纸的正反两面。

胜海舟在广岛的大愿寺会见长州藩使者广泽兵助和井上闻多等人的日期，与将军家茂的灵柩离开大坂城是在同一天——9月2日。胜海舟当时表示，征长先锋总督德川茂承已经撤回大坂，因此长州亦应解散军队，返回山口。家茂已死而庆喜又坚决辞退将军一职，因此幕府已经不复存在，但关于此事胜海舟并未提及。只要双方退兵，战争便会结束。

如今列强在外虎视眈眈，从这个意义上来说，为避免发生内乱，只能先结束战斗，然后坐下来商谈，除此之外别无他法。然而，此时的长州与直率真诚的尊皇思想之间早已切断了所有联系。一旦脱离这种固有的精神，就会堕落为决不放过对手任何弱点的马基雅弗利主义。

他们虽然暂时承诺不会追击撤走的德川军，却并没有真正理解胜海舟和庆喜对长州的一番好意，究其原因，便在于萨长联盟。

就这样，德川茂承、井伊直宪、榊原政敬及其下幕府军接连自广岛撤兵，而家茂的灵柩也于9月6日运抵江户。

如此一来，有两件事已经尘埃落定：不必再担心德川家茂的遗体腐烂，而幕府的前途也已清晰明了。

朝廷立刻下达敕命，召集尾张、肥前、土佐、宇和岛、纪伊等十九藩主以及岛津久光等人进京。显而易见，朝廷此举意在实现由万机公论[1]来决定的国体理想。敕命于9月7日下达，而9月12日，浅野家（广岛）的中井勇太郎来到山口，以幕府已经撤兵为由，劝说长州解散军队，但长州并未明确答应。

于是，9月15日，休战的诏书再次经浅野家之手传达给长州藩。然而，长州却再次拒绝接受诏书。

三

若是以前的长州，绝不会做出对诏书心持异议而拒不接受，并附上理由书一起退回芸州藩这样的举动。如此一来，长州无异于采取了无视天皇的策略，主动接受了朝敌这一污名。

事实上，幕末维新的气氛此时可以说已经完全改变了。曾经的志士们对天皇以及天皇所下诏书都充满了无比质朴的敬爱之情，而如今，这种情感却被各藩利用为政治斗争的工具。

前文已经谈及，令长州摇身一变的原因之一便是与萨摩的结盟，但若是只有这一个原因，长州是万万不会做出违逆诏书这般与日本人的本质相异的行为的。

“只要最终结果是为了朝廷便足矣。”

这种借口正是马基雅弗利主义的常用手段，但既然能够说出如此借口，一定存在某种可以自我安慰的根据。但这根据究竟在哪里呢？

“现在不能解散军队，所谓诏书早已被近侍随意左右。如今非但不能解散军队，更应让萨摩、芸州、肥州相继起兵，讨伐幕府。如此一来，定能恢复朝权。只要朝权能够恢复，贼名之事根本不值一提。”

假设有人在暗中散布如此言论，那么这人会是谁呢？这个幕后人物必须能够在现实中插手朝廷人事，同时还要足智多谋，却又并不理解当

[1]　万机公论，意指国家政治由天下众论共同决定。1868年，明治天皇颁发的明治新政府的基本政策第一条亦有提及。

朝奉行的真正理想。一旦如此，那么此人只需在当前局面下，于现实中取得胜利便已足够。

能够想出如此无视国体的策略之人，首先便是各国列强的公使，但列强的使臣还不至于能够操纵天皇近侍。

（如此说来，果然还是天皇身边的人……）

在值得怀疑的范围内，一个人清晰地浮出水面——此人便是正被勒令在京都郊外岩仓村幽居的友山，也就是岩仓具视。

萨、长、土藩的志士们经常秘密出入他家，密谋策划。长州没落之前，被长州志士奉为直接领导人的是久留米的真木和泉，如今则变成了岩仓具视。

岩仓曾向天皇极力劝说和宫下嫁，很显然，他是一个公武合体主义者。因为此事，他被长州激进派的志士们视为三奸二嫔的首恶，遭到猛烈的排挤，继而被迫离开天皇身边。

如今，他的怨恨应该已经深入骨髓，却隐藏在长州与萨摩背后，成为促成两藩结盟的惑星[1]。讽刺地讲，可以说他在暗中的行动便是为了向天皇和长州复仇。若非如此，他又怎能令一直都敬畏诏书、将其视作绝对的全国志士们，如此轻易地便对诏书完全无视呢？

如此一来，这场斗争便完全脱离国体，彻底呈现出了一场低级革命的模样，与夷国毫无二致。政权从一个阶级手中转移到另一个阶级手中……对日本民族而言，这样的革命不过是毫无意义的低俗争斗罢了。

人有头、身、腹和手足之分，还有眼、口、眉、耳等区别。既有双肩也有左右手，有腰和双脚，还有手指和指甲，正因这些都齐备，人才能成为一个机能健全的人。虽然在这些机能和能力上，人与人之间不免存在着千差万别，但是也正因如此，人们充分发挥自己特长的生活姿态，才可谓是顺应大自然意志的“神”的姿态。

领悟了这种生活方式的人上有阳光沐浴，下有大地相拥，以一个完

[1] 惑星，又称行星，是自身不发光而环绕着恒星转动的天体。

整的生命形态成长着。他们清楚地认识到“太阳存在则永恒不灭”的大自然法则，而大和民族的生活方式便是这一法则在现实中的具体实现。

以日本的精神来看，“革命”一词是非常不恭且古怪至极的说法——有谁能随意革掉太阳赐予的永恒生命呢？

对人类来说，能够成功改变的是生活方式，而绝非生命本身。生命寄宿于女性胎中，从生命最初的基本形态起，经历近十个月的漫长的孕育期，然后才能以一个完整的婴儿形态诞生到这个世界上。

基于婴儿需要在母胎内经过十个月的成长过程这一事实，大和民族便习惯认为婴儿在诞生时便已有了“一岁”。而西洋计算年龄的方式则是从孩子出生之日开始，与日本的计算方式存在明显差别。因此，若认为西洋的计算方式是“尊重人类”，那么日本的计算方式便应该称作“尊重生命”。

实际上，源自尊重生命的日本人道，与源自尊重人类的西洋人道之间的不同，便是西洋人与日本之间的不同。尊重人类的思想以人为本，但在发展过程中有时却可能会无视其他生物的生命。这也是人类征服山岳海洋，创造出无精卵和无生殖的食用动物，为了多产多收而进行公害施肥等等的原因。

在现实生活中，或许直到人类迎来现代这一公害时代时，这一点才被确切证实。

至于日本的“尊重生命”，则是一种恭谨的人类之爱，认为自然万物与人类皆平等，都是以太阳之子的身份存在的生命体，并应当尽量避免食用四足动物。

从这种人类之爱的角度来看，革命着实不应存在，人们必须为实现活着的生命能够“各得其所”而努力。这种时刻恭谨祈愿的姿态，便是维新（日日如新）。

当人们将这种精神铭记于心，重新审视日本时，便产生了尊皇与勤皇。而且，这种精神犹如燎原之火，从一个日本人心中燃烧至又一个日本人心中。

然而，大火在燃烧途中却屡屡遭遇冷水的浇泼，太阳的大爱竟也遭遇了被扭曲为一藩利己之心的大危机。

萨摩的算盘，长州的算盘，天皇近侍的算盘。纵然庆喜万般不愿，也不得不站在功利旋涡的正中间。

“人是无法独自生存的。”

这并不是多么高深的觉悟，任何集团中都不会存在对此毫无知觉的人。然而，一旦涉及到集团与集团之间对立的情况，并因此萌生利己之心，考虑问题的方式便会发生变化。这其中既有群集心理，亦夹杂着义理人情。不，随之而来的还有诸如“离开这个集团便无法生存”之类的不安。

于是，随着两个集团之间不断重复着这种碰撞与冲击，怨恨的感情便会深深地扎根。

简而言之，长州的反感来源于自文久三年（1863年）8月18日政变以来所受的苦难。与之相比，萨摩的动机则完全不同。在他人眼中，暗中操控萨摩的是大久保，他与萨摩家臣巧妙地利用了久光不愿逊于同父异母的兄长齐彬的要强和野心，继而策划出种种阴谋。

出人意料的是，土佐却选择了冷眼旁观的立场。然而，在庆应二年（1866年）8月到9月这段时间内，如此大藩的有识之士竟也忽视了最重要的两件事。

其一，随着年龄的增长，当时的天皇（孝明帝）越来越在意皇位的尊严。至于其二，便是征夷大将军已经不复存在的事实。

因此，对于9月7日以天皇名义下达给尾张、肥前、土佐、宇和岛、纪州等其他十九藩及岛津久光、长冈护美（熊本）的诏令，几乎无人响应。

如此“勤皇”，天皇的失望与愤怒可想而知。

9月18日，天皇再次表示：“国家大事须待大藩进京之后再行决定。”而朝廷仅处理一些小事。

10月26日，天皇第三次催促诸大名进京，但大部分人称病，并未进京。但是，这些人后来都装出一副大勤皇家的姿态，倘若这便是历史的真相，如此堕落的勤皇是多么令人沮丧啊！即便是学习了水户精神的西乡吉之助，也只是一直在考虑着俗世的策略，并未留意到庆喜早已空出将军一职，静静等待。

10月15日，西乡吉之助与萨摩的小松带刀一同离开鹿儿岛，打算即刻进京，抓住良机，迅速确定国宪，一举实现王政复古。他抵达京都之日，正是天皇第三次催促诸大名进京却接到众人称病的模棱两可的回复之时。

朝廷和幕府的弦外之音皆是想将政权交付给与之匹配的人，但日本却仍未培育出有能力接手之人……

这便是日本在庆应二年（1866年）秋季时的实际情况。天皇焦虑万分。国家大事须待诸大名进京之后再行决定……天皇虽做此想，也已将此意遍告天下，如今却停滞不前，焦虑自是理所当然。

天与地

一

天皇乃是一国之君，是一种庄严的存在。然而，领受天皇之意而直接统治万民的政府却已然不复存在。

“实在叫人为难！诸大名接到诏书却毫不听令，如此只会令政治停滞不前！”

10月中旬，当时人在京都的诸侯都很担忧这种无政府状态，纷纷提出应由庆喜接任征夷大将军一职。等到众人晋谒天皇并奏请之时，已是10月28日，冬韵渐浓。

这次，他们想必仍想利用诏书，不容辩驳地迫使庆喜就任将军。为了达到这一目的，甚至有人认为可以准许毛利敬亲的请愿，恢复官位，并同意三条实美及其下公卿返京。阿波的蜂须贺齐裕的世子茂韶便是其中一人。但如此一来，若不将一直积极负责守卫工作的松平容保罢免的话，事情便无法成功。

宽赦抗拒敕命的长州，将最值得信赖的会津从天皇膝下赶走……若是这样做，朝廷的理想和颜面可谓荡然无存。

天皇的忧虑日益加重。因为随着越来越多的事情水落石出，天皇发现，一切都是隐藏在自己身后之人所玩弄的阴谋诡计。不知自何时起，岩仓具视开始隐藏在长州背后，加以操纵。天皇明白了庆喜辞退将军一职的理由，也明白了逐渐一分为二、不知何去何从的近侍们心中的动摇。在万分苦恼之下，天皇终于在11月27日深夜，将议奏野宫定功和传奏坊城俊克召至常御殿。

“如此下去，国事停滞，朕以为只能宣布庆喜接任将军一职，你们以为如何？”

天皇显得极其疲累，似乎连平素喜好的贡酒都没有喝。

“朕并非不明白庆喜为何辞退将军一职，但除他以外，并无他人主动承担责任，着实无可奈何。”

既然天皇这样说，二人也都无话可说。他们也知道这是王政复古的绝好机会，但公家之中并无人能以快刀斩乱麻之势冲破当前错综复杂的时局。既然无人有此能力，便只好沿着公武合体的路线，寻找下一个机会。

“圣上若是决心如此，臣等亦无异议。”

“仔细想来，无人比庆喜更能胜任将军一职。若由庆喜接任，的确可以对列强产生适度威慑。就这样吧……”

于是，12月3日，反对庆喜接任将军一职的正亲町三条实爱及其下公卿的府邸周围皆被安排了护卫和监视之人。就这样，朝廷警戒着反对者的一举一动，到了12月5日，终于宣布任命庆喜为征夷大将军。

反对圣上的公武合体，导致长州拒绝接受休战诏书的群卿列参[1]事件的主谋便是岩仓具视——当庆喜被再次任命为征夷大将军时，这一事实已经清晰地暴露了出来。

一个人是为了纯粹的理想而行动，还是出于觊觎政权宝座而策动，这之间存在着天壤之别。对于曾经身为侍从的岩仓具视来说，公武合体是他的最高理想。岩仓曾向圣上高呼：“为了日本国！”认为应将和宫内亲王下嫁给家茂，并提交了言辞激烈的建议书。因此，他招致讨幕论的主谋——长州的激愤，险些遭到中山忠光等人的暗杀。

而如今，岩仓却令长州拒绝诏书，拦在公武势力面前，成了群卿列

[1] 群卿列参，指1866年公卿上奏要求恢复亲长州派公卿权力的事件。

参的主谋。倘若忽视这一事实，便没有资格谈论何为勤皇精神。

他果然还是一个马基雅弗利主义的怪物。他所信奉的力量并非与太阳之光同在，而是只为应对不断发生的变化，以打倒其他势力为目标的力量。在这力量背后，集结了萨摩的大久保一藏，以及一藏身后的英国公使及其翻译官埃内斯特·萨托等人的智慧。

从外国的角度来看，日本的政治体制实在难以一口吞下，因为它在外交上的主权所在极不明确。说是幕府又不是，说是朝廷也不一定。二者围绕着含糊不清的政治权力，一边对立，一边不断重复着对立、融合的过程。

然而，就在家茂去世的那一刻，他们对如此不可思议且错综复杂的实体有了各自的理解。

也就是说，在当时的日本，他们所瞄准的“革命”正处于进行式之中。一方的首领是萨摩，另一方便是幕府。与此同时，英国的有力竞争对手——法国与幕府联系密切，英国自然就站在了不得不与萨摩接触并谋划计策的立场之上。

当孝明帝驾崩之际，埃内斯特·萨托曾向大久保一藏明确建议：“如今正是讨幕的绝好机会……”他们的期待可想而知。

在如此窒息的气氛之中，天皇终于宣布任命庆喜为将军。

其时，从日本国内的角度来看，幕府的各种军备设施也有了飞速发展。在江户和大坂，由法国雇佣兵组成的陆军西洋式步兵兵团队伍已经超过十三支，炮兵也拥有了百门以上的大炮；横须贺建起了大型造船厂，而胜海舟麾下的海军也已经能够独当一面。

因此，天皇极力让一直奋勉国事的德川庆喜成为将军，再次整顿政治机构，也是顺理成章之事。

关于已经放弃幕府政治的庆喜不得不接任将军职位一事，天皇恐怕比庆喜更为了解。正因如此，他此前才会数次催促大藩诸侯进京。

天皇最初便考虑建立以朝廷为中心、以全国性的万机公论为目标的新体制，倘若当时诸侯能够遵从诏书，听命进京，他的这一想法或许便已实现。然而，这一构想却遭到倒幕论的阻拦，诱发了各藩的利己算计，以至于水户流的大义——纯真的“帝王一言九鼎”的国体归一主义被打入了冷宫。

因此，或许对天皇和庆喜双方而言，宣布任命庆喜接任将军之举都是迫不得已的欠妥之策。然而，就在庆喜于12月5日就任将军一职后不久，便发生了一件日本史上无法抹消的痛心之事。

这便是天皇的驾崩。

而且，这一惨事就发生在宣布任命庆喜接任将军的二十天后，即12月25日。举国上下自然都感到十分惊愕，由于此事关系到其后日本所谓的不敬之罪的禁忌，“二战”前的史学家对此皆闭口不提。

天皇驾崩时年仅三十六岁。对于真正的勤皇家自不必说，不管是幕府也好，诸大藩也好，受到的冲击都无异于是五雷轰顶。

以前的日本人大多认为这是“庆喜的霉运”，因为这些人中的大部分都仅仅将庆喜视作一个玩弄权谋术数的政治家。因此，众多史书均如此记载，认为在8月20日至12月4日这段时间内，将军一职空缺，庆喜故意以极其模棱两可的态度巧妙地操控天皇，意图拖延就任将军的时间。

显而易见，这种描述故意无视了日本国体这一特殊存在，犯下了欧美史学家的通病。这只不过是一种妄自曲解的保身之举罢了。

孝明帝一边支持幕府，一边希望能与幕府一同革新政治，此乃天下皆知的事实。因此，若从尊皇第一的立场来看，没有任何人能够否定“佐幕才是勤皇”这一确凿不移的事实。

只要没有忘记这一事实，那么对历史的评价就必须改变——当时天皇最信任的会津的松平容保等人才是最忠诚的大名，而谋划将这些人流放的萨、长两藩才是真正情理难容的不信之徒。

然而，没有一个人认识到这一点。这其中体现出了维新的扭曲，以及被称作藩阀政府的萌芽。

二

很多人仅仅将庆喜理解为一个世间常见的政治家（马基雅弗利主义），在他们看来，孝明帝的驾崩必然是一举粉碎庆喜计划的一件大事。同时，对于那些妄自揣度天皇心意，策动打倒幕府，意欲将政权握在自己手中的人而言，这正是一个绝好的机会。

尊皇和勤皇深深地陷入了依旧飘摇不定的混沌时期。在这种混沌的气氛之中，最初对天皇驾崩抱有某种疑虑的似乎便是京都的市民们。

天皇驾崩前夜开始，他们便已经在谈论一些令人感到不安的话题。

12月24日是北野天满宫的祭日，要祭拜的神俗称“终天神”[1]，很多人都会顶着凛冽的寒风，在夜间出门参拜。

“啊，天上到处都是流星。”

“简直就像萤火虫在飞舞，这可不是寻常现象。”

“一定有事发生！皇宫内一定会发生某种不幸……”

虽然庶民们毫无理论根据，但隐藏在其体内的某种触角却可令他们全身心地感知天皇的本质。

自弘化三年（1846年）2月13日登基以来，孝明帝共在位二十一年，这位身为太阳子孙的天皇一直面对着自嘉永以来的水深火热般的内忧外患，真正做到了为民祈福，庶民们对此皆有切身体会。

此身朝夕思民安，
心之所挂异舰乱。
纵得躯沉浊水中，
四方民草澄澄然。

[1]　终天神，日本天满宫于每年12月25日在京都举行的祭祀仪式。

庶民之所以感觉到时刻与民草同在的天皇身上有事发生，也可能是因为他们已经得知，天皇在12月的12、13日身患微恙（似乎是风寒）。但即便如此，庶民仅凭普通的直觉还是无法敏锐地感知到政治的扭曲。

其时，人们将前夜的流星和皇宫的不幸联系在一起，交谈之中不仅流露出许多不安的传言。至于传言的内容，英国翻译官埃内斯特·萨托在手记之中亦有所记载。当然，这已是天皇驾崩的消息对外公布之后的事情了。

在大坂，我从几名日本人口中得知了刚刚公布的天皇死讯，据说病症是天花，但我后来又从一个熟知宫廷内情的日本人口中得知，天皇实际上是被毒死的。无论在任何条件下，天皇都坚决反对开国，但事到如今，幕府的灭亡只是时间问题，很明显，宫廷就不得不与西洋诸国保持良好关系，因此才会除掉天皇……

萨托的手记完全体现出了典型的英国人的看法，自以为巧妙地控制了日本。而且，在这种理解中包含了对国体和水户学一无所知的日本人的独断和偏见。他口中的天皇，并非是在一君万民这种民本主义之中成长起来的日本天皇。

当时，孝明帝已经准许了几处港口开港，绝非所谓的“无论在任何条件下”都坚决反对开国。列强要求开港，实际上暴露出了他们隐藏在柔软袈裟下的铠甲，他们真正的企图是将日本占为殖民地。

“绝不能让他们卑劣的野心得逞！”

天皇知道，即便拼上皇位也必须保护四方民草，他的这种意志正是为了民草而设的最低底线。

“不能让他们侵占神州领土，因此，幕府要召集全日本的大名，汇聚一切智慧和善意。”

为此，纵然极不情愿，天皇还是将皇妹和宫嫁给了德川家茂，而天皇自己亦时常亲挥御笔，向关白、诸大名、议奏和传奏等人下达指示。

关于此事，德富猪一郎[1]曾在昭和初年有如下记述：

> 出色完成维新大业之人并非萨摩，亦非长州、其他大名或当时的志士们，而是明治天皇的皇父——孝明天皇。孝明天皇实乃英明之君，虽然将孝明天皇与明治天皇进行比较多有不敬，但明治天皇享年六十一岁，孝明天皇却在三十六岁时驾崩，而且，其在位二十一年间，如坐针毡，无时无刻不忧心重重，最终为了日本帝国而牺牲……云云。

显而易见，此处所说的日本帝国是指从明治到昭和停战这段时间内的日本。文中德富猪一郎对孝明帝敬赞有加，认为明治以来的独立日本的繁荣完全是建立在孝明帝的英明之上。而且，他在文章末尾明确用了“牺牲”一词，由此可见，他认为孝明帝的驾崩并非天寿所至。

当然，关于一郎所说的维新大业到了明治已被出色完成的看法，笔者绝不敢苟同。

口中喊着“尊皇勤皇”，却要求天皇为此牺牲，这种维新思想所包含的东西着实是含混不清。而且，埃内斯特·萨托甚至还写出“很明显，宫廷就不得不与西洋诸国保持良好关系，因此才会除掉天皇”等字句，并将其解释为西洋恐惧症，简直不知所云。

但这些并非问题所在。不得不说，由于天皇无论如何都不认同将幕府当作敌人一事，那些不懂水户学的政权狂热者们才会引发这样的结果，将无视国体这一最令日本人感到耻辱的羞处暴露了出来。

因此，孝明帝驾崩给庆喜带来的悲痛可想而知。不，并非仅有庆喜，想必信长、秀吉、家康、赖房、光圀和齐昭都不禁失声痛哭。

孝明帝的驾崩实在是不应发生在“神州”的突发事件。且不论存在

---

［1］　德富猪一郎（1863—1957），又名德富苏峰，日本著名记者、历史学家、政治家。

何种内情，总之，这位将宇宙自然敬为神明、秉持基于天长地久生命观的国体、身居万世一系皇位的九五之尊已溘然长逝，难道还有比这更大的失控与恐惧吗？

因此，京都之中甚至出现了很多市民迅速紧闭门窗，禁足不出的现象。如此情形，不禁令人联想到神话中天照大神躲进岩户的传说。天地因此陷入一片黑暗，令人战栗。

对于天皇的突然驾崩，国内自然会传出令人恐慌的流言。此事与祭祀终天神之夜出现的流星一同发生，各种揣度臆测也四处传播开来。

当然，虽然表面公布的死因是天花，但我们却可以自其中挑选真实可信的报告或推测，以此回顾整个过程。

发病日期是12月12日，也就是宣布任命德川庆喜接任将军职务一周之后的日子。当日的前一天，天皇在常御殿迎来睦仁亲王（明治天皇），二人站在温明殿中一同欣赏了神乐仪式。随后，二人再次返回常御殿，围绕日课的和歌进行了交流。

当时，亲王年仅十五，尚未到能穿成人礼服的年纪，头上还梳着蝴蝶髻，身穿木纹绯色绫衣，外套白绢短褂，唯有身材颀长，颇似成人。

这里必须要好好地解说一下亲王的学业。对于其他学问，天皇从各个领域挑选了讲师来教授亲王，但唯独和歌，天皇认为这是将来继承皇位的亲王必须掌握的重要教养，因此一直很认真地亲自教授。

当日，二人从言灵谈到和御魂、荒御魂[1]，甚至还谈到年纪轻轻便守寡的和宫，当时名号已改为静宽院宫。

天皇对静宽院宫的不幸感到无比哀怜，“为何这样的不幸会接连不断地出现？或许都是因为我这个天子自身的德行不足吧……”天皇如此责备自己，一直将亲王挽留到黄昏时分，然后方才分别。

这是天皇生前的最后一次道别，或许正如俗话所说的“秋风未动蝉先觉”，女官们也表示，天皇当时显得格外恋恋不舍。

---

[1] 和御魂，温和善良的神灵。荒御魂，粗暴狂野的神灵。

接下来，12日天皇身患微恙。起初以为只是疲劳引发的风寒，因此并未在意，但天皇一直高烧不退，到了16日，身上还出现了疱疹。17日，御医山本典乐大允和高阶少允进行了详细的诊察，最终诊断结果为天花。

三

当诊断结果为天花时，连周围的女官们似乎都松了口气。天皇持续异常发热时，众人都很担心。但等到出现疱疹，诊断为天花时，高烧已经消退，病情也度过了最危险的阶段。

众人自然无暇担心疱疹会否留下疤痕。

“起初不知何症，令人十分担忧。”17日，山本、高阶和伊良子等御医宣布结果，“过程十分顺利，高烧已经消退。”

剩下的只是静待康复了。睦仁亲王的生母——中山一位局（庆子）当时负责看护，她在写给父亲中山忠能（大纳言）的信中也详细汇报了此事。

然而，17日之后，就在众人等待天皇逐渐康复的时候，却发生了令人难以置信的事情。

便是通常所说的探病之人不请自来。

所有人都在担心天皇的健康，可以说这是理所当然之事，但同时也是无比危险。之所以这样说，是因为朝廷在当时已直接掌控政治，出于政治上的各种微妙理由，许多侍从和宫女都不得不反复更换调动。

三奸二嫔等人便是很好的例子，而天皇身边的侍奉之人无一例外地提出，无论如何都要探望天皇，确认天皇无恙。当时的长桥局也无法擅自拒绝。长桥局是住在常御殿旁边的老女，负责处理所有面向深宫内院的事务。

“天皇病倒了。”

仅仅这一句话，便令无中生有的传言如流星般四散，以至于许多人都强硬地要求探望天皇，以确定御体无恙。倘若一一引见给天皇，天皇或许并不会拒绝，但如此一来，便会有更多的不速之客接二连三地接近天皇左右。

到了20日，天皇的恢复十分顺利，因此负责加持祈祷的天台宗护净院的湛海僧正得到了高达二十两黄金的赏赐。负责加持祈祷的自然并非仅有湛海僧正一人，真言宗的上乘上人也在宫中伺候祈祷，与湛海隔日轮换。

连这些人都得到了赏金，可见天皇确实“已经趋近痊愈”，这令众人颇感放心。但就在周围众人皆舒展愁眉的时候，24日的深夜，天皇的病情却突然再度恶化，众人急忙派遣使臣，传唤护净院即刻进宫。

“您说什么？再度恶化！”

湛海惊愕不已。

“是的，还以为很快就会痊愈……”

我们不知道那位负责传唤的公卿的名字，但此人当时脸色铁青，焦急地催促湛海即刻进宫。

24日，天皇食欲大振，到了晚膳时分，除了米粥之外，还吃了几道菜肴。

“天皇用过晚膳后，再次感到恶心，脉搏亦逐渐微弱。”

随着脉搏逐渐变得微弱，天皇的手脚也开始变冷，身上渐渐地出现了紫色斑点。大惊失色的典侍与久世经过商量，决定立刻将护净院的湛海唤来。

湛海被直接带进寝宫，隔着竹帘架起祭坛，再次诚心祈祷。其间，竹帘后的天皇毫无动静。

（莫非祈祷生效，天皇已经睡着了……）

正当湛海擦着额头上的汗水时，典侍走了进来，用眼神示意他先退下，去其他房间略作休息。湛海退到由住在常御殿附近的长桥局所管理的一个房间内，只见屋内已备好膳食。

湛海双手合十，用过膳食之后，又吸起了侍从递过的烟。正当此时，久世走了进来，看上去面色凝重，迅速说道：“方才的加持已然见效，圣上自今早起便不断生痰，如今终于好了。圣上吐出痰后，典侍皆感欣喜，趁机上了菜肴。如今正是关键时刻，您吸完这袋烟，可否再次加持一次？”

“明白了，我立刻准备。”

湛海立刻推开烟盘，整理好仪表，然后再次入内晋谒天皇。一旦开始祈祷，湛海便逐渐进入忘我之境。他感到有人在身旁吵嚷，但并未因此而自乱心境。

然而，加持尚未结束，便有人缓缓走来，用力拉扯湛海的衣袖。

“天皇……天皇病危。”

当他回过神来，只见几名老女正在啜泣，枕边一片狼藉。

后来，据枕边的老女所言，在临终之际，天皇一直呼唤生母大典侍的名字，但大典侍当时并不在场。天皇就这样逐渐手脚冰冷，停止了心跳……

天皇其时全身出血，令中山一位局惊恐不已，在写给中山忠能的信中也详细描述了当时的情形：

七窍流血，着实令人惊惧。（中略）此次天花非真正疱疮，当是服下诱发恶性天花之毒所致。至于证据，天皇仪容极其保密，纵是宫内之人亦无一知晓，且敏宫（天皇之姐）曾于25日晋谒天皇，遭遇阻拦后强行闯入，此举颇值怀疑。不知今后尚有何种诡计，实令世人万分担忧……

天皇曾露出迅速恢复的迹象，并赏给护净院的湛海二十两黄金，但到了24日夜里，却突然再次发病。而到了25日清晨，又以“七窍流血，着实令人惊惧”的模样驾崩。

天皇驾崩后，一位局带领梳着蝴蝶髻的睦仁亲王前来与天皇的遗体告别。由于天皇驾崩时的模样过于凄惨，亲王着实惊恐不已，此事在除一位局以外的人的信中亦有记载。

（前略）所述谣言不足为信，然念及当前形势，委实不可疏忽，故甚为担忧。无论如何，但愿今后一切顺利，令清明之光当空照耀之日尽早到来。

由此可见，当时不仅流传着针对天皇的无中生有的谣言，连亲王也未能幸免。

这些谣言究竟意味着什么？正当天皇恢复顺利，众人皆感放心之时，事态却突然发生逆转。宫廷欲隐瞒这一消息，连天皇的姐姐敏宫想要见他最后一面都遭到拒绝。

当宫廷拒绝敏宫时，众人心中大概还留有一丝希望，以为“或许还有救”。然而，可以想见，湛海的祈祷尚未结束，天皇便至危笃，以至于连皇太子睦仁亲王都被迅速召至枕边晋谒天皇。

然而，当亲王来到病榻前时，天皇已经停止了呼吸，其临终的模样成为了亲王长久以来的噩梦。在睦仁亲王登基成为新帝以后，这种恐惧仍然持续了一段时间，此事在《朝彦亲王日记》和千种有文写给岩仓的信中曾多次提及。千种有文于正月十七日写的信中有如下字句：

新帝每夜均觉有人来到枕边，或是叱责，或是诉苦……

《朝彦亲王日记》中则有如下记载；

唯新帝可见先帝，不分昼夜，着实令人无计可施。

也就是说，孝明帝的鬼魂在不分昼夜地叱责新帝。难道这仅仅是因为当时尚且年幼的亲王因目睹父皇临终的凄惨模样，受惊过度以至精神错乱？但若是有人针对新帝窃窃私语，认为若是先帝不死，新帝的时代便无法来临，因而才会引来鬼魂……

正如中山一位局所言，当时的大内简直无异于百鬼夜行，血腥的流言席卷了整个皇宫。流传最广的谣言自然是“毒杀”说，但除了毒杀说以外，还有刺杀说。

宫廷内外被一股阴暗无比的恐怖紧紧笼罩。

四

倘若此事并非发生在宫廷，而是发生在武将或豪族家中，未尝不可说只是一个司空见惯的阴谋。然而，皇室信奉天长地久的生命观，从太阳到伊势神宫，再从伊势神宫到万世一系传承的皇位，这是民族生命的核心。此事发生在皇室之中，理应视作不祥之事，绝不能忽视。

在战国时代，确实有过不少毫不理解日本皇室传统和理想的人，只知乱叫“管他呢”。然而，以飓风般的武力实现“天下布武”，高高凌驾于这些狂徒之上的织田信长，对皇室不也是满怀着一片纯真崇敬之心的吗？比睿山也好，念佛信教的信徒也好，普通的神社也好，佛堂也好，信长通通不屑一顾，但对于伊势、热田和皇室，他却一直有着特别的敬慕。信长的勤皇成为了复兴皇室的开端。他以三千石的供奉，向皇室献上日本人的忠诚。

秀吉则将供奉改为约六千石，无条件地追随信长的勤皇。到了家康，又将秀吉的六千石供奉增至一万石，算上公卿及其他人所领，所献生计米粮约达十万石之多。

其间皇室的衰微自不必说，但无论何等狂暴之徒，都不曾有过让德富猪一郎写下“最终为了日本帝国而牺牲”一般令人慨叹的残酷之事。

水户学扎根于家康的遗志，以尊皇勤皇为绝对的政治改革也是立足于此，不断向前推进，而如今却发生了如此惨剧，与上述精神完全背道而驰。

倘若日本帝国是生于如此血腥之中，那么这种扭曲势必会在某一天对日本国体造成巨大影响。因为，被歪曲的历史甚至会左右整个民族的发展。

幸运的是，明治大帝是拥有伟大品质的罕见人物，集明治时代的万民景仰于一身。然而，后来的勤皇却逐渐被“文明东渐”的阴影所遮挡，导致日本自古以来的一君万民思想变得愈发淡薄。

对源流的扭曲加以掩饰，纵然不停高呼天皇绝对，也无法令所有民众理解。而且，为了令民众无法了解真相，关于孝明帝驾崩的传言被下了禁口令，天皇再次沦为政治斗争中的一个弱小无力之人。此事在民众心中广泛地留下了极为恶劣的印象。

针对此事，学习水户的西乡也不禁慨叹道："如今看来，戊辰（明治元年）战争[1]亦不过是一味营私之举，愧对天下，愧对战死之人……"

究其原因，其实尽在孝明帝驾崩的秘密之中。

有些人认为必须以皇室为核心实行亲政，却导致政治斗争的毒牙伸向了万世一系的天子。究竟是否可以允许天子身边存在这种不合理的现象？不用讨论，其结论也显而易见。

这只能说是民族自古以来的长远理想已经败给了低俗的马基雅弗利主义。而且，传言所描绘的所谓"内情"，无一不是阴险之徒四处活动的景象，正如中山一位局所说的"百鬼夜行一般"。

当然，无人知晓这一阴谋出自何人指使，但风传直接下手之人便是能够自由接近天皇的"女官"。

天皇要写东西时有个习惯，一定会先用嘴咬顺笔尖，因此有人认为，是熟知天皇这一习惯的人将蘸了剧毒的笔放在了天皇身边。当然，也有人怀疑是在晚膳中掺进了剧毒。

由于天皇尸体上遍布可怕的斑点，兼且七窍流血，故而也流传着"刺杀说"。

据说，某位外科医生深夜突然受到召见，蒙着眼睛来到了濒死的天皇身前。

但其时，天皇的侧腹部已被短枪之类的东西刺中，出血惊人，医生还未加以救治便被屏退，不久天皇即告驾崩。

传言经常会忽略理性面，但有时，近似于直觉的传言却更加接近真相。总而言之，人们大多相信，天皇先是被人下了毒，又在如厕后洗手

[1] 戊辰战争（1868—1869），明治新政府平定江户幕府的日本内战。

之时被潜藏在地板下的刺客跳出刺中……这一传言似乎也传入了埃内斯特·萨托的耳中。

而且，众人还认为下达暗杀命令之人便是与萨长联系密切的岩仓具视，而直接下毒者则是岩仓的亲妹妹——卫门局（堀河纪子）。

然而，问题并不在于其直接犯罪的手段，而在于思想的变化。人们最终抛弃了水户学以尊皇为绝对的信仰，为了夺取政权，甚至不惜侵犯万世一系的天皇玉体。

以日本自古以来的生命观来看，天皇和子民同样是受到太阳恩惠的生命，是紧紧联系的“一体”，这便是国体的表现形式。日本人道主义和民主主义的根本便在于此。因此，对国体的侵犯便相当于对民众的虐杀，是对整个民族的背叛。立足于日本即为神州这一信念之上行动的人们对此事必定有着超越常识的切身体会。

而如今，形势一片混乱。有人趁乱做出了叛逆之举，而且事情就发生在德川庆喜遵从诏书重新继任曾一度不复存在的征夷大将军的二十天后……

对于深知神州天子高远无私理想的庆喜而言，此事给他带来的惊愕和恐惧非同小可，仿佛脚下的整个日本都已坍塌。

人间政治

一

宫廷对外公布的天皇死因自然是“感染天花”。

继任将军一职的庆喜在二条城听闻天皇死讯后，起初也很难弄清真相。自十四代将军薨殂以来，政治事态已经变得极度混乱。然而，天皇早已知晓了“王政复古”运动，庆喜自己也坚决辞退将军一职，因此，他一直在暗中期待，以为这样就可以自然而然地得到顺应世界形势的最佳解决方案。

“将军家茂突然薨殂……”

对于以王政复古为目标的人而言，这可谓绝好机会。然而，第一个打破这种氛围的人并非别人，正是岩仓具视。

岩仓认为如此良机绝不可错过，因而心急如焚。庆喜刚刚继承德川家，他便迅速起草了一篇《策议》，通过千种侍从之手悄悄向朝廷上奏。

其大意如下：

应降诏于德川中纳言（庆喜），命其奉还政权，恢复王政，同时阐明旨意，与列藩一同坚决执行维新大变革。

直至此时，他与庆喜的心意并无多大不同。然而，他认为有贺阳宫和二条关白拦在通往朝廷的要路之上，自己的献策未必能被接受，于是便计划先将此二人以及野宫传奏等人赶出朝廷。

这是他计划中的一个极大失误。他笼络中御门宰相经之、大原三位（重德）及其下二十二名公卿，以列参建议的形式，逼迫天皇将对方免职。

应罢免关白、贺阳宫及其下四五人，将近卫前关白官复原职，准许幽闭诸公卿重新出仕，准许逃匿公卿返京。

在迫使天皇同意这三件事的同时，他还提出了如下建议：

应终止委任政权于幕府。外交之事事关重大，理应召集诸大名，实行众议，而后革新朝廷。

如此说法及交涉方式，都令人不禁联想到今日的劳资纠纷。至少身为朝臣，如此做法全未顾及保护长远的建国理想，实在缺乏深思熟虑。

然而，天皇对他的这些请求仍然予以了准许，因为二条关白已做好了辞职的心理准备，并将事实详细上奏。这之中，萨摩的大久保一藏自然亦难脱关系，此事在《大久保利通传》中有明确记载。

其时，二十二公卿欲联合起来直接向天皇上奏，因此中御门宰相经之向二条关白提出要求，希望贺阳宫、野宫中纳言等受到排挤的近侍之人届时不得在御前侍坐。

这一附带的交涉条件极其无礼，纵是在武官之中亦属前所未有。唯独这一要求遭到了二条关白的拒绝。于是，天皇同意听取这二十二名公卿近乎于罢工威胁般的上奏。

负责上奏的是长州派的大原三位。上奏时间是在8月下旬，家茂刚刚发丧。若按孝明帝的年谱记载，便是8月30日。

当日过了酉时，中御门宰相、大原三位及其下二十二卿前来参朝，天皇则令二条关白、山阶宫、贺阳宫、近卫内大臣、九条大纳言、议奏（六条、久世）、传奏（飞鸟井、野宫）等人侍坐，起驾前往学问所。

换句话说，无论程序如何，这都是关系到宫廷收复朝权的一大会议，而策划人便是岩仓具视，他的儿子岩仓具定自然也位列二十二卿之中，一同出席。

待孝明天皇上朝后，大原三位便以一贯固执的口吻开始上奏："召集诸大名乃当务之急，若因犹豫以致无法决议，怠慢危急国难，委实遗憾。"

他狠狠地瞪向二条关白，认为一切都是关白的责任。

"当此国家多事之秋，自须广泛录用人才，何故延误至今！自安政大狱（安政五年，1858年）以来幽闭的公卿个个皆为人才，若能施恩特赦，命其出仕，将于朝廷大有裨益。朝廷应借此令长防迅速解散军队，下令幕府奉还政权，如此则天下人心遂定！此三事当于今日决议。"

就语气而言，这位老公卿的论调十分激烈，听起来似乎完全是在呵斥天皇。不仅如此，其用意也过于露骨，无非是想借家茂薨殂这一大好机会，大赦长州和七位公卿，将天皇身边的贺阳宫、关白、传奏等对手统统免职，换用萨长派的公卿，令政权回到朝廷手中。其所言的确坦率，却远离了建国理想，不过是一番纸上谈兵的空论罢了。岩仓具视一定是看中了大原三位简单直率的性格优点，才会特意挑选此人负责上奏。

在大原三位负责上奏时，身后二十二名公卿则目光炯炯地直视孝明天皇。他们期待着天皇或许会因畏惧众人的合力上表而默许，真可谓是胆大包天的算计。

天皇仍未开口，大原三位又扬声说道："近日朝廷亦多有失策，既定朝议仅因幕府上言便屡遭更改，令人心生极大疑惑。此事亦应详加评议，希望能自今日起，令此弊病一改而新。"

这明显是对天皇所下诏书的赤裸裸的不信服，直至此刻，天皇终于龙颜大怒。

"三位所言毫无道理，空洞无物，竟敢以如此夸大的形式逼迫朝议……难道你们不觉失礼吗？"

天皇的愤怒在于大原三位毫无反省的强硬态度。在他的上奏之中，对政敌和反对者多有非难，大加痛斥，却没有任何直面诸多问题的解决对策。

“去年兵库开港，实乃神州一大事，彼时尔等何故未曾进言！紧要关头沉默不语，不思上奏，时至今日，只会指责过失，何用之有！”

天皇额头青筋暴起，说话间便要站起身来，温厚的二条关白慌忙加以劝阻。

“三位所言颇有道理，导致朝廷今日之失态都是小臣的罪过，还请您务必听下去……”

“如此不敬言辞，不听也罢！”

贺阳宫也凑上前去，劝阻天皇道：“不，罪不在关白，而在于臣，请您务必……”

如此一来，大原三位变得愈发盛气凌人，接口说道：“没错！圣上于万事均心怀宽大，而亲王却相信幕府所言，以致朝政皆被幕府意愿左右。此皆为亲王之罪，务必加以整治！”

他的这个主张无异于火上浇油，令天皇愤怒之至。一方利用长州军的优势，依仗众多廷臣，逼迫天皇进行人事调换；而另一方则贯彻一君万民的理想，思考如何解决问题。双方根本无法进行讨论。

天皇第三次意欲起身，又被贺阳宫劝阻。

“既然如此，可令列参诸卿退下……仅留大原三位一人，准他说完。还请您准许！”

在这种情况下，仅仅令大原三位说一句“天皇无过”这样露骨的恭维话，是无法令天皇接受的。不如暂时解散蜂拥而至的诸卿，冷静地商讨实际解决办法，似乎这才是亲王的真正用意。

于是，天皇的怒色也渐渐平息，但他并未就此原谅臣子施加的威慑。

“亲王所言极是。关于今日上奏的三件要事，朕会考虑。至于接见大原三位，便留待日后吧，今日到此为止。”

天皇对皇位极为重视，一旦认定对方“存有私心”，他的主张便不会被轻易改变。幕府此前对此亦感棘手，如今，天皇的固执在宫廷内部也显露了出来。这份毫不让步的建国精神，随着皇位承传下来，若是脱离这种精神，水户的大义也将荡然无存。可以说，这是日本国特有的充满个性的宇宙观。

于是，当日直接散会，而大原三位重新参朝上奏的日期则定在了9月2日。

二

对此事有所记载的史籍颇多，如《朝彦亲王日记》、《续愚林记》、《大久保利通日记》、《大久保一藏书翰》、《岩仓公实记》等。然而，所有记载都是作者个人所见所感的事实，与处在万世一系的帝位、肩负神州重任的孝明帝的心意，可谓相去甚远。

于是，为了避免招致天皇的愤怒，大原三位定于9月2日再次参朝。在这一天到来之前，恐怕天皇一直在费尽心力地思考……若有一步走错，就会令建国以来的理想遭到歪曲。

然而，关于当日之事，萨藩的大久保一藏却记载如下：

9月2日，大原三位参朝。天皇赐谒，闻其进言，然天皇本即欲示以宽慰教诲之恩赦，故未置可否。

此处“本即欲示以宽慰教诲之恩赦”的字样，使得大久保将政治变为人与人之间争斗的现实政治家的本质暴露无遗。

在大久保一藏看来，只要天皇说出“大原三位所言极是，可以即刻施行”，便可以欣喜地高呼胜利，但天皇却并无此等打算。天皇虽然再次听取了大原三位所说的三件大事，却依然选择按照自己的方式应对时事。

也就是说，天皇决定依然按照前日决议，“由朝廷下令召集诸大名”展开协商，并通过二条关白向庆喜询问召集人选。若将天皇正确而理性的行为与大闹罢工的大原三位等人的行为进行比较便可以清楚地看出，天皇的政治目的与世人的政治目的之间存在着明显的差异。

收到关白的询问后，庆喜派遣原市之进前往关白府，做出了如下答复：

“召集诸藩一事应尽快办理。朝议所定乃即刻召集，虽非本意（其时尚未决定执政者，仍由幕府执行政务。因此，天皇本不应亲自召见，而应通过幕府办理)，然由朝廷召集亦无不可。只唯恐此举有悖此前进言所议，若令诸藩心生误解，反易招致疑惑，故此事还须详加斟酌，妥善处理。此外，不宜召集所有俸禄十万石以上诸藩。此举虽有失公平，然此际诸藩多有弊病，兼其中亦有幼童，故应仅召集国持大名及与防长事件（并未用“征长”字样）相关志士。”

于是，关白将所召集大名的姓名列举成册，上呈天皇。

这便是天皇发起的第一次大名召集，一条遵循国体的理性之路不断向前延伸，通向征伐长州问题的解决之道，亦直指下届政权的选出。

但如此一来，大原三位及其同伙只会以为天皇受到了幕府的蒙骗。最终致使他们的行为酿成了史上空前的惨剧。

将军家茂薨殂不久，岩仓具视便与萨、长联合密谋，鼓动二十二位公卿强行列参，致使这场政治斗争真正堕落成了人间的腥臭之物。一言以蔽之——他们将国体抛之脑后，以罢工般的形式向天皇施压，然而这反而说明是他们的彻底失败。

口中叫嚷着尊皇为绝对，但到了关键时刻，却对天皇又是利用、又是逼迫，此举实在太过不合情理。那么，事已至此，人间的政治家们又将如何行动呢？

便是暴力了。

倘若仅凭阴谋和策略无法撼动对手，便只能煽动萨、长等自称志士的狂热之徒，使用暴力令对手胆战心惊。而无论在哪个时代，都必定存在这些低级的唯恐天下不乱之人。

日本再次倒退至充满胁迫和恫吓的时代。

二十二位公卿将贺阳宫、二条关白以及广桥、野宫二卿合称为四奸，并将会津和庆喜称作“会桥二贼”，首先在各公卿门前开始发动了天诛布告。

四奸与会桥二贼勾结，陷害正义勤皇之士，任用邪谄奸曲之辈，耽误朝廷大计。若不悔悟，必加刑戮。

而在大原三位第二次上奏之后，这种行为变得更加露骨。他们强行逼迫所谓“四奸”和柳原大纳言退隐，甚至还做出如此威胁：“若仍出仕，纵是光天化日之下，亦应斩杀！”公卿们还派出数名浪人闯入里辻公爱中将府，胁迫道：“汝与一桥、会津、桑名多有奸曲，应即刻引咎辞职！”甚至还将大炮拖至门前，大放空炮。

如今，很多赤军派[1]都在模仿当时的暴举，而如此做法只会令政治偏离理性，堕入泥泞的恶性循环之中。

因身边无可用兵力而缺少防卫手段的关白和贺阳宫惊惧不已，双双递交辞呈，这也令天皇变得愈发愤怒。天皇早已知晓二十二卿列参的主谋者便是岩仓具视，因此，他非但没有批准亲王和关白的辞呈，反而开始考虑如何处置岩仓、久我和大原等人。

但不管怎样，以尊皇勤皇为重之人竟然与天皇正面作对，而事关朝廷颜面，天皇亦无法退让。事态发展至此，是何等的拙劣滑稽啊！

如今，岩仓一派所能倚仗的已然不是德义，自然亦非仁爱，而只能是萨长联盟的武力、暴力。

实际上，这一事实也已经昭然若揭。不，并非仅有一部分朝臣和萨摩如此，当时，外国势力也已一分为二，英国已经明确站在萨长背后为其出谋划策，日本呈现出了一副一筹莫展的内乱模样。

而鉴于此，诸大名自然也不敢随意进京了。

[1]　赤军派，活动于20世纪60年代后半期至70年代的日本新左翼组织。

三

憎恶滋生憎恶，怨恨助长怨恨。自古至今，没有任何人能够逃脱这种恶性循环。

虽然天皇极力劝慰挽留，但关白和贺阳宫不但不敢参朝，甚至连自家大门都无法迈出一步。如此一来，负责维护京都秩序的会津和桑名便无法袖手旁观了。

街头巷尾每天都在发生着血腥的事件和恐怖的谣言，天皇的苦恼和庆喜的困惑也是日益加深。然而，由于一方极力煽动政治不安，不断干扰朝政，以至于进京之人全是受到煽动而群情激奋的志士。

而另一方，庆喜亦受制于鄙陋的旧习，陷入了无法自由行动的窘境。

将军家茂死后，庆喜继承了宗家。而作为德川一族的嗣子，自然必须为上一代服丧。在服丧期间，他不能参朝，也无法主动出门问世，甚至不能正式接见诸侯。按照惯例，在这种情况下，若无停丧参朝的敕许，他便无法行动。

就在这段期间，种种事件接连爆发：二十二卿的强行参朝、二十四藩的大名召集、征长之战的开始……

事实上，正因如此，原市之进的名字才会频频出现在各种场合，渐渐变得名声大噪。

庆喜无法行动，故而通过原市之进传达己意。在这过程中，庆喜与市之进在立场和对皇位理解上的差距也渐渐地越拉越大。有时，市之进在传达时会误解庆喜的真正用意，其中难免会包含市之进的个人想法。

不久，庆喜被迫接受将军一职，而这也可称作是被严重误解的一例。

庆喜相信，自己以将军的身份执掌政治的时代已经一去不复返，然而世人对此却未能理解。很多人看到市之进频繁出入于其他府邸，便以为庆喜是在为再次成为将军而展开阴谋行动。既然以这样的眼光看待此事，那么萨长也好，岩仓也好……不,甚至连英国都开始强行加入到对庆喜阴谋的研究之中，不敢有丝毫大意。

最终，庆喜不得不派遣市之进拜见二条关白，希望能在9月16日接到除丧参朝的宣旨。

因为政务已经完全停滞，日本几乎一直停留在无政府状态。然而，在萨摩的大久保一藏等人看来，庆喜此举无疑是阴谋策动，必须加以阻止。他们一边妨碍诸大名进京，一边开始向近卫内大臣和山阶宫发动了与前述完全相反的不可思议的猛烈攻击：

关白已递交辞呈，无法出仕，兼有诸藩进京召命，故于关白出仕及诸大名进京之前，应暂停国事相关之大小朝议，等待诸大名进京，再行决定公论。

所谓人间政治，便是如此骤然剧变，以至于庶民根本无法理解，不可避免地对此产生各种疑惑。

阴谋与阴谋间的对抗，谋略与谋略间的纠缠。

只要有利于自己派系，哪怕是昨日才定下的主张也可随意改变。大久保等人明明主动提出要召集诸大名，却又加以妨碍，又利用手段致使关白和贺阳宫无法参朝，然后却说出“关白无法出仕，理应停止朝议”之类的话来。岩仓和大久保或许是打算罢免关白和贺阳宫，推举己方的近卫，让朝廷与幕府和庆喜彻底断绝关系。

但如此一来，事情就变成天皇屈服于发出裁决呼声的大原三位及其下公卿的主张，无异于让天皇顺从身为朝臣的二十二卿集团的恫吓，违心地放弃正道，败下阵来。

纵是在以前的承久时代，也从未出现过如此拙劣不逊的策动。而且，依照孝明帝的脾性，他也不会老老实实地屈从于如此露骨的阴谋。孝明帝或许已在反省，认为廷臣们暴露出如此丑态都是由于自己的指导有误，因此反而要执行严厉的裁决。

庆喜自然也无法袖手旁观了。屈从于无中生有的肆意策动，这才是对自东照权现以来的水户大义的蹂躏。因此他虽然提出了除丧请求，却再次招致激烈的抵抗。

就这样，9月16日，天皇下达敕命，准许庆喜除掉丧服，纠缠了许久的问题终于得以解决。一个月后的10月16日，庆喜晋谒天皇拜谢圣恩，终于得以直接参与政治。

自9月16日至10月16日约一个月的时间内，由于内部政治斗争，政务形同荒废，其间在外交、内政上发生的对国家不利的问题不计其数。

可想而知，此时孝明帝是如何强压怒火，努力避免双方发生激烈冲突。

10月16日，庆喜晋谒天皇，答谢继承宗家及除丧恩命，天皇亦在小御所赏赐酒杯，进行了传统的仪式。仪式结束，问题重新回到政治上来，天皇再次下达敕命，催促诸大名于10月26日进京。

然而，诸大名仍然大多称病并未出席，仅有备前、淡路、出羽、加贺和藤堂（大学）等人领命前来。事已至此，孰是孰非已是明明白白。

“没来的就没办法了，总不能让政治一直停滞不前。”

“没错。如此既然，不管中纳言殿下（庆喜）如何推托，也只能由在京的诸大名奏请朝廷任命其为将军了。”

10月28日，在京诸大名一同参朝，再次奏请天皇，推举庆喜。然而，天皇就此事却并未立即准许，而先对二十二卿做出了处罚的决定。

但处罚内容皆显柔和。大原三位重德、中御门经之及其下所有公卿皆被下令闭门反省或待罪，另命帮助诸卿列参的山阶宫蛰居，正亲町三条实爱闭门反省。

天皇的目的永远都是坚持正道，尊重皇位，努力从互相争斗的低俗现实政治的错杂中挣脱出来，争取更上一个境界。而基于相同的视野，天皇再次目睹了庆喜卓群的政治能力。

庆喜仍是德川中纳言，虽然继承了宗家，但官位与诸侯并无多大差别。只不过，在新政权成立之前，他必须负责幕府政务，因此，行政责任依然完全压在庆喜的双肩之上。

从某种意义上说，原有的公武已经合体，幕府已经成为天皇亲政的行政机构。一切要事皆已得到“敕许”，故而已经可以顺应时势所必须，从中得出无须更多牺牲的合理改革方案。

天皇必定一直在考虑此事，政治再次向正轨靠拢。

首先，原有的将军随从的武士职务得到了改革。然后，进步主义者栗本鲲被任命为外国奉行，常驻法国。接下来，更多政治策略一一实现：

设立骑兵奉行一职，起用山口直毅；俗称八万骑的旗本之士尽被编入枪队，改穿筒袖、短褂、筒裤的轻便装束；一度按罪罢免的小笠原长行被再次起用为老中；原讲武所改称陆军所，与海军一同成为国防双翼；旗本及御家人可以自愿学习炮术，炮兵的培养开始变得独立；俸禄三千石以上的聪颖之人可以自愿去英、法两国留学等。

此外，在农田开垦和控制物价方面，庆喜的手腕也大展所长。天皇或许就如考场的主考官，亲眼见证着这场改革的推行。

而另一方面，天皇必定也在目不转睛地观察着萨摩、长州、土佐等自称志士之人的一举一动。这些人的行动实在极其低劣，无一不是故意阻拦幕府改革、企图粉碎改革的狂暴之举。

或许正因如此，天皇终于意识到只有庆喜方为值得信赖的亲政对象，于是12月5日，天皇再次下令任命其为大将军。

由于任命庆喜为将军本来便是在京诸大名奏请的结果，因此天皇心中亦无任何不安，认为此举顺理成章。

有轨无轨

一

大义是人类行动的基准。或者也可以说是“核心”，若无大义，所谓自由便会堕入自私而残忍的旋涡之中。

没有任何人希望世界变得充满混乱和放任，但进入庆应时期后的幕末，却再次倒退回了毫无秩序的战国时代。

家康之前的战国时代，是真正的力量与力量之间的激烈冲突，而如今，激烈冲突中却掺满了企图利用皇位的狡猾的政权欲望。

这些人将皇位的尊严巧妙地拖入诡谲的现实政治之中，企图以皇室名义支配万民，实现一己私欲。

孝明帝惧怕这种毫无轨道的混乱，便于12月5日再次任命德川庆喜为征夷大将军。天皇或许是为了回避兵库开港问题及其他混乱，迫于无奈才会采取这一办法，颇有临时抱佛脚的意味。

“如今暂且就这样吧……”

然而，这种做法反而令那些不明大义的政权狂热者们怒不可遏。

“只要天皇在，便无法打倒幕府！”

讨幕的障碍实则正是天皇……

一旦产生这种错觉，他们便又想起了一句传自中国的诡辩之言——

“大义灭亲！”

以道德为准则，便可杀死亲人、子女的这种思想实际并不应当混入其中，要令一切生命存活，这才是重中之重。然而，当时的政权狂热者在思想上已然混乱，他们坚信若不除掉孝明帝，便无法实现王政复古。

只能说，他们缺乏对天长地久的生命观和太阳之国的自觉和反省，以至于不知不觉间受到了马基雅弗利主义的影响，深陷其中。

孝明帝便是在如此阴暗的情况下驾崩的。京都民众将天皇驾崩视作“流星陨落”，这是何等悲伤而又敏锐的直觉啊！仿佛宇宙列车在一瞬间驶出了轨道，变作无数碎片，如流星般划过天际。

笔者以为，这种直觉之中隐藏了对日本固有国体的暗示。

天皇的目标在于与大自然一致的伟大事业及其推行之道，故而玩弄小手段的阴谋介入很明显是对此的一种叛逆。而且，倘若这一黑手实际地触及到了天皇，便可断然宣告维新的彻底失败。

因此，笔者认为，在此前志士们敬慕天皇的至真之情和此后功臣们的阴谋策划之间，必须要先划出一条明确的分界线，以示二者在精神上的区别。

倘若在谈论日本时没有这一条线，必然意味着此人在精神上的一种欠缺和不完整。孝明帝的驾崩将这一点痛彻地表明出来，实在不可忽视。

孝明帝将庆喜内定为将军的时间是在11月下旬。而将议奏和传奏召至常御殿内告知其决意的时间，则是在27日。

“将军一职虚位已久，朕以为当命德川中纳言继任。纵然中纳言固辞，卿等亦须宣告朕意，此次务必令他应允。”

传奏将天皇之意告知了松平春岳，再由松平春岳说服庆喜，继而于12月5日授官任职。

显而易见，此次任职的直接原因便是兵库开港的交涉问题。外交团认为幕府若无主权，就直接与天皇展开交涉。如此一来，就不得不确立天皇代理人。于是迫于无奈，只能再次令征夷大将军以天皇代理人的身份与对方展开交涉。

就这样，12月5日，任命正式完成。

可以说，自11月27日天皇内定此事至12月5日的正式任命，在这短短的七八天内，一个史上空前的大阴谋已经悄然诞生。

天皇驾崩令宫中陷入无比混乱，此事前文已有提及。

庆喜最后一次晋谒天皇是在12月21日，即众人纷纷传言天皇即将痊愈的日子。当日，庆喜率领会津的肥后守容保、越前的松平春岳、老中板仓胜静以及高家的中条左卫门督等人探望天皇，其后又留下中条左卫门督服侍，将鲜鲷、猩红毛织物、人参、玩偶等稀奇之物献于枕边。正因如此，当庆喜听闻天皇病笃的消息时，顿时陷入茫然，一时不知所措。

无论如何，天皇驾崩，先决问题便是内定储君亲王（佑宫睦仁亲王）登基。经过二条关白、近卫内大臣、一条、九条两大纳言的协力筹措，总算于27日宣布了内定旨意。到了29日，皇宫内秘密举行了天皇大丧。

在此期间，宫中的形势正如中山一位局在信中所言，完全处在一个充满了无中生有的谣言及复职、辞职等极端复杂的旋涡之中。无论如何，都必须严守天皇驾崩的秘密。这一点尤为关键，于是在不能对外公布的情况下，诸事都得以解决。

“正月九日，皇太子睦仁亲王登基。”

其时，关白二条齐敬以摄政的身份继续留任。正月二十七日，天皇的遗体葬于泉涌寺后月轮陵，而一切事务都必须在此之前处理好。

由于二条关白必须严守秘密继续留任，他所受的压力自然比以前更大，庆喜身边的阴暗谣言和威胁也是持续不断。狂热的志士们心怀执念，认为无论如何都要在先帝葬于后月轮陵之前暗杀庆喜，故而此事亦可说是理所当然……

二

纵是先帝健在之时，二十二卿亦敢强行列参，宫中形势可见一斑。

正值关白和贺阳宫都不敢轻举妄动之际，天皇又突然驾崩，皇位的移交自然不会顺利。二条关白之所以能够继续摄政，或许也是讨幕派考虑到其为人而有意为之的一项策略。

驾崩、登基、恩赦、大赦，多事之秋各种名目层出不穷。正月十二日，贺阳宫上交辞呈，意欲辞掉国事挂[1]一职，未被准许。想必这也与让关白继续摄政有相同意味。

他们是打算将一切责任归咎于前任，再通过敕命，逐渐使被排斥的人重新得到起用。用通俗的话来说，此番计谋便是为了日后好有说辞——有怨言就去对关白和亲王讲好了。

正月十五日，朝廷先是准许有栖川宫炽仁亲王及正亲町实德等五人参朝，解除了前关白九条尚忠的闭门反省处分，准其入京，另外还解除了广幡忠礼等三人的待罪候审处分。

这自然是准许流落到长州的三条实美及其下公卿复归的前提，也是解除岩仓具视幽闭处分的预兆。

这时，将军德川庆喜也在当日首次命松平容保（会津）和松平定敬（桑名）向朝廷奏请，建议以朝廷的名义宣布解散征长军队。

其时，长州周边已无幕府的一兵一卒，但名义上只是休战，并非终战。庆喜认为必须借此机会宣布终战，好为长州打通一条道路，以便能够参加先帝所期待的全国性大名会议。

关于此事，会津的松平容保并不赞成。

“如此一来，便相当于屈服于长州的暴力，萨长必定会联合一起率兵进京。”

庆喜自然早已意识到这一点，但此时他仍然提出“解散军队”，这充分体现出了庆喜在孝明帝驾崩后的志愿所向。

先帝的期望便是庆喜所愿。纵然先帝已经驾崩，这一点也不能有丝毫改变。因此，庆喜才认为在新帝时代开始之时，应该尽可能开拓新的道路，扫除一切改革障碍。

如此一来，正确的言论必将兴起，也能避免在京都及附近发生武力

[1] 日本江户幕末时设置的官位，负责国事商议。

冲突。可以说这之中充分表现出了庆喜的高瞻远瞩和自信。

就这样，在解兵令发布的正月二十三日，朝廷同时下达了敕命遣返三条实美及其下公卿；长州藩和小仓藩也达成讲和协议；有栖川宫炽仁亲王、中山忠能、桥本实丽、劝修寺住持等被先帝疏远的在京人等也看到了光明和希望。正月二十七日，先帝遗体下葬泉涌寺后月轮东陵。

当晚，将军庆喜带领松平容保及其下公卿、老中、高家参加大葬，却突然在途中离开队伍。因为大葬是在深夜，有一群刺客便企图趁暗袭击庆喜。

当时庆喜身边有四名卫兵负责守卫。如今，他已不再是区区一桥中纳言，正式地说，他是正二位权大纳言、征夷大将军、源氏长者、奖学淳和两院别当[1]、右近卫大将、右马寮御监，现任幕府当家。

而且，其政治手腕得到万人认同，甚至连长州的桂小五郎——后来的木户准一郎（孝允）亦曾如此说过：

如今关东政令一新，兵马统制亦极为得当，一桥之胆略绝不可轻视。眼下倘若丧失挽回朝权之机，被幕府抢得先手，必将如家康复生……（《回天实记》）

继承先帝旨意的庆喜甚至被比作家康再生，又为何一定要谋划在大葬之夜取其性命呢？

理由若是憎恨恶政倒也罢了，但如今却是因为其政令一新，犹如家康复生，若不即刻狙杀便会失去挽回朝权的机会……人间政治的理论果真是无比古怪。

为了挽回朝权，他们在天皇的大葬之夜行动了。

“怎可令人靠近将军！断不可有丝毫惧怕！”

原市之进边说边连同另外四名水户之士跟在庆喜身边，护着庆喜悄

[1]　别当，日本古代特殊机构的首长。

悄离开了队伍。

根据长久以来的传统，先帝的葬礼将在肃穆的深夜举行。由于庆喜亦会出席，市之进无比担心会有暴徒杀入场中。

庆喜与队伍岔道而行，顺路来到了某个河滩的茶亭休息。

“我并非因惧怕而逃匿，只是不想再惊扰先帝。”

“可是如此一来，暴徒会越来越多。若是他们闯入队伍，我们还能即刻应对，可如今……”

“市之进啊，你认为斩杀暴徒便会令先帝在天之灵感到高兴吗？”

“但如此下去，会津和桑名都会因为恐惧而失去在京都任职的干劲，或许会提出回国请求亦未可知。”

“到了那时，我会亲自出面拜托他们。要贯彻一个理想是很辛苦的。”

“可是人类是存在极限的。”

“你说得并没有错，这就好比用笊篱舀水，徒劳且毫无意义。”

“您既然明白，为何对他们……”

“对他们的暴行放任不理吗？这才是最重要的忍耐。试想，往笊篱里注入的水来自一口污井，纵然永远不会积存起来，但只需令污水不至蔓延到周围即可。看似无益，实则并非如此……世上也是存在此类事情的。”

听完庆喜的这番话，市之进也只好默默地喝起了茶水。过激派为了巧妙地大赦己方成员、扩张势力，便留任二条继续摄政。对此，庆喜似乎也打算耐心地在背后予以支持，通过正确的方法为己所用。

“好了，天色已晚，我们快去泉涌寺吧。”

此刻的庆喜十分温和，似乎已将愤怒完全遗忘。

三

在关键时刻，以勤皇为名义的政治行动却偏离中心逐渐堕落为阴险的权力斗争。在这种情况下，也许便需要有人来背负起整个日本，并将传统准确无误地传至后世。

正因如此，庆喜无论是在感情上还是行为上才会表现得比其他人更加谨慎。

虽然京都市民对天皇的驾崩抱有深深的疑惑，但绝大多数民众并不知晓其中的秘密。因此，庆喜只能尽力驱散谣言，主张死因乃是天花所致，极力保持谨慎。

若不如此，便会累及十六岁便登基的新帝时代。如今最重要的便是尽力保证过去的不幸和阴影不会影响到新时代的光明。

为此，庆喜首先执行的策略便是宣布解散军队，与长州终战。此举自然遭到了会津的强烈反对，但却收到了很好的效果。

夺权的主谋者并非长州。在先帝驾崩的那一刻，主谋者是岩仓具视和萨摩这一点已经一清二楚。

正月二十三日，庆喜求得正式敕许，立刻命广岛的松平安芸守（浅野）向长州传达旨意："将军亦以宽大为怀，请立刻奉命解散军队。"

当时，长州仍然占领着石见、安芸、备前的一部分地区，顽强抗战。而如今敕命已下，长州的心结也终于解开。

或许正是先帝大丧唤醒了他们传统的勤皇之心。

"拜领朝命，不胜感激。自甲子（元治元年）乙丑（庆应元年）以来，藩情难以上达，而今继休战之后又有解兵之命，然一日未领朝廷宽典恩命，阖藩一日不能自绝生路。望此意能上达天听，唯有多多仰仗贵藩。"

长州打算通过芸州藩，找到通向新帝时代的一缕光明。此事虽然貌似微不足道，实则却在精神层面对明治的新政府造成了很大影响，成为了日后恢复皇室尊严的一个基石。

当然，岩仓具视在接到先帝驾崩的消息时，当即便向中御门宰相经之写信，开始了一番阴谋策划。信件内容如下——

新帝尚且年幼，不可一日无太傅（监护人）。中山前大纳言（忠能）可侍奉新帝，且适合太傅之任。卿当设法说服二条摄政及近卫内大臣（忠房），解除前大纳言幽闭处分，尽力周旋促成此事，余亦会加以协助。

岩仓此举目的何在？答案显而易见。

他企图正面与庆喜为敌，尽快利用中山忠能削弱二条摄政的力量，再联合与自己志同道合的公卿一同重返朝廷，掌握政权。

以世间的常识来看，此举着实不可理喻。

岩仓口中高呼皇室尊严，频频强行要求施行勤皇，但实际上，他并非勤皇的实践者，被他视作不共戴天之仇敌的幕府反而更加尊重朝廷。

针对中山前大纳言就任太傅一事，不仅二条摄政表示反对，五摄家也不予赞同，故而此事未能实现。然而，曾经遭到天皇呵斥的很多人都得到了赦免，其中既有佐幕派也有复古派。

在文久三年（1863年）、元治元年（1864年）、庆应二年（1866年）受到处罚之人无一例外都是过激派，因此，朝廷再次变为了两派势力纠缠不清的权力斗争的场所。然而，政权的负责人自然还是身为征夷大将军的庆喜，因此他立于这些斗争之上，一直努力设法施行良策。

而眼下必须尽快解决的问题并非国内问题，而是外交问题。

先帝此前已准许兵库开港，并缔结了条约，约定在该年（庆应三年，1867年）12月之前付诸实施。

然而，中途却突然转变到了新帝时代，故而针对日本是否能按照条约实行开港的问题，外交团之间频频发生争执。

外交团表面上是英、法、美、荷的共同体，但实际上，他们各自都围绕着本国之事，在利害关系上绝非一致。其中，英国一直在谋划与萨长结盟，最终实现倒幕，然后在新政权和新朝廷里抢先占据有利形势。

如此一来，很有可能会违背先帝遗志，引发内乱。对庆喜而言，如何解决这一问题才是最大的政治课题。

朝廷内赞成开港之人自然不少，但在感情上不愿开国之人亦不断涌现。

“先帝实乃迫不得已才下旨同意，如若可能，理应遵从先帝本愿，拒绝开放靠近京都的兵库和大坂两港。”

这种感情在很多人心底汹涌奔流，过激派自然不会轻易放过。

他们打算实施计谋，仿效井伊直弼和堀田正睦被条约问题逼至绝境的先例，利用这一问题将庆喜也逼至绝境。

也就是说，他们为了打倒对手，打算利用外国势力。这是最危险，但也是最出奇的手段。倘若放任这种外交团的计谋，内政改革将无法实现。

于是，庆喜先将法国公使洛奇召至大坂城的白书院，试着询问了他的意见。

（洛奇是如何理解英国公使帕克斯的意图的呢？）

眼下必须先行压制住外交团的蠢蠢欲动，然后再整顿新时代的人事安排。

此事发生在庆喜以新将军身份正式接见四国公使团之前的2月中旬。

四

法国公使洛奇早已频频向幕府上书，针对萨、长与英国的阴谋提出忠告。而幕府目付梅泽孙太郎得到的萨摩藩士写给英国人的信件中也写道——

贵国相信幕府，尊奉条约，然日本上有天皇，未经其允许，国家大事不能施行。此外，加州、仙台等大藩尚在，国政无法统一。贵国若心存怀疑，不妨一试请求兵库开港，幕府必然不会同意。不若将此事交给本藩，奏请天皇，请其准许。

英国人将这封信展示给幕府，逼迫开港。意思是倘若此信有假，便应立刻请求开港敕许。

于是，老中板仓胜静将萨摩的大久保一藏唤至所司代松平越中守府中，命原市之进加以责问。其时，大久保一藏若无其事地反驳道："鄙藩亦存在攘夷与开国两论，这应该是开国派之计。既为开国之事，只需由幕府向朝廷请示，求得朝廷准许，再行号令天下即可。若然直接责备鄙藩，鄙藩亦不会平白担此责任。"

一方面让宫中的过激派发起猛烈的反对，另一方面又向英国人写出如此书信，完全是一种故意为之的小人行径。

正因面对如此情势，庆喜才打算在正式接见公使团之前，先听听洛奇的意见。

"我想就兵库开港及其他事情征询您的意见，请您随意指点，不必拘谨。"

庆喜此前已经通过外国奉行与洛奇见过面。该年正月十一日，正是洛奇帮助庆喜的弟弟松平昭武乘上法国邮轮奥列格号，前往欧洲观摩万国博览会。因此，庆喜此次采取了轻松的私人会见形式。

洛奇缓缓地在重叠的坐垫上坐下，郑重地施了一礼，然后说道：

"条约必须履行。若不履行条约，便会使人认为政府不满外交，抑或因为贵方力量微薄，无法得到天皇准许而不能履行，我认为届时诸国认定的原因必是这二者之一。若是前者，外国便会诉诸武力；若是后者，外国便会直接与有实力的诸藩展开交涉。"当时并不缺少法语翻译，因为有很多陆军的雇佣兵都来到了日本。

庆喜微笑着点了点头。洛奇所说的有实力的诸藩自然便是萨摩和长州。

"我等并非怀疑天皇履行条约的诚意，只不过……"洛奇笑着，接着说道，"萨、长二州已通过英国公然反抗幕府。因此，为了消除二藩散播的所谓幕府不满外交的传言，干脆以幕府名义开放下关和鹿儿岛，不知您认为如何？如此一来，幕府既向外国表示了诚意，萨、长的阴谋也将暴露无遗。"

以阴谋对阴谋——这便是洛奇的意见。

庆喜对法国公使洛奇的话感到无比钦佩。

以前，幕府是开国派，萨摩和长州则是顽强的攘夷派。长州曾在下关炮轰外国船只，萨摩也曾在生麦斩杀夷人，在萨摩海上袭击英国海军。如今，战术却突然一变：萨摩企图开国，而幕府和先帝却厌恶夷人，不愿开国。

可以说为了实现目的，理论之类的根本无关痛痒，只要能令幕府陷入困境，实现以王政复古为名的夺权即可。

或许西洋式的权力斗争也与此类似。洛奇认为，为了克制萨、长的战术，在兵库开港之前，握有政治实权的庆喜便应该先向外国人开放下关和鹿儿岛。如此一来，长州藩和萨摩藩都将忙得四脚朝天，为应付列强而疲于奔命。他们只能装模作样地表示："若将此事交给本藩，天皇或会准许。"

不仅如些，他们实际上是凭借武力在朝廷内部策动，并导致国策无法定夺的事实将全部暴露无遗。

"以眼还眼，以牙还牙！"

洛奇公使认为，在当前情况下，这是最有效的办法。在此期间，幕府海军和陆军分别向荷兰和法国学习，军备齐整的西洋式军队将拥有压倒性的实力，届时，萨摩和长州也将不得不乞求幕府的帮助。

洛奇又补充道："为此，若有必要，我们拿破仑三世将不惜为日本国提供任何援助。"

庆喜仍旧面带微笑，感谢了对方的好意。他虽表示感谢，但自然并不打算按此实行。若是可以以眼还眼，以牙还牙，对萨摩和长州加以讨伐，那么从一开始便不存在这些问题了。

"一君万民！"

对于天皇而言，绝不存在敌人。因此，先帝一直坚持认为应与掌管政权的幕府团结一心，这一信念从未改变。虽然先帝已经驾崩，但若是对衍生自国体的皇位的"良心"加以蹂躏，何谈大义，何谈水户学？

（另有方法可以令萨、长觉醒……）

庆喜认为，对方如今视阴谋为智略，所以自己应该带着胜过其阴谋的智慧一边主持现实政治，一边令对方再次将真正的尊皇、勤皇的重要性铭记于心。

然而，法国公使洛奇能够想出如此战略，令庆喜感到自己已经无暇犹豫。英国的计划自然不会逊于法国。仔细想来，也可以说萨、长的变化正是受到英国影响的结果。

（萨、长的勤皇变成了英国的傀儡……）

当日，庆喜与洛奇道别之时，虽然脸上挂着微笑，心情却极为沉重。

谋略再变

一

庆喜将洛奇送走时，心中已经做出了决定，但他的决定与洛奇所言完全相反。

洛奇完全将萨、长视为叛军，认为应当毫不留情地加以讨伐。在任何情况下，敌人都不可能变成朋友。而讨伐应讨之人，首要手段便需要在敌人中间引发混乱。因此洛奇认为，最能将敌人逼至窘境的做法便是立即宣布开放下关和鹿儿岛。

无论萨摩和长州各自有何心思，他们现在都属于开国派。事到如今，他们已不可能再反对开港。

当然，一旦开港，列强势必会在港口集结海军，为了要求划分租借地而接连踏上日本国土。

如今他们正巧妙地操控着一群厌恶夷人、自称志士的下级武士，若真的实行此事，这些下级武士将会如何行动呢？

也正因如此，大久保一藏才会淡然表示“鄙藩亦存在攘夷与开国两论”。相信用不了多久，不管是下关还是鹿儿岛都将发生骚乱，引起两派之间的激烈冲突，以致血流成河。

恐怕只有对此加以制裁，才能暂时令他们无暇在京都玩弄阴谋……

若将他们视作敌人的话，的确应该这样做。而在此混乱期间，幕府也将尽力造好军舰、备齐大炮，接受了西洋式训练的士兵也将不断增加。如此一来，他们心中必将焦虑不已，很有可能会将二藩拱手卖给英国。

如今，印度、马六甲和中国的很多地方都因此而升起了英国国旗。

（绝不能让日本遭受此等耻辱！）

此时应该按照先帝在位时所签订的条约开放兵库，明确表明姿态，纵然时代改变，政权交替，日本亦岿然不动——这才是不动声色地拨开列强侵略之手的方法。

最终，这种做法也将让朝廷、幕府以及萨摩和长州全部得到拯救。

（世人并非全是不明此理的蠢才……）

庆喜向摄政提出履行条约的意见尚未在朝议上决定。一概反对的讨幕派，也就是萨长所操纵的夺权派（根据大原三位的上书所指）以天皇交替为由，对此表示极力反对，认为应当重新协商，并得意洋洋地一直讨论不休。

然而，庆喜认为如今根本不必理会这个问题。曾经缔结的条约并不会因为掌权者的交替而改变，此乃世界惯例，只需对他们加以说明即可。眼下更重要的是，应该先令公使谒见新任者，确认交替之人是否值得信赖。

心中既已决定，庆喜便不再犹豫，开始着手准备谒见一事。其时，英国公使帕克斯在与萨摩联络的基础上，已经开始频频出谋划策。

此次谒见并非单纯的谒见，在这之后，因两都（兵库、大坂）开港开市的期限临近，英国还频频提议应当就此问题进行详细商议。一边令萨摩顽固反对，一边却又如此步步紧逼——这便是当时英国外交的真实面目。

庆喜起初自然也认为应先“请求敕许”，而后再接见公使。然而，英国公使帕克斯与萨摩的大久保一藏、宫廷的岩仓具视、大原三位等人联系密切，正在谋划“倒幕”，已经不容再拖延下去。

倘若继续拖延，就真的只能如法国公使洛奇所言，通过以牙还牙的方式，直接以战略来进行对抗不可。

于是庆喜向四国公使宣布，自己将于3月下旬在大坂城内举行新任将军的谒见仪式。

公使们都极其希望前往大坂面见庆喜，自然不会对此不予应承。就这样，英国公使帕克斯、荷兰公使巴尔斯布洛克分别于3月14日和16日抵达大坂；法国公使洛奇离开大坂后，又于22日重返大坂；美国公使冯·福肯伯格来得最晚，到28日才抵达大坂。

为了先稳住这些公使，庆喜通过老中板仓胜静和稻叶美浓守向他们转达："两都、两港定会如约开放，并于开放六个月前公告天下。"

这六个月是开港、开市的准备时间。

如此一来，公使们便可以放心谒见将军庆喜，纷纷对其就任表示祝贺。然而，唯独英国公使帕克斯立刻对此通知紧紧咬住不放。

"倘若确实准备开放两都，希望能够先行公告。即刻公告天下也并没有什么不妥吧？"

英国为了阻挠庆喜而极力阻止天皇下达敕许，会提出如此交涉也是理所当然。

面对这个问题，庆喜淡然回避："您的意思是说，若是不发公告，贵国人民便不予以认同，是吗？果真如此的话，那么您完全可以通过报纸在贵国国内宣布。"

如此一来，帕克斯也无法继续穷追不舍。他本以为日本是毫不开化的野蛮国家，却不料庆喜竟然熟知外交惯例，自宣布方法到报纸利用皆无一不晓。

庆喜颁布命令，决定于3月25日先行接见英国全权公使兼总领事帕克斯。既然是"颁布命令"，必定充分展示出了征夷大将军的威严。

帕克斯自然也感到十分愤怒。他率领数目可观的随从士官一同登城，首先前往白书院谒见了庆喜。

谒见完毕，帕克斯表示："希望您能观看英国骑兵的骑术表演。"

这是一种微妙的威吓和回敬。

"不胜荣幸。"

庆喜带着持刀侍从来到庭院，观看了骑兵的骑术表演，然后下旨准许帕克斯在白书院陪同进餐，接着便返回了白书院。

回到白书院后，帕克斯不禁大吃一惊。

片刻之前，那里还是铺着榻榻米的日式下段[1]客厅，如今却已变为摆满西洋餐具的大餐厅。菜肴全部出自法国厨师之手，餐桌上还摆放着色泽鲜艳的插花和上等香槟以作装饰，令人眼花缭乱。

二

菜肴也好，银质餐具也好，美酒也好，礼仪也好，无一不令人产生出身在巴黎的错觉。众官员按照老中、若年寄、大目付、外国奉行、目付的顺序，在餐桌旁排成一列，陪同进餐。

待到用餐完毕，庆喜站起身来，开口说道："为英国女王陛下的健康干杯！"同时举起玻璃酒杯，帕克斯只得翻着白眼站起身来。

此番谒见给他带来的震惊犹如天翻地覆。一切皆按照欧洲风格进行，用餐礼仪也毫无差错。

"这一杯是为了英国公使帕克斯阁下的健康！"

庆喜一番举动完全超出了帕克斯的预料，以至于帕克斯在回答时数次语无伦次。

（此人究竟是何方神圣……）

在登城之前，他还以为此番接见必然一如往昔，相信自己在谒见过程中一定能够就延迟开港问题将对方难倒。然而，他却没有找到一丝机会提出问题，眼见着在外国奉行的指挥下，馈赠礼品接连呈上。

赠给英国女王和帕克斯的礼品是极其精巧的漆箱，同席的士官们收到的则是成卷的绉绸。当礼品摆放到桌上时，庆喜早已离开了现场。

庆喜完全一副高高在上的执政者派头，纵是擅长用强的雄辩家帕克斯，此刻也变成了一个温顺的外交官。

26日和27日，庆喜又分别接见了荷兰公使兼总领事巴尔斯布洛克和

---

[1]　日本书院的房间格局分为上段房间和下段房间，分别为主公和家臣所居。

法国公使洛奇。所有仪式和待遇都与接见英国公使时一样，在接见法国公使时，洛奇也请庆喜观看了骑乘兵驾驶的欧式马车，另外还在进餐时让军乐队演奏，聊以助兴。

听闻此事，英国公使帕克斯不知出于何种目的，又提出于28日再次带领随从士官正式谒见的请求。

此番登城定于上午九时。帕克斯或许是忍不住打算再次确认庆喜在正式会见中会采取何种态度，他首先答谢了前日款待，然后再次提及此前上书内容，口头询问了幕府不立刻公告天下的理由。

庆喜毫不拖泥带水，声音明快地回答道："吾遵循本国大法，掌握祖宗传承之全权，期盼与各国交际日益密切，故而将四国公使请至大坂。公使方才言道，宜当尽力加深日英两国交谊。听闻此言，吾甚是满足。且正如我国政府先前通告公使所言，吾已决定，与贵国所订条约自当履行。得以借此大典（宣布将军任命）举行之机，亲口告知公使，吾甚欣喜。希望公使能将吾意告知贵国，且一并转达吾等祝愿英国王室繁荣之意。"

庆喜再次巧妙地避开了帕克斯的阴谋。

帕克斯完成二次谒见时，荷兰公使巴尔斯布洛克似乎亦不甘人后，同样提出了二次谒见的请求。

英国公使预定的接见时间是在上午九时，荷兰的巴尔斯布洛克则约定在上午十点半。因此，庆喜向帕克斯赠送应季服装后，便立刻前往另一个房间会见巴尔斯布洛克。

会见过程中，巴尔斯布洛克慌忙献上文久二年（1862年）10月——即五年前威廉三世的国书。事到如今才慌忙献上如此古旧国书，委实不知出于何故。但其中或许隐藏着外交团艰难的政治往来。

对此，庆喜亦与会见英国时完全相同，以郑重的辞令作答，而后又与帕克斯一样，向巴尔斯布洛克赠送了应季服装。

"欧洲诸国之中，荷兰亦最早与日本结下交谊，直至今日。我国得以学到欧洲诸多学术，全赖贵国所赐。如今两国国交日渐亲密，实乃吾等之幸。吾已决定，先帝与贵国所订条约自当全部履行。希望公使能将吾之诚意告知贵国贤德国王，且一并转达吾等祝愿贵国幸福安泰之意。”

至此，法国公使洛奇经过权衡，终于也不得不以答谢为名，提出登城请求。于是，当日下午三时，洛奇偕同法国提督登城，并呈上拿破仑三世的国书。

当然，在这种场合下平等对待各国是欧式外交技法中至关重要的一点。各国公使一定都很在意庆喜究竟是否掌握了此种技法。

对于洛奇，庆喜亦赠以温厚答复——

“贵国皇帝之深情厚意已向各国展示，今又任命公为全权公使，盼望进一步促进两国关系。吾接获此等书简，心甚满足。吾今掌握祖宗传承之全权，希望能与公使、同盟各国及其国民代表一同协力照应，直达开化进步之境。”

随后，庆喜又对同行的提督慰劳道：“远途航海多有辛苦，不知何时任满归国？还望多加珍重。”

此番慰劳之言实则满含深意。洛奇先前已经提出意见，认为仅以当前手段不足以解决问题，建议应当首先开放下关和鹿儿岛，以挫萨、长锐气。倘若事情纠缠不清无法解决，法国海军自然会前来助攻萨、长。对此，庆喜却反问提督“何时任满归国”，由此便隐隐可见，庆喜毫无与萨、长抗争之意。

（所谓外交，便是如此……）

从庆喜的做法可以看出，其心意已是十分坚决。于是，洛奇和提督接受了庆喜所赠的应季服装后，便即离去。

三

洛奇再次登城，令英国的帕克斯愈发无法保持沉默。

这是很自然的。帕克斯认为，在背后操控庆喜的便是法国，故而不可有丝毫大意。于是，29日上午十时，帕克斯第三次登城。此次他提出在客厅前庭观看英国士兵的队列操练，此举自然是针对法国军队的一种威慑和竞争。

庆喜愉快地欣赏了阅兵，命人在客厅的下段房间内摆放洋酒和点心，并由老中和外国奉行负责接待。

同日下午二时，庆喜最后接见了美国代理公使福肯伯格，谒见仪式暂时宣告结束。不，因前面三人全部接见了两次以上，故而在4月1日，福肯伯格亦再次登城，呈上总统约翰逊的国书，也同样得到了庆喜的郑重答复。

但更值得关注的是，在庆喜第二次会见美国公使前，法国公使洛奇曾于上午九时登城，请庆喜观看了法国军队的队列操练。

“既然英国这样做，我们也不能善罢甘休。”

这完全是一种如同孩子般的强烈竞争心。

家定公、家茂公亦曾接见外国使臣，然赐与如此恳笃之礼者，自此方始。非止近世，纵观我国上下三千年，此举亦属空前。公（庆喜）之努力外交、谋求国际关系亲善之心，可见一斑。（《德川庆喜公传》）

正如文中所述，当此孝明帝驾崩之际，拥立年幼新帝的庆喜此举真正体现出了其奉公的真髓。

绝不能将当前问题的责任就此直接强行转嫁给新帝，庆喜的目标便是要确立一种制度，以确保这个责任无论何时都由执政者承担，而不是落在新帝身上。

当然，如今还无法由新帝亲自做出决断，故而才有摄政一职。因此，二条摄政便有义务承担这一外事责任，将先帝在条约中所订事项付诸实践。

虽然现实中有人计划不履行约定，但终究不具备令列强外交团认同的实力。因此，如今只有堂堂正正地开国才是对新帝时代的真正祝贺，才是粉碎列强野心的外政关键。

从这个意义上来说，庆喜完全做到了。他开通了此后百年日本外交的道路，令日本终于步入正轨……

确如家康重生！

因此，对此事理应最感高兴的便是二条摄政和新帝身边的宫廷重臣们。然而，由于夺权主义者的阴谋活动过于猖狂，使得国体的尊严愈加淡薄，竟致使关键人物二条摄政也心生动摇。

对当时的日本而言，最重大的问题便是外交。只要能够暂时解决这一问题，便能抽出余力来慢慢整顿内政，令日本恢复安定。

然而，对于重视"夺权"胜过日本安定的人而言，这种安定才是敌人。一旦保持安定，任何革命都无法成功。所谓革命是为了民众之类的说法，事实上只不过是自说自话地玩弄理论罢了。

若非如此，他们也不会得出如此奇怪的结论——外交问题是日本最大的国难焦点，德川庆喜则漂亮地解决了这一问题，其政治手腕格外出色，因此必须尽快将其打倒。

而且，在内政改革方面，庆喜也绝不逊于当时的忧国大名和志士们。他早已不再仅仅执著于"幕府的存亡"一事上了。

他曾明确表示："如今已非幕府中兴时代，而是效仿家康重新创业之时。"

但问题在于，不管是朝廷内部还是反幕势力，其外交智商均过于幼稚，难以委托大任。庆喜清楚地认识到，在这些势力得到充分培养之前，只能由自己暂掌政权，故而才有此次外交团的谒见。

当然，从内部来看，此次谒见并非毫无问题——二条摄政身为新帝意志的代理者，主持朝议，在此事上却总是敷衍而行，迟迟无法做出决定。

然而，庆喜似乎以为，先帝缔结的政府与政府间的条约不能重新审议或取消废弃，此乃外交惯例，只需向摄政说明即可。

正如法国公使的忠告所言，若不承认既有条约，便是彻底的革命政权，列强自然会以武力相向。

（为了避免战争，除此之外别无他法。）

而且，若将萨、长视作敌人，还可以采取先行开放下关和鹿儿岛两港的手段。借用如此手段便可拖延神户和大坂开港，自然也将引发国内的手足相残。

法国公使洛奇认为此乃最佳战略，庆喜则不以为然。再次播撒内乱火种，何益之有？当此关头，更重要的是期待真正以朝廷为核心的成熟政权的出现。

然而，事态进展并不会如此顺利。目光短浅的稚童堕落成狂热的夺权者，其妄动之举令关键人物摄政也惊惧不已。朝廷内部骚乱再起，认为庆喜的举动完全属于越权行为的呼声不断。

众人向庆喜发起攻击，认为年幼的新帝自然无法理解如此纠缠不清的外交问题，庆喜因此便愈发轻视天皇，擅自专断条约之事。

肇事者仍是萨摩。萨摩的大久保强迫近卫内大臣，逼其要求摇摆不定的摄政再次表示朝议仍未同意庆喜的请求……

四

所有问题都是因所瞄准的目标不同而爆发的谬论。他们缺乏足够的判断力，对于日本在列强的步步紧逼之下面临怎样的国难，他们完全不明白。他们将庆喜视作眼中钉，相信只要打倒庆喜即可，极尽偏激地盲目行动。

庆喜宣布履行条约，决定先行解决一个难题，自此大原三位便心急如狂，匆忙上书。书中列举了十二条不可开港的理由，十分有名，关于内容则无须赘述。

大久保一藏也主张道："若准许幕府所请，则有损朝威，宜先行延后，等待岛津大隅守进京。"（《大久保利通传》）并频频地以此理由劝说近卫家，妨碍庆喜。

劝说的一方无知，被劝说的一方也很愚蠢，当真令庆喜欲哭无泪。

庆喜以为，摄政至少应该明白条约已经无法取消。更重要的是，不知廷臣们对强行任命的"征夷大将军"到底作何想法。

政令若分由朝廷和幕府颁布，现实政治将一筹莫展。于是，下定决心的先帝才会传达如此圣意："纵然中纳言固辞，此次务必令他应允！"终于令庆喜同意就任将军。先帝当时已经病笃，不久便驾崩，因此此举也本非正常情况下的所作所为。

即便如此，列强……准确地说是英国和法国，各自支持萨摩和幕府，激烈的冲突一触即发。也是因为面对这万分紧迫的形势，庆喜才接见各国公使，以期能防患于未然从而避免内乱。

然而，就在各国公使对庆喜的外交策略表示惊讶与认同之后，朝廷竟然说出“朝议尚未决定开港”之类的话，可以想见这是多么拙劣的借口啊！

此事自然不会告知各国公使，但也并不是说保证消息不外漏便可了事。因为萨、长的志士们也好，幕臣也好，其中的很多人实际上都已经成为了外国使臣的傀儡。

在如此艰难的混乱形势下，正当庆喜为如何处理问题而绞尽脑汁时，英国公使帕克斯一行人于4月15日先行提出了一个难题。

“请准许此时逗留大坂的英国公使一行前往敦贺旅行。”

包括一名妇女在内，英国公使这一行共十七人。虽然已经宣布决定开港，但围绕居留地问题，攘夷派正在反复议论，喧嚣不断。当此关头，夷人一行竟然要求毫无顾忌地自大坂进京，穿过伏见前往敦贺旅行！

显而易见，此举是一种赤裸裸的威胁。自此，英国通过操纵萨、长两藩，开始彻底轻视日本。

总之，这也是帕克斯对庆喜的外交姿态所作出的回敬。当时宫廷内部反对开国的公卿们对此都异常愤怒，这也是英国公使请求前往敦贺旅行一事所带来的最大效果。

当然，英国人在制定这一计策时，必定也仔细考虑过会带来此种效果。

英国最初向幕府提出此事是在4月12日。

“多次承蒙隆重礼遇，自当进京答谢。”

帕克斯必定是通过萨藩的大久保等人，对大原三位等人强硬的反对论已经有所耳闻。然而，他却装作若无其事，意欲前往被反对论席卷的京都，而且还是在为答谢庆喜在大坂城的款待的名义之下……此举着实令人无比生厌。不，应该说，此举彻底暴露出了以权谋术数为主的殖民外交主义的真实面目。

根据此时在京的外国奉行的文书记载——

英国公使请求游览京都后继续前往敦贺，伊贺守（老中板仓胜静）来到大坂，阻其进京，仅准许其前往敦贺。

记载日期为4月14日。

其时，庆喜正努力压制外国使臣的骚动，然后竭力试图令幼帝周围之人理解国际间条约的重要性，令他们明白，根据对方的态度，外国使臣也可以变成彼此平等的绅士。

然当此关头，英国公使却提出如此讽刺的要求，故意惹人生厌。倘若这便是英国外交的真实面目，那么便不难理解他们的真正目的。

英国的真正目的是煽动萨摩和长州引发内乱，而绝非是日本的平和与安定。若无内乱，殖民地化便无法实现。这是他们的常用手段，而国内的夺权主义者则反其道而利用之，一门心思地企图取代幕府。

庆喜在二条城从原市之进口中得知此事后，虽未咬牙切齿，但脸色却十分阴沉。

“也好。如此一来，我国的敌人反而变得清楚明了。先帝所厌恶的夷人之心便是如此。”

随后，庆喜立刻派遣板仓胜静前往大坂，叮嘱不可答应对方，必须阻止其进京；而后又命所司代松平越中守向传奏提议，认为准许英国使团前往敦贺应当无妨。

此事发生在4月15日。

此际逗留大坂的英国公使一行请求前往敦贺旅行。事非得已，且有荷兰人通行伏见之先例，故宜准许，且当于今日离开大坂。至于途中警卫，自会严密防范，还望二卿准许。

此事仅凭这一提议其实便已足够。因为从表面上来看，这是相当于总理大臣的征夷大将军将英国公使旅行的请求当作自己的责任并予以了准许。然而，萨摩却针对此事再次发动了猛烈的反击。

五

已经没有必要再将庆喜及松平容保的勤皇心与岩仓及萨摩的勤皇心进行比较了。

庆喜轻轻退让一步，避过了英国公使前往敦贺这一难题的锋芒。眼下自然不能准许夷人一行毫无顾忌地在京都昂首阔步，故而为了让双方的颜面都得以保全，准许其自伏见前往大津是理所当然的。

然而，夺权派却不会就此罢休。他们的目的是要将庆喜逼至绝境，甚至连此前在大坂接见各国公使一事都被颠倒黑白，说成是不可原谅的“无视天朝”的极为不忠之举。

正因如此，在庆喜向两传奏提议准许英国公使前往敦贺旅行的同时，夺权派迫使近卫和二条摄政下达了如下指示——

近日听闻英国公使欲外出旅行，且一行达十七人之多。兵库开港尚无定论，虽有不得已之事，然上述之事断断不可准许云云。

没有比这更无视实情的命令了。然而，这一命令毫无约束力，公使一行早已外出继续旅行，故而可以说，这一问题暂时得以告一段落。

不，在已经得到解决的问题上火上浇油，令其变得难以解决，夺权派坚信这才是杰出谋略家的做法。

英国人一行离开伏见的当夜，以夺权斗争尖兵自居的四名姓名不详的浪人联袂拜访了鹫尾侍从。据说他们是土佐和备前的浪人，但不管怎样，他们都属于暴力主义者，与今日的赤军派并无不同。

其时，正亲町少将（公董）也恰好在场。

“英国人请求前往伏见、大津，议奏、传奏诸卿竟毫无异议，准许幕府所请，实乃非同小可之失误。”

何谓非同小可之失误？除了他们自己以外其他人完全搞不懂。但鹫尾侍从却明白了，这一点着实奇怪。

“的确是一大失误。”

“这必然是广桥、六条、久世、野宫等诸卿对幕府的阿谀奉承，同志们愤恨不已。壮年之辈群情激昂，欲潜入广桥及其他公卿府中，实施处置（暗杀）。希望能请各位重臣对其做出适当处分，否则帝都必将引发骚乱，令其无立足之地！”

“所言极是！”

侍从吃惊非小，连忙同滋野井中将及同为侍从的公寿商议，并依次拜访近卫内大臣、一条、九条两大纳言及柳原大纳言，一番讨论之后又立刻在二条摄政府会合，经过彻夜商议，最终决定以内谕的形式将广桥大纳言等四名公卿免职。真是件令人无比惶恐之事。

不声称“杀人”便无法进行革命，这种让人产生草菅人命的错觉的胁迫手段，自此开创此先例以来，直至今日仍然没有断绝。如今诸多暴力学生的例子，从战术上来看很明显便来源于此。

一旦夺权与暴力联系起来，理智和善意便再无容身之处。

这些暴力主义者已经闯入不具备防卫能力的宫廷内部。他们避开拥有防卫能力的庆喜，直接对宫廷内的摄政关白及其下公卿进行威逼恐吓。

在这些暴力主义者面前，天皇近侍软弱得令人难以置信。我们再想象一下所谓的政党政治家们在拥有统帅权的军部面前采取何种态度，便可恍然大悟。

在鹫尾侍从强硬的劝告下，此前被视作佐幕派的广桥、久世及野宫等议、传两奏等理性派不得不提出辞职申请，被迫远离天皇。

由此可以看出，幼帝身边简直无异于百鬼夜行。

看到这里，事态会变成这样的种种原因也逐渐变得明了。

11日，萨藩藩士小松带刀前往英舰拜访帕克斯。翌日，帕克斯突然提出入京请求，最终得以前往敦贺。然直至10日，帕克斯尚无旅行

之意，故而必是受到带刀教唆。至于鹫尾侍从之举，操纵之人必是萨摩。(《续再梦纪事》)

彼时，萨摩前去劝说拜访滋野井中将，又说服近卫内大臣。(《长防追讨录》)

盖排挤议、传两奏（广桥、野宫等人）乃萨摩夙愿，小松带刀曾于4月17日对松平大藏大辅言道:“淘汰廷臣、匡扶朝臣实为当务之急。广桥、久世、野宫等诸卿阿谀幕府，此辈在职期间，公论自然不得施行。然昨夜鹫尾侍从胁迫之举着实出人意料。虽我藩藩士之中亦有持谬论者，但已严加训诫，此等无妄之举自此概不再有。”（下略）

综合以上事实可以推测，唆使帕克斯前往敦贺也好，排挤广桥、久世、野宫等诸卿远离天皇也好，均出自萨摩的计谋。

除此之外，小林彦次郎（后来的香川敬三）、三上兵部（后来的三宫义胤）等人与萨摩联系密切，经常出入于鹫尾侍从府。此二人可以说是岩仓具视的幕僚和秘书，由此便不难想象他们制定出如此令人反感的阴谋的整个过程。

原本无论他们如何谋划，只要摄政严加呵斥便相安无事。然而，由于以近卫内大臣为首的三条、九条、柳原等诸卿聚集在一起，纷纷讲述自己的恐惧，以至于二条摄政也变得犹豫不决，丧失了拒绝的勇气。

议奏、传奏被赶离朝廷，条约问题再次回到了原点。不，岂止是回到原点，甚至连庆喜未得到敕许便接见外国使臣一事也被歪曲成无视朝廷之举，其罪堪比井伊直弼。

夺权派展开如此露骨的阴谋活动，其目的昭然若揭，庆喜的愤怒终于爆发了。

六

即便是在偏袒萨摩的英国翻译官埃内斯特·萨托的眼里，庆喜的外交官姿态也是相当漂亮的，他在自己的回想录中曾如此赞赏庆喜的风采——

在我所见的日本人之中，将军是最具贵族风采的。他容貌俊秀，高额直鼻，实在是一位令人喜欢的绅士。

拥有如此风采的庆喜为了响应水户大义和孝明帝以国体为重的圣明，基于日本是一个不可争斗的民族这一认知，主动与不请自来的列强展开了外交交涉。

萨摩和长州对此自然不是完全不予赞成。如今二藩都已向英国靠拢，庆喜相信他们“很快就会明白”，并怀着对政治机构大改革的期待，打算先行战胜外患。

如今正当是二条关白与信赖庆喜的议奏、传奏齐心协力地战胜外患之时。而且，只要其见识正常，能够多少具备一些勇气，信赖会津、桑名和所司代的保卫力量，便可向天下展现出朝廷的威严。

然而，却有一只露骨的谋略之手伸了出来，企图从宫廷内部将其摧毁。一切都乱作了一团。

至少，广桥、久世、野宫等诸卿是基于日本的立场来考虑问题的。

但是，仅凭这一点却很难敌过不惜颠倒黑白也要实现夺权的阴谋手段。于是，夺权派利用暴力胁迫摄政及其下公卿，最终将四卿流放，安排一些能任由其摆布的官员继任，可以说如此行为才真正是一种暴力政变。

“岂能坐视不理！”

会津自然坐不住了。倘若令对方达到目的，夺权派甚至可能会变更宫中警卫，被他们视作敌人的幕府中人恐怕将再也无法接近朝廷。

听闻此事，法国公使洛奇必定是拍着大腿，惋惜不已。

他早已料到萨摩会有此举动，故而才主张在开放兵库和大坂之前，先开放下关和鹿儿岛，抢得先手，而后再徐徐开展朝廷工作……

如今这一政治权力正掌握在征夷大将军庆喜手中。法国人认为，所谓权力便应该在这种时候毫不犹豫地使用，但庆喜心怀国体尊严，认为应该避免外国势力介入，便对洛奇的主张置若罔闻。

（我与夷人的想法存在本质上的区别，你们难道就不明白我的这份诚意吗……）

萨摩和长州不理解没有办法，至于已变作夺权狂热者的岩仓具视及其周围自称志士之人不理解，亦属无奈。

然而，庆喜认为，二条关白和近卫内大臣应该是明白的。

不，倘若孝明帝在世，也一定会明白的。但现在，如此易懂之事却变得混沌不清。

渐渐地，庆喜的愤怒之中也流露出了一丝绝望。

权力主义

一

庆喜此时的绝望将使神州直接通向灭亡。

一方将日本称作神州，频频高呼勤皇；另一方也同样以勤皇名义，却志在实现更高境界的奉公。如今前者不由分说地攻击后者，企图将其拉下来让自己坐上权力的宝座。

若是任凭他们坐上权力宝座，万世一系的皇位将何去何从？这与今川、织田、武田和北条相互乱斗的不明大义的战国时期又有何分别！

（不能将幼帝迎上这般充满争斗的宝座……）

通过争斗得到的东西一定会有失败的时候。憎人者被人憎，杀人者被人杀……近侍重臣们难道连如此浅显易懂的自然之理也已经不理解了吗？

当庆喜在二条城听到原市之进口中说出议奏和传奏辞职的理由时，他似乎第一次受到沉重打击，不禁陷入沉思。

（连殿上之人都忘记了皇位的尊严……）

然而，当时事态的恶化程度已远远超出了他的想象。

“实际上，后来……”

连市之进都感到难以启齿。

“朝廷决定重新由萨、因、备三藩负责京都的警卫工作。”

“什么？他们竟无视幕府！？”

“是的，会、桑二藩亦因此感到无比激愤……”

“唔。”

“既然有将军驻守京都，虽然能力有限，但此外还有守卫职，亦有所司代。如今却丝毫未同会津及桑名商量便突然决定由三藩出任警卫，实在令人颜面扫地……”

庆喜突然如疾风一般迅速站起身来。无须市之进说，倘若果真如此任命，那简直就相当于一场政变，其程度更甚于文久三年（1863年）8月18日长州发动的七卿流亡。

庆喜双目充血，快步走到走廊，然后又猛地折回。

（被背叛了！）

倘若他是那种能够直接将感情诉之于口的人，想必此刻早已破口大骂。这次竟输给了愚蠢的威胁手段，令他恨得咬牙切齿，无论如何痛骂都不足以宣泄。倘若皇宫宫门皆被他们把守，所有幕臣都将被排挤出宫廷，日本将彻底分裂。

而且，庆喜万万没有想到，做出此举的竟然是拥立幼帝、直面国难的宫廷中人……

（不能就此下去！若是任其发展，我国独特的国体和皇位都将毁灭。）

庆喜走路很少会发出声音，至于咬牙切齿、紧攥双拳、脸色大变更是前所未有。他此前一直坚信，将这些表情收敛在内，凭借当前实力已足以救国，而如今，这种自信已经发生了极大的动摇。而且，导致这种情况的炸弹并非来自他所戒备的一方，而是来自他最信赖的宫廷……

（难道先帝驾崩已令日本万民的中心、支柱都被出卖了吗？）

倘若继续任由这些跳梁小丑胡作非为，皇室本身恐怕也将在这场低俗战争的旋涡之中消失。

万世一系的生命支柱是如此美丽，不仅信长从未染指，秀吉也极为尊敬，家康亦对其尊奉有加，而如今却渐渐消失……

庆喜在屋内足足绕了四圈。而后，他突然坐了下来，将扶手拉至近旁。此时他的脸色虽然仍旧苍白，但声音已经回复了往日的平静。

“市之进。”

“在。”

“会、桑的激愤很有道理。”

“啊？”

“如此下去，不仅我颜面扫地，守卫职和所司代也将难以立足。既然事关朝宪国威，我就应该亲自前往拜访摄政。”

有人认为，原市之进的智谋胜过庆喜，并一直隐藏在庆喜身后大展身手。然而事实却完全相反。在庆喜面前，市之进非常老实，就像一个紧紧依附在庆喜身上的少年。

“市之进也想随您秘密前往……”

“好。不必担心，纵然摄政屈服于暴力，由我加以劝说，他应该也会明白国体的重要性。必须说服他！唉，我现在才明白，此前便应该劝服。我可并非是徒有虚名。”

“不胜惶恐。”

“明天是18日，我要带领所司代（松平越中守）和板仓伊贺守（胜静）一同前去。你去转告摄政，务必要将贺阳宫、近卫内大臣、一条、九条两大纳言等人全部召集起来。”

“市之进领命……三生有幸。”

市之进拱手接命，泪水自眼中簌簌而下。

若是上代将军家茂面对此事，恐怕至多说一句“既然如此，那我回江户了”，便将难题留给老中。但庆喜却打算将重臣全部召集到一起，堂堂正正地说服对方。有主公如此，身为家臣自然也倍感幸甚。

市之进立刻以使者的身份前往摄政府，庆喜则于翌日——即18日中午十二时整出了二条城，步入摄政府。

就这样，直至19日上午十一时，庆喜才结束了自18日正午开始的访问，离开了二条家。也就是说，双方的谈论长达整整二十三个小时。

只要事关国家大事，庆喜便是如此坚韧。如此坚韧不拔的将军想必也是前所未有的。

庆喜一抵达二条家，便立刻清点了受邀前来的一众官员。贺阳宫和近卫内大臣二人果然没有前来，理由自然都是生病。比起胁迫他们的滋野井中将，二人更惧怕其身后的萨摩，故而无颜面对庆喜。

从这个意义上来说，萨摩无视大义的威胁力当真非同小可。

二

对于无法理解日本国体特殊性的人而言，他们只会将庆喜的做法看做是普通的权力斗争。

实际在这一点上，“政治原本便包含如此恶俗性”这一世界共通的常识已经根深蒂固。对日本而言，明治维新的起点存在的错误是如此巨大，但却很少有人会对此作出反省。

庆喜认为，贺阳宫和近卫内大臣之所以未能前来，也是因为清楚地认识到了这一错误。倘若不明白萨摩以勤皇名义展开夺权斗争、企图强行打倒真正勤皇之士的态度的话，既不能称之为朝臣，也成不了一藩之屏障。

迫于无奈而与庆喜正面交锋的二条摄政及一条、九条两大纳言也都意识到了这一点。自这几人的脸色及眸子中透露出的惊恐不安便是最好的证明。

一接触到庆喜灼热的目光，所有人都感到忐忑不安，无一例外均低下头去。

庆喜轻声开口说道：“尔等此次根据滋野井中将提议，决定罢免广桥、六条、久世、野宫等诸卿，如此处置难道不觉过于轻率了吗？四卿乃天皇近侍，只有公平评议我等所奏与反对派所奏，才可得出公论。滋野井中将却以为不妥，遽然发难。率领徒党四处胁迫，此等事实不容否认。而迫使滋野井中将发难的幕后人物是谁？想必摄政大人您已调查清楚并加以处置，但在下欲知此人姓名。”

“知道姓名又如何？”

“在下要同此人直接辩论，为其启蒙。”

摄政的目光顿时变得飘忽不定，明显心有所惧。

“实际上……他们的暴举过于突然，下官尚无暇询问。”

“岂有此理！朝廷大事本来便是皇国大事，在下掌管政权，事前不曾与我等有丝毫商议，便径自处置，这成何体统？在下委实不能接受！”

摄政当时一定老老实实地道出了实情。他因惧怕暴力只得按照对方的要求将相关人等罢免。

庆喜恨得咬牙切齿却又无可奈何。为何不说此事须与将军商议之后再行决定，先行避开呢？倘若屈服于此，今后这也是敕命，那也是敕命，最终恐怕将无人再对敕命心怀一丝敬畏。

“不仅如此，而后竟又重新任命萨、因、备三藩负责警卫，不知用意何在？总该不会是因暴徒如此要求便径直答应下来的吧？关于此事，还请明确解释。”

摄政的双肩很明显地开始剧烈颤抖起来，因为他根本无言以对。

看到摄政一言不发地颤抖，庆喜再次放缓了声音。

列强不仅在军备方面耀武扬威，在外交方面也摆出一副盛气凌人的完美阵势。而日本要想站在平等的立场上与之一较高下，单是凭借一些甚至不如大小名的愚蠢的恐怖阴谋，又能有何作为……

仅仅想到这一点，庆喜便感到胸中憋闷。

“负责保卫朝廷者既有守卫职，亦有所司代。倘若有人遽然发难，只需告知在下，自会加以镇压。如今竟然直接任命萨、因、备三州负责警卫……难道是因为在下不足以信赖吗？”

“……”

“想必是因尔等听闻世人莫须有的传言，为在下着想才会如此处置。传言说英国人与某人勾结，令属下广泛埋伏于京都至敦贺一带。如此一来，幕府势必要着手防备，尔等想必是担心幕府警卫不足。然即便如此，尔等无视守卫职与所司代，直接任命诸侯，仍然等同于无视幕府。”

“不，并非如此……”

“您虽然这样说，但事实便是如此。抑或尔等怀疑幕府与英国勾结，企图占领日本？此事亦必须请您解释清楚。”

“那是误解……全无此事。”

“所谓全无此事，是指您已经不记得下过命令了吗？”

“不，命令的确下过，但那只是一时之错，才会造成如今的尴尬局面。”

“既然如此，可否尽快撤销任命三藩负责警卫之命？如若不然，萨摩与会津之间将爆发何种冲突，相信不用说您也应该清楚，诸侯各个都会拼命而为的。”

摄政显得惊慌无措，屡次擦拭汗水。4月的京都尚未炎热至此，只因摄政联想到二者之间的紧张局面而感到窒息之故。

一条和九条两大纳言默然端坐，几乎未曾开口。然而，二人额头亦不时渗出豆大的汗珠。

“那么……任命三藩负责警卫之命……”

“会尽快撤销吧？”

“是的，全为下官一时之错。”

“既然如此，四卿的免职也可撤销了？”

庆喜刻不容缓地追问道。

“啊……这个……”

摄政慌忙瞥了两大纳言一眼，而后竟合上双眼。

“只要亲王和内大臣（近卫）均同意……”

“您是说因幕后之人而无法决断？”

“若不如此，难以……”

摄政仍然闭目叹息，仿佛是在说事情并非自已所能决定的。

三

时至今日，世人仍将萨摩和岩仓一方称作勤皇派，将庆喜及帮助庆喜的人称作佐幕派，划分得清清楚楚。

倘若按照这种称谓划分，那么自先帝在位时便担任关白的二条摄政与其说是佐幕派，倒不如说是公武合体派。至于身为当事人的议奏传奏的广桥、六条、久世、野宫四卿，虽然立场相同，但显然应该视为佐幕派。

只要有这四卿担任议奏传奏，朝廷便不可能下达“讨幕”敕命。

因此，夺权派才将因先帝大丧而得到特赦、自始至终都厌恶幕府的大原三位等人安排在幼帝身边，寻找机会求得讨幕敕命。

靠拢萨摩的近卫内大臣（忠房）对此策略提供了帮助，此事自不待言。然而，由于岩仓、滋野井中将、鹫尾侍从等人的做法过于露骨，完全就是为夺权而谋划，故而近卫内大臣心中亦感到十分迷惑。

“难道你不想帮助朝廷夺回政权吗？”

如此一说，殿上公卿无一不作此想，轻易地便因此而妥协。而且，幕府这边已与以前完全不同，水户出身的庆喜意图贯彻“一君万民”的大义，以近卫为首的五摄家均担心其过于轻率的妄动会损害皇室尊严——这才是他们的真实想法。

庆喜再次一针见血地直指问题核心：“也就是说，关白大人此刻无法决定四卿官复原职一事？”

“这个……有很多原因……”

“在下并不这样认为。身为摄政还需要看他人脸色行事，愿闻其详。”

然而，摄政似乎仍然无意开口。

夺权派的意图太过明显了，他们计划安排中山大纳言为幼帝太傅，随意掌控玉玺，以便下达讨幕敕命。而且在萨摩背后有身为五摄家之雄的近卫家，近卫家在宫廷之中的地位是绝对不可忽视的，并且与萨摩关系密切，甚至在生活方面也不无关系。正因深谙如此内情，摄政才会惧怕不已。

（一分为二的并非只有日本。）

讨幕是一种偏离国体的思想，实际上，这只毒蛾正是沿着宫廷内部的这种思想与理解的缝隙钻进来的。

“不知您认为任命正亲町三条前大纳言为议奏如何……”

过了片刻，摄政开口说道。庆喜的声音顿时也变得高亢无比。

“在下所言并非后任之人事安排，而是令四卿官复原职！如今，不管是考虑到列强临城也好，还是为谋求国内团结也好，日本都不可有丝毫动荡！倘若因惧怕一些暴徒的胁迫就改变立场，便无异于故意增加困难！摄政难道不这样认为吗？！”

在庆喜的质问之下，不仅摄政，一条、九条两位大纳言也开始浑身颤抖。

二人面色苍白，偶尔似乎想要说些什么，却又立刻闭口不语。他们一定是深切地感受到自己的观点根本无法与庆喜一争长短。

就这样，问答一直持续到深夜，烛台上的蜡烛也不知更换了多少次。

“原来如此，为了新帝和日本国，四卿更替乃是必行之事……倘若无法对此达成一致便径自离开，我庆喜谈何奉公？在下定要知道，此事究竟出自何人指使？还请明示。”

“倘若下官不说，您无论如何都不会离去吗？”

“没错，身为将军，倘若您仍刻意隐瞒，在下将无法以将军的身份执掌政治。”

庆喜的追问已经变成了一种胁迫。凭借暴力迫使近卫公罢免四卿的罪魁祸首便是萨摩的大久保和岩仓具视等人，庆喜对此应该是一清二楚的。

虽然知晓此事，但他却仍凭借理论不断地责问对方。

（必须借此机会令他们真正铭记维护皇室尊严的重要性！）

庆喜如此做的意图便在于此，但不知摄政和两大纳言是否能够明白。

萨长拥有武力，幕府也拥有武力。而且，幕府兵力近日正逐渐推行西洋式训练，表现出了不可估量的潜力。

或许正因如此，当时的宫廷中人才会前怕狼，后怕虎，将双方都视作以武力威胁的巨人。

也正因如此，二条摄政纵然应允撤销任命萨、因、备为新警卫的命令，也一定无法轻易应允被赶出朝廷的四卿之事。

若是明确地告知实情，表示应允，便不得不开始考虑对责任人的处罚。处罚宫廷中人倒非难事，但若要处罚萨摩，就摄政的性格而言，终究是无法做到的。

就这样，到了黎明时分，一条大纳言率先离席而去。

“天亮了，在下感到有点头晕，今日就到此为止。”

一条大纳言走后不久，九条大纳言也随之离去。

“无论如何，此乃国家大事，请容我再思考片刻。”

但就算只剩下摄政一人，庆喜的论点也没有丝毫改变。

“此乃国家大事，在下不能如此不明所以地回去。请您负责地告知在下详情。”

即便如此，摄政仍无言以对，故而在伊达宗城的在京日记中，对庆喜的追问有如下记载——

“若无法回答，当引咎辞职。”

那么庆喜当时是否真的说出了这番话呢？

事实上，这其中隐藏了维新政府诞生的最大苦楚。

四

对庆喜而言，倘若决定仅凭权谋术数展开争斗的话，还有其他办法。

英国与萨摩勾结，故意计划进行大规模的国内旅行，以此刺激“朝廷厌恶夷人”的情绪。然后，他们又反过来宣称先帝敕许无效，干扰庆喜的开国外交。

倘若庆喜有意与其对抗，大可以听从法国公使洛奇的建议，宣布先行开放下关和鹿儿岛。如此一来，兵库的开港便会延期，朝廷也可以松一口气。而萨摩和长州则无异于脚下起火，必然无暇顾及在京都的暗中活动。

然而，庆喜认为应该尽力避免给外国势力介入的机会，故而并未采用这种办法。正因拒绝了这一提议，庆喜向摄政施加的压力才会如此强硬。

一方企图利用外国势力，将幕府逼至窘境；另一方纵然艰难，也要避免外国势力介入，谋求万民统一，平等开国——究竟哪一方更遂天皇心意呢？

这些近侍毫无识别能力，怎能将重要的天皇托付给他们！想到此处，庆喜心中自然愤怒不已。这种愤怒或许当真会令他说出“若无法回答，当引咎辞职”这样的话来。

总而言之，当日的庆喜“精悍之气莫可当”，辩论了整整二十三个小时，一直持续到19日上午十一时。

庆喜离开后不久，摄政便以“前日英国人之事与事实有所出入，无须警卫搜查”为由，撤销了萨、因、备三藩的警卫任命。

从这些文字上我们不难看出，英国与萨摩谋划的此次旅行确实带有胁迫朝廷的目的。

撤销三藩警卫任命的同时，对于煽动公卿过激派的鹫尾侍从和正亲町少将以及答应要求、威胁以近卫内大臣为首的五摄家的滋野井中将父子，摄政均下令命其待罪候审，同时上表请辞。

不仅如此，仅余一人的柳原大纳言也被罢免了议奏一职，近卫内大臣和一条、九条两大纳言也因对国事认识不足而被追究责任，罢免官职。

如此一来，十六岁的天皇身边竟至空无一人。

当此时期，近侍重臣们究竟在想些什么？对于那些纵不情愿仍然冷静地为皇国（神州）未来担忧的人而言，这并非成熟之举，完全是不负责任的行为，令人不禁眉头紧皱……

如此一来，不久的将来自然会形成一个由岩仓、三条等严重偏离正轨的夺权派执掌牛耳的世界。

庆喜不得不立刻派遣使者再次前往摄政府，要求摄政收回辞呈。

有个成语叫“隔靴搔痒”。隔着靴子，无论如何挠都是无济于事的。庆喜对宫廷重臣的感觉便是如此。这些近侍和过激派的志士们虽然高呼

“王政复古”，倡导“朝权回复”，但一言以蔽之，他们根本不具备成熟的实力。

倘若这个尚未成熟的集团不择手段，不断盲目地策划阴谋，政治大改革将毫无希望可言。退一步讲，纵然令政权重返朝廷，也只是让因循守旧的幕藩体制变为以萨摩藩为中心的利己体制。

朝廷重臣们并不具备这种看透根本的想法和实力。

二条摄政退隐，近卫内大臣及一条、三条、九条等重要的五摄家也纷纷辞职，究竟要由谁来担任亲政的核心呢？每每遇事便以“辞职”为由回避责任，如何能够培养“勤皇”思想？

因此，庆喜又命原市之进八方奔走，先行劝阻了众人辞职。

要想稳住众人辞职的想法，庆喜自然不得不准许流放四卿。事情能进展至此，其背后必定隐藏着无比悲切而周密的安排。

幕府首先派遣士兵保护被勒令待罪候审的滋野井中将等四人，以消除其恐惧感；而后又派遣三十二名游击队员保护二条摄政，保证其免受暴徒胁迫。

从暴徒的角度来看，这无疑是庆喜的卷土重来，庆喜对此一清二楚。但若不能先消除恐惧感，近侍重臣的阵容将溃不成军。

于是，22日，近卫内大臣及一条、九条两大纳言依旧继续担任国事挂职务，柳原大纳言也恢复议奏之职。27日，又另下诏书，驳回摄政辞职，命其出仕。匆匆忙忙地反复劝说之后，终于避免了重臣溃灭的危机。

对过激派而言，这无疑是一次败北。鹫尾侍从对全体公卿的威吓眼看便要大奏全效，最终却功亏一篑。

而且四卿的继任问题被推迟，失败的浪人们变得更加愤怒，曾三度于反对派门前张贴恐吓宣言。

以暴力胁迫已成为夺权手段，勤皇思想也遭到了严重歪曲。而这些人竟然还能被称作勤皇之士或革命家，可以说“革命即是战争”这一极度不合常理的逻辑时至今日仍然能大摇大摆地横行于世，也自有其存在的原因。

暴力主义以不可思议的魅力捕获并撼动着人们的利己之心……于是，宫廷真正沦落成了一个百鬼夜行的世界。

五

4月6日，三条大桥的桥头堂而皇之地贴上了一张标语——“若不改悔，必加天诛”，并列举了涩泽成一郎、穗积亮之助及目付、书记官等人的姓名。

4月18日，新帝侍读伏原三位府内被投入恐吓信，内容如下——

尔有负先帝圣明，阿谀摄政，连同广桥大纳言帮助东夷（幕府）施行奸策，愚弄朝廷。若不退隐，必遭不测。

因此，伏原三位便声称过于疲累，辞去了侍读一职，闭门不出。

6月26日，鹰司前关白府中也被投入了可怕的恐吓信。信中内容无一不是以其帮助幕府为由加以责难，声称“若不改悔，难保平安”。

于是，到了7月7日，前关白上书请辞“国事咨询”一职，贺阳宫也辞去“圣意扶助”这一重要职务，仅仅承担国事挂一职。

至此事态已经十分明显，暴力胁迫彻底震慑了公卿近侍，迫使他们缄口不语。

（何等懦弱啊！）

对此人们自然会有种恨铁不成钢的感觉，但却必须将其作为一个事实铭记于心。

纵然在当今昭和，不具备自卫手段的法官倘若没有更坚固的保护，便无法期待其言论具备独立的权威。权力时常会令庶民受苦，但我们却不可忘记，在现实中，暴力犹在权力之上。

近卫前关白父子其实也是彻头彻尾的公武合体派，他们内心深处都清楚长州和萨摩的行为着实令人为难，但他们闭口缄默，并未直接向萨州提出过真正的意见。

因此，完全可以说，令夺权派逐渐得势的最大功臣实则正是公卿之间对暴力的恐惧。

而将他们的这一弱点告知萨长的自然便是岩仓具视和流亡至长州的三条实美及其下公卿。

倘若先帝尚在人世，这些人自然不会如此放肆，大逞一己私欲。而随着先帝驾崩，他们当然会针对这一弱点开始发动猛烈攻击。

可以说，庆喜在一定程度上打乱了这股暴力风潮的走势，或许从表面上也可以看做是赢了。但实际上，只能说是依靠一群毫无骨气的人才勉强得以维持朝廷的体面。

新帝尚且年幼，一度穿透云层的神州理想之光再次被厚厚的乌云遮掩，政治彻底堕落成了争权夺利的肮脏竞争。

究竟有谁和谁清楚地意识到了这一点呢……

就在如此混乱的情形下，庆应三年（1867年）6月，庆喜提出了对前将军家茂追赠勋位官阶的请求。

倘若朝廷的恐惧是庆喜面前的一道障碍，那么包括大奥在内的江户的固陋旧习便是其背后吵闹不休的敌人。

庆喜周围对他身为“水户之子”的反感和疑惑丝毫没有减少。因为是水户之子，故而幕府中人一直对庆喜心存戒备，怀疑他可能会毁灭幕府。这真是人生一大讽刺啊！

庆喜内心之所以早已抛弃对幕府政治的执念，完全是源自家康的构想。家康在大坂夏之阵迫使秀赖母子自尽后已是风烛残年，便为后世颁布了两条法令。

其一便是《武家法度》十三条，另一条则是《公武法制、元和元年（1615年）8月应敕》法度，是由家康、秀忠及左大臣二条昭美（后来的关白）联名应敕命而制定的。

该法度自然并非“应该怎样怎样”这种格式化的条文。

倭朝天神地神十二代之天照大神宫确立国政，传自神代之三种神器乃为天子抚育四海万民……

自此起句，之后阐明国体与朝廷关系的共有十八条。其中，第十四条中明确记载了下面一段内容——

宜赐水户宰相赖房为副将军。若将军施行国政不当，可由老中及诸官员评定，依照水户家指示，自尾州纪州两家之中选定继承将军之人，上奏朝廷。若两家之中亦无胜任之人，仅水户家有权自任意诸侯之中选定器量足以治理天下之人，上奏朝廷。（第十四条）

这是庆喜刻骨铭记的家康遗志。说到御三家，世人皆以为是尾州、纪州、水户三家，但家康并不作此想。所谓御三家，应该是将军家（宗家）、尾州和纪州三家，水户则是副将军，肩负着选定贤明继承人并上奏朝廷的特殊使命。

家康当然不会认为德川家代代皆为明君，也没有说必须在御三家之中选定将军。他在法度中明确表示，当御三家之中并无人品、器量符合将军要求之人时，可自任意诸侯之中选定足以治理天下之人，并由水户家向朝廷上奏。

水户家的修史大业自然便是源自于此，故而生为水户之子的庆喜也早早离开本家，以一桥家嗣子的身份继承了宗家。

然而，由于他身负水户血脉，因而有人提出非难，认为上一代将军家茂的周忌已经快要临近，庆喜却并未及时提出追赠家茂勋位官阶的申请。

“世人原来便是如此……”

庆喜虽然这样想，但对于无法看清时代趋向的人们而言，这仍是一件极为重要的俗事。

六

庆喜如今早已放弃中兴幕府的打算。他静静地顺应家康的心意，等待“器量及实力均足以治理天下之人”出现。但遗憾的是，不仅在朝廷中没有发现此等人物，纵是在天下诸侯之中亦无所获。所有人都与三种神器的理想相去甚远，仅以己藩利益为重，忘记了为万民服务的宗旨。

（如此下去，难成伟大国家……）

庆喜内心焦虑，却又不得不向极度混乱的朝廷提出追赠上一代将军家茂勋位官阶的申请。

二十一岁病逝的家茂并无特殊功勋，但追赠勋位官阶乃是将军家代代惯例，以庆喜的立场而言，他必须遵从。

（这恐怕是最后的家事了……）

虽然庆喜年龄更长，但对他而言，家茂是上一代将军，是他的养父。虽然混乱的时势停滞在二人之间，造成了隔阂，但身为一家之长，这是不可推卸的责任。

庆喜提出申请后，浪人志士再次变得激昂不已。其时，他们已将家康视作只为篡夺王政的不逞不逊的逆臣，而煽动者自然也会趁此机会煽风点火。

“事到如今还要为叛臣头目追赠勋位？！”

“确实如此，但完全不顾先例亦显生硬，不如仅赐太政大臣封号，至于官阶便无须特意下令了。”

既然如此说，朝廷自然不能置之不理，于是便命山陵奉行户田大和守表示：“关于前任大树追赠官位一事，据秘密消息透露，现任大树（庆喜）身为养子，被人猜疑诚意不足，委实艰难。前任大树虽然拙笨，但至少曾三度进京，亦令山陵恢复古制，已尽绵薄之力。念其忠实勤奋，应如幕府所愿赐予官位……”

如此一说也确实如此。自德川家光以来，将军向来不曾进京，到了德川家茂这一代，却三度进京，兼之又是皇妹和宫的丈夫，故而到了7月12日，家茂被追赠“正一位太政大臣”官位。

如此一来，幕府的不满略有消退，但反对派对庆喜的敌意却变得愈发高涨。而这种敌意又直接集中在了对兵库开港极端过激的反对之中。在他们看来，反对兵库开港是打倒朝臣中合体派的最有效手段。

“先帝原本便反对开港，只因幕府强行胁迫，迫于无奈方才准许。如今正是我等奋起矫枉之时。”竟然连已经驾崩的先帝之名也被再次抬出加以利用。

所有人都知道这只是为了反对而反对，却仍故意为之。如此一来，不要说神圣的大义了，这只会令为了满足一己私欲而形成的阴谋的泥潭越来越深。

虚心有心

一

围绕兵库开港和议奏、传奏的补缺问题，宫廷内部争论不休，而时势风暴丝毫没有减速，逐渐吹开了一个全新的世界。

该年（庆应三年，1867年）4月，土佐藩士坂本龙马在长崎组织海援队，积极开展自由贸易；同样在4月，幕臣小栗上野介忠顺决定提出成立商社的策略。

宫中到现在还一直围绕着能否开国争论不休，并乘机将其用作夺权斗争的工具。而在此期间，整个日本已经响彻了西洋式训练的号令，枪炮、船舶、军舰等新商品也开始在暗中堂而皇之地进行销售。

已经没有人认为日本可以免于开国，也没有人认为可以避开与列强的接触。然而，只有政治问题依然毫无进展，难道人便是如此热衷于争权夺利的生物吗？

总之，同样在该年4月，坂本龙马的土佐同志——中冈慎太郎抵达京都，游走于诸公卿之间，劝说众人与三条实美内外呼应，谋划实施王政复古。

于是，在坂本龙马的周旋下，5月27日，中冈促使同属土佐的板垣退助、谷守部等人会见了萨摩的小松带刀、西乡吉之助（隆盛）等人，结成了讨幕同盟。

坂本龙马之所以如此积极斡旋，是因为他与其他藩的志士们的见识略有不同。而且，我们可以推测，在他与最后一代将军庆喜之间理应存在一条唯一的纽带，令他得以知晓庆喜的心事。

显而易见，这条纽带便是自庆喜经过胜海舟（麟太郎）再延伸向坂本龙马的这条难得的人脉。

这条人脉毫无世俗所谓的官僚性常识。所谓常识有时是维持秩序的重要根源，但在停滞不前的世界中，常识却很容易变成束缚万人的诅咒之链。

说到常识，此时受其束缚最深的便是诸大名。因此，面对当时一筹莫展的朝廷所下的诏令，他们总以各种情形为由，不予响应。

诸大名清楚朝廷并无实际的政治权力，故而会做出如此选择，他们的这种表现至少是无法用勤皇或忠诚来形容的。

当然，也不能对一切都下此妄断，或许也有人自负地认为非我不能救国，但在其计划的背后却往往还隐藏着拘泥于己藩体面、利益或藩士举动的利己之心和犹豫不决。

正因如此，宫廷内的争斗才与世间的步调和速度无法合拍。以庆喜为例，在宫廷内的重臣眼中，庆喜的所作所为无异于故意将既定之事多次重提，再次播下争斗的种子。当然，这些人心中还怀有自称为王政复古的形式上的夺权美梦，而这种美梦和贵族的欲望正是导致一切扭曲的原因。

一旦事态纠缠不清，便企图以“请辞”的形式逃避——与其说这是宫廷中人的习惯，倒不如说是他们深入骨髓的本质。

正如前文所述，5月7日，前关白鹰司辅熙辞去“国事商议”一职，前关白近卫忠熙亦辞去同一职务；贺阳宫朝彦亲王辞去了“圣意扶助”一职，二条摄政也提交了辞呈——如此不负责任的行为简直令人难以置信，如此一来，究竟还有谁来辅佐新帝呢？

这种情况下，幕府自然不得不召集被世间赞为四贤公的松平庆永（春岳）、山内丰信（容堂）、伊达宗城，以及一味向近卫父子施加压力的岛津久光等人，商议如何收拾残局。

于是5月8日，幕府命令四侯登城……但此时，却没有一人响应命令。显而易见，政治的齿轮已经暂时停止了转动。

既已如此，庆喜只好通过其他敕命阻止摄政等人辞职，同时在内部展开游说，阐明责任重大，劝说众人不可存在事不关己的心理。

现实世界正在急速运转，在其前进途中，诸藩的领导者们自然不可罢工。若是他们罢工，便相当于现在的大公司社长们表示："我们不理解国家方针，因此权且怠工！"

这种说法不仅敷衍其事且毫无道理，简直一目了然！

因此，5月24日，四侯登城，在庆喜面前承担了身为国事挂理应承担的责任。其时，山内容堂很认真地进行了论述。当然，他的发言也考虑到了其他三人各自的心思。

"王政复古乃是现如今第一要务。"

这是王政复古一词首次从承担责任的大名口中说出。

庆喜并非毫无先见的将军，故而并未因此大惊失色。他早已有此觉悟，当日为了能让大家畅所欲言，他专门在一旁亲自端茶、点烟、上点心，努力营造出一种融洽的氛围。

如此无视形式的散漫做法是在历代将军身上无法想象的，而老中们反而对这种氛围感到很不耐烦。

"其次便是事关重大的防长处置，再次则是老中小笠原长行的罢免。"

小笠原长行的愚蠢举动令诸大名纷纷侧目……容堂企图通过此事来重整诸侯的心情。

"如今，兵库开港已是势在必行。只要做到以上三点，面对列强朝廷自会作出决定，准许开港。"

作为打破僵局的策略，此提议可谓正论。以王政复古为前提，先抚平宫廷气氛，而后实行庆喜的开国。虽然容堂并未使用公武合体一词，言谈中却在主张取得公武合体的实绩。

不出所料，岛津久光果然面色不快，不发一言。

二

岛津久光一直固执地坚持己见，但其主张绝非雄辩，亦不具备任何逻辑性和灵活性。他起初沉默不语，而后竟径自离席，前往隔壁房间。

他之所以离开，是想向候在隔壁房间的家臣团征询意见，而他也正是这样做的。候在隔壁房间的人自然便是大久保和小松。

等他再次回到客厅时，他缓缓开口说道："天下公道不会因山内殿下所言而改变。"

"哦？公道？"

"日本国以勤皇为首要。所以若无敕许，与外国使臣所定的开港当属无效。"

"此言着实令人惊讶。如此说来，问题岂非要倒退至井伊大老时代了吗？以天皇为重的思想在我国通过公道贯彻人心，但此公道究竟是否为新世界的公道，今后方能决定。而且此事先帝亦曾准许，故此事并非问题所在。"

"非也，此事才是重中之重。先帝厌恶夷人乃众所周知之事，正是君侧奸人迫使先帝背离本意。如今必须先由此事开始纠正，否则王政复古将无从谈起。"

容堂额上骤然青筋暴起。敏感的他已经察觉到，操控久光的家臣团并不打算拯救当前走投无路的危急时局。

如此一来，无论如何出色的妥协策略都将变得毫无意义。对方擅自断定有人歪曲先帝遗志，主张应先除掉此人，矛头无疑直指庆喜。宫廷重臣们已纷纷提交辞呈，庆喜自然也该尽早提出辞呈。

对方宣称日本的公道在于勤皇，将罪过转嫁给已经驾崩的先帝，迫使朝廷必须先行王政复古，而后才能敕许开国。对方的计划极其明显——借此次事件夺权是唯一的机会。

（这究竟是什么勤皇！？）

容堂认为此事已经不足为论。依照他的性格，要么便愤怒地呵斥唾骂，要么会沉默地闭口不语。容堂以极其轻蔑的目光瞥了久光一眼，而后便不发一言。

越前的春岳开口了，仿佛意在居中调停。他与容堂对比鲜明，容堂若是临济宗[1]，春岳便是曹洞宗[2]。他无论何时何地都在以一派至诚拼命努力。正因如此，他总是立刻就变成说教者的口吻，脸上又总一副反省者的表情。

“依在下愚见，当务之急便是整顿周边人事，录用人才。与其追究责任，不如先商议何人足以胜任空缺的议奏、传奏职务。在下……”

说到这里，他的语气骤然一变。

“欲推荐长谷信笃、正亲町三条实爱等人，不知诸位意下如何？”

显而易见，正亲町三条正是萨摩欲推举的人物。久光的表情有了些许缓和，因为这相当于是对萨摩作出的极大让步……

当日，庆喜几乎未提出任何真正的意见。

（什么人基于何种目在展开行动？）

他只能令众人对此开诚布公，各自寻求最佳途径，除此之外别无他法。

若直接讲，萨摩及其身后的岩仓一派可说是幕府的政敌。然而，倘若任由这种敌对意识发展下去，以朝廷为中心的改革非但不能勤皇，还会孕育出以利用天皇为目标的极端暴政集团。

而正是因为历史上已有前车之鉴，政权才不得不移交到武人手中。倘若如今仍犯下相同错误，如何能存活于新世界中？过去的武士曾飞扬跋扈，将政权从贵族手中夺走，如今亦是同样道理，换成列强来将政权从日本人手中夺走。

列强依仗强大的武力，从印度到印度中国，又从中国来到日本，简

---

[1] 临济宗，禅宗南宗五个主要流派之一，自洪州宗门下分出。

[2] 曹洞宗，禅宗南宗五家之一，由于良价禅师在江西宜丰洞山创立。

直就是镰仓以前的武士集团。

因此，若不想将日本国交给这一新的武士集团，方法只有一个——重新倡导日本建国的大理想，高举万民自大自然中学到的至高道义的大旗，使众人紧密地团结在万世一系的天皇脚下。

武士团也有武士团的理想和道义，自海外涌来的列强集团必然亦不例外。日本的“太阳”道义要比列强的道义境界更高，倘若日本能够立足于此，列强亦会意识到与日本道义抗争的不利面，从而亲近日本。只有相信这一点并以此为目标团结起来，才是真正的“王政复古”，才是水户一直坚持的大义奉公。

因此，庆喜在身为执政者的同时，也在努力成为一个能创建全新日本的诚实之人。他以不应出现在将军身上的轻松态度，于在座同僚之间展开斡旋。

然而，容堂闭口不语，无意再度发言，岛津久光也无意走出家臣团划定的策略范围。越前的春岳对此亦束手无策，最后语气竟变得像是在责备庆喜。

他认为庆喜思虑不周，未经朝廷同意便接见外国使臣，约定开港，此举简直不可理喻。如此一来，他的意见竟与萨摩一模一样。他似乎并不记得，外交团当时来势汹汹地直接进京，企图与尚未成年的新帝直接谈判一事了。

当日，包括春岳的这些发言，无论众人说些什么，庆喜都未加理睬。他已经领悟到，不理不睬有时比据理力争具有更强的说服力。

这是一种可悲的领悟。此举无疑是对戴着勤皇假面、完全无视国家利益的不正武力的让步，这令他感到无比难过。

当日经过商谈，最终仅仅决定了由长谷信笃和正亲町三条补任议奏、传奏的职务一事。

三

（庆喜变得极其谨慎。）

各方看法不同，或许也有人认为他是对自己的专断已经有所反省。

无论如何年轻，新帝都已是日本国万世一系的天皇。凝聚在新帝皇位上的建国大理想也可以称为万民幸福的原理，无论发生何事，均不可侵犯。因此，庆喜一定已经认识到，兵库开港也必须得到新帝的承认……在庆喜看来，若有人如此理解亦无不可。

庆喜是一位能言善辩的出色理论家，但他权且收起了政权委任于幕府这一逻辑依据，在朝廷的尊严面前俯首称臣。

因此庆喜认为，这样做既能使世人做出“没错，我们神州的皇位便是如此重要”这样的觉悟，亦足以对利用天皇的夺权斗争施加当头一棒。

但实际上，这似乎也是庆喜的错觉。

对方早已忘记了皇位的尊严。皇位就在眼前，天皇正端坐其上。而他们的敌人极其畏惧这个天皇。一旦他们认为庆喜畏惧天皇，自然便会将此畏惧心理当作庆喜的弱点，展开猛烈攻击。

对于庆喜表现出的不应出现在将军身上的轻松态度，岛津久光是如何向家臣团描述的，我们不得而知。然而，因为此事萨摩的举动反而变得更加执拗。藩士们络绎不绝地造访近卫家，逼其同意起用中御门和大原这二卿为议奏。

不用说，理由亦是十分简单，不过是些“若不如此便无法实现王政复古”之类的话。

最终，松平春岳、伊达宗城也与久光同行，贸然前往摄政府。

（连越前的春岳也……）

其时容堂称病，未与三人同行。但即便如此，庆喜想到此处，仍感到一种空虚的寂寞，就像被人拖入地底深处一般。

春岳对庆喜的思想和理想本该一清二楚，而他最终弃庆喜而去……他之所以离开庆喜，只有一个原因，便是有一点他无论如何都无法理解，而这一点其实便是最重要的建国大理想与利己互博的人间政治的不同。

家康为何要将朝廷捧在天上，认为现实政治造成的恩怨均应由幕府负责处理？

春岳是个老好人，他坚信只要能解决这一点，便是好办法，便是好政治。仅凭如此眼光，他自然无法彻底理解庆喜的选择。

但此时，二条摄政反而以其素有的正直拒绝了三人的请求。

“那可不行，在下不会推荐中御门和大原二人。”

听了摄政的话，三人不禁面面相觑。岛津久光自不待言，连春岳和伊达宗城都深信摄政会赞成推举中御门和大原为议奏。

“此言着实出人意料。连将军都在反省，态度轻松，而且似乎对此也并无什么异议。”

春岳插嘴说道，二条摄政则固执地摇了摇头。

“无论如何，在下都不能任用此二人。”

“实在是危言耸听，敢问理由何在？”

“在下曾询问先帝，先帝认为此二人不可录用，理由不言而喻。因此，在下不能推举这二人。”

在这个问题上，摄政心中似乎自有定论。

二条家乃五摄家之一，而五摄家当家以天皇为重的忠诚心与大名家的老臣以主公为重颇为相似。身为明君的先帝认为中御门和大原二卿性格和思想均过于偏激，故而只要自己还是摄政，便不会推举二卿担任议奏，因此断然拒绝。

岛津久光脸色大变，向摄政逼问道：“既然如此，二卿暂且不提，万里小路和乌丸侍从又如何？”

“怕是仍不能如您所愿。万里小路于当前职务颇为练达，且明年需就圣上成人礼进行访查，为免多生枝节，难以转职。此外，乌丸侍从必须负责修改圣上和歌。而且，按规定议奏必须由公卿以上官位担任。”

话已至此，久光再无继续强迫的理论根据了。

当日，久光、春岳、宗城三人就这样离开了摄政府，但紧接着就前去拜访了未与三人同行的山内容堂。

那天正好是5月17日。容堂依然没有赞成久光的提议，他主张，既然兵库开港已成定论，首先便应该商议如何赦免长州。

他感到人间的纷乱争斗已然逐渐迫近。

无论如何，萨摩想要将庆喜视作无视朝廷开国之徒，企图以兵库开港作为讨幕理由，但若不能更换天皇近侍，此愿望将无从实现。

于是，三侯又带上容堂，来到了庆喜所在的二条城。起初老中板仓胜静和稻叶正邦会见了四人，就长州处分问题交换了意见。过了不久，庆喜也接见了四人。

庆喜当日语气平静，但口气中却依旧透露出一种将军劝诫诸侯的威严。

“对长州宜宽大处理，本人对此也极为赞同。然兵库开港不可延期，此二者万勿混淆。”

如此一来，久光顿时变得哑口无言。他不仅笨嘴拙舌，威严亦不可与庆喜相提并论。而这种劣等感反而促使其更加用心谋划，这一点自古至今未曾变过。

四

在诸大名如此接连不断的交涉中，最先离队之人便是山内容堂。容堂对久光与庆喜的对立点一清二楚，因此，他必是认定时机尚未成熟。

他或许感到“无聊”，便于5月22日奏请回国。

23日，庆喜入宫晋谒，陈述了对长州宽大处理的意见。24日，朝议对此做出了明确决定——取消长州“朝敌”这一日本人最为忌讳的污名，同时，庆喜屡次提出的兵库开港请求也重新获得了准许。

至此，凭借庆喜的政治力和行政手腕天衣无缝的出色发挥，长期纠缠不清的长州事件和开港问题得以一举解决。

此事着实讽刺。倘若双方均以解决问题为目标，此刻理应相互击掌欢呼。然而，对于这场肮脏的政治斗争来说，此事却意味着有一方遭到了令人难堪的失败，而如此一来，败方必定会为了下次肮脏的较量，继续出谋划策。

5月26日，岛津久光联合春岳、宗城，再加上已经奏请回国的容堂，联名上书，向朝命提出抗议。也就是说，此番决定与他们先前的建言完全不同，因此才提出抗议。

勤皇诸藩的藩主们对朝议决定后下达的命令强行提出抗议，此举究竟是否属于违诏呢？

在这个问题上，逻辑道理早已被一脚踢开，肮脏较量也堕落得更加简单直接。

翌日，即27日，土佐藩士中冈慎太郎、板垣退助、谷守部等人与萨摩藩士小松带刀、西乡隆盛秘密结成讨幕同盟。自这一刻起，各藩藩主实际上已逐渐沦为这些以志士自称之人的傀儡。

此事姑且不提，眼下既然朝议已经有所决定，那么下次争斗的焦点自然就必须表面化了。

那么，这个争斗焦点何在——这便在于取消长州贼名的手续上。

长州向朝廷提交请愿书，陈述自己毫无背叛之心，朝廷对此予以承认并赦免长州——这是事务上的手续，而萨摩则对此表示不满。

“绝对不能让长州提交那种东西！”

如此一来，朝廷会为难，幕府也会为难。倘若令对手为难便是好办法，那这或许确实可以称得上是一个好办法。

当然，若没有萨摩、长州和岩仓派三位一体的密切谋划，这一办法也无法显出其威力。

“——讨幕！”

这才是勤皇这一不可动摇的固陋观念将人自然引向的一个无良陷阱。至此，可以说人间除了争斗纷乱，已经别无他物。

“无论对手有任何行动，不问对错一应反对！”

起初是长州不停地向朝廷请愿，如今，形势却发生逆转。只需提交请愿书，朝廷便会准许——知道了这一点，长州立刻坚持己见，表示不会提交与幕府协商决定的请愿书。

于是，朝廷方面感到十分为难，便向庆喜下达密令，要求其再次周旋，以令长州提交请愿书。

密令下达的日期是5月28日。6月2日，越前春岳前往二条城拜访庆喜，大倒苦水。

“命令长州提交请愿书是没用的。”

如此一来，春岳已经不再是庆喜的伙伴。大久保和岩仓认为政治斗争仍会停留在战争阶段，而现在春岳与他们的想法已是不谋而合。

或许正是自此时起，庆喜开始在内心深处考虑大政奉还。庆喜……不，应该说日本皇室并无“革命”的思想，因为万世一系的生命观一直在其心中贯彻始终。

6月4日，庆喜宣布了幕府的命令——

按照约定，将于今年12月7日开放兵库，准许外国人居留于大坂和江户，并可任意贩卖诸国物产。

此外，为了对外国商社的入驻做好准备，幕府于6月5日选出大坂商人鸿池善右卫门等二十人，组建了日本人的商社。6日，幕府又命老中小笠原长行向四国公使通告准许外国人居留的决定，并在全国公布。

朝廷既已准许开港，庆喜便打算即刻解决开港问题，暂时消除外患。不，庆喜已经在考虑大政奉还，因此可以认为，庆喜觉得只有这一问题必须先行解决，大有先行处理未竟事宜的意味。

然而，岛津久光和长州藩完全不理解庆喜此举的含义，随着长州藩拒绝提交请愿书一事，以讨幕为目标的“王政复古”运动也以愈发血腥的执拗姿态缓缓拉开大幕。

究竟是岩仓与大久保谋划“下达讨幕密诏”在先，还是幕臣们谋划暗杀身为庆喜左膀右臂的目付原市之进在先呢？

通过庆喜的手腕力量，政治施策正在展开，可事态却变得完全相反，欲诉诸暴力的阴险活动逐渐加快了脚步。

就这样到了7月24日，京都已是临近盛夏，庆喜离开京都前往大坂，并在恰好入港的法国军舰上拜访了公使洛奇。因为洛奇曾通过外国奉行山口直毅和原市之进转告庆喜，表示自己有话相谈，务必请庆喜到军舰上来与之会面……

大政奉还

一

若是国内情报，无论多少都可以得到，外国情报则不太可能。而且，法国的竞争者——英国，如今与萨摩联系密切，面对如此现状，庆喜也无法不留情面地拒绝洛奇的请求。

幸而英国的帕克斯也几乎与法国军舰同时驶入大坂湾，因此，庆喜决定先行前往法国军舰，而后再与帕克斯在大坂城会面。

“这是您要的。”洛奇先是表情紧张地将详细记述了法国与英国政体的书籍递给庆喜，而后以责备般的语气开口说道，“听说幕府的海军所正雇佣英国人，传授航海术。”

他似乎对日本采取陆军靠法国、海军靠英国的政策感到颇为不满。

“听说日本也有追二兔而一兔不得的格言。英国已于新潟登陆，完成了对各地的测量，您可知晓此事？”

“知道。”

军舰上搭有帐篷，二人在帐篷里的椅子上落座后，洛奇先命人端来冷饮，然后说出了一番令人无法忽视的话。

他问了一个日本人所无法理喻的问题，问庆喜如今是否仍然尊奉朝廷，同时话语中还忠告道——倘若庆喜仍像先帝时代一般尊奉新帝，那他在这场政治斗争中就将必败无疑。

萨摩相信这一点，英国也认同此事。

“庆喜不会违抗敕命，这是他最大的弱点，所以我们应该针对这一弱点展开行动。”

在行动伊始，他们首先谋划长州与长州派公卿的回归，接着再设法令年轻的天皇下达讨伐幕府的“密诏”。

倘若此举成功，纵然庆喜允许，其家臣团亦不会善罢甘休，必然会在某地发动暴乱，由此点燃革命性内乱的导火索。如此一来，幕府自然会被朝廷视作敌人，而这也是英国所希望看到的。

洛奇建议说，倘若庆喜不愿事态发展至此，就应趁政治权力还在自己手中时，请求新帝准许讨伐萨长。

“幕府现在已具备足够实力对付萨长。首先可命江户所有的西洋式陆军即刻进京，从近畿开始，将过激武力一扫而空，然后再开放大坂和江户。如此一来，列强自然会成为您的伙伴，我国也会全力援助幕府。只有如此，贵国政治方能得到安定。”

洛奇认为政治须由力量决定，让对手利用朝廷是下下之策，说着还将法国皇帝的手书交给了庆喜。

8月7日，庆喜向法国皇帝和洛奇作出了答复。

以外国人的角度来看此事理应如此，但对庆喜而言却从未想过要为了战术而与外国勾结，不择手段。而当时的庆喜也并未想到，宫廷中人早已忘记国体，甚至威胁幼帝下达密诏。

即便如此，庆喜在水户学熏陶下成长起来的勤皇被认为是战术层面的最大弱点，这点依然令他吃惊不小。

（岩仓和大久保已经意识到这一点了吗？）

不，若是尚未意识到这一点，他们就会不停谋划看似无法成功的计策了。

（可是……我的眼中绝容不下此类行为！）

庆喜此时还是非常有自信的。

当务之急是消除外患，而能对消除外患造成直接影响的便是幕府兵力的整顿，以及民政的安定。因此，为了应对开国后的局面，庆喜命鸿池善右卫门等人组成商人集团，并令他们开始自由研究物产买卖。

为了保证日本人在国内的活跃，关隘通行也取消了很多禁制。妇人通行此前几乎被完全禁止，自该年起，她们也可以自由通行——这简直是划时代的变化！

因此，倘若庆喜不具备真正的“勤皇心”，他一定会毫不犹豫地听从洛奇的意见。但他并未采纳洛奇的意见，因为若是采纳，便是对列强外交政策的屈服。

在庆喜看来，就生命观而言，日本是世界上最伟大的神州，日本人便是这神州的子民。

（总有一天他们会明白的！）

他认为只要心怀如此自信，那么不久也会令列强接受，进而一边与列强进行圆满的交际，一边寻求可以实现共荣的新“公道”。而且，庆喜相信一切理应如此。

纵是随意杀人偷盗的战国时代，家康不也将其变成了太平盛世吗？此刻便应该大胆地向家康学习。而关于现实政治的形态，可以学习列强，既可以采用公议制也可以选择两院制度。

总之，只需开通自所有阶层录用人才之路即可。然而，还有一样东西绝对不可或缺，那便是作为天皇理想而永不动摇的生命观，必须培养出能够理解这种大自然尊严的人。

（只有这样才能孕育出真正的人道……）

只要有太阳在，人的生命便会天长地久地延续下去，这是谋略和斗争等人为所无法改变的。而领悟了这个道理，便会形成“文明”（庆喜生母的谥号）。

而且，新时代即将来临，现实中政治交替的日期也日益迫近。在实际交替之前，国内自不待言，与列国之间亦应开拓一条更为平坦的外交道路。

但是，此时却突生一事，对庆喜造成了沉重的打击。

8月14日，身为庆喜左膀右臂的目付原市之进被人暗杀。而且，下手的刺客实际并非萨长派，而是幕臣……

庆喜陷入了一片茫然。

二

原市之进被杀是在8月14日，那天一大早开始便十分闷热。

当日清晨，幕府的下级武士铃木恒太郎同另一名武士造访市之进的官邸，声称来自水户。当时，年轻侍从刚刚给市之进整理完头发。

市之进一听是来自水户，想也没想就轻声吩咐让他们进来。当时的街头巷尾都流传着岛津久光将于近期前往大坂的传言。

（他的目的是什么？）

其时，市之进正要用膳，并且打算膳后就出门收集相关情报。

“奸贼！”

来客刚走入房间，便双双砍了一刀，将市之进杀死，而后径直跑向屋外。

正在收拾房间的年轻侍从跃身而起，追了上去。结果一名刺客被杀，另一人却趁机逃离。等年轻侍从返回房间时，市之进早已气绝身亡……

当庆喜听闻其中一名刺客是铃木恒太郎这名幕府的下级武士时，简直欲哭无泪。此前，中根长十郎便是在江户雉子桥门外被人杀死的。来到京都之后，平冈圆四郎又遭暗杀。如今，已有三人代替庆喜死去……庆喜心中的感触可谓哀之尤甚。

至于理由，显而易见，一定是庆喜的做法被认为是反幕府的，从而招致了幕府中人的愤怒。

很多幕臣都对萨长煽动的倒幕运动气愤不已，打算如洛奇所言，不择手段地将反对势力逐出京都。这种敌对意识极其强烈，然而庆喜却制止了他们的这种意图。

刺客一定以为加以阻止之人并非庆喜，而是其身边的原市之进。

（又有一人被杀了……）

庆喜察觉到毫不理解自己真心的人并非仅有萨长和岩仓一派，不禁感到一种难以形容的寂寞。

有句话叫四面楚歌。先驱者的进步性总是无法被人理解，在任何时代中都是孤独的……但即便如此，自称来自水户家的刺客竟是德川幕府的下级武士，这令庆喜感到异常寂寞，仿佛身下的椅子突然被人抽走一般。

（是啊，原来这个国家之中还没有人理解我的真意……）

其时，刚刚被升为若年寄的永井尚志开口说道："我理解您的心情。"

庆喜却犹如置若罔闻，毫无回应。

"市之进多大？"

"三十八岁，正当盛年。"

"三十八……原本，他应该在下个政府中大有作为的。"

"您是说……新政府吗？"

直至此时，庆喜才向永井投去凌厉的目光。因为他不小心说出了自己的本意……

"没错，下个新政府，也就是今后将创建出的没有内部分裂的政府。"庆喜明确地说道，"倘若任由政令出自对立双方，势必无法与诸外国的国力比肩。"

永井尚志瞬间默然。他低下细长而清澈的双眼，然后开口说道："刺客一定是认为大人的这一想法是幕府的一件大事。"

"没错。自己的家比国家重要……他们一定认为我不会这样想，才会选择以市之进为目标。市之进实在可怜啊！"

"大人知道原市之进今天要去见谁吗？"

"莫非你知道？"

"或许是土佐的人……"

"土佐的人？"

"是的。根据我担任大目付时得知的消息，萨长似乎正在谋划极其危险的行动。"

"他们的行动向来都很危险。"

“此次因为二条摄政并未如其所愿，故而他们似乎正企图直接请求新帝下达讨幕密诏。”

“是吗？他们果然有此打算。”

“新帝尚未成年……如今仍流传着关于先帝驾崩的无中生有的传言，倘若幼帝再遭到近侍胁迫，这一事实必然不会逃过列强耳目……”

“唔。”

“到时列强会怎样看呢？他们一定会认为——日本人只要一开口便是尊皇、勤皇，但也只是嘴上说说而已，内幕实则充满了无比阴险的谋略和暗杀……某国（法国）的鼓动大概便源自于此。”

庆喜的目光突然再次凝聚在永井脸上。

“那么市之进呢？他为何要拜访土佐的人？”

“我认为，应该是原市之进发现土佐的某人（坂本龙马或后藤象二郎）与此事有关。”

“等等！等等……市之进可并未对我说过这些。也就是说，市之进认为，土佐的人……令萨长为实现王政复古而联手的土佐之人如今又在为下达密诏而展开行动……是这样吗？”

“或许恰恰相反。土佐的人促使萨长联手，可萨长却开始策划密诏下达……此人或许正因此事备感狼狈，于是市之进便打算直接面见此人……”

“唔，我渐渐明白了。”

庆喜再次转头望向烈日下的庭院，目光凝聚在沙砾对面的草坪上。

“市之进已经不在了，此事你仔细查一查。胁迫幼帝下达密诏……倘若令列强以为日本人的尊皇不过是嘴上说说而已，必将招致百年悔恨。不，或许神州就此灭亡亦未可知。”

庆喜声音迫切，脸上的肌肉亦在颤抖……

身为庆喜左膀右臂的原市之进已死，自然必须有人替代他。此次替代之人似乎便是这若年寄永井尚志。

永井尚志是信州奥殿一万六千石的大名松平乘尹之子，后成为三千石旗本永井能登守的养子，是个出身于小姓组的青年俊才。

嘉永六年（1853年），他被阿部正弘发掘，成为目付；安政二年（1855年），荷兰国王向日本赠送明轮型军舰森宾号（观光丸），日本以此为契机创建了海军学习所，永井尚志成为指挥；同年10月起，他与胜海舟、榎本武扬等人一同投身于日本海军的建设，是一位颇具能力的官吏。

其后，他又担任过勘定奉行和京都町奉行。他本就反对井伊直弼就任大老，在将军家继承人斗争中，是一名积极的庆喜派。

正因如此，这位永井玄蕃头才会被升为若年寄。可以说，让他替代原市之进乃是理所应当之事。

“永井，我不会对你和胜海舟（麟太郎）有任何隐瞒。其实，我现在一直都在等待一个时机。”

永井跪拜在地，一动不动。

“如今，我要以神州之气度实行开国。只要顺利开国，我便会辞官退隐。新世界必须有政令一途的新政府，且无论何时都要尊奉圣意。对此，想必你亦已详细调查过各国政体了吧？”

“愧不敢当。永井知道，遵从大人心意奉公乃是永井应该走的道路……”

“可是，我的心意很难说出口，一不小心，就会出现无数个市之进。”

“永井明白。”

“不过，倘若市之进所虑乃是事实，这或许便是我的极限了，我已经遭到了一记沉重的打击。”

“……是市之进的死吗？”

“非也，是先帝驾崩的惨祸，想必列强均已有所耳闻。”

“啊！原……原来是这件事？”

“无论如何，此事都不应发生，我想这正是可悲的水户的责任。”

“不胜惶恐！”

“而且，倘若这场斗争再累及新帝，又该如何是好……你明白吧，我希望能借你之手秘密调查此事是否属实。”

突然，永井胸中涌起一种呜咽，似欲破喉而出。倘若幼帝被迫下达密诏，而幕府拒绝接受，那么幼帝将会被置于何种立场？

连永井尚志都未曾想过这一点。

（有可能累及新帝……）

如此一来，神州也好，日本也罢，都将变得一塌糊涂。

（没错，这才是绝不可忘记的……）

明亮的房间内充满了永井竭力抑制的哭声。

三

有人认为庆喜的大政奉还只是一次小小的政策失败，也有人认为这是无比聪明的庆喜所下的一记“先手”。

如此一来，很多推测都能成立，例如大政奉还这一日本特有的革命回避策略不过是人间政治的手腕，而最先提出这一策略之人便是土佐的坂本龙马等等。

但即便如此，人的成长也不可缺少各种“理应如此的人际关系”。

不用说，龙马起初接近胜海舟是为了将他一刀斩杀。但他反而成了胜海舟的徒弟，二人之间的人际关系彻底发生了变化。

而永井尚志与胜海舟志同道合，都在为了创设日本海军而努力。他担任勘定奉行时为幕府的财政殚精竭虑，担任京都町奉行时亦曾妥善处理田中新兵卫等人的刺客事件，故而被举荐自大目付升至了若年寄。

胜海舟与永井之间也好，庆喜与永井之间也好，包括与直至最后一刻仍将新政府视作奸人而拒不服从的榎本武扬之间也好，彼此间都存在着相通的感情与思想纽带，这是可以理解的。

作为当时的浪人武士，第一个倡导大政奉还之人或许确是坂本龙马，但很明显，有人曾向他暗示大政奉还的可能性，至于此人是谁自不待言。

直接暗示之人是胜海舟，而他的身后还有永井和庆喜。不，倘若庆喜不作此想，此事终究无法成功。从这个意义上来看，不得不说，庆喜心中的“水户精神”是具备成功条件的。

而且，在水户精神的映照下可以看出，庆喜“为何奉还”这一观点，与世人眼中的奉还在本质上截然不同。

兵制逐渐齐备，列强开始相信开国，民政也变得前途光明。正因如此，代表长州的桂小五郎（后来的木户孝允）才会作出如此分析：

“他（庆喜）的胆略犹如家康再生。（中略）关东政令一新，军制改革令人惊羡，幕府不仅没有衰退之气，反而不断地再度复兴。”

因此，可以说庆喜的想法与世人的担心在本质上是截然不同的。

无论如何，新帝掌握在过激的廷臣手中，若有意外灾害波及新帝，该如何是好？庆喜以皇室为重，心中对此充满了忧虑。

但若要一举肃清京都，使用武力便不可避免，如此一来，自然会危及新帝。因此，必须先行查明为了促使密诏下达的胁迫之手是否已伸向新帝身边……基于如此想法，庆喜对永井寄予了莫大的期望……

当然，永井也明白庆喜“以天皇为绝对”的心境。正因如此，他听闻此言才会不禁落泪。

于是，他开始针对密诏展开了细致的调查，其认真程度与原市之进生前不可同日而语。

尚未成年的新帝对应该讨幕还是佐幕自然是毫无主见，最终恐怕还是通过表面上身为其外祖父的中山大纳言强迫其钤盖玉玺。

事实上，关于此事，坊间有传闻称：“中山大纳言告知新帝，如此如此方有益于国家。新帝被迫手持玉玺，颤巍巍地盖下大印。”

当庆喜命永井尚志进行调查时，事态尚未发展到这一地步。

不管是岩仓也好，还是出入频繁的志士们也好，都没有意识到自己的做法犯下了如此重大的错误，是无视至高天朝的荒谬行为。

“随时皆可用强。”

他们怀着如此简单的想法，大概是认为辅弼的职责便是令天皇准许臣子的决定。但实际上，这便等同于已经决定了。岩仓心中充斥着传统的权力欲望，认为此时应该动用萨摩和长州的兵力，击溃幕府兵力，以为此举才是有利于朝廷的最佳方案。他正在等待这个时机的到来。

这个岩仓具视可称得上是非同寻常的公卿，从某种意义上来说，就仿佛战国时期生于主公身畔的谋臣一般……他便是如许人物，少年时代他从来不顾学问，总是在学问所下将棋。当别人问他为何不学习时，他如此答道："我已经领会了春秋的大意，又何必拘泥于字句呢？"而为了生计，他甚至曾若无其事地将房屋抵押给赌徒，借此赚取抽头儿钱。

他一生并非无功，至于是否有真正的勤皇之心，却着实难以判断。后来到了明治时代，人们围绕征韩论争论不休，他却若无其事地宣称："纵然陛下准许，我岩仓也要阻止。"

此时他坚信应该令萨长与幕府军发生激烈冲突，适度减少双方的武力，并为此一直在暗中活动，因此，密诏下达一事迟早会浮出表面。

永井一边调查此事，一边仔细研究土佐藩提出的大政奉还论。这一奉还论实则是由土佐的坂本龙马传给后藤象二郎，又被象二郎当作自己的意见呈报给山内容堂，其中还包含了达成公武合体、国论统一的目标和愿望。

永井知道庆喜已经决心"奉还"，故而对双方行动都进行了谨慎的调查……

四

10月3日，土佐的山内容堂向庆喜提交了"大政奉还"的建议书。

也可以说是永井尚志接受了庆喜的密令而促成此事的。当然，在此之前，后藤象二郎也曾拜访萨摩的小松带刀和西乡隆盛，计划提交建议书，而西乡和小松自然不会赞成。

"还有更好的办法。"

其时，西乡明确表示反对。因为他与大久保一样，坚信幕府是不可与皇道共存的霸权之府，毫无尊皇精神。

或许他是深信，生自水户的庆喜也已经逐渐丧失了尊皇精神。总而言之，他很纯真。他坚信，大久保也好、久光也好、萨摩的勤皇党也好，都与自己一样，直接继承了源自水户再经齐彬、西乡传承下来的一心只为皇国的思想。当然，他更是从未怀疑过身为近侍的岩仓一派的公卿们。他的性格天生便是如此。

不久，他的这种性格被人巧妙地利用，任命为征讨参谋，几乎令整个日本陷入极度危险的大混乱之中，日后自然是无比后悔。

“事到如今还说什么，倒幕！要倒幕！”

言外之意透露出密诏下达的可能性与起兵之日的临近。

那天是9月7日。紧接着9月9日，后藤象二郎又带领同为土佐藩士的福冈藤次再次前往萨摩藩邸拜访西乡和小松。

这一次，他并未讨论倒幕的可否，而是希望对方能“暂缓起兵”。但其时，萨摩和长州的方针似乎均已确定。两天后的11日，岛津忠鉴率兵进入京都。14日，长州藩主毛利敬亲也命令毛利亲信前往大坂。

9月18日，由萨、长起兵发动的王政复古运动以两藩攻守同盟的形式正式确定。大久保一藏甚至特意前往山口做出决定，土佐应该也了解了事情的紧迫程度。

20日，坂本龙马也率领海援队，自长崎前往下关。

执行所有这些举动的先决条件似乎都是强迫尚未成年的天皇钤盖玉玺、下达密诏，倘若异邦人听闻此事，一定会大加嘲笑：“什么？这便是神国的勤皇吗？”

在这种情况下，山内容堂于前文提及的10月3日向其下三名家臣——后藤象二郎、神山左多卫、福冈藤次提出了恢复王政、政令一途的建言，即所谓的大政奉还。

庆喜内心终于变得轻松。事到如今，已经不能犹豫。既然知道对手打算挟持幼帝，凭借武力发动政变，倘若自己也以武力对抗，势必会危及幼帝。

直至此时，庆喜终于下定了大政奉还的决心。

10月5日，幕府发布通告，宣布兵库可与神奈川、长崎、箱馆等地一样进行贸易。在此之后，庆喜唤来永井尚志，如此说道：“将你写的政权奉还恳请书和土佐的建议书比较一下看看。”

恳请书自然是永井根据庆喜的口述内容写成的文章。将这份恳请书与建议书进行比较，至少可以从中先行找出拥有世界观的意见。

“无论哪一份，均须尽快决定。”

永井将两份文章在庆喜面前打开，低声说道：“明日，萨摩的大久保、长州的品川（弥二郎）等人将簇拥着岩仓，在中御门经之的别府内集合。而且，有消息称，大山格之助将率领萨军的别动队进入三田尻。他们很有可能会出人意料地立刻强迫天皇下达密诏。”

“我也这么认为。对了，别动队有多少人？”

“约八百人。”

“总之，对方认为在人数上可以对抗之时便是行动之日。既然如此，我必须先让他们知道，若论大政奉还的决心，我更远超他们。”

“大人所言极是。”

“那些家伙固执地以为只有自己才具备忠义之心，此次定要给他们一个反省的机会……你写稿时要记得这一点。”

“是，永井记下了。”

“真是些随便的家伙，连私心和勤皇的区别都分不清。企图令我蒙上奸贼的污名，以为只要让我成为奸贼，便可以瞒住万民，肆意妄动。他忘记了还有世人的睽睽众目……”

说完，庆喜命令板仓胜静前去拜访越前的松平春岳，针对土佐的建议书征求意见。越前是德川家的御家门笔头。

“倘若越前不认可，江户也不会接受。”

“明白，可是……”

“不必担心。越前是个老好人，他或许以为我已经被萨摩欺负得够惨了，不会再有其他手段了。”

“明白。倘若越前大人认可，是否要请老中以下的诸有司？”

“对！倘若越前同意，便立刻在城内召集众人，到时我会恳切地劝说众人，同时将建议书呈交朝廷，令江户知晓我的心意。如此一来，便可以直接实现王政复古，而不至于引发危险的武力骚乱。之后只需广集众智，着手创立新政府即可。”

“下官会依次尽快办理。”

“拜托了。唉，创业固然艰难，善后亦非易事啊！盲者千人，若是一步走错，势必会酿成无法收拾的惨剧。”

于是，10月12日，庆喜将老中以下的诸有司唤至二条城，向众人恳切阐释政权奉还已是势在必行。

在座众人此前皆以为一切进展顺利，此时不禁陷入一片茫然……

五

在此之前，大政奉还自然一直秘而不宣。此时，连越前的春岳都不予赞成。他一定是担心奉还后的事宜。

（将军究竟在想什么？）

这似乎是因为他对庆喜性格的疑惑起了很大的影响。永井尚志暂且不提，板仓胜静和松平容保（会津）、松平定敬（桑名）兄弟也都持有同样想法，因此当日此事并未做出决定。

其时，在向幕府首脑出示的土佐建议八策中，开头两项分别是——

一、应将天下政权奉还朝廷，由朝廷发布政令。

二、应设立上下议政局，令议员参赞万机，万机当由公议决定。

这两项将大政奉还的目的描述得清清楚楚，但诸官员显然无法理解大政奉还的具体形式，疑问百出，再加上感情的驱使，终至无法收拾。

庆喜对此自然早有预料。倘若此时告知众人密诏下达一事，恐怕所有人都会陷入沉默。然而，唯有此事是无法向众人明言的。

幕府若不奉还政权，自然便会有人手捧密诏，发动政变。如此一来，九门皆被他们封锁，会津和桑名也无法接近新帝。不，倘若打算以武力夺回政权的话，恐怕就会引发前所未有的争斗，到时他们一定会拥立新帝，逃离京都。如此一来，国民二分，将形成永无止境的内乱，无异于南北朝再临，届时又何谈大义？

“为了大义！”

当日，庆喜径直解散众人，第二天又将在京诸大名的四十余名重臣再次唤来，询问意见。

其时，土佐的后藤象二郎事前早已通气，故而萨摩的小松带刀也与后藤一起，积极表示赞成。或许萨摩以为，无论土佐如何赞成，意见都无法统一，不如此时表示赞成，暗中继续计划密诏下达。

总之，诸侯最终均表示赞成，到了13日，奉还一事得以确定。

“与诸外国交际日益频繁，若政令不出自一途，则纲纪不立。故此时应打破陋习，将幕府政权奉还朝廷。若能于亲政之下，广尽众议，上下协力，保卫皇国，必能与外国并立于世。”

也就是说，这是光明正大的大政奉还，其中贯穿着明治维新的理论，目的是为了皇国的发展，为了令日本屹立于世间。

庆喜逐一口述，永井尚志则含泪记录。

赖朝开设幕府的六百七十六年后、家康中兴幕府的二百六十五年后，武家政治至此终于落幕……

14日，所司代桑名藩主松平定敬向二条摄政提出大政奉还的请求。在请求提出后，纪州藩士三浦休太郎寻找合适的时机，前去拜访了二条摄政，确认他的态度。

“朝廷意见如何？”

二条摄政与其说是震惊，倒不如说更多的是愤怒。

“本官怎能在事前说出朝廷意见？至于本官的个人意见……此次请求恐怕不会得到准许。”摄政表情沉郁地断言道。这或许也是宫中正统派的意见。

据称，后藤和小松听闻此言，立刻于当夜拜访摄政，以强硬态度展开谈判，要求摄政准许。15日，朝廷将庆喜召至宫中，下达诏书，准许两传奏的上奏。

自先祖以来，政治皆委任于幕府，多有依赖。方今考察宇内形势，所建内容最恰不过。宜与天下同心协力，维持皇国，安定圣心，特此有命……（云云）

如此一来，维新之势已成。

“如今已非幕府中兴之时，重新创业的时代已然来临。”

最后的将军德川庆喜基于如此见识，仔细参详了始祖家康的志向后所作出的决断，被年轻的新帝欣然采纳。一切均有条不紊地向着未来前行。

当日，朝廷召集十万石以上的诸藩重臣，命令藩主进京，还特别召集了松平庆永（春岳）、山内丰信（容堂）、伊达宗城、岛津久光、锅岛齐正，命其尽快制定新政的方针。

这是理所当然的。政权交接和平进行，连将军也出言鼓励，自然会开通一条新的道路。有些人自然对此事感到不平，但一视同仁的神州天皇已经欣然接纳，他们尊重天皇的决定，必然会尽力克制自己的不满。自水户齐昭以来的尊皇、勤皇之心便是如此深深地铭刻在了整个日本庶民的心中。

庆喜也顺理成章地辞去征夷大将军一职，正式辞职的时间是10月24日。因为必须先通过废除将军一职来着手改革政体，所以不如说这是14日大政奉还的附带事项。朝廷暂时驳回了辞呈，命令庆喜继续管理事务，直至诸大名进京公开选定新政体。

至此的举动可说是十分文明，且合理明确的。然而，实际上其中却隐藏着一件暧昧的秘事，令日本上空阴云密布。

事实上，在大政奉还的10月14日，令庆喜无比担心的密诏已经下发到了萨、长手中。密诏命令萨、长迅速讨伐幕府及会、桑一众。如其内容所述，这明显是一个前后矛盾的大错误。

历史的表里

一

不知是否出于偶然，密诏下达与大政奉还发生在同一天。

倘若这便是历史的真相，应该将哪个当作“表”，将哪个视为“里”呢？

庆喜并未失败。他极力避免武力斗争，拒绝洛奇的再三诱惑，并开通外交之路，实现了大政奉还。因此，我们必须知道，以二条摄政为首的朝廷重臣们在受理此事时亦不知密诏一事。如此一来，只有一种解释——在新帝受理报告的同时，有人迫使其在密诏上钤盖玉玺。而且，直至今日，日本上下仍尽力避免提及此事，反而为胁迫之人歌功颂德，强行将其描述为勤皇者。

其时，岩仓具视手下有一人名唤玉松操，岩仓经常就各种国体问题向他咨询。据说，被称作讨幕密诏的宣旨文章即为此人所作——

奉天承运，皇帝诏曰，源庆喜藉累世之威，恃阖族之强，擅自陷害忠良，屡次弃绝皇命，终至矫先帝之诏令而无忌，弃万民于沟壑而不顾。罪恶所至，神州将倾。朕今为民之父母，若不讨伐此贼，上何以见先帝之灵，下何以报万民深仇。此朕之深忧，虽逢谅暗[1]而不顾，实万不得已。汝宜深体朕心，诛戮贼臣庆喜，速成回天伟绩，还生灵太平山河。此朕之所愿，万勿怠慢。

而且，密诏还下令一同讨伐担任守卫职的会津宰相（松平容保）和担任所司代的桑名中将（松平定敬）二人。

以上二人滞留于辇下，助幕府之暴，其罪非轻，故特此下令，迅速加以诛戮。

充斥着如此憎恨之意的旨令和诏书实乃史无前例。如此态度绝非一视同仁、以万民为赤子的日本的本来面目，可以说，这正是未能窥知国体本质且暴戾的政治阴谋的实证。至于此事令日本国体日后变得何等昏暗、遭到何等轻蔑，已然是众所周知。

领旨人为“长门宰相及少将、萨摩中将及少将”[2]。

当然，准许毛利大膳（敬亲）父子官复原职并迅速上朝的命令也在当日同密诏一起，经中山大纳言之手传至岩仓具视，又经岩仓之手传至小松带刀、西乡隆盛、大久保一藏和品川弥二郎四人手中。

四人联名提交承诺书，并于即日抵达长州的三田尻。其时，三田尻已聚集了约四百士兵，芸州藩也屯集于御手洗川，静待密诏。

在此次密诏事件中，中山忠能、正亲町三条实美、中御门经之等公卿暗中领受岩仓旨意而活动，这令二条摄政惊愕不已，并对一干人等做出了处置。

---

[1] 谅暗，指天皇死时，皇室及国民的服丧期。

[2] 长门宰相指毛利敬亲，长门少将指毛利定广；萨摩中将指岛津久光，萨摩少将指岛津忠义。

世间之事存在可用常识解释和不可用常识解释两种。至少在战国时代，朝廷衰微似乎是自然而然开始消亡的结果。后来通过信长、秀吉、家康相继建功，朝廷命脉得以复苏，逐渐清晰地显露出天长地久和万世一系的真正姿态。

为了传承万世一系，是亲政好，还是避开直接怨恨由幕府主持政治好——围绕这一问题，世人多有争论。但将德川氏描述成罪大恶极以至神州将倾的凶贼，这种强词夺理是在天皇身边侍奉的廷臣们所无法接受的。

因此，摄政及其下官员迅速达成协议，10月21日，这一密诏终被撤销。

无论如何，理应讨伐的贼臣也已将委托的大政全部奉还朝廷。

“我将辞职，后事还请勉力为之。”

做出如此果断决定并负责收拾残局之人竟被蒙上贼名而遭到追讨，这算什么神州？又算什么至高道德……

特此有命，中止此前经中山忠能、正亲町三条实爱、中御门经之向萨、长二藩所下密诏。

当然，在此次事件背后，不仅有廷臣们鼎力相助，满天下的志士们亦都在高呼：“不愧是第十五代将军，果然是拥有水户血脉之人！”这些感激的呼声也成为了巨大的支持。据称，向土佐的后藤象二郎积极阐述八条策略的坂本龙马等人也感动至极，流泪说道：“好一个决定！吾愿为此君（庆喜）献出生命。”

通过中止密诏，可以清楚地看出宫廷的意向。所谓的密诏怎么看都不过是利用天皇的阴谋文章罢了。然而，由于此事会对日后以天朝之名掌握霸权的功臣们带来妨碍，所以在历史的表面，此事被巧妙地隐藏了起来。

于是，他们声称庆喜奉还一事实为虚假，认为庆喜只是暂时辞职，其所谋长远，乃是为了再次将天下掌握在自己手中。

“若非如此，他又怎会那样干脆地奉还大政？这一定是他的计中之计，他还会再次夺回天下。”

或许他们当真以为如此。人在评论他人时，必然会以自己为标准，而土鳖是无权评价明月的。他们的想法无非是结束幕政，宣扬“王政复古”的大号令，但却连如此能力也不具备。

其间，庆喜一步步地处理未竟事宜，岩仓派则在逐渐整顿军备。

11月23日，岛津忠义率兵进入京都，驻扎于相国寺。24日，萨摩藩士西乡隆盛和长州的品川弥二郎也抵达京都。他们认为，无论如何都必须集结兵力，依靠军事实力震慑庆喜，但其实也可以说是因为他们无比惧怕庆喜。这些人便是如此悲哀，丝毫无法理解庆喜的立场。

二

萨、长无视庆喜恭顺的态度而集结兵力，这令幕府一方——特别是德川家内部众人群情激愤。

激起众怒，再冠以贼名，逼其与萨、长作战，适度削弱双方势力——这种类似后白河法皇[1]的想法，岩仓具视自然也会想到。

最先踏入这一圈套之人是纪州的德川茂承。茂承将德川氏谱代诸大名和重臣们召至江户藩邸，如此说道：“我等可先辞去王臣。”

辞去王臣便意味着不再是日本人，这是对前述不合理密诏的强烈反抗。也就是说，此前胁迫新帝下达的密诏对国民思想造成了无比巨大的冲击和动摇，而这便是最极端的第一个例子。

此事并非不可理解。前将军家茂是孝明帝的爱婿，而促成这段姻缘

[1] 后白河法皇（1127—1192），即后白河天皇，日本第七十七代天皇。

之人不是别人，正是岩仓具视……

岩仓此次若无其事地迫使新帝下达密诏，不仅倒幕，还要讨伐守卫职和所司代。虽然宫廷已经下旨撤销密诏，但事实上，萨、长的军队却接连进京，逐渐施加压力。

（如此靠不住的朝廷信之何用！）

辞去王臣便意味着跳出敕命的约束，脱离国籍与之一战。以水户藩为首，彦根藩及其他谱代大名亦高举双手赞成，只有越前藩表示反对，并尽力稳住众人。

“万万不可令此前苦心化作泡影。而且倘若将军家反对，将至无法统御。”

由此可见他们是多么愤怒。事实上，这种对朝廷的不信任后来仍未消散，直至明治才有所缓解。

总之，辞去王臣之举暂被稳住，但其时，在江户市内，相乐总三一派领受萨摩旨意，以所谓筹集勤皇军资金为名，大行强盗行为，气焰极其嚣张。

此番策动的大本营自然便是三田的萨摩藩邸，人们认为秘密下达命令之人便是西乡隆盛。

笔者知己三田村鸢鱼老坚持认为下达命令之人是西乡隆盛，直至死前仍不断重复“我最讨厌如此阴险之人，绝对不会成为西乡党”，并对其残杀无辜市民、掠夺钱财、企图搅乱江户的反人道行为提出了强烈控诉。

当然，相乐总三最后也死于萨摩之手。这样的黑暗阴影总是被人故意从历史表面抹去，以今天的角度来看，赤军派当属此例，那么支配这暗影之人究竟是谁呢？

就在两派对立的情况不断激化之时，唯有人在京都的庆喜仍在默默地收拾残局。

11月8日，庆喜上书，奏请朝廷准许接受诏命的诸位大名进京。同一天，岩仓具视也第一次被准许重新居住在京都，得到了参加朝议的机会。

善恶暂且不论，岩仓具视堂而皇之地以公卿的姿态现身，便意味着当前事态有了很大进展。

当然，庆喜当时并未表示反对，因为他必须一边尽力躲避背后的激烈冲突，一边策划取代现有制度的政府尽早诞生。

而在京都，谱代大名们皆如浪涛般摇摆。在彦根、大垣藩主持召开的京都会议上，众人认为朝廷终究没有实力来裁决一切事务，故一切皆视德川氏命令而定，并将此意上奏朝廷。

会议召开的时间是11月11日。到了12日，摄政二条齐敬首次在朝廷上与左大臣近卫忠房、右大臣一条实良联名提交“朝权树立”的政策问题和“复兴太政官八省”的提议。

11月15日，摄政又向德川庆喜、德川庆胜（尾张）、松平庆永（越前）及其他在京诸大名提出了“大政归一”和纲纪确立的政策问题。

而同一天，土佐藩士坂本龙马和中冈慎太郎在京都河原町的居所——近江屋新助宅被刺客斩杀。这也是当时社会动荡的余波，坂本三十三岁，中冈三十岁，二人均正值盛年，其死着实令人惋惜。

自此时起，岩仓具视开始大展身手。倘若不追究轻视大义这一点，他确实可以称得上是明治政府的最大功臣。

12月1日，他同中山忠能、中御门经之、正亲町三条实爱等人一同召集大久保一藏、西乡隆盛、品川弥二郎等人，秘密决定“宣扬王政复古大号令”。

12月8日，根据敕命，如今只能依赖岩仓的流亡长州的三条实美、三条西季知、东久世、壬生、四条、泽等公卿以及毛利敬亲父子等人均官复原职，岩仓本人和久我建通、千种有文、富小路敬直等人也被取消蛰居处分，打开了他们参加朝议的道路。

如意算盘打到如此地步，可以称得上犹有鬼神相助。如此一来，岩仓的同伙越来越多。9日，他请天皇驾临学问所，在亲王、诸臣汇聚一堂的席上宣布“王政复古”，并即刻制定了朝廷的新官制。

如字面所示，岩仓以快刀斩乱麻之势，将原有的摄政、关白、征夷大将军、国事挂、议奏、传奏、守卫职、所司代等统统废除。而对于废除这些官职以后众人的去向问题则没有丝毫担心。

而且，他还设立“总裁”、“议定”和“参与”[1]三个职位，替代原有职位，又勒令摄政、贺阳宫、九条、近卫（忠熙）、鹰司、德大寺、一条、柳原、叶室、日野、飞鸟井、野宫、伏原、里辻、久世等人同时停止参朝，闭门反省。通过如此迅雷不及掩耳之势的快速行动，当日之后，宫廷之内再无一人反对岩仓，实权不由分说地落入岩仓手中。这真是极端的封锁言论的绝技……

三

人通常都无法打破常识，但倘若立足于本质完全不同的观点之上，便能做到令第三者完全无法想象的事情。

岩仓具视是公卿中的异端者。这位异端者发现以萨、长为核心的军队可以为自己作战，他便打起了不可思议的如意算盘，令这支军队与幕府军交战，无论哪一方获胜或是失败，自己都毫发无损。也就是说，他若无其事地牢牢占据了一个位置，一个可以下达任何密诏的位置。

如此一来，他已是无所畏惧。幕府军获胜也好，萨、长军获胜也好，只需向获胜一方下达敕命、加以驱使即可。

事实上，这才是家康最担心的“无法者”，但世人有时却会为这种无法者冠以大天才、大英雄的美名，并不停拍手称赞。

---

[1]　王政复古时设立“总裁”、“议定”、“参与”三职，也称“太政大臣”、“左右大臣”、“参议”，明治二年（1869年）废除。

至于面对五摄家，他也并无理由必须卑躬屈膝。倘若他们是围在皇室周围的一群苍蝇，自己又何尝不是？此时拍动翅膀，与众同乐，有何不可？从这个意义上来说，勒令其蛰居实则给了他太多的思考时间，实属一大疏忽。

一旦涉及到尊皇勤皇，世人都会变得容易冲动，若不利用这一点还能利用什么？岩仓具视这种目中无人的性格实在太明显了。当然，他当时并未理解国体真正的尊严。

世人皆惧怕内乱。在内乱中，无论战况如何，我都会毫发无损……这种如意算盘令他的立场变得无限强大。

（只要抓住庆喜等人的弱点加以攻击，他们便与婴儿无异。）

庆喜同时存在勤皇和水户之子这两个弱点。于是，岩仓巧妙地拉拢西乡，命其在江户暗中驱动类似赤军的盗贼集团，而他本人却并无任何罪恶感。也就是说，这是一种彻头彻尾的战国时代的马基雅弗利主义姿态。

9日，岩仓白天将所有公武合体派的身影赶出朝廷后，立刻于当夜召开了著名的“小御所会议”。而通过白天的官制改革，无论是亲王也好，五摄家也好，不听自己命令之人均已被统统赶走。

新总裁由有栖川宫炽仁亲王担任，御室宫纯仁亲王、山阶宫晃亲王、中山忠能、正亲町三条实爱、中御门经之、岛津忠义、德川庆胜、松平春岳、浅野茂勳（广岛）、山内丰信等人担任“议定”，他本人则与大原重德、万里小路博房、长谷信笃、桥本实丽等人一同担任“参与”。

其中，不可或缺的庆喜的名字自然已被除去。这是他的深谋远虑，倘若其中包括庆喜，便无法实现讨幕。说起来，讨幕运动和勤皇便相当于他这辆霸权马车的两个轮子。

他计划将庆喜视作敌人，进行猛烈批判。如此一来，一些老好人志士们便会挺身而出，欣然帮助他发动战乱。而且，一旦拔刀出鞘，便不允许有任何瞬间的犹豫……

在众多史书中，均将12月9日的小御所会议描述成展现岩仓具视伟大决断的事实。显而易见，这只是呈现在世人面前的历史表面，至于背后的真相，实则是极其露骨地利用天皇的行为，是当朝绝对不应发生的一场政变。

既已有此先例，明治以后便不可避免地发生众多类似事件。总之，除了萨、长、芸三藩之外，岩仓一派还将土佐、尾州、越前拉入己方阵营，并提出“如何处置庆喜”的问题，打算趁其外出之机，将其除掉。

再没有比这更加诡异无理的事情了。“王政复古”这一词语本身便很暧昧，令本性正直的春岳等人感到极其为难，而且从这个意义上来说，庆喜已经通过大政奉还解决了这一问题。但岩仓却无论如何都要让庆喜蒙上贼名，将其拖入内战。这是一种革命战争的谋略，然而岩仓竟然发出豪言壮语宣称：“此次维新必须遵循神武创业之前的精神。”

这一意见或许也是玉松操等人提出的，但作为日本人，如此愚蠢地对待国体，实在令人感到无可奈何。如此发言或许也是以延喜[1]天历年间的政治为标准，考虑到了后醍醐天皇[2]失败的先例。但他却并未意识到，如此一来，无异于无视并抹杀了自神武天皇即位以来传承了一百二十余代的天皇皇位的尊严。

万世一系也好，天长地久也好，都已变得乱七八糟。传承中的神武天皇一路铲平贼党，到了大和的橿原，已是无人不服。直至那时，神武天皇才脱下身上的军装，首次登临天皇之位。

据传，神武天皇在登临天皇之位时曾说道：“括八纮为一宇，不亦快

[1]　延喜（901—923），日本年号，其时的天皇是醍醐天皇。

[2]　后醍醐天皇（1288—1339），日本第九十六代天皇，在位期间足利尊氏叛乱，开启了日本的南北朝时代。

哉！”

此言所表达的意思并非世界一家之类的征服之意。所谓宇，并非人类各自生活互不干涉的空间，而是连接宇宙的屋檐。鳞次栉比且和平相处的屋檐意味着万民泰平的繁荣，其中流露出一种当世再无敌人的境界。

因此，这句话相当于废除军备的大宣言，宣布今后世上再不需要武装。

但若无军备，仅凭朝不保夕的草莽皇位，如何延续万世一系、天长地久的大生命呢？

登临天皇之位是大自然的宣言，意味着不通过战争而依靠太阳本身培育出的心境和道理来统率子民。然而，创业以前则另当别论。那时的人们必须不断斗争，必须亲手挥动武器。人们置身于由此产生的习惯与憎恶之中，终究与天长地久无缘。

因此，岩仓所言实则忘却了天皇皇位为何物，他甚至也并不知道，自己已经堕落到了如同战国狂暴武人一般的地步。

当夜，如此阴险狡诈的岩仓成为了冒犯天皇圣名的主角。

四

事实上，在前一天，即8日，出席小御所会议的尾、越、萨、土、芸五藩的重要官员曾被请至岩仓府，事先告知会议的机密详情。其中有中根雪江、大久保一藏、后藤象二郎、辻将曹等共计十人。

不知这些人是怀着何种心思听岩仓和大久保说明的，但总之，政变的计划并未泄露给会津藩和桑名藩。

就这样，以摄政为首的议奏、传奏、国事挂等所有失去官位之人离开后，被解除蛰居处分的岩仓派的中山、正亲町三条、中御门等人便即刻参朝。不久之后，萨、尾、土、芸、越五藩士兵则巧妙地与幕府和会津藩兵更替，皇宫的警卫完全落入了岩仓派手中。

随后，在发布王政复古告谕文的同时，一无所知的退出者们均被勒令停止参朝，蛰居反省。

到了夜里，新帝御驾亲临，小御所会议正式召开。其时，担任参与一职的西乡隆盛将所有职务委任于大久保一藏，自己则负责各御门的警戒和诸军的指挥工作。

在如此阴森的气氛中，议定中山忠能首先宣布开会。

“德川庆喜欲奉还大政，辞去将军职务，朝廷已准其所请。此后自当巩固王政基础，确立万古不易之国是。希望诸位谨遵圣旨，尽力公议。”

将昨日的摄政及其他重臣全部流放，再欲确立万古不易的国是……但以如此形式召开的会议如何能够做到万古不易？这与先帝征集所有大名意见的圣意相去甚远。

正因如此，当时确立的体制仅仅维持了八十年，到昭和二十年（1945年）便已土崩瓦解。而德川时代经过了二百六十余年，加上首次与外国交战的明治二十七八年战争[1]之前的时间，共计约三百年间，日本与外国毫无干戈。与如此自肃之举相比，两者简直存在天壤之别。而且，这还是在拥有明治大帝这位反对任何战争的不世出的圣明天子的情况之下。笔者以为，此乃事关国体的大问题，作为日本人，必须重新慎重考虑。

在会议上，土佐的山内容堂首先紧紧咬住中山忠能不放。

“席间为何不见前将军庆喜？请即刻唤他参加会议。”

因为即便是从事务交接的意义上来说，庆喜的出席亦极其重要。

对面端坐的天子一动不动，席间的诸侯及各藩重臣也均无反应，倒是中山忠能首先变得脸色铁青。

[1] 明治二十七八年战争，又称日清战争，始于明治二十七年（1894），即甲午战争。

“庆喜……庆喜虽已将政权奉还，但终究不知其意是否出自忠诚。因此，在下认为暂时不要让他参与要事为好。”

“岂有此理！当此王政维新起步之际，公平无私方为首要。但今日之事委实阴险。诸藩携带凶器，警卫皇宫，且连前将军亦不得靠近，实属不祥之至。请先召唤庆喜出席！”容堂额头上顿时青筋暴起。

中山大纳言与容堂之间的问答最能清晰地体现出小御所会议的本质和内容。

容堂的质问出自理所当然的良知，至于忠能的回答，在任何人听来都不会觉得是公正无私的。然而，直至昭和二十年（1945年），仍有许多日本人对这一极为不公的理论大加追捧。

学者们对此语焉不详，认为此举毕竟成就了维新大业，普通人亦受到这种看法的严重影响。就在昨日，人们还举行了盛大的庆祝仪式，将明治百年视作日本文明的黎明。

人们定是将其视作欧洲文明在日本的破晓，但在日本，这却是一个巨大的错误。在这种伪装的勤皇下，年幼的明治大帝被人自九天拖至地面，被迫穿上武装。全副武装成为大元帅后，又利用其名出兵异国，这一事实是何等令人心痛的辅弼错误啊……

容堂继续说道：“庆喜已奉还政权，辞去将军职务，其忠诚理应嘉奖。而且，自元和以来已近三百年，德川氏行太平之治，其功绩着实伟大。不仅如此，庆喜亦具英明之资，此乃天下周知之事实。召他前来参与大政不是理所当然的吗？倘若不准，才真正违背了王政复古期待公议的宗旨，不是吗！？”

中山忠能慌忙望向参与席的岩仓。容堂的反驳理论清晰，令他无言以对。

此时，越前的春岳也开口说道：“当此王政复古起步之际，以责备他人之罪为先，德义为后，实乃错误之举。德川氏二百六十余年隆治之功足以偿还今日之罪。希望准许容堂所言，传召内府（庆喜）前来参议。”

如此场面恐怕亦在岩仓一派的意料之中。看到德川的御家门笔头春岳也出来发言，得到支持的容堂再次向前探出身子，开口说道：“决定吧！究竟传召庆喜与否？起步伊始便要违背王政复古精神，简直岂有此理！你们这些公卿究竟以何见解，竟敢行如此阴险之暴举！莫非企图挟幼稚天子，窃取权柄不成？果真如此，必致天下大乱！”

突然，岩仓高声喝道：“住口！圣驾之前岂可放肆！今圣上以不世出之英才，定王政复古之大业，幼稚天子云云何等不敬！请慎重言行！”

岩仓以严厉辞令封住容堂之口，而后转动大脑袋，环视在座众人。

此时已无须再评论哪一方的言论正确，“不敬”一词力挟千钧，着实是压制政敌的好武器……

五

纵是容堂亦无言以对。无论当今天皇如何年幼，在天子驾前说出挟幼稚天子窃取权柄之言……着实有些过分。

不，此种言论越是正确，越是会给对方反击的机会。从这个意义上来说，是容堂自已给了岩仓发言的机会。这一定是因为他无法看清对方过于露骨的行为，同时心里还藏有孝明帝驾崩的阴暗谣言。

不敬！如此大喝之下，容堂被吓了一跳，岩仓则间不容发地继续说道：“幼稚天子云云，简直岂有此理！今日之举均出自圣意，若能念及此处，便不至有如此不敬言行。在下反对庆喜出席，也不认为庆喜有痛改前非之决心。倘若庆喜果真心怀忠诚，不应仅止于大政奉还，当辞去所有官位，将土地人民全数奉还，重新从旁支持王政复古之大业，尚且为时不晚。二位又何必如此心急呢……好了，此事暂且放下，土佐君方才所言，着实不敬，首先请问，您是否打算向圣上致歉？”

在这方面，岩仓不愧是满怀自信的怪物。其所言自私自利，又对对方言辞吹毛求疵，完全一派讼棍嘴脸，还不停责问对方是否打算向天皇道歉，此举无异于狐假虎威。

利用一方与被利用一方……如此一来，正直的一方无论如何委屈，都只能选择道歉。

容堂道歉了。当然，他只是为自己不礼貌的失言而道歉，并非向那些企图窃取权柄的公卿道歉。

若是日后的明治大帝，此时自然会向容堂讲几句宽慰的话。然而，当时的天皇自然不会这样做，拥有艺术家气质的容堂不禁因此而感到十分沮丧。

（何等肮脏之辈……）

出人意料的是，岩仓面对在座众人时，其姿态仿佛君临天下一般。

“庆喜的悔意如何？他是否拥有将土地人民全数奉还的赤诚之心？待到认清这两点后再议不迟，不应惊慌失措，平添骚乱。”

“大人所言极是！”

参与大久保一藏立刻接口说道：“岩仓公所言极是，倘若庆喜奉旨退官纳地，便可准其参与朝议；倘若庆喜不遵旨意，无论如何都必要讨伐其罪。诸位大人意下如何？”

“言之有理！”

“如此一来可算仁至义尽……”

这些人一开始便已达成一致。于是，庆喜被视作鲁莽之下便引发战争的朝敌，陷入了百口莫辩的境地……

此次既然冠以会议之名，那便只有两种办法可行——要么由双方陈述意见，最后少数服从多数；要么让天皇来进行最终裁断。

容堂与春岳的论述条理井然，有理有据，众人意见顿时分成两派。尾、越、土、芸四藩藩主及其随从均赞成容堂的观点，萨摩藩主及其随从则赞同岩仓参与的观点。

由于仅有萨摩一藩支持岩仓，故而从常识出发，会议结论已见分晓。于是，议论暂时中止。据说，中山忠能慌忙之中与二三人窃窃私语，遭到了岩仓的严厉呵斥。萨摩的久光亦感十分狼狈，命令岩下次右卫门前去与当时并不在场的西乡隆盛商量。西乡圆睁双眼，开口说道："眼下口舌之争何用之有？一把匕首足矣！"岩下回来后立刻向岩仓禀明此事，岩仓听过之后便在心中做出了一个重要的决定。

岩仓在心中决定，迫不得已之时应采取非常手段（无人知晓这一手段的具体内容，但想来应该是狠狠教训反对者之意）。据史料记载，岩仓决意坚持自己的主张，并唤来广岛的浅野茂勳，告知己意，又令浅野的家臣辻将曹参与游说土佐的后藤象二郎。

也就是说，会议第一次的结论是四对一。于是岩仓便先行胁迫本就认为两方皆可的芸州侯，再命芸州胁迫土佐。

总之，九门已被己方士兵控制，并由西乡监督。只要对他们说一句："反对看试试，保证你走不出大门！"这样对方便无计可施。但事实上西乡是否有说过"一把匕首足矣"这样的话，委实难以确定。

就这样，朝廷不管三七二十一地按照岩仓的主张做出了决定，而实际上这却是充满昏暗的明治维新的再次出发。

有学者如此评价这一决定："盖公议舆论之名目美则美矣，然当用于和平年代。值此危急之际，被迫听任部分少数有力者、有识者之专断亦属在所难免。"

正因存在众多如此迎合奉承的曲学之徒，人们才会变得不仅无法实现勤皇，还到处宣称文明东渐，令日本轻易沦为欧洲文化的殖民地。

总之，对于小御所会议，我只能如此评价——这是一次自始至终都贯彻着马基雅弗利主义的会议，完全歪曲了必须保持圣洁的勤皇之心。也正因如此，虽然拥有一个真正不世出的圣明天子，却仍在维新后仅仅八十年便告土崩瓦解。

总之，岩仓一派的强词夺理得以通过，但通过却并不意味着众人均已接受。

六

朝廷顺理成章地向德川庆喜下达了“辞官纳地”的命令。

他虽已辞去征夷大将军一职，但仍有内大臣和近卫大将的官位在身。朝廷命令其将官位全部辞退，并将土地人民悉数奉还，这简直无比荒谬。若是在后来废藩置县时诸大名均遵守同一标准的情况下倒也罢了，而如今天下诸大名安然无恙，却仅仅命令德川一家辞去所有官职，闭门反省。如此看来，先前的倒幕密诏虽已被撤销，但事态和行动上却毫无反省的迹象。

策动下达密诏的一群人蜂拥而上，夺取政权，随意将贼名强加于德川家，坚决倒幕，这些行为只能被人视作阴谋。难道政权当真该以如此形式交接吗？

不，在现实中，以小御所会议为分水岭，政权便由二条摄政手中转移至了岩仓手中。倘若旁观之人纷纷效仿，策划同样的阴谋，该当如何是好……

如今，在政治家与大众之间依然存在一道相差悬殊的良心感情的隔阂。所谓政治家，乃是骗子集团，在行动时完全不会考虑庶民的良心……而此事便是政治家丧失信用的一个范本。

自此，社会的混乱随着策动变得越加剧烈，同时也令人感到无限诱惑，不可思议地成为了权力和私欲的目标。

庆喜或许也感到十分愤怒。不，他或许对此早有预料，正在考虑如何避开他们的陷阱。总之，倘若他此刻发怒，声称欲辞去王臣的人们便不会善罢甘休。他心中时时刻刻都有一种危险的感觉，仿佛天下随时都会陷入大乱。

10日，尾张的庆胜和越前的春岳来到二条城传达诏谕，命令庆喜辞官纳地。当二人面有难色地传达圣旨时，长州藩老臣毛利亲信等人率领长州军队陆续进入京都，甫一入城便分别接到禁门警卫的命令，纷纷部署妥当。

“管他什么政治！”

自然，会津、桑名的士兵对此都群情激愤，京都弥漫着一触即发的火暴气氛。

“如此下去，很快便会倒退至战国时代，连这个道理都不懂，实在叫人为难啊！”

庆喜说完，庆胜和春岳倒也罢了，永井尚志则埋头哭泣不已。

“朝廷为何要对德川家如此残忍？”

庆胜和春岳频频重复着这句话离开了。庆喜沉思片刻后，唤来板仓胜静，命令会津和桑名的所有士兵进入二条城。表面上似乎是庆喜担心人手不足，但实际上，庆喜是害怕这些士兵会与萨摩军发生冲突。

（无论如何，只能权且帮忙了……）

于是，待群情激奋的会、桑二藩士兵进入二条城后，庆喜命大目付梅泽孙太郎守卫二条城，自己则带领松平容保、松平定敬和板仓胜静三人迅速退至大坂城。此时是12月12日。

人的境界

一

庆喜的行动通常会连他身边的人也感到难以理解。

（他是想暂时退至大坂，整顿军备，以便作战吧？）

跟随他的人一定都是这样想的，但他本人却并无此意。廷臣们对政治生疏不懂，庆喜认为自己必须以一颗宽怀的心，为他们提供庇护。因此，他为了避免萨长同会桑发生冲突，故而权且退至大坂，以防列强在混乱的旋涡之中再插上一脚。

纵观世上之事，有些事绝不可为，有些纵然想为之亦无法办到。将这两者混为一谈，坚决执行无法办到之事的决断是愚蠢的，但出人意料的是，对此表示赞成的人却非常之多。

如今，岩仓具视正在用力推动一辆不可移动的车子。他将一切都归于敕命，却并未意识到自己的举动极大地损害了朝廷的权威，反而变成了利用天皇的暴举。

他或许是在想，前政府多达四百万石的土地和人民不会就此轻易奉还。不仅如此，他还打算将会津和桑名都视作敌人。而他之所以会产生出实行如此暴举也无妨的错觉，其中必然存在一定的根据。

第一个原因恐怕是萨摩和长州向岩仓报告自己的武力时过分夸大，至于另一个原因，必定是他对庆喜其人无比畏惧之故……

因此，庆喜打算暂时退至大坂，借此平息会、桑士兵的激愤，接下来还必须防备列强的介入。

庆喜在抵达大坂城的同时，便向留守二条城的大目付梅泽孙太郎下达了一条命令。

“我自有长远打算，在我发出指示之前，绝不可轻举妄动。”

在有些人听来，这一命令想必是与会、桑两藩藩主详加商议的结果。若作此想，自然便可避免暴乱。

而后，庆喜立刻将人在大坂的英、美、法、荷、意、普鲁士的六国使臣相继召至大坂城内。

已经到了约定的12月，这些外国使臣若是发怒，打算发布王政复古大号令的朝廷定会闹得乱七八糟，哪里还能进行国内改革？因此，庆喜先以对方容易接受的方式，向外国使臣告知日本改革政体一事，他也为此已将政权奉还，所以希望他们能够暂且静观。其时是12月16日，不得不说，庆喜此举才是对新政权最重要的真正支援。

庆喜以为，如此一来，岩仓一派不久也会逐渐冷静，然后从欲行不可为之事的异常状态中脱离出来。

然而，事态却变得完全相反。他们顽固地频频要求庆喜辞官纳地（实际上并不会纳地，而会造成内乱），严重骚扰江户市民，故而在三田引发了火攻萨摩藩邸的意外事件。

火攻三田萨摩藩邸的时间正是京都对立气氛异常紧张的12月25日。庆喜对此自然一无所知。然而，浪人强盗们几乎每天都会闯入市内的富商家中，声称“筹措政府用资”随意斩杀家中之人。庄内藩群情激愤，当他们知道这些人的大本营其实就是三田的萨摩藩邸时，便联合吉田、壬生等诸藩发动火攻，将浪人强盗一举歼灭。

当然，萨摩的目的是破坏幕府管制之下的秩序，今日赤军派的战术便是模仿了当时的做法……然而，这一事件似乎还有其他目的。

其一，如此做法可以激怒幕府，逼其抵抗，使其蒙上贼军之名；其二，通过在双方之间制造事端，令萨摩藩内的稳健派下定讨幕决心。

因此，幕府虽然将萨摩藩邸烧毁，将强盗悉数歼灭，却也激起了萨摩藩内的讨幕情绪。他们并不知道，如此一来，政治已变成视人命如草芥的策略与暴力的肮脏较量。

25日火攻萨摩藩邸的消息于28日飞速传至京都和大坂。二条城内的会、桑士兵顿时欢声雀跃。

“江户已经开战了！”

“贼人已占领皇宫，应即刻请将军出马，夺回幼帝！”

这些话正如山内容堂被迫道歉的失言一般，十分真实，具有一种足以驱动众人的力量。事实上，宫廷内部似乎也已秘密决定，一旦发生不测，天皇将前往他处。倘若置之不理，激愤的士兵很可能会冲出二条城。因此，大目付泷川具举与梅泽商议后，迅速前来拜见庆喜。

“希望您能详细上奏，我已经无法制止了。”

听了梅泽的话而来到大坂城的泷川具举亦是十分激愤，犹如遭到切身之痛一般。

“莫非大家都被大人欺骗了？大人难道不认为肆无忌惮的萨摩是奸臣逆贼吗！？”

庆喜起初沉默不语。会津和桑名两藩藩主就在旁边，因此，回答万万不可草率。

无论如何，江户事件都大出庆喜意料，令他恨得咬牙切齿却又无可奈何。他好不容易通过秘密帮助新政权来令对方反省，如今一切努力都因这次事件而化作泡影。

“大人！大人是否已与萨摩有过谈判？倘若果真如此，若不说明真相，众怒难消。今日可否请您说明真相？抑或决定率兵进京时日？今天在下一定要得到答复才能回去！”

实际上，这个泷川对萨摩的憎恶似乎比梅泽更加强烈。

二

岩仓一派一直苦心研究如何才能激怒庆喜。倘若庆喜发怒，他们所说的“庆喜怀有叛逆之心”的借口便有了充分的证据，才有理由请求天皇下达征讨敕命。

庆喜在行动时自然对此一清二楚。

“我绝非违背圣意之人。”

他表明自己的这种态度，想先行缓解岩仓派的警戒心理，并故意退至大坂，打算先解决列强这一难题。然而，萨摩在江户施暴的阴谋行动和由此引发众怒而爆发的三田火攻事件却极大地扰乱了庆喜的计划。

“是吗？继续下去，二条城将变得无法控制？”

“正是！朝廷也在催促大人进京，还请您立刻率兵进京。”

庆喜考虑片刻，静静地说道：“好，那就进京吧。”

倘若除此之外再无其他办法能够缓和会、桑二藩士兵的激愤，也只有如此了。

庆喜自然并不打算引发激烈冲突，他想先通过自己进京来令同伴放心，然后再直接与岩仓派谈判。无论如何狂暴的讨幕论者，都不会突然袭击庆喜。倘若有人发动袭击从而引发激战，不仅京都会化作焦土，他们很有可能将不得不簇拥新帝前往广岛、长州或是更往西的地方，重蹈簇拥安德天皇的平氏[1]的覆辙。

（他们不至于如此狂暴愚蠢……）

见了面一定能说服对方。然而，纵是如此迫不得已的决定也遭到了阻碍。26日，肥前、肥后、筑前、柳川、津、盛冈、阿波、久留米、对马、二本松、新发田等诸藩的重要官员们在京都圆山召开会议，并向朝廷提交了联名文书。

“此时催促庆喜进京必将引发骚乱，理当循序渐进，方能取得复古实绩。”

显而易见，除了担心双方发生激烈冲突，其中还包含着另一种意思：“倘若庆喜进京，恐怕势必会遭到挑衅并被迫蒙上贼名……”

如此一来，庆喜又将变得无法行动。

---

[1] 安德天皇（1178—1185），源赖朝讨伐平氏时，安德天皇被迫跟随平氏逃亡，最终投海自尽。

当时，一国执政者完全不成体统，混乱不堪，政令也是支离破碎。而且，朝廷缺少资金，支出数额却极为庞大，为此朝议甚至做出决定，特意到大坂城要求提供资金。其时，庆喜立刻将手头的千两黄金交了上去。

“既想让他出钱，又想让他蒙上贼名……”

在一片混乱中，关于庆喜进京的传言不胫而走。与此同时，朝廷慌忙在京都至伏见一带都部署了萨、长、土、芸四藩的士兵。

其时，法国公使实在看不下去，再次提出援助幕府，老中松平康直等人积极劝说庆喜接受对方的好意，但庆喜仍然坚定地拒绝，终于迎来了庆应四年（1868年）的正月。

有不少人认为，自庆应三年（1867年）末至发生鸟羽、伏见冲突的这段时间内，时局混乱，或许已令庆喜感到束手无策而陷入茫然。

或许在世人眼中确实如此，但对庆喜而言，这段时间才是他一生之中需要作出最多决断的时候。

其时，抛却岩仓一派的夺权运动暂且不提，庆喜已经清楚地知道，萨摩的勤皇与自己的勤皇在本质上是完全不同的。至少与作为父亲水户齐昭的同志而共同忧国的齐彬时代的尊皇是完全不同的。

水户齐昭拥有的进步性甚至令岛津齐彬都尊敬地以师道待之。他所标榜的“尊皇攘夷”，绝非后世雷同者所说的固执地厌恶外国人的思想。他先是打算亲自完成日英词典的编纂，并为公子们种牛痘，以牛奶抚养，自己也吃肉，还进行各种化学实验，并计划亲自远渡海外，是一位了不起的进步主义者。其思想模式植根于水户史学所具备的宇宙性（神国观），故而可以清楚地看透欧洲文明的侵略性，因此才倡导攘夷。

攘夷的对象自然并不仅仅是异国之人，而是必须将盘踞在我们心底的“邪心”全部驱除。从这个意义上来说，萨摩的齐彬是一位不可多得的同志。

正因如此，日下部伊三次、有村俊斋、西乡隆盛等人起初都亲近水户，努力向水户学习。而且，西乡如今在久光身边。因此，庆喜并未将其视作那些不同境界的只会利用朝廷的所谓勤皇派。

（他或许有些误会……）

果真如此，西乡必然有一天会恍然大悟，明白庆喜也是他们的同志。而且，如今的庆喜心中光风霁月，即使面对真正的勤皇家也不会因感到羞愧而回避。

庆喜断定家康的主张便是如此，故而奉还大政，辞去征夷大将军，光明正大地开拓一条新的道路。因此，鉴于坂本龙马的感谢和述怀，庆喜认为西乡隆盛理应也会有同样的反应。

事实上，正是这种信赖促使庆喜决定于庆应四年（明治元年，1868年）元旦进京。

在元旦时，宫中会举办很多仪式。按照习俗，在四方朝拜的节会上，百官均会前来朝贺。而且，今年初春，谅暗期已经过去，名义上也已经实现了王政复古。正因如此，被准许保留前内大臣称谓的庆喜计划进京朝贺，同时打算与岩仓派交流意见。庆喜以为，如此一来或许便可以避免紧张对立的双方之间发生武力冲突。

（有人会明白的，若是无人明白，新政将无法前进……）

怀着这种想法的庆喜为了援助新政，决定亲自入朝，随从人员的安排也已部署妥当。

三

庆喜之所以决定进京，新政府的“财政”问题自然也是原因之一。

岩仓一派的宫廷之人只知一味进行夺权斗争，但支持实际生活的却是金钱。萨、长几乎已经拿不出金钱上供，朝廷的资金储备也已经见底。事实上，庆喜于年末上交的千两黄金也仅被用于天皇的生活费用。

其时，被派往大坂城的人是管理皇陵的户田大和守忠至。通过户田的言谈，庆喜清楚地察觉到，派遣户田前来的人其实就是岩仓具视。

“实际上，已经到了先帝的周忌，但朝廷却没有足够的费用。真是惶恐之至……实不相瞒，天子的粮仓已然空空如也。”

听到对方的话，庆喜一时陷入沉默。对大坂一方而言，一旦开战，这些资金将成为重要的军饷，激愤的旗本们究竟会不会准许户田大和守从这里运走千两黄金呢？

“事实上，此前萨摩的三十名士兵就任皇宫警卫时，曾向朝廷索要饭团充饥……”

“连这个也没有吗？”

“是的。”

这便是宣扬脱离现实的大号令之后的实情，令人想笑却笑不出来。

“好吧，将黄金装在稻草包里运出去，这样别人就看不出里面是什么了。”

总之，庆喜让户田带走了千两黄金，而且还让保管幕府贡纳金的代官小堀数马写下了支出命令书。

就这样，27日，三井提供了一千两，31日，小野善秋提供了一千两，岛田八郎左卫门提供了一千两，合计四千两。朝廷好不容易迎来了明治元年，却在众人的大肆争论之下，连为值勤士兵做饭的钱都拿不出来……当时的朝廷已经陷入令人无法袖手旁观的窘迫境地。

岩仓认为出生于水户的庆喜绝不会对此置若罔闻，而庆喜虽然早已看穿了他的卑鄙用心，却仍提供了帮助。

后来树立了财政政策并发行纸币的由利公正（三冈八郎）虽然当时已从越前来到了京都，但在刚刚发布了大号令的朝幕对立的局势下，没有富商信任新政权。

日本当时的总产值是三千五十五万八千九百一十七石。其中，除去分给诸大名及各自属下的二千二百四十九万石，幕府用于国事的总收入是八百零六万石有余。

当然，新政府要掌控这些土地，其前提便是施行完全无税的方针，新政府一旦成立，首当其冲的最大问题便是如何筹措国费。于是岩仓一派想当然地企图令庆喜蒙上贼名，没收其领地和人民。但这只是脱离现实的空谈，事情不可能会如此简单。然而，若是置之不理，大号令最终也会变成一句空谈。当此关头，庆喜必须想出新的办法。

庆喜之所以决定进京，便是出于如此见地。他认为，岩仓一派也已经意识到了这一点。

就这样，以庆喜进京为契机，不幸的鸟羽、伏见之战开始了。而造成这一冲突的感情背景依然是江户的火攻萨摩藩邸事件。

无论如何，自西乡隆盛入住时起，三田的萨摩藩邸便已藏匿了二百多名所谓的勤皇志士和无赖浪人，只为应付突发情况。

用现在的眼光来看，这与赤军派学生睡在学校的情况一模一样。这些人在萨摩藩士伊牟田尚平的率领下，日夜劫掠市内富豪，据说被抢金额高达二十万两。

总之，在高呼“勤皇”的人中，既有渴望混乱的“御用盗贼”，也有如庆喜和岩仓这般的人物，可谓鱼龙混杂。故而一旦发生纠纷，便会形成极大混乱，令人无法分辨是非。

显而易见，江户的“御用盗贼”实则是以攘夷和军款之名进行胁迫的强盗。他们有时还会抱着仿造的外国人首级强行闯入人家，以此恐吓对方交出钱财以作报仇代价。小户人家二十两、三十两，大户人家则要一百两、二百两，几乎无一遗漏。

他们的目的是扰乱幕府辖下治安，在公众面前展现幕府治理的不力，而相对的，幕府一方的对策自然也会不断升级。起初，出羽庄内藩的酒井忠笃率领新徵组[1]进行管制，收效甚微。不久，幕府又确定了谱代大名乃至五十石以上的旗本的人数，派遣他们负责市内警卫。

12月20日，江户城西之丸[2]突然燃起大火。幕府认为放火之人明显是萨摩藩邸的不逞浪人，便与萨摩展开严肃谈判，要求其交出纵火之人。这与当今警察介入学校的情况并无二致。萨摩的态度自然也是十分强硬。

“有什么证据？拿出证据来！”

[1] 新徵组，幕末时期幕府为维持治安设立的组织之一，与新选组分别在江户和京都警卫。

[2] 西之丸，位于江户城中心西南部，将军世子居所以及将军隐居处。

不仅如此，萨摩还以管制过于严厉以至于连美酒都不能喝为由，反而向管制诸藩的首领——庄内藩邸开炮并强行闯入。

这便是火攻萨摩藩邸的导火线。激愤的诸藩全都下定决心讨伐萨摩藩邸，并向岛津家出身的天璋院[1]夫人请示，得到准许。12月24日，庄内、厩桥、松山、上之山等诸藩士兵加入讨伐队伍，与新徵组一起将萨摩藩邸付之一炬。

其时，伊牟田率领六十余名志士突破了上之山的防线，逃至品川，乘坐停泊在海上的萨摩军舰“翔凤丸”向西遁走。可以说，证据已经一目了然。

幕府自然必须向人在大坂的将军庆喜报告此事。于是，幕府命令大目付泷川和勘定奉行小野友五郎带兵西上。

而当此无比激愤的生力军络绎不绝地前往大坂意欲讨伐萨摩时，庆喜决定进京。可以说此举危险至极，直如抱薪救火。

四

庆喜自然无意进行战争。

在这一点上，与岩仓一派相比，庆喜更相信岩仓具视本人。这个男人经历了那么多的世俗辛苦才走至今日，而一旦王政复古实现，首先必须考虑的便是财政问题。因此，庆喜才会主动退至大坂，给岩仓自由思考的“时间”。

究竟需要多少国家费用？连此事都还未加以计算，便提出要德川氏将所有领地和人民奉还的暴论。

（我怎会听任此等无理的暴论。）

但是，现在岩仓却命令管理皇陵的户田大和守秘密前来索要先帝一

[1] 天璋院（1835—1883），名笃姬，岛津齐彬养女，江户幕府第十三代将军德川家定的正室。

年祭的费用，并最终带回了千两黄金。

（看来他已逐渐意识到财政问题了。）

既然如此，在庆喜看来，此时正是进京与岩仓谈判的合适时机。当然，岩仓此次应当也不会再提出无理的要求了。另外，如何顺利稳住德川家内部人员，避免内乱，以及向朝廷奉还多少东西——这些问题应该都可以协商解决。

岩仓对此也是心知肚明。总之，岩仓也已意识到，没有钱什么也办不成，故而通过资金出纳所的官员小堀数马和户田大和守颁布了“献金谕告”。

幕府此番奉还大政，迅速退至大坂城，天下政事皆仰仗朝廷之命，此事自不待言。如今若无幕府献金，朝廷恐将分文不名，着实捉襟见肘，故正由资金出纳所尽力筹措。观察方今形势，朝幕之间不知何时将起战端，难免令人挂虑诸经营费用及军资支出。多年来，资金出纳所居于辇下，一直负责资金兑换，今后仍大有用武之地。有鉴于此，当尽力勤王。

岩仓向三井组及其下人等下达了如此密令，令三井、岛田、小野各自拿出千两黄金，勉强渡过年关。现在已经到了必须与庆喜恳谈一番的时候了。因此，可以认为，政府一方的岩仓此时已经不打算与庆喜作战。然而，军部一方的萨摩却并非如此。

无论哪个时代，在面对内政和军事行动时，军部都会优先遵从军事行动，此时也是一样。对于庆喜此番进京，他们自然也作出了军略性的判断。

既然庆喜重新率领幕府军队进京，自然是有意一战。不，只有庆喜心怀此意，己方再加以打击，大义名分才会站在己方这边，才能让庆喜变成贼军的首领。纵然战败，也还可以簇拥天皇暂时离开京都。于是，萨摩军部怀着如此想法，在鸟羽和伏见部署军队。可以说，在碰面之前，双方已经在想法上爆发了激烈的冲突。

这真是皇国史上的一大危机……

在既有的史书中，大多都将庆喜正月朔日（初一）的进京断定为“决心清除君侧奸人”的举动。

多数史书中记载，庆喜将萨摩藩士在江户市内的种种暴行列出了五条罪状，宣称：“希望朝廷能交出引起天人共怒的奸臣们，若不予以采纳，将不得不对他们实行天诛”——并以此为由，率领一万五到二万大军进京。

如此一来，很显然就变成了是庆喜一方主动发起挑战，但事实却是完全相反。虽然大军接二连三地进京，但最初的先锋只有大目付泷川率领的由京都町奉行组成的仅仅七八十人的队伍，甚至全无武装。他们仅穿着护腿，手持短枪，一行人总共只有五把步枪。由此即可看出庆喜究竟是否有意开战。

当泷川一队来到上鸟羽时，萨摩军正自东寺而下，双方在石桥附近相遇。

“我乃德川大人进京队伍之先锋，请让开道路。”

“岂有此理，朝廷尚无此等命令，尔等手持凶器，怎能轻易通行？”

萨摩军固执地加以阻止，泷川决定暂时在附近一户姓村冈的农家院子里休息，给对方询问朝廷的时间。因为在来之前，庆喜曾多次叮嘱，要他尽量避免冲突。泷川认为，自己是来交接国家财政的，朝廷自然会准许队伍通过。

但他们刚刚进入村冈家，萨、长的军队立刻便将他们包围了起来。此举却也并非无理，但随后，萨、长军队竟又将两门大炮拖至石桥之上，装填弹药，将炮口对准村冈家。

看到这一情形，泷川全队不禁面无人色。

“看啊，我方平心静气地解释，并按照他们的意思静静等待，萨、长军竟然如此诡计多端，不讲道理。倘若抵抗，恐将陷入对方陷阱，事关重大，还是先行撤退吧！”

于是，泷川队撤退了。接着，自下午五时起，桑名、高松、松山三家的人也陆续赶来，在中岛东池附近与萨、长相遇。

桑名的人开口招呼道：“德川大人此次奉旨进京，我等乃是先锋，请让我们通过。”

然而，萨、长固执地拒绝了他们的请求。

“我等完全不知此事，纵是奉旨进京，若无上司之命，任何人都不得通过。”

然后，萨摩军便不由分说地大肆开炮。

于是，在被禁止交战的一方和境界完全不同的另一方之间，鸟羽、伏见之战打响了……

五

战争绝非遵循理性的正常做法，而是无论如何都要依靠实力打倒对方、令对方屈服的奇诡之法。

当萨摩的枪声不由分说地在鸟羽口打响时，伏见口尚未开战。

自伏见道前来的除了会津藩和新选组的人外，还有约一万名西下而来的旗本。当这些人来到伏见的京桥时，同样遭到了萨、长、土三藩士兵的强行阻拦。其时，众人皆已听见鸟羽口的枪炮声，如此一来便不得不进入战斗状态。

在双方进入战斗状态的同时，大久保利通（一藏）将讨幕一事提到朝议之中，并即刻任命仁和寺亲王（嘉彰亲王，后来的小松宫彰仁亲王）为征讨大将军，举起了早已备好的锦旗[1]。

整个过程流畅得令人惊叹。从这点我们即可清楚地看出无论如何都要开战的一方与绝对不能开战的一方在准备上的差距。

时至今日，关于哪一方更符合以爱民为重的日本国风，已不用多说。被严厉告诫不可开战的军队又如何能够战胜无论如何都要令对手蒙上贼名的情绪高涨的军队呢？而且，对方还拿出传说中的锦旗，高

[1]　锦旗，这里指作战时代表天皇的旗帜。

呼："我们是官兵，敌人是贼寇！"可谓是非分明，士气高低自然大有不同。

一切似乎都是庆喜的责任。就连庆喜也没有想到，萨摩是如此不信任自己，竟彻底变成了如此卑劣的马基雅弗利主义的使徒。若说庆喜很天真他确实是很天真，但若非如此，他与那些为达目的不择手段的战国武将又有何区别呢？

西乡隆盛对当时的战争作出了如此评价——

"大军自大坂进京，沿淀川汇于一道，着实无谋。倘若幕军分兵多路，我等终究防不胜防。"

可以说，这番估计错误的言辞着实令西乡威信扫地。这一句话清楚地暴露出西乡认为庆喜进京只为开战，充分证明他也只是一个俗将。他日后自然会感到后悔，因为庆喜自一开始便无意开战。

关于此事，运送将军家茂遗骸回江户的蜷川相模守之子蜷川新博士也曾明确断言道："无论是从庆喜公布天下的公文来看也好，还是从会津家老向朝廷呈交的公文来看也好，这场战争很明显都是由萨长一方发动的。至于那些认为这是一场由德川氏发动的战争的评论，要么是一种有意为之的宣传，要么就是一种缺乏判断事理能力的见解所带来的错觉。"

然而，这种错觉在世间横行无忌，很少有人会将这场战争视作是萨长夺权的错误。这或许便是所谓对时代风潮的趋炎附势吧！

朝廷任命征讨大将军并挥动锦旗，这无疑表明德川庆喜已被视作贼寇首领。若是岛津齐彬能够看到此事，不知会作何感想？不，倘若吉田松阴在世，他是否会为此而感到欣喜呢？以年代更近的人为例，倘若土佐的坂本龙马在世，又是否会就此听之任之呢……

有时候，政治就会像这样跳出事理是非的范畴，互相争斗不休。

不过这场由萨摩开炮引发的鸟羽、伏见之战刚刚打响，便在四天之内基本宣告结束。被当成贼寇且毫无战意的士兵又怎能战胜不管三七二十一便开始开炮的军队呢？正月六日，庆喜将大坂城委托给尾、越二藩，自己则带领松平容保、松平定敬和板仓胜静东归江户，为战争画上了休止符。

其时，庆喜仍未向会津的容保和桑名的定敬表明真心。而对萨摩的强烈愤怒恐怕一直在他胸中反复煎熬。

至少萨摩起初还是庆喜的同志，是无论如何都要以神州子民的身份携手迎来新时代黎明的一人。而如今，萨摩已经彻底背叛，并且歪曲历史、强加贼名于幕府，挑起为关原之战复仇的战火。

列强的使臣们也已敏感地感受到这种气氛。德国公使冯·布兰德迅速于4日向横滨、大坂、长崎、箱馆及上海的在留领事发出通告，宣布只能向幕府出售军舰和兵器。

倘若庆喜打算径直与萨摩对抗，不仅幕府与朝廷之间的战争不可避免，列强也必定会在战争中强插一脚。庆喜认为，这才是前所未有的大混乱。于是，庆喜对会津和桑名说“回到江户后再抗战吧”，巧妙地稳住了怒不可遏的二人。一行人自安治川口出发抵达天保山，在那里乘上美国军舰，希望能以此扑灭内乱之火。

（倘若自己仍在大坂，恐将不得不出阵决战……）

将庆喜此举视作败退的人始终不属于同一境界，根本无法理解他的信念和决心。庆喜此时所处的立场令他无论如何都必须贯彻自家康传至水户赖房，又自光圀传至齐昭的“绝对尊皇”的日本之道……

正月四日，朝廷重新任命议定嘉彰亲王为军事总裁，并赐予锦旗和节刀[1]；正月五日，朝廷又任命参与西园寺公望为山阴道镇抚总督，桥本实梁为东海道镇抚总督，柳原前光为副总督；正月七日，朝廷下诏，宣布德川庆喜为贼臣，颁布了征讨大号令。

庆喜当日自然已从美国军舰换乘幕府军舰“开阳丸”离开了大坂。当然，尾张的庆胜和越前春岳都向朝廷上奏了庆喜已经东下的事实，而土佐的容堂也积极努力地解说鸟羽、伏见之战只是德川氏与萨长两藩的私斗，希望能取消贼名。但全都不见成效。

[1] 节刀，天皇向出征的将军赐予的长刀。

六

读者能否想象，被背叛的庆喜此时的愤怒是多么强烈而悲伤？

事实上，直到明治三十五年（1902年），明治大帝颁发特别恩召，赐予庆喜公爵勋位，庆喜都几乎一直未曾与萨摩的岛津氏同席，也不曾有过交谈。

认为庆喜此举只是拘泥于私情的想法不免流于肤浅。笔者以为，这其中正体现出了庆喜作为日本人的真面目。对于贼名，庆喜几乎从未做过辩解。而且，作为以尊皇为绝对的神州子民，不与岛津同席正是一种贯彻始终的崇高姿态。

无论趋附潮流之人企图如何歪曲历史，只要是拥戴万世一系之天皇的日本人，作为神州崇高的子民，都有一条绝不可失足踏空的道路。

“哪一方才是真正的勤皇？”

这一问题不仅是对庆喜自身价值的发问，也是对自家康至赖房、自赖房至光圀、自光圀至齐昭的德川家的勤皇精神的重新发问，更是对与那些尊奉水户精神、挺身而出的有名无名的志士们真正夙愿相关的民族精神价值的重新发问。

若无这一发问，庆喜也无法挣脱士兵们对自己出任前线指挥的热切期盼，更无法作出东下的决断。

或许世人会以为这是庆喜的败退，丢弃残兵败将而逃走。而对于这种坏名声，庆喜事前也是有所预料的。

即便如此，看到对手手捧敕命前来，庆喜仍然趁着夜色退至美国军舰，避免了骚乱的进一步扩大。

自美国军舰换乘开阳丸时，庆喜不禁痛哭流涕。可以说庆喜当时的泪水才是真正的日本男儿的泪水……普通人如果遇到如此强烈的挑衅，通常都会变成愤怒的俘虏，定会不顾前因后果地考虑对抗之策。

实际上，许多幕臣也都咬牙切齿地选择了这条道路。会津和桑名认为庆喜东下是为了准备应战，才会与其同行。不，不仅如此，6日夜里，掌控幕府海军的榎本釜次郎（武扬）等人将十八万两二分金[1]和重要文献资料从大坂城内搬运至军舰富二山号上，驶往江户。此举自然亦是出于一种正义感和愤怒之情，认为必须讨伐违背敕命的萨摩。

然而，在这种愤怒和野心的旋涡之中，能否将骚乱防患于未然，完全取决于庆喜一人的抉择。

开阳丸缓缓驶动，天保山的灯光也随之渐行渐远，庆喜独自站在甲板上，无声地望着大海。

三种神器（皇位）用于天子抚育四海万民。

家康的这句话斩钉截铁，此时正鲜明地在庆喜胸中反复冲撞。

（是啊，如此才是真正的日本人……）

如今，这才是支撑庆喜理性的唯一支柱。

---

[1] 二分金，江户时代的一种流通金币。

明治元年

一

正月十一日，庆喜乘坐开阳丸抵达品川。

其时，新政府已经终结了德川家的社稷，将庆喜视作应讨之贼，不断整顿阵容。就连行军士兵的军歌之中也唱及此事，可见当时萨摩的主张有多么强硬。

真山青果[1]也曾在戏曲中引用了当时的军歌内容——

断绝社稷，斩杀庆喜。

而且，为了煽动士气，萨摩还在士兵中间大肆宣传——我们经过三百年的漫长岁月，卧薪尝胆，终于迎来了关原的复仇之战。

因此，江户士兵并不应战的事例在世界上实属史无前例。

实行不应战的恭顺的核心是庆喜，而在外部秘密提供帮助之人自然便是越前的庆永（春岳）。

然而，在抵达江户时，庆喜所站的立场仍然令他无法向城内众人表露自己的真心。因为压倒性的主战论旋涡已经席卷四周。

[1] 真山青果（1878—1948），日本戏剧家、小说家，作品有《中央公论》、《演剧新潮》等。

12日，谱代大名和旗本们面无人色地接连登城，庆喜先在他们面前解释了东归之事，又不得不宣告自己将根据日后情况再次西上。若不如此，众人的激愤随时都可能爆发。

主战论者语气尖锐地发表了极端的言论——

“朝廷此举对德川氏实在过于小恩小惠。长州藩向皇宫开炮，挑起战事，明显犯有朝敌之罪，尚且能得到宽赦，但对拥有三百年治世之功以及大政奉还功勋的德川氏却要故意为难，强行逼迫辞官纳地，简直毫无道理！这终究都是因为圣上身边存在奸人，因此必须将他们铲除干净！”

从感情上来说，此言没错，有压迫自然会导致爆发。对于这种强硬的理论，庆喜只是默默地倾听。

主张强硬理论的核心人物是此前乘坐富二山号退至江户的榎本武扬，以及建造横须贺工厂基础的前勘定奉行小栗上野介忠顺、大鸟圭介等人。

庆喜本人便是被那些近侍算计而含泪东下的，因此对这一主张有着切身的理解。然而，庆喜无法按照这样的情绪而行动。了解庆喜真意的胜海舟则列举着各种不利因素，竭力压制主战论者。

胜海舟和庆喜之间万万不可在思考方式上出现罅隙。因此，胜海舟打算直接说明自己的想法，聆听庆喜的评论。但胜海舟的言论极其辛辣，气势汹汹，令听者不禁捏了把汗。因为经过海上的磨练，胜海舟和榎本武扬的声音都非常大，论战异常激烈，听来如同战场上的号令一般。

胜海舟的论点大致可以归纳为以下四点——

一、若与官军对抗，或可重新挽回德川家的威势，但如此一来，国内将彻底分裂，并且无法在短时间内结束，到时势必会出现乞求列强援助之人，列强若以此为契机介入，日本必将重蹈印度和中国的覆辙。

二、主公庆喜已将大政返还，既然如此，便应贯彻其诚意，一直保持恭顺。

三、关东人士容易发怒，渴望战斗，却很少有人考虑到朝廷百年大计。如今应将日本放在整个世界之中，立足于这一观点，思考国家今后的前途。

四、萨长在京都的军队不过数千人，而幕府军队超过一万五千人。即便如此，在京都附近的战役仍是连战连败，却是为何？这不正是因为期望通过大政奉还来创立新政治的时代风潮的大势所趋吗？而这种大势是人力所无法左右的。

以上议论酷似出自庆喜本人之口，可以说，二人的意见完全一致。然而，仅凭这些论点，并不会令主战论者接受。

“如此说来，难道要我们向征讨军乖乖投降，任凭对方毁掉德川家，杀死大人，以此来展现武士道精神吗？”

“没错！听说他们的口号是断绝社稷，斩杀庆喜。若是在如此暴行面前吓得浑身瘫软，关东武者的颜面何存！？”

如此一来，胜海舟也表现出了野武士大胆的一面，开口反驳道：“没人说要束手听任对方行事！当前应先严格遵循公道，与对方谈判，倘若对方仍然声称要断绝社稷、斩杀庆喜，到时再与之一战。届时不需等待各方支援，我一定会速战速决。”

一旦脱离逻辑，胜海舟的意见就会变得极其大胆。他认为完全不需要中途抗战，而应干脆开放箱根和东山道，让所有人立刻进入关东，然后严守关隘，瓮中捉鳖，一举烧毁大江户。烧毁大江户不需借助他人之手，只需向江户的头目们下达命令，便可在瞬间将江户烧成灰烬。

“如此一来，市民怎么办？”

“可以让所有船只停在东京湾，提前将市民转移到相州或安房。战争自古以来便是如此残酷。到时再命海军在骏府海边集结，切断对方的粮道和后援，不出一个月便可将这些苟活的鼠辈收拾干净。”

后来，官军的大村益次郎自小栗上野那里听闻此事，不禁咋舌说道：“果真这样做，我们恐将彻底地束手无策。”

由此便可想象胜海舟的意见有多么大胆果断。

二

雄鸡唱白，激烈的争论仍在继续，并且一直持续到了第二天夜里。

最终众人得出结论："总之，先表达恭顺之意，若有不当之处，理应谢罪。然而，倘若对方不接受谢罪，或是官军率先开炮攻击，便应挺身而起，与对方一决雌雄。"由此是和是战暂且未定。另外，在岛津家出身的天璋院的斡旋之下，静宽院宫（和宫）也要求朝廷出面调停。

在主战论者中，小栗上野介的战略最能引起共鸣。

"东征军队最多不过三万人，可大开箱根关卡，放对方进入江户，然后再紧闭关隘（这一点与胜相同）。若能再封锁木曾路，便可一个不漏地将三万官军全歼。然后命一半军舰扼守骏河湾，另一半攻击摄海。如此一来，几乎所有关东诸侯都将站在德川家一方。此次战斗与关原之战相比，关西方面也有诸大名和亲藩，而外样大名之中亦非全无倾向幕府之人。因此，德川家有足够的实力来重振雄风。"

然而，这些不管怎样都是以德川政治再兴为目标的战略，并不能使立足于全世界的日本达到诸政一新的目的。因此，庆喜不可能对此表示赞同，最终只好决定在恭顺、谢罪的前提下，倘若征东军依然胆敢先行开炮，幕军再果断应战，终于让议论勉强达成一致。

庆喜一回到起居室，立刻唤来了胜海舟。其时，庆喜已经决定任命胜海舟为陆海两军总裁，同时命其负责交涉。

"海舟，小栗的意见你听见了吧？若在战国时代，他的战略可谓十分出色。"

庆喜的口吻显得极其谨慎，似乎仍在试探。

"他确实是德川家的大忠臣。"

"哦？你的意思是说，他虽是德川家的大忠臣，却并非新日本的大忠臣？"

"没错，他距离日本的大忠臣还差得很远……不过，倘若让幕臣小栗和萨摩家臣大久保一藏一战，将会是一场好戏。”

“话虽如此，却有列强近在眼前，此战亦非关原之战。若是你会怎样做？”

“在下的意见早已讲得一清二楚。要想令日本屹立于世界之林，只能以国家的形式团结起来，除此之外别无他法。”

“可是，倘若对手不明白这一点呢？”

“那便以烧毁江户的决心来与之一战。在下认为，若是怀着如此决心展开交涉，应该能令对方接受。总之，萨摩还有西乡，而且大势已定……”

说到这里，他突然压低了声音。

“在下认为，问题的关键在于如何抓住与征东军大将展开谈判的契机。与下面的小人物之间是没什么可谈的，那些家伙一定会极力妨碍，因为他们并非日本的家臣，而是萨摩的家臣。”

在他看来，日本人分为日本的家臣和萨摩、长州二藩的家臣两种。倘若不能令二者合为一体，既无法与列强比肩，也无法与之对抗。

列强早已怀着强烈的国家意识团结起来，穿着露骨的侵略主义铠甲，彼此之间开始展开竞争，看谁能夺得更多的殖民地。

一分为二的日本终究无法与列强对抗。因此，无论是战是和，策略的最终目的都必须要令日本成为一体。这是唯一且绝对的要求，只要使用恰当的游说方式，对方也应该能够理解……

若要在这一意见与庆喜的信念之间寻找差距的话，相对于庆喜以大义名分追求最为崇高的民族精神（国体）的自然之美，胜海舟则是立足于近代国家之上，从寻求“生存”所必须的现实出发，尖锐地指出最基本的必行条件。

“倘若不能理解这个道理，日本早晚会成为列强的饵食。因此，一定要有信心，相信日本总有两三个人会理解，并怀着这种想法尽力而为。”

胜海舟的粗暴口吻未必是庆喜所好，但庆喜并不是会凭自已喜好来错误地判断对方见识深浅的人。于是，胜海舟陆海军总裁的职位就此决定，他从此便成了军事方面的交涉责任人。也可以说，胜海舟此时加入了最后的将军庆喜上演光荣时刻的政治舞台，开始担负起一名重要角色的任务。

大久保一翁（忠宽）对此自然也是赞成的。而且，他还在旗本之中寻找能够真正成为胜海舟左膀右臂的人物，不久便让山冈铁舟与胜见面。当然这已是后话……

于是，正月二十一日，最后决定是和是战的会议在江户城召开。

当日，勘定奉行小栗忠顺仍坚持提倡主战论，毫不让步。用他的话来说，只要将敌人引入江户，便可握有胜算。因此，他必然感到无比遗憾。不，不仅仅是小栗忠顺，庆喜或许也存在同样的想法。

总之，庆喜的舍弟清水昭武（余八麿，后来的水户第十一代当家）当时正在法国留学，法国提出借给昭武七艘军舰和若干士兵，频频劝其复兴幕府。正因如此，正如大村益次郎担心的那样，幕军胜利的画面在庆喜心中逐渐变得清晰起来……

当庆喜拒绝坚持主张胜利战略的小栗忠顺的主战论时，想必他的内心定如断肠一般无比沉痛。

而且，庆喜不仅断然拒绝了小栗忠顺的主张，甚至还对小栗大加呵斥，将正值盛年的四十二岁的小栗贬到了原知行所的上州权田村……为了大义而上演出如此凄惨哀绝的悲剧，实乃史无前例。

三

小栗上野介忠顺是何等人物，庆喜自然一清二楚。

他的政治生涯自万延元年（1860年）以目付身份与胜海舟一同远渡美国开始，到明治元年（庆应四年，1868年）正月为止，不过短短九年时间。

在此期间，他前后遭遇过七十余次贬黜。可以说，这是他暴烈性格和出色才能的体现。从目付到勘定奉行、町奉行、军舰奉行、步兵奉行、陆军奉行，他几乎担任过所有要职，并在横须贺建立造船所、铁工所，在横滨设立船舶修理所，在汤岛开设铸造所。直至现代，他留下的事业仍生机勃勃地延续着。

如此卓绝的人物却不得不同旧友胜海舟展开激烈争论，并最终放弃足以取得胜利的作战计划。正如胜海舟一语道破的日本家臣和一藩家臣的差距一样，小栗虽是卓绝的人物，却自始至终都只是幕臣。

胜海舟与小栗之间的差距便如同萨摩的西乡与大久保之间的差距，也相当于现代政党人与日本人之间的差距。

庆喜在呵斥小栗的同时，心里早已无数次流下热泪。

“三种神器是为了抚育四海万民！”

为了坚持贯彻国体的大义，就必须跳出眼前胜败的拘囿，考虑幕府的去留。

正月二十一日，庆喜最终决定“恭顺”，确定了抚育新政府的方向。

人们绝不可将他的这一决断理解成政治面上的退败。若要作战，庆喜有很多获胜的手段和方法，但他并未加以采用，而是主动选择了抚育新日本的太阳之道。

他立刻亲笔写下自己的决定，告知了越前的春岳和尾张的庆胜。正月二十九日，二人皆认同这封“恭顺请愿书”，并提交给了岩仓具视。

不可忽视的是，在正月里，法国公使里昂·洛奇曾特地赶赴江户，劝说幕府再行举兵。庆喜自然仍旧表示拒绝。

2月1日，土御门藤子作为静宽院宫（和宫）的使者，自江户抵达伊势桑名，拜见东海道镇抚总督桥本实梁，呈上静宽院宫的哀诉状，而后却被直接送回京都。

2月3日，天皇不顾哀诉和请愿，御驾亲临二条城的太政官厅，颁布了亲征诏书——这可谓是史上罕见的重大事件。

虽然天皇在正月十五日举行了成人加冕仪式，以一国之君的身份站上了政治表面舞台，然而，“亲政”和“亲征”在内容上是存在明显差距的。亲征是要天皇身穿军装，亲自讨伐朝敌，这就相当于是仿效先人做法，直接飞跃回了当朝神武天皇即位前的东征时代。然而，庆喜当真是必须以如此方式讨伐的逆贼吗……

即便如此，一视同仁、以万民为赤子仍是当朝的一贯国风。

庆喜不敢违背国风，一边排除所有国难，一边极力保持恭顺。他的做法实乃对日本之道的严格实践。而且，连静宽院宫都寻求娘家的血脉关系，向东海道镇抚总督桥本实梁哀诉。然而，讽刺的是，新政府仍旧确定了东征姿态，于2月9日重新任命有栖川宫炽仁亲王为征东大总督，任命西乡隆盛、林玖十郎为大总督参谋。

2月15日，征东大总督晋谒天皇，接受了锦旗和节刀，离开京都。而三天前的2月12日，庆喜终于离开江户城，前往上野宽永寺的大慈院反省。

这一做法最能体现庆喜毫无违背朝廷之意。

江户城内外自然是异常喧嚣，围绕是和是战的问题争论不休。重臣倒也罢了，不知内情的普通武士们还以为庆喜已经改变初衷，他们或许以为庆喜已被近侍奸臣们误导。

要想向这些人谕示敕命的绝对性，庆喜只能率先作出奉还江户城的姿态……胜海舟对此事自然十分了解。

“倘若西军（官军）不接受庆喜绝对奉旨的姿态……”

到那时，胜海舟将贯彻自己的方针，真的打算将大江户烧毁。

从这个意义上来说，胜不仅理解庆喜的尊皇，在战略战术上也拥有西军首脑无法匹敌的大胆果敢。

这或许便是世人所说的两手准备。他将江户市辖内的三十余名赌徒头目唤到一起，开口说道：“将军如今表达恭顺之意乃是为了保卫国家安宁，维持德川家社稷安泰。倘若官军充耳不闻，强行进军，我们将不得不反抗。只要我一下令，汝等便四处放火，将所有官军烧死在这大江户中。听清楚了吗？”说完，他便将黄金和纵火工具分发给众人，其手段可谓惊人。

恐怕只有胜海舟才会下达如此危险无比的命令，但若非如此，战争将无法获胜。因此，胜海舟一定是打算在谈判决裂时，即刻执行作战计划，而不去理会表里如何。而且，他还命人通知普通渔民——

“倘若看见江户城起火，立刻出船救助江户市民。”

他做好这些准备工作，再打算与官军展开交涉，其魄力着实惊人。

2月12日，庆喜依然前往上野反省。而三天后的2月15日，征东大总督在京都被赐与锦旗和节刀——这也是历史上一个不可忽视的关键。

幕府在江户的准备也好，朝廷在京都的出兵也好，双方对对方的举动一定都了如指掌……

四

无论如何，萨摩都打算凭借武力捣毁幕府，否则，德川氏一定会作为岛津氏的敌人卷土重来。三百年前在关原之战中被打败的岛津氏如今堂而皇之地发动复仇，便是最好的证据。也就是说，萨摩为了发动复仇之战，最大限度地利用了朝廷和普通日本人的尊皇之心，并以此说服同样在关原之战中含恨败退，俸禄由百万石被削减至三十余万石的长州毛利氏。

虽然表面理由是“勤皇”，但不可否认，其中还深深包含着藩本身的怨恨和利己主义。

朝廷的岩仓具视自然知晓此事，于是他便打算最大限度地利用萨摩和长州的怨念，一举摧毁幕府，将政治权力夺回自己手中。这便是他当时赤裸裸的姿态。

笔者推测，恐怕正是在“明治元年”，明治大帝开始微微察觉到了岩仓具视的这种赤裸裸的姿态。然而，在向倒幕军授予锦旗和节刀的那一刻，他尚未察觉。

但事实是，2月15日，倒幕军高举御赐锦旗堂而皇之地自三条大桥向江户进发。然而也是在此时，作为总参谋随队出征的西乡隆盛心中发生了一件无法忽略的大事。

事实上，令西乡敬慕如神的旧主岛津齐彬在世时，齐彬和西乡都拥有着一颗纯真无瑕的勤皇之心。那是与长州的吉田松阴、越前的桥本左内、水户的藤田东湖等人同样纯粹的“日本人对朝廷的依恋”之情。

但自从岛津久光被朝廷自流放地召回天皇身边起，这种感情便变得黯淡无光。笔者以为，与其说原因在于久光本身不甘输给兄长的以藩为中心的利己主义，更重要的原因其实在于同辈大久保一藏的马基雅弗利主义。岛津久光坚信大久保一藏是自己的同志，与其一同行动，自己却被他的马基雅弗利主义卷入其中，致使本身拥有的人格受到了极大限制。

无论多么了不起的人，最初的时候总会有一些不成熟。因此，笔者以为，当西乡随同锦旗一起度过三条大桥时，他已经忘记一切，彻底变成了不顾性命只求击败幕府军的一介参谋。

其时，西乡手持日月军扇，穿着白色法兰绒的裤子，身穿碎锦式的半洋装，悠闲地策马跟在大总督亲王身后。

桥头站满了看热闹的人。在围观群众的欢声之中，突然走出一名老尼，向西乡走来。

西乡并不认识那名老尼，但作为市井中人，那名老尼显得很是优雅大方。她来到西乡身旁，自怀中掏出两张诗笺，双手高高捧起，同时弯下腰去。西乡以为对方是在向自己的出征表示祝福，便微笑着接了过来。老尼似乎还说了一句话，但那声音被欢呼声淹没，西乡并未听清。

事实上，这名老尼便是当时被视为京都名人的莲月尼。

莲月尼很快便消失在围观人群之中，只有两张诗笺还留在西乡手中。西乡自然便在桥上看了起来。两张诗笺上的字迹都很清秀，笔势虽细却强而有力。

第一张诗笺的开头以“戊辰感怀”为题，写道：

攻守双方心自知
你我皆为皇国民

另一张则写着——

若思同为皇国民
胜兮败兮

敌我无别哀不尽

西乡慌忙转身望向围观人群，但老尼那羞怯如花般的容颜和身影早已消失不见，只剩下围观群众在兴奋地振臂高呼。

西乡骑在马上，略带惶恐地将诗笺又读了一遍。

“那是莲月尼……”

此前庆喜早已提交过各式各样的请愿书，但无一能够打动西乡，而这一次，西乡却感到心头一颤。他此时望向锦旗目眦尽裂，便是最好的证据。

攻守双方心自知

你我皆为皇国民

大家同为皇国子民，真的应该高举锦旗加以讨伐吗？

在西乡看来，这是民众严厉的批判和训诫。不，说是天之声也可，说是大地猛烈的鞭笞亦不为过。而且，这样一首短歌之中又隐藏着何等强烈的哀叹啊……

（没错！这才是朝廷贯彻千古之心……）

至于莲月尼的大名，西乡也时有耳闻。

莲月尼是京都知恩院的寺院武士太田垣某（光古）的女儿，彦根藩士的妻子，育有四子。自丈夫死后，她便落发为尼，在自己制作的陶器上书写自己的诗歌，拿到清水贩卖。陶器的品质和雅致的文字均大受好评，甚至连毛利侯和前田侯都曾微服私访，木户孝允也曾特意骑马去买她的诗笺。

如今，莲月尼的陶器和诗歌已经成为京都名物，据说诸国前来拜访之人实在过多，她不胜其烦，只好辗转移居于栗田、大佛、下河原、吉田、圣护院等地……

如此得来的收入自然不会仅仅用于自己的生计。她有时资助附近贫民，有时用来为知己或志士们救急，在民间被誉为圣女。

对西乡而言，莲月尼在自己东征出发时献上的两首短歌犹如一记粗重的鞭笞。日后拯救江户的表面上的功臣自然是西乡和胜海舟二人，但可以认为，正是莲月尼的短歌再次将西乡的心自世俗的权谋世界拉回到了往昔的纯真之中……

总之，在人与社会、时势与人之间令人目不转瞬的极其紧张的对立气氛中，时代蓦然挺进明治元年。

风卷云残

一

2月12日，庆喜进入上野的大慈院反省。3月伊始，号称“幕末三舟”之一的高桥泥舟（伊势守）带领义弟山冈铁太郎（铁舟）前来拜谒庆喜。

其时，庆喜未梳月代，任由胡须乱长，闭门住在不足四张半榻榻米大的房间内。

一种说法称，庆喜一见到高桥伊势守便开始簌簌落泪。也有人说，这一落泪习惯直接表现了水户烈公（齐昭）感情的强烈。

联想到庆喜当时的心境，他一定是想哭却哭不出来的。他一直希望自己的心意可以上达天听，但这颗“水户之心”却遭到萨摩的固执阻碍，幕臣们也认为庆喜绝对恭顺的态度过于软弱，对他表现出强烈敌意。

最令庆喜感到无比沮丧的是，幕臣们竟然不听从陆军总裁胜海舟的命令，而胜海舟也已辞掉总裁职务，似乎要放弃前去会见已经来到骏府的征东大总督。

西乡隆盛也已经作为参谋来到大总督府。庆喜本将一丝希望寄托在西乡和胜海舟的谈判上，现在这一愿望却无法实现。

庆喜相信，只要胜海舟出马，应该可以与西乡平等地谈论国家前途……然而，幕臣们似乎对此却不以为然。

“看着吧，胜海舟那家伙一定会背叛的。原本故意在幕府海军之中培养萨长那些暴徒的不正是他吗？”

“没错，倘若重用那个家伙，他一定会临阵倒戈，高举锦旗率先攻入江户。无论怎样，在江户四处作乱的西乡心腹——益满休之助那个恶徒不正是胜海舟藏起来的吗？”

“说得对！他无非是想向西乡献媚，作为投降之礼！”

如此一来，胜海舟心里自然会感到极大不快。

“我不干了！我要辞去总裁职务，骏府也不用去了，我可受不了如此无根无据的猜忌。”

而此时官军的先锋已经越过箱根，杀到了六乡川对岸。

就这样，官军决定于15日向江户城发动总攻，士兵们高唱“斩杀庆喜，断绝社稷”的歌声甚至响彻了玉川对岸。正因如此，当高桥伊势守带领山冈铁太郎前来时，庆喜也一时无语。

3月伊始，满山的樱花已经含笑盛开，然而只有这里还在忍耐冰冷刺骨的寒冬。

“在下山冈铁太郎。”

说着，铁太郎跪拜在地，突然呜咽起来。坐在他面前身穿破旧黑纹衣的人便是最后的将军……一念及此，他再也忍不住呜咽起来……

“铁太郎吗……我已听伊势守说过。”

庆喜的声音软弱无力，他一定已经放弃了。

铁太郎跪拜在地，双肩再次剧烈颤抖。但过了一会儿，当他面带坚毅地抬起头时，却见其双眸如少年般澄澈，嘴唇亦似涂朱般鲜红。

“您能准许伊势守所奏吗？这次，无论成败，铁太郎唯求死得其所。”

庆喜并未回答，只道：“听说旗本们将你们称作三舟？”

“啊……是的。胜海舟、高桥泥舟、山冈铁舟——或许是因为我们名字中都有个‘舟’字。不过，我铁舟……不，铁太郎还没见过胜海舟。”

“你认为海舟会同意你的话吗？”

“在下唯有诚心恳求。”

“倘若他仍不同意，你欲如何？”

“届时，我铁太郎只有携带胜先生的书简赴死。”

“我可不想死啊。”

“不胜惶恐。”

“这两三年，我无论如何都要活着！”

“胜海舟先生对此想必也很清楚。”

“无论如何都要活着……直到王政大成之日！倘若烧毁江户，害死百万生灵……恐将污秽王政之始。我能做的奉公只有如今这样了。”

高桥伊势守抱着双臂，闭上了双眼，晶亮的泪珠自他眼角滴落到腿上。

“不胜惶恐……”

铁太郎忍不住再次低下头去，开口说道：“请……请准许我铁太郎也完成最后的奉公，就是……就是这样。”

此时铁太郎并未注意到庆喜和义兄泥舟之间的眼神交流。

他已通过伊势守泥舟得知了庆喜的愿望。他认为那是一种十分可贵的苦心，在区区一介旗本的铁太郎想来，便犹如山巅没入云层的富士山的叹息。从某种意义上来说，因意气用事而放弃前往骏府的胜海舟也显得过于性急偏激了。

“铁太郎，你抬起头来。”伊势守开口说道，“将军已同意试试，他也知道你的无刀流。将军同意你先去见见安房守（胜海舟），还不快谢过将军。”

于是，山冈铁舟——即铁太郎得以在赤坂冰川社附近的宅邸之中初次拜访胜海舟。

这件事之中隐含了妙不可言的人事关系。可以说，男人与男人的无私之心微妙地相互作用于一点，其本身便是一个神秘的奇迹。而此时，萨摩的大久保利通（一藏）也正在频频提议迁都大坂。

二

山冈铁太郎是高桥伊势守精一（泥舟）的妹妹英子的丈夫。他是幕臣小野朝右卫门的长子，离开本家后继承了泥舟的本家山冈氏。文久三年（1863年），他和义兄泥舟一同率领新徵组起兵。他与旗本中的著名暴徒中条金之助、清川八郎、松冈万、关口隆吉、大草多喜治郎等人私交甚深。至于剑术，他起初师从久须美佑义，后来跟随千叶周作学习，尽得真影流的奥义之后，又以剑禅一致为目标，开创了无刀流，可谓一代高手。

他是一位天性豪迈、一生不曾拔剑的奇特好汉，以前的职务是讲武所剑术教官，教习的那间道场名叫春风馆。

在义兄高桥泥舟的引见之下，山冈铁太郎得以面见庆喜，并立刻前往冰川下拜访三舟之一的胜海舟。

二人辞别庆喜，默默地走到上野山下的茶店旁。已经丧失希望的庆喜那孤独的身影令二人心痛得不知说什么好。

“喝点儿茶水润润喉咙吧。”

泥舟率先坐在柜台前，铁太郎也点了点头，跟着坐了下来。

“我一个人去见胜海舟。”

“好吧。今天已是6日，总攻是在15日，时间不多了。而且，新选组的近藤还愚蠢地在甲州路向官军开炮，恐怕胜海舟现在也很不好受。”

铁太郎眼睛看着上方，静静地啜着店家送上的茶水，泥舟则若无其事地继续说道：“倘若他无论如何都不愿去见西乡，你打算怎么办？”

铁太郎呵呵笑了起来。

“那就我去，我已向将军大人说过。他在不在都没关系，只需有一封书信让我面见西乡即可。”

“听说西乡这个人一旦话说出口便不会改变，他和胜海舟一样都很固执……问题在于，西乡的手下是否会让你顺利到达骏府……”

泥舟说到这里，铁太郎脸上露出狞笑，喝下了最后一滴茶水。

“那正好是棋逢对手！在固执这一点上，我也天生不输于人。好，那我立刻出发。”

铁太郎站起身来，又停下脚步。

“不过，胜海舟当真打算对将军见死不救吗……烧毁江户，对将军见死不救，对新政府的诞生吹毛求疵。若果真如此，他的任性还真是无聊得令人无话可说。”

这次，泥舟狞笑了起来。

“不要看得如此简单。胜海舟也是一个挑剔的好讲歪理之人，他一定有他的道理。”

“或许如此吧。不，一定是这样。我一边走一边想吧。”

说完，铁太郎直接抓起刀鞘，径自离去。

正如他将道场命名为春风馆一般，他周身也散发出一种清爽的愉悦之气，令人如沐春风。

当铁太郎抵达胜海舟的府邸时，太阳已经西沉。

胜海舟的住处位于俗称赤坂冰川门前町的一角，前面是相马大膳亮和真田信浓守的大名府，旁边则是旗本本多伯耆守的府邸。

这里的气氛也十分紧张。透过树丛可以看见门前有近十人的步兵队把守，府内也时不时露出身穿制服的身影。

“谁啊谁啊，什么人！？”

当铁太郎企图迅速走进门内时，两个分别穿着草鞋和长靴的步兵跑了过来。

“我是山冈铁太郎，有要事要见陆军总裁胜安房守。”

“山冈先生！但我家先生已不是陆军总裁，而只是军事顾问。”

“哎呀哎呀……如此说来，你们并非胜海舟的护卫，而是在监视他喽？算了，让我进去。”

话音刚落，穿长靴的步兵走近一步，低声问道：“您是来杀他的？”

铁太郎脸上露出微笑。看来他们是不会让胜离开这里的。幕府似乎以为，倘若胜海舟离开这里，便会直接奔向骏府，向官军投降……

“原来如此。总之，他已不是总裁，总裁的名义已被幕府收回，如今是军事顾问这一隐居的职务。”铁太郎暧昧地点了点头。倘若他不点头，警卫将怀有戒心，不会让他通过。

铁太郎进入府中后，径直穿过树丛，绕过庭院前的柴墙，来到名为“海舟书屋”的书斋后院。因为他觉得若是自大门进入，通过管家那一关会很麻烦。

“你是什么人！”

就在铁太郎打算进入庭院的同时，走廊里有人大声喝问。只见那人手持亮闪闪的菜刀，袖子被干净利落地挽起，一身打扮完全看不出到底是武士还是商人。

“哦？你是在烹制初夏的鲣鱼吗？那把菜刀看起来很锋利呢。”

说着，铁太郎径直走向走廊。

“我是山冈铁太郎，胜先生，初次见面。”

“什么，山冈……真头疼，你怎么直接进来了？我正在打算盘呢，二一添作八[1]，很难啊。”

“二一添作八……如此说来，你认为纵然江户被烧，将军也不会有危险喽？倘若我说……我此次前来已得到将军准许，你想必会谢绝会面吧？对了，那个厨师模样的男人是谁？”

胜海舟蓦地瞥向挂在墙上的万国地图，然后轻轻敲打着桌上的地球仪，突然纵声大笑起来。

“哇哈哈！那人便是问题所在的萨摩的益满休之助。在他十五六岁时，西乡便将他的发型变成商人模样，命他潜入江户。他是一个很谨慎的男人。他好像正在替我做初夏鲣鱼的刺身。想必我叫你回去，你也不会走，那就一起喝一杯吧……”

这一次，铁太郎并没有笑。

[1]　二一添作五，本是珠算除法的一句口诀，喻意双方平分，此处二一添作八，意指打好算盘多获利。

不仅没笑，他还突然睁大双眼，将目光凝聚在胜海舟脸上。

三

（他果然认为纵然烧毁江户，也必须救出将军……）

想到这里，铁太郎觉得，不管是胜海舟说的话还是他的视线、笑容都必须认真观察。

“原来如此，他便是西乡的亲信益满啊，如此看来，刺身也好，三味线也好，他应该都不会输给江户人。那我就喝一杯？”

“益满，你去做几道菜。”

益满若无其事地点了点头，用手指肚摩挲着磨好的菜刀刀刃，径自离去。

“胜先生，你去过横滨吧？”

“为何这样想？”

“你方才迅速地看了一眼万国地图，虽然我并未看清视线的尽头究竟是指向英国还是法国，但对将军而言，此际正是紧要关头。”

“哇哈哈哈……”

胜海舟再次发出极其爽朗的笑声。

“你是想说……倘若我现在登上法国的船，将军将颜面扫地吧？你的目光仿佛在说，既然要去就去英国，威胁帕克斯。哈哈哈……哎呀，我听泥舟讲过很多关于你的事。原来如此，你得到了将军的准许……但西乡那个家伙实在是令人无计可施的怪物啊。”

“倘若西乡是怪物，胜先生当比他更胜一筹。”

铁太郎迅速自脱鞋的地方登上走廊，环视了一圈屋内的地球仪和数量众多的西洋书籍，随后坐在桌子旁边。

“你是打算拿西乡的人作人质，所以才会帮助益满藏匿吧？”

“或许吧。”

“但益满是作乱江户的罪魁祸首，而你将其藏匿，幕府的重臣们自然认为你并非值得信赖之人，不会让你去骏府。擅泳者溺于水，剑亦如此。人的长处往往也会变成一种缺点。”

“哦，原来你还有说教的习惯。”

“你去横滨威胁帕克斯，在危急关头，帕克斯便会出动英国军舰，前来营救将军。如此一来，你的主张或许便可实现。”

“哼。”

“不，不仅仅是你，英国公使帕克斯或许也会因施恩于双方而暗自欣喜。然而，将军将颜面扫地。”

胜海舟突然拿过桌上的剪刀，开始啪啪地剪起指甲，也不知是否在听。

“胜先生，无论发生什么情况，将军都不希望得到外国的帮助，这点从法国的例子中便能清楚了解。英国在暗中支持萨摩，你以为将军得到英国的帮助会很开心吗？简直是二一添作四[1]！将军是如此不想死，他想要亲眼看到日本的前途。可是，置江户百万人命于不顾，只有自己被夷人救走……如此不知羞耻之事他是万万不会同意的。”

铁太郎继续热情洋溢地说着，胜海舟则嗤之以鼻。

“真没想到！你比我还能说，比我还能讲大道理。你不必再多费口舌，不如干脆点直接要我去骏府好了，当然，我会拒绝。”

铁太郎的话被胜中途腰斩，不禁一时默然。

“之所以这么说是因为我比你更了解西乡一点。若是见了他，我会用花言巧语蒙骗他，在交谈上获胜。可是，西乡仍会继续进军，这一点在我藏起益满之后便明白了。我可以带着益满进入西乡的军阵之中。西乡明白水户之心，也理解何为勤皇，何为大义。可正因为他理解，事情才不好办。你明白吗？”

“……”

“重要的问题便在于此。西乡这个怪物毫不在乎背上叛臣或逆贼等恶名，无论自己背上贼名还是被称作大忠臣，他都毫不在意。他坚信自己这样做是为了皇国……因此，他可以若无其事地做出任何事情。我也有

[1] 意指打错算盘反受损。

些轻视这个怪物了。我救下的益满曾如此说过：‘您对我有恩，但倘若您要杀死西乡，我随时都会杀死您。’这便是西乡流啊！西乡坚信只有打倒幕府，新时代才会到来……只有粉碎这一根本思想，才能改变那家伙的想法。这与我的作风大有不同……不过，你还是让我大吃一惊。纵然我在见帕克斯的时候，也并没有说让他出动英国军舰救助将军。我明明什么也没说，你却好像亲身经历过一般。”

“等等，请等等。”

铁太郎举手阻止了胜海舟。

“请让我山冈前往骏府。”

“哦？这次先说结论了吗？可是，从六乡开始设有几十处官军关隘，你如何才能顺利通过呢？”

“请胜先生写一封给西乡的书信交给我。”

“哦……你以为如此便可通过吗？”

“还请将益满休之助借我带路。若是如此仍难逃一死，那也没办法。”

“那见到西乡，你打算怎样做？”

“我什么也不会说。既然知道他听不进去任何话，那我说再多无聊的道理也没用。”

“既然如此，这样做对将军又有何益处？”

“竭诚尽忠……可以吗？如今在幕府，只有我们三舟能够真正理解将军心意。尊奉皇室唯有恭顺一途……高桥泥舟推荐的山冈铁舟愿捧着这颗绝对真心，带着胜海舟的信去见西乡。无论西乡是否有所触动，这都不是问题关键，但如此一来，他就将明白将军至诚至纯的境界。既然对方是怪物，那么我也不会退缩。”

“原来如此。”

胜海舟第一次抬起眼睛，望向虚空。

“你的想法与我未必相同，但这个办法并不坏。好！就让怪物与怪物较量一番吧。”

正在这时，益满用围裙擦着手走了进来。

四

“刺身做好了，拿到这里来吗？”益满一脸呆滞地说道。

“对了，我记得你曾说很久没有弹过三味线，很想试试？”胜海舟出人意料地问道，“我曾阻止你弹奏，让你等等。怎么能在我的住处弹奏三味线呢？而且自从将军隐居上野，整个江户早已弦止曲歇。在这种气氛下，我将你藏起来，再让你弹奏三弦，必将引来很大的麻烦……但今夜没关系。你将刺身和酒一起端来，再弹奏一曲，弹一中节也好。”

益满的眼珠滴溜乱转。他的视线滑过胜海舟若无其事的脸庞，又望向了正襟端坐的山冈。

“呵呵……我明白了，先生，我要和山冈先生一起走，对吧？”

“你不愿意吗？比起这里，和山冈一起回到西乡那里会更为安全吧。”

“唔，如此一来，我也不用杀死于我有恩的先生了……先生用人着实巧妙。”

倘若能将益满休之助当作通行证，带领山冈前往骏府，也算大功告成了。

胜海舟撅着嘴继续说道：“如何？吃完这条鱼便走吧，我不会强迫你改变心志。你应该去见西乡，见过西乡以后，还可以回来杀我。”

“好，那就这样！”

“哈哈哈……没想到出身萨摩的江户之子也如此善解人意。”

“呵呵……薯类的枝蔓上有时也会长出瓜来。好了，我立刻去准备酒菜。”

胜海舟确实十分了解山冈。山冈铁太郎既然在高桥泥舟的引荐下面见庆喜，并了解到了庆喜内心的痛苦，他自然不会就此离开。

（西乡究竟会不会见他？）

他并未考虑到这一点，而是直接让铁太郎带上益满出发。

“这是将军家的最后一搏，而你很有气派，铁舟。”

胜海舟在冰川下的住所中响起了久违的三味线琴音，令步兵队的士兵们大吃一惊。在这之后，胜海舟开口说道：“有很多人难以忍受萨摩，因而怒发冲冠，但至死都要贯彻恭顺之诚的……唯有你铁舟一人。”

“我益满也是因此才特别接受引路任务的。阿弥陀佛，阿弥陀佛……”

是夜，二人携带胜海舟写给西乡的书信，悄悄离开了府邸。

铁太郎自然并未考虑成败，他只是将一柄无邪之剑悄无声息地指向西乡的胸口。他心中只有一个信念，便是以自创的无刀流的不杀诚意面对西乡。

铁太郎所携带的胜海舟写给西乡的书信十分简单。

无偏无党，王道荡荡。今官军迫至江户，我德川氏士民谨行君臣之礼，严守恭顺之道，尽为皇国生灵之故。且皇国今之形势不同往日，虽兄弟阋于墙，亦当外御其侮。诸君宜慎查实情，明辨道理。

倘若用胜海舟的话来直接解释这段话，则大意如下——

“混蛋！你们以为直接攻打便能轻松得到江户吗？正因我们打算直接送给你们，才会以如此姿态保持绝对恭顺，因为大家都是日本人。你们好好睁大眼睛看看，那些外国人伺机而动的目的究竟何在。”

据说，携带这封书信的山冈铁舟每次在官军的警戒线上遇到盘问时，都会故意大声报出名号：“我是朝敌德川庆喜的家臣山冈铁太郎，放我前去骏府的总督军大本营！”然后，趁着对方目瞪口呆之际，他便得以迅速突破警戒线。

听到对方堂而皇之地大声报出“朝敌”名号，任何人都会大吃一惊。铁太郎便抓住这一瞬间的空隙通过，剩下的事则由萨摩藩士益满休之助来解决。这其中的呼吸把握可谓深得剑禅一致之妙。

其时，铁太郎心里自然已经有所决断。官军对付他只有两种办法——活捉或杀死，除此之外别无其他可能。若是被杀，则万事休矣。但无论敌人多么粗暴，作为将军庆喜前往征讨军大本营的使者，应该都不会被轻易杀掉。因此，十有八九会是活捉。既然如此，那就被捉好了。

到时无论被监禁在什么地方，只要说一句：“我有一句话要对大总督亲王说，只要让我说完这句话，要杀要剐随便你们。”纵然总参谋听不见，队长之流也会心存一念，不会将其杀死。由于铁太郎心中已有此计较，态度便显得极为悠然。

铁太郎就这样进了骏府。虽然喜欢杀人多过吃饭的中村半次郎（桐野利秋）、村田新八等西乡手下的参谋都在那里，但他们也不得不带铁太郎去见西乡。

无论如何，他们的朋友益满休之助是和铁太郎一起来的。他们都很清楚，益满曾被幕府逮捕，囚禁在传马町的大牢里。过了两个多月，益满被胜海舟救出大牢……如今他又和山冈铁太郎一同返回……既然如此，便不得不向西乡引见。

从这个意义上来说，益满确实是铁太郎的一张十分方便的通行证。

就这样，山冈铁太郎昼夜兼行，于9日正午时分，终于抵达目的地骏府，并且见到了大本营总参谋西乡隆盛……

龙虎相会

一

铁太郎前去面见西乡时的危急情势实如千钧一发。

总督府的武家参谋值勤处设在骏府传马町某富豪的府邸之中，中村半次郎和村田新八也在这里。当他们得知益满休之助带着幕府的精锐队长山冈铁太郎回来时，中村立刻圆睁双眼，心中暗想——杀了他！

铁太郎在萨摩士兵中间享有“鬼铁”的绰号。在当前情况下，这位“鬼铁”却满不在乎地自江户来到骏府，不知有何要事……

事实上，当日自横滨返回的纪州军先锋队成员带回了出人意料的报告，致使值勤处一片哗然。

在此前的江户总攻中，帕克斯一直声称将官军的伤者送到英国公使馆的医院中救治，而如今，他却突然改变态度，说依照国际公法，不能只帮助西军一方。若是镇压内乱，他还可以帮忙，但如今是具有政治性质的两股势力在进行“战争”。因此，依照公法所示，他不能帮助任何一方。他亦言明，倘若西军强行攻入江户，而庆喜前来向英国求助，那么他便有义务在大英帝国的国旗之下保护前将军庆喜。帕克斯态度的转变自然是由于胜海舟的访问之故，但这些低级武士出生的参谋们对此自然无法得知。

“什么国际公法！庆喜的首级明明近在眼前，难道英国疯了吗！”

听帕克斯的口吻，英国似乎不惜与身为同伙的萨摩一战。正因突然发生如此重大情况，中村半次郎等人才会犹豫，不知是否应带鬼铁去见西乡。

“好，村田，我们去向西乡先生通报，益满带着山冈先生跟着来吧。”

二人正打算带领山冈离开值勤处，走向后院，却被益满拦了下来。

“喂，中村，等等，山冈先生也等等。其实，我是和他一起来请求放过庆喜先生的性命的，但你们似乎想立刻杀了他，杀人对你们而言实在再寻常不过了。”

“什……什么！？放过庆喜的性命……”

“是的。我和胜先生已有约定，你们可不能杀了山冈先生。他此番前来已抱有必死之心，你们杀了他也很正常。不过，村田，能否先通报西乡先生呢？”

突然，村田“啊”地一声叫了起来。在三人争论之际，铁太郎早已不见踪影。随后，一个响亮的声音便自后院传来。

“西乡先生！我是朝敌德川庆喜的家臣山冈铁太郎，来自江户。”

正当三人面面相觑之时，西乡推着山冈从后面走了出来。

“不要那样大声叫嚷，会惊吓到公卿们的。好了，我们在这里说，这里比较合适。”

“哎呀，不好意思，我天生大嗓门。哈哈哈……”

铁太郎快步走进值勤处，找个椅子坐了下来。

中村半次郎和村田新八心中同时暗叫一声：“糟了！”只有益满休之助脸上泛起微笑，迅速将西乡坐的凳子摆放在赶制的大桌子前。

“先生，益满被胜先生救出传马大牢，又按照他的吩咐，带了此人回来。”

身穿军装的西乡一边点头，肥硕的身子一边坐在了凳子上。

“话虽如此，你可是带了个恶人回来啊。胜先生也太过分了……山冈先生，总攻已定于15日，你此时前来，究竟希望西乡怎样？”

铁太郎重重地向前拽了拽椅子。

“并非什么难事。庆喜公自一开始便已决定恭顺，希望你们能放过他的性命，仅此而已。”

“说得容易……不好办啊。山冈先生，征讨军的方针早已确定，不可更改。你也知道，列藩六十余份哀诉状和轮王寺一品亲王（法亲王）[1]的请愿状均已被驳回。”

“那是你们的错误决定，只是基于前将军怀有叛心这一错误情报的错误判断，才认定必须加以讨伐。然而，庆喜公毫无叛逆之心。天皇一声令下，庆喜公便告诫家臣要绝对恭顺，自己则移至上野山中隐居反省。虽说有些失礼，但既已清楚叛逆谣言纯属误传，便应加以改正，这不也是总参谋的职责吗？”

“这，你……”

西乡抱着双臂，口中低声嘀咕着想反驳，但眉头却皱得更紧了。此时他胸前的暗兜里正装着对折起来的莲月尼的诗笺。

攻守双方心自知

你我皆为皇国民

诗词中“皆为皇国民”的情感在西乡心中翻腾不已。

“西乡先生，山冈虽然不才，对庆喜公的水户之心却也略有了解。此际最需要不顾一切虚心地向您请愿，我正是因为相信这一点，才会前来。这是胜先生的信，请您拆阅。”

铁太郎目不转睛地凝视西乡，西乡却并未立刻伸手去接铁太郎递过来的信。

中村半次郎突然大喝一声：“先生！”似乎还含有斥责之意——事到如今，倘若心生动摇，如何发动总攻？

“是吗？原来如此……好，你们先回避一下。”西乡低声说道，“山冈先生一路走来，想必也已饿了，你们二人去准备接待，尤其要命厨房做

[1] 轮王寺法亲王，小松宫嘉彰亲王之弟，庆喜生母的叔父。

好饭菜。”

西乡语气强硬地向中村和村田二人下达指示后，再次望向铁太郎递上的书信。

他能够略微猜测到胜海舟信里会写些什么。胜海舟也好，莲月尼也好，都尖锐地朝着西乡的良心直直地刺过来。

二

西乡心中栖居着一条不可思议的龙，那条龙孕育自水户思想的深渊，其中隐藏着许多回忆——藤田东湖的正气歌、吉田松阴和桥本左内等人对新智慧和神州观的强烈追求——均在同一深渊一同呼吸。

在水户的神州观中，皇宫才是这个民族以宇宙为舞台所创作出的最大的诗篇、最美的和歌，是生命的乐章。对于那些发誓以性命报效朝廷的人而言，莲月尼“你我皆为皇国民”劝诫中的绝对愿望，没有理由不在其心中激起万丈波澜。

（万事均以军事优先……）

若不如此，必然招致失败。然而，在民族描绘出的大理想面前，有人却毫不犹豫地舍弃了这一胜败观念。

（那人便是孕育自水户之渊的庆喜……）

倘若有人明知如此，还要对其加以讨伐，那么讨伐者会成为真正的的胜利者吗……

待二人极不情愿地离开房间后，西乡才自铁太郎手中接过书信。果然不出所料，内容绝非以“军事第一”，而是神州观重于胜败的崇高子民的觉悟在闪闪发光。

“我德川氏士民谨行君臣之礼，严守恭顺之道，尽为皇国生灵之故。”

西乡觉得，这句话仿佛是在质问自己：“你是选择神州的民之道，还是希望夺取眼前的胜利？”

总之，西乡认为“敬天爱人”是至高无上的人生。所谓“敬天”，绝非无所行动的信口开河，其中包含着一种毫不动摇的信仰，认为应该谨慎地顺应天——即大自然的法则。可以说，正因如此，当西乡走投无路时，他才会相信是天意所至，才会与清水寺的月照携手跳入萨摩海中。

不知从何时起，西乡认定不打倒幕府便无法开创新的世界，不讨伐庆喜就无法断绝德川社稷，并基于这种认识展开行动。如今，他开始感到动摇。

（你我皆为皇国民……）

不用说，皇国思想中自然不应含有杀戮赤子的思想，更不用说要对绝对恭顺而离开城池的犹如珍宝的这位子民加以讨伐……

铁太郎一直紧闭双眼，直到西乡看完书信，他才恭敬地施了一礼，开口说道："西乡先生！我不想说任何军事方面的事情。不，若有必要，我随时都可以对迫不得已情况下的战术之类进行详细说明，但我要说的并非此事。我铁太郎只求你们放过庆喜公的性命……只要你无意进攻，再加上前将军的命令，便可拯救江户百万市民的性命。还请成全，拜托了！"

西乡仍未回答。他卷起书信，置于桌上，再次抱起双臂，合上了双眼。庭院里频频传来黄莺的啼叫声……

西乡陷入沉思，唯一被允许留在原地的益满开口道："西乡先生，其实，当我被胜先生救出时，我曾心想……开什么玩笑，难道以为救了我的性命，再施以小恩小惠，便可以轻易利用我吗？我并非如此易与之人，我一定会报复的。"

"……"

"可是，胜先生并非如此小人……事实上，即使西乡先生决定攻打江户，胜先生也有足够的手段救出庆喜公。"

"什么？有足够的手段……"

"是的，便是英国。萨摩和长州都以为英国是自己的伙伴，但倘若江户出事，英国将出动军舰加以援助。似乎是依照《万国公法》……胜先生曾悄悄前往横滨，同英国展开交涉，要求他们届时以万国公法为由出面援助。不过，交涉以后，有件事其实一直令胜先生感到十分头疼。"

“哦？”

“将军本人倒还好办……纵然将军发怒，认为求助于英国简直岂有此理，胜海舟也可以将其击昏，而后强行带走。然而，倘若外国以此为契机开始干涉，如今的政府中人将全部成为俎上鱼肉，任人摆布……如此一来，日本将重蹈印度和中国的覆辙，这也是将军最为担忧的情况。虽然一定要救下将军性命，却又苦于没有防止外国干涉的对策……”

“拜托了，西乡先生！”铁太郎又像一个焦急的孩子般催促起来，“倘若你能答应，庆喜公的性命、江户百万市民和日本国都将得救。”

“真叫人为难啊！”

“请无论如何想想办法！你应该不会如此憎恨日本国吧……我并非想讲大道理，请你想想，假如萨摩的君侯和庆喜公处于同一立场，身为家臣能够就此沉默地退缩吗？想必你也会同我一样。我作为庆喜公的家臣，倘若庆喜公没有下令要我救他，我便不能轻举妄动！凭你的力量明明可以施以援手，却要默默地让他依靠帕克斯……我无法对如此危机坐视不理啊！”

西乡的双肩再次开始剧烈颤抖。在铁太郎和益满来此之前，横滨已经派人前来报告了帕克斯态度急剧转变一事。正因如此，西乡才感到十分苦恼。

（倘若不顾庆喜的性命，英国将施以援手……）

若从军事层面上来说，一旦胜海舟将计就计，西乡已然败北。

事实上，当西乡面对如此情况时，他的倔脾气通常会变得越来越大，不研究出更好的策略誓不罢休。然而，他这次并未这样做。

（胜海舟很了不起，山冈的心意我也明白。庆喜公拥有了不起的家臣……）

他最先感到的是这种钦佩之情。

三

益满再次插嘴说道:“先生！无论正义站在哪一方，日本的事情都必须由日本人自己解决……此时万万不可借助于外国人的势力……正因出于如此想法，我才会带山冈先生回来。我曾坐在轿子上，用鹿儿岛方言说我是萨摩人，要前往静冈——如此一说，长州兵便会不闻不问地放我们通过。这一路上我也想了很多，既然大家同为日本人，又何来什么真正的战争呢？”

西乡抬手打断了益满。

“我明白！你是在责备我，我不如你。我过于考虑伤兵的事情，一心只想借用英国的医院。但无论是医院还是其他什么，想要借用外国之物的心思便是可耻。我确实做得不对，实在脸面全无。”

“不，西乡先生，这些道理就免了。”铁太郎再次将双手平放在腿上，“拜托了！我虽然只是一名剑客，但我认为绝对不能杀人。在日本国，所有子民都是天子的珍宝……因此，请看看这把刀的刀鞘口，我已将这里牢牢捆住，无法拔刀。因为我认为，纵然身为官军，也万万不可斩杀子民。这也是庆喜公的心意，你根本不必为帮助他而感到羞愧。”

说着，铁太郎和西乡眼中不约而同地流出了泪水。二人的眼泪闪闪发光，顺着脸颊滴落到腿上。而且，二人似乎都没有注意到对方的模样。

“我明白了！我西乡也同为皇国民……”

“这么说，你同意了？西乡先生！”

“我明白了！只要庆喜先生的恭顺能够显露出实效，朝廷一定会从宽处理。”

“如何从宽处理？还请明示，西乡先生！庆喜公绝无反叛朝廷之心，胜先生和在下对此都万分了解。”

“请你在这里稍待片刻，我去向大总督亲王（有栖川宫）禀告。”

西乡以极其缓慢的动作自凳子上站起身来，脸上第一次露出害羞般的笑容。

“我太胖了，经常坐到腿麻……请稍待片刻。”

铁太郎向西乡深深地鞠了一躬。

此时只见身穿带有家徽外褂的少年侍者来回进出，将饭菜送往隔壁十张榻榻米大小的房间，随后，村田新八和中村半次郎走了进来。

“哦，饭菜似乎已经准备好了……”

益满重重地点了点头，走进房间，开口道：“喂，你们没能杀了山冈，似乎很不服气啊，但不要抱怨。喝酒吧，这才是为了西乡先生和日本国的真正贺酒，永远贺不尽的贺酒。”而铁太郎此时仍旧并腿坐在椅子上低声哭泣。

世人以为，在此次静冈的龙虎相会中，西乡实在得到了太多的露脸机会。萨长政府成立，江户市免于烧毁，庆喜也献出江户城，暂时在水户反省——这些似乎都完全依赖于西乡情理兼顾的武人做法。

当然，倘若铁太郎的交涉对象是大久保利通，将不知结果如何。因此，我们不能忘记，铁太郎的交涉对象是与庆喜一样能够理解水户学精神的西乡。

然而，要想准确解读西乡的心情，却不能忽视其他的种种原因。

当时官军已经越过箱根，杀到六乡川岸边。因此，若无其他变故，官军一定会在3月15日向江户城发动总攻。

不用说，胜海舟一定会采取非常手段，将官军放入江户，然后在城内和街道四处放火，并命令幕府军舰从海上开炮攻击。届时再通过英国军舰，救出庆喜——这便是胜海舟的计划，可说无一不是非常手段……

庆喜恐怕不会同意他这样做。因此，胜海舟才将大久保一翁和高桥泥舟安排在庆喜身边。一旦开战，泥舟的义弟山冈铁舟可以将庆喜击昏，抱着昏迷的庆喜突围，登上英国军舰。

倘若只是执著于局面的胜利，战争就会变成人间最大的罪孽，其间可见一切悲惨之事，令人不忍目睹。当庆喜被顺利救上英国军舰时，自暴自弃的八万骑旗本将变成怎样的恶鬼四处作乱？单单想象，便足以令人浑身汗毛倒竖。

入侵江户的三万几千名官军与拼死抵抗的市民和幕军在大火中格斗，最终不管是市民、幕军还是上万官军都将一一被推向死亡的深渊。

因此，显而易见，最令西乡在意的便是发动总攻在战术上对官军的不利之处。

（竟然有人会心怀如此决意而战……）

昭和二十年（1945年）也曾发生过与此极其相似的事情。占领军司令官麦克阿瑟[1]将军经过计算，认为杀死天皇需要牺牲二十个师团的美国士兵，只好作罢。

从帕克斯依照《万国公法》拒绝借出医院的态度来看，西乡也察觉到了胜海舟的作战计划。同时，他的良心也在渡过三条大桥时便开始隐隐作痛。

攻守双方心自知

你我皆为皇国民

胜海舟的作战计划、自己的良心，再加上对铁太郎无比纯洁的武人姿态的感触，想必便是这一切让西乡下定了“顺应天意”的决心。

西乡在总督亲王驾前，同公卿参谋们展开了商议。一众公卿在战术上自然不会有什么意见，西乡的提案就此直接通过。

四

其时，在总督亲王驾前经过慎重审议，最终确定了约七条和平处理方案。

---

[1]　道格拉斯•麦克阿瑟（1880—1964），美国著名军事家，二战时历任美国远东军司令等职；战后出任驻日盟军最高司令和“联合国军”总司令等职。

大意如下——作为承认庆喜恭顺的交换条件，首先应开放江户，上缴所有军舰武器，居住在城内的家臣即刻移居向岛，庆喜本人则暂时留在备前藩。

备前藩主池田茂政是庆喜的亲弟弟，幼名九郎麿，二人幼时经常一起前往水户的弘道馆。鉴于存在如此关系，可以说，这种处理方法的确情理兼顾，但同时这似乎也是一个陷阱。

西乡自总督亲王驾前退下，回到中村和村田款待铁太郎的房间，向铁太郎告知了交换条件。当听到最后的“暂时留在备前藩”时，铁太郎不禁眉头紧皱。

“对于其他条件，胜先生想必也不会有异议，但唯有最后一条，铁太郎身为人臣，实在无法忍受。”

“你……你说什么？备前侯是和庆喜公一起长大的兄弟……你认为这一点不好吗？”

“无论二人之间存在何种兄弟情谊，主公被扣留他藩，监禁于鞭长莫及之处，身为臣子都无法坐视不理。只有这一条，请无论如何设法重新更改。”

西乡再次紧皱眉头，陷入沉默。

事实上，此处才体现出了西乡与铁太郎龙虎相会的真正价值。倘若铁太郎看到西乡改变心意，便彻底放下心来，忽视这一条件而直接返回的话，恐怕江户仍不免化作焦土。

最重要的是，胜海舟应该不会接受这一条件。当时，除了一部分藩以外，大部分藩主几乎都是摆设。实际权力早已转移到了臣子手中，纵是岛津忠义和岛津久光，最后也不禁感怀自己被大久保利通欺骗了。

因此，倘若庆喜被扣留在池田藩，无论藩主意见如何，仅凭藩的方针便可以随意决定庆喜的生死。如果岩仓等人对其中一名藩中重臣说“还是让那个人消失比较好”，那庆喜恐怕将被立即杀死。

“只有这一条，请无论如何将其撤销。”

“这我倒是未曾想过……我还以为已经考虑得很充分了……”

“西乡先生，便是在萨摩，你以为一切还可以按照藩主的想法而行动吗？如今时势已然不同，在藩主不知不觉之间，已经有意料之外的密令下达……若是如此，该当如何是好？请你设身处地想一想，你能够若无其事地将藩主交到我铁太郎手中吗？若是可以，倒不如交给英国公使更好……这种哄小孩子的做法是万万行不通的。为了保护主公安全，我山冈铁太郎愿意献出生命！拜托了！”

西乡仍在低声嘀咕着。或许唯独在这一点上，他也大意地轻信了他人的意见……

“世上既有画龙点睛这一成语，也有造佛无魂[1]的说法。你已经替我画好了一条威武的龙……但倘若放在别人家中，那条龙便没有眼珠。山冈不能抱着一条没有眼珠的龙返回江户。”

铁太郎步步紧逼，西乡似乎也有些心头火起。

“如此说来，你是要我西乡再次拜见总督亲王，重新商议？”

“没错。应该没问题吧，西乡先生？”

“倒不是不可以……但倘若我拒绝呢？”

“到时我会破除这把刀的封印。”

“破除封印，你是要斩杀我西乡吗？”

“开什么玩笑！”铁太郎的语气突然变得高昂而粗犷，“山冈铁太郎虽然不才，但也是武士。既然我已领悟剑法之道在于不杀，将刀封印，便不会再疯狂到斩杀他人。我会在此剖腹自尽。”

“山冈先生，你若剖腹，江户怎么办？不，庆喜公怎么办？”

“这个问题在下正在问你。倘若被人以为我是一个不能保护主公性命的家臣，那我铁太郎也不用活了，不如立刻剖腹。若要我亲手将庆喜公交给别人，恐怕除了剖腹别无他法。不过，西乡先生，如此一来，你能接受吗？”

“唔。”

---

[1]　日本谚语，喻指煞费苦心做好某件事后才发现缺少了最重要的部分，等同于画龙不点睛之意。

“八万骑旗本之中可并非全如我一般将刀封印之人，有五万人可以迅速拔刀作乱。让那些家伙拔出刀来，四处放火，你认为官军会获胜吗？”

“……”

“铁太郎剖腹，三万五千名官军的性命也将断送。江户市民遇难，你西乡的性命恐怕也难以保全。胜先生不会算不到这一点的。正因如此，在下才会前来见你，不是吗？铁太郎并非只会一味哀求的毫无打算之人。”

西乡的脸微微发红。他一定也已想到，有铁太郎和胜海舟这般人物存在，江户必然不会毫无战力。

事实上，这才是最重要的关键所在。一味软弱无力的请愿，只会诱使对方大行暴论暴举。只有依靠足够的实力，再在言辞上做足功夫，方为真正的交涉。

“西乡先生，请仔细想想，庆喜公和胜先生一直都在拜托你。他们既无丝毫与朝廷为敌之意，武器、军舰也都可以随城一并上缴。对待如此拱手恭顺的子民，仍要不分青红皂白地发动攻击，将同伙和市民一起杀死——这既称不上战术，亦非参谋所为……”

西乡仍旧不发一言。

然而，中村半次郎却率先嘀咕起来。这很正常，因为铁太郎提出的战术理论既无可非议，其理由也十分充分。

五

连中村半次郎都能明白的道理，西乡隆盛自然不会不明白。

参谋一职的任务便是针对敌人制订能够获胜的作战计划。然而，这次面对的敌人却似有若无……

倘若庆喜无论如何都要凭借武力对抗，问题便简单了，自己只要怀着必胜信念与对方交手即可。然而，庆喜既无战意，亦无敌意。他已进入寺院反省，一心将城池和武器全部上缴。

因此，只要撤销“留在别人家中”这一条，让他“和家臣一起反省”，这场战争便可不必互相残杀就此终结。

（但若是将其逼作困兽之斗，又将变成怎样呢？）

而更重要的是，朝廷传统之中并无这种斗争意识，事情难免会变成萨摩的野武士因喜欢流血而故意四处屠杀民众。无论胜败，之后的历史评论或许都会变成这样。事实上，正因为明白这一点，西乡才会感到异常苦闷。

戊辰战争[1]中会津和长冈之间也曾发生过类似事件。长冈藩的河井继之助在小千谷会见岩村时，已经知道对方打算不由分说地强加贼名，准备开战。他认为为了后世不可屈服，便不得不采取了抗战姿态。直至昭和初期，对他的惋惜和轻蔑仍根深蒂固地植根于市民心中。

看到西乡额头渗出汗水，益满休之助连忙拿出扇子，为西乡扇风。

“好吧。”借着扇子的风，西乡开口说道，“你所言极是。”

“这么说，你同意了？西乡先生！”

“只不过，为了慎重起见，我还要先问一下，庆喜公在献出江户城后会去哪里？”

“应该会暂时离开上野前往水户吧。”

“好！我立刻进京，一定保证庆喜公的人身安全。”

“太好了！哎呀，太好了……我铁太郎不用剖腹了！”

“山冈先生，西乡……今日终于遇到了真正的武士，真是感动得想哭。”西乡突然提高声音，一把握住了铁太郎的手，“参谋不是为了杀人而存在的……这是你教会我的。此事在这里恐怕无法决定，因此，我要前去面见圣上……一定……是的，我一定会设法让圣上明白庆喜公的心意。”

到了此刻，中村半次郎和村田新八早已无意反驳。益满休之助看着

[1]　戊辰战争（1868—1869），幕府与新政府之战，包括鸟羽、伏见之战、进军江户、东北战争、箱馆战争等战役，持续一年半之久。

二人，脸上露出微笑，眼中也蒙上了一层薄薄的泪花。

笔者相信，龙虎二人在骏府的握手才是真正打开明治入口的一道晨光。如此一来，西乡也明白了胜海舟的心意，而通过西乡，天皇也开始明白德川家作为日本人的忠心。

胜海舟绝非以为幕府军无力对抗而向西乡屈服，亦非向其请愿。他在战术上制定了详细的对抗策略，并令西乡也表示认同进而握手谈和。

笔者认为，这种人性与胆略之间的相互认同才是诞生出明治不可思议的活力和政治力的根本原因。促成西乡、山冈和胜海舟在这种情况下相遇的绝非人力，这正是应该称之为“神风”的大自然微妙调和力的作用。

正如过去有信长，以及之后的秀吉、家康这三杰一般，在庆喜之前也有齐昭、光圀和家康。同样的，在江户城总攻之前，无微不至的大自然又促成了这三人的偶遇——这之中的奥妙委实令人回味无穷。

关于西乡南洲[1]，已经不必多言。既有的史书将其推为维新三杰之首，对其风采极为仰慕。至于胜海舟，可以说是那些杰出大功臣们的表率，山冈铁舟则是贯穿明治的武士道的代表性化身。

于是，通过山冈的武士道与西乡敬天爱人的思想的握手，二人都得以侍奉于年轻的明治大帝身畔，成为大帝成长道路上的难得助手。

山冈铁舟是侍从，西乡是陆军大将……世人通常仅将江户无血开城视作这些人的功绩，但事实上，他们的功绩要数倍于此。由于有了他们此次相遇相知的奇缘，各藩之间的厚重隔阂被打开了一个巨大的通风口，自此，天下人才皆抛下小怨，纷纷往天皇膝下集中。而且，这三人的人格也成为了培养出明治坚定而真挚的风气的重要基调。

不，不得不指出，在一度堕入马基雅弗利式夺权斗争的政治风潮的某处，依然残留着勤皇这一特殊而清澈的太阳之光， 这才是最重大的收获。

虽然无数人都利用这一点来作恶，但同时，天长地久这一特殊生命

[1] 西乡南洲，即西乡隆盛，著有《南州翁遗训》一书。

观所孕育出的民族个性也得以静静地磨砺和深化。

言归正传——

山冈铁太郎就这样返回了江户，并立刻向胜海舟和庆喜作了汇报。

其时，庆喜接连唤来海舟和泥舟，又召见铁舟和一翁，命令他们在献出江户城时不可与对方交恶。

如今，已经没有人能够接近正在闭门反省的庆喜……

民族的良心

一

山冈铁太郎带回的报告未必会令胜海舟感到满意，但不管怎样，恭顺一事已经决定。

“我国皇室并无讨伐恭顺者的凶器。”

既然只有贯彻国体的理论能得以通过，胜海舟也无法说出不满。庆喜恐怕也是一样。现实中已发生鸟羽、伏见的冲突，既然朝廷将其视作抵抗，庆喜便只能抛弃所有私情，坚持道歉。

水户的大义便是如此严格而清晰地证明着国体。

（无论在什么情况下，都不可利用朝廷，滋生利己之心。）

以尊皇为绝对的哲学理念一直贯穿其中，倘若忘记严格遵循这一原则，政治便会走上通向无尽堕落的道路。

从这个意义上来说，从大政奉还到王政复古的大号令、恭顺、退隐、无血开城，庆喜的态度中一直都贯彻着一种超常的信念。

若非庆喜，事态发展至此，想必日本国内已然陷入了一场无法收拾的大混乱之中。正因如此，他才希望他们能干脆地承认错误：“明白了！将庆喜当作贼人对待乃是朝廷之过！”然后再作为大政奉还的一部分将江户城奉上。

然而，事态却并未如此前进。

“请放过主公庆喜的性命！”结果变成了西乡参谋认同德川氏家臣的

这种忠诚，挽救了庆喜的性命，相当于施与了一个大大的人情。胜海舟也好，庆喜也好，对此自然都感到一种无法释怀的遗憾。不过，在这种情况下，再怎么说也无济于事。因此，胜海舟绝对不会说，一同来向庆喜报告的大久保一翁也没有说。

“西乡也是一个有趣的人，他准备酒菜款待山冈，甚至赠与军营中的通行证，令山冈得以自重重杀气之中平安归来。”

其时，庆喜凝视屋顶，泪水簌簌地下落。

“总之，山冈反复强调，绝不接受将军留在备前藩的条件，这一点做得很好。当然，或许还有更好的交涉方法，但……”

当胜海舟说到这里，庆喜双眼含泪地打断了他。因为若是在这里称赞西乡，便代表己方无人。

“你认为接下来应该怎么办？”

“是，这是山冈带回的对方的处分提案，我已经对其进行了若干修正，写成草案……”

“那是……以请愿书的形式写的吧……”说着，庆喜的嘴唇再次扭曲了。

闻一知十……庆喜的头脑如此敏锐，对胜海舟而言，没有比这更令他感到心痛的了。

“是的，请您拆阅。”

“究竟是将军心怀朝廷，还是萨长和岩仓心怀朝廷……现在正是被后人重新审视的重要时刻……总之，请愿书恐怕是一定要有的。”

说着他也不禁低下了头，将草案递到庆喜面前，然后匆忙剪去烛台上的灯芯头。

不知从何时起，外面下起了小雨，屋内的光线显得十分黯淡。当烛光再次亮起时，只见大久保一翁的眼睛也已变得湿润。

“这便是德川三百年奉公的结束之时吗……”

“别这么说，总有一天……历史会还我们一个公道的。”

庆喜则开始默默地阅读草案。既然是请愿书，便必须先由庆喜承认鸟羽、伏见的责任，而后请求朝廷免其死罪。至于这份请愿书在庆喜心中造成了何等残酷的屈辱感，胜海舟是最清楚不过的。

“放心，我会负责交涉，一定要让西乡也体会一下将军的苦楚。”

“……”

“会见地点将定在高轮的萨摩藩邸，我会好好教教这些野武士何为政治大道的。”

“……”

“如您所见，文中写有——将军将暂时在水户隐居反省，即日起，江户开城一事将由田安庆赖公负责……这样可以吗？”

然而，庆喜并未回答。他默默地将草案还给胜海舟，然后开口说道：“所有人都会怨恨我吧，身为毁掉德川家之人……”

胜海舟故意呵呵笑了起来：“将军以国家为重，其他人则以自身为重，这也是没办法的，总有一天人们会明白的。”

“那就拜托你了。”

“那么，一旦西乡前来联络，我便立刻前往高轮的萨摩藩邸。”

庆喜轻轻点了点头，然后扳着指头算了起来。其时距离3月15日的总攻只剩下三天时间。

但从现实角度来看，可以说，江户无血开城在那时已经确定下来了。胜海舟和西乡二人均已决定见面，设法收拾局面。如今的问题，或许只是字面上的最后交涉而已了。

于是，3月13日，听闻西乡已经进入高轮的藩邸，胜立刻前去拜访西乡，直接约定于第二天——即14日开始谈判（会谈）。

既然自14日开始谈判，那15日的总攻便只能延期。见过胜后，西乡于当天唤来亲信中村半次郎（当时或许已改名桐野利秋）和村田新八，下令将总攻延期。

二人此前自然早已见过。元治元年（1864年），当兵库的开港问题纠缠不清时，胜曾闯入大坂的藏屋，对西乡大加叱责；而将在王政复古两个月前遭到暗杀的坂本龙马介绍给西乡的也是胜。

14日下午，胜瞪大眼睛奚落着西乡的肥大军装，出现在了西乡面前。胜只有西乡身材的一半大小，看起来如同小兵。

二

胜海舟当时一身干净利落的和服，腰间佩带细长的大刀和小刀。相比之下，上身着肥大军装、下身穿瘦窄白裤子的西乡，看起来则显得十分滑稽。

“噢，这不是西乡先生吗！我差点儿以为是法国人呢。”

“胜先生！好久不见，有几年了？”

“啊，自从上次大坂的藏屋以来，有四年了吧。你当时身穿印有萨州十字纹的黑绉绸外褂，真是风采过人呢！”

“哈，那样风采过人的西乡却被先生严厉地训斥了一番呢。不过，正是因为先生的训斥，我才得以对外交的艰难略有认识。说起来，将坂本龙马介绍给我的也是先生，他的仁义委实可敬可佩，令人惋惜啊！”

说到这里，西乡仿佛突然想起了什么，继续说道：“对了，先生当时还特意托坂本送来了浅草的海苔。”

“是吗？对了，我也想起来了！坂本当时还说了句名言呢。”

“名言？”

“是的，当时我让他评价你这个人，那家伙如此说道：‘西乡这个家伙深不可测，轻敲则轻响，重击则大鸣；说愚蠢则愚蠢至极，说聪明则聪明绝顶。’”

“哈哈哈……”西乡摇晃着庞大的身躯，一边习惯性地用右拳敲打后脑勺，一边放声大笑，“唉，我真的很希望他能活到王政复古成功的那一天。先生失去了重要的弟子，想必也非常沮丧，我很明白你的心情。”

“既然说到坂本，我有一件事要好好地责备一下西乡先生。西乡先生，可万万不能烧毁江户城啊！不，将庆喜公树为朝敌之类的小花招不过是小官小吏的手段，绝非大人物所为。”

胜海舟大声说道，然后环顾四周，最后在庭院里的一块石头上坐了下来。院里烧毁的樱树上樱花盛开，片片花瓣落满了石凳。

西乡似乎也不禁吃了一惊。

“先生，我派人拿把椅子过来吧？”

“不用，这样就好，先生也请坐在那块石头上。端坐在大地之上，交谈于繁花之下，这正是日本人的风格，不是很好吗？”

如此一说，西乡再次敲打着后脑勺，也在几步开外的石头上坐了下来。

突然一阵撕裂声传来，似乎是西乡过于肥胖，导致白裤子的某个部位裂开了。

“实在太失礼了，裤子有些破裂，差点儿连睾丸也露出来了，哇哈哈……”西乡用大大的手掌遮住睾丸一带，表情认真地说道，“先生，看来还是家徽和服更适合日本人啊，因为若是睾丸露了出来，谈判也注定会失败的。”

胜海舟将目光从西乡身上移开，开口说道：“并非只有活在当下的日本人在看，五十年后、一百年后的日本人也在看。不管变成什么样子，他们都会看……我相信，你现在的样子是很出色的。”

“所言极是。”

“沉下心来就会发现，此次事件其实关系到今天和百年后的再度决胜。”

“您说再度决胜？”

“这次是我的失败，让你们杀到了六乡川岸边。但倘若对抗，敌人和同伴都会战死。”

“唔。”

“此乃残暴将领所为。不，更重要的是，如此一来，连静宽院宫也无法获救，果真如此当今圣上必将悲叹不已。”

“的确如此……”

“静宽院宫为了公武友好、拯救国家，方才下嫁。倘若连她都失去了，德川家将会变成真正的逆贼。无论什么人说什么，都是逆贼无疑。”

“……”

“因此，西乡先生，出身水户的庆喜公绝对不会出手与官军对抗，此事才是至关重要的一点啊。”

“……”

“庆喜公认为鸟羽、伏见的冲突着实不该发生，故而退至江户，而后又径直出城，于上野山中隐居反省，因此是你们赢了。然而，百年之后必将不同。不分青红皂白地向决不抵抗且闭门反省的一方发动攻击，而且不止是官军，连市民甚至亲王都死于战乱之中……究竟是谁在指挥官军……制订出如此愚蠢作战计划的参谋究竟是谁……”

说到这里，西乡慌忙打断了胜海舟：“先生，请、请等等！其实，西乡也已意识到了。”

“纵然眼下获胜，百年后也必将失败，你明白这个道理了？”

“其实，我在渡过三条大桥时……有位老尼曾送给我两首和歌。”

“哦？她说了什么？”

“攻守双方心自知，你我皆为皇国民……”

“嗯，这个尼姑有点儿意思，她的话简直就像看穿了当今圣上和静宽院宫的内心。”

“我因此恍然大悟。不过，虽说恍然大悟，却也无法就此撤军。其时，西乡心想，先生人在江户，一定会主动伸出手……”

“等等，等待伸手之人并非我，而是庆喜公。因为同为子民，所以既不能背叛，也不能反抗。摆放在俎上的水户鱼肉……庆喜公丝毫不动，静心闭门反省，这便是他的姿态。西乡先生！即便如此，你仍要发动总攻吗？”

胜海舟的声音变得愈发尖锐。

三

在他人看来，二人似乎只是在若无其事地聊天，尚未展开交涉或是谈判。

“老爷，房间准备好了。”

正在这时，一直在西乡身边照顾其生活起居的名叫熊次郎的忠诚仆人迎了出来。

“胜先生，请进屋再叙。”说着，西乡站起身来。一站起来就见他的裤子一直垂到萨摩式的木屐上，样子十分古怪，胜海舟不禁再次笑了起来。

“西乡先生，日本人身穿肥大的西裤，在外国人看来恐怕会十分古怪吧。”

“也许吧，好像在模仿他人一样。”

“在能够熟练地模仿他人之前，一定要多加小心，不然会遭到轻视的。”

“所言极是。西乡最近也开始明白，对待外国人不可大意，这都多亏了先生。”

“哎呀，你能明白就再好不过了，因为现在并非同国子民目眦尽裂地相互战斗之时。”

“所言极是。”

二人登上走廊，走进房间后相视一笑，仿佛所有事情都已说完。想必此时西乡的内心一定比胜海舟想象之中的更加明朗。

关于当时的事，胜海舟曾数次在《断肠记》和《冰川清话》中称赞西乡道：

当时的谈判至关重要。倘若西乡不在官军之中，谈话恐将无法达成一致。至于当时的形势，西乡等人自品川前来，伊知地（东山道参谋，正治）等人则自板桥前来。江户市内得知不日将有官军攻来，亦是一片骚乱。然而，我毫不在意城外官军，眼中只有西乡一人。于是，我手书一封短信，选定田町的萨摩藩邸为谈判地点。（中略）终于来到一个房间内开始谈判，西乡对我所言完全信任，不夹一丝疑念。虽然也有很多困难的提议，但西乡表示全由自己一身承担……仅凭西乡这一句话，江户百万生灵和财产便得以保全，德川氏也免于灭亡……若是换作他人，必然无法如此。他人或者会认为我的话自相矛盾，或者会说我言行不一，或者会说无数凶徒如今不正在市内聚集吗——等等，吹毛求疵地予以各种各样的责难。如此一来，谈判必将破裂。然而，西乡并未说这些蠢话。他通观大局，且十分果断，令我也佩服不已。

事实上，当二人进入房间面对面落座之后，西乡几乎没有再进行任何讨论。胜海舟表示，如今四处上演的小规模争斗只是个别士兵单独行动所至，与庆喜毫无关系，事情会有些漏洞也是在所难免。西乡则点头表示赞同“我会向总督禀告此事”（源自《断肠记》），将总攻延期。

就这样，西乡于16日返回静冈，向总督亲王复命，之后总督亲王又派其前往京都。于是朝廷立刻召开了三职会议（总裁、议定、参与），审议西乡的提案。

自西乡上京到确定江户无血开城，用了半个月时间。在此期间，想必江户市民都战战兢兢，无心做任何事。

最终，朝廷的三职会议采纳了西乡的意见，决定“庆喜其罪虽重，可免一死”。4月4日，经桥本实梁、柳原前光之手将此敕命交给了当时负责留守江户城的田安庆赖。

诏书内容如下：

一、开放江户城，移交至尾张藩。

二、之后返还相应数量的物资，但眼下需暂时上缴所有军舰、铁炮。

三、居住在城内的家臣须移居城外，闭门反省。

四、凡帮助庆喜谋叛之人，一万石以上者由朝廷裁议处置，一万石以下者免除死罪、自行处罚，而后上报朝廷。

五、上述各条执行之后，保留德川氏家名，庆喜于水户反省。

事实上，到此可以说萨摩原来的主张（马基雅弗利主义）已经彻底失败。大政奉还令倒幕论的实体土崩瓦解，而德川家的存续和庆喜被免除死罪的裁决也令征讨朝敌一事在实质上宣告失败。

如此一来，事情便与普通的诸侯骚乱并无多少不同，最终只是将主公处以隐居之罚。因此，从不同的角度来看，可以说萨摩这场甚至搬出了锦旗的夺权斗争，在可称作为民族良心的传统和勤皇面前，已经沦落为极其可笑的滑稽表演……

或许应该说，在如此复杂的政权交替中失去官职的旧幕府官僚们是最可悲的。但是，不久之后一视同仁的录用之道即将开通，可见这其中隐藏的日本的良心与皇室之间的关系是多么令人不可思议。

总之，胜海舟交涉的中心是：自己负责保证静宽院宫的安全，庆喜公的安全则由西乡保证。如此一来，便可令朝廷事态相互纠缠，形成势均力敌之势。这也是胜海舟的心计。

即便如此，我们仍不能忘记，江户百万市民生活获救乃是庆喜、山冈和胜海舟之间的大义、情感、智谋协同努力的功劳。

辞别西乡后，胜海舟立刻前往上野山中拜访庆喜。其时，前往拜访庆喜也令他面临着生命危险，或许不知何时就会从某个地方飞出一颗子弹。因此，他在黑门町附近下了马，将马辔交给身边唯一一名侍从，独自一人向彰义队[1]保护下的山中悄然而去。

胜海舟当时的心境并非如他之后在《冰川清话》中所描述的那样平和安宁。虽然西乡听信胜的话已经返回京都，但在京都既有大久保利通还有岩仓具视那些怪物。

那是一个暗杀随处可见的时代，正因如此胜海舟才感到特别担心。而当他满怀心事来到大慈院的四张榻榻米大小的房间见到庆喜时，不禁发出了一声长长的叹息。

四

庆喜反省的房间只有四张榻榻米大小，连褥子都没有。当时庆喜身穿整齐的和服外褂和裤裙端坐在榻榻米上，面对着书桌，旁边还放着已经熄灭的矮架灯。他大概一直这样翻看着某本书，直至天明。

“将军，您在看什么呢？如此认真。”伴随胜一同前来的高桥伊势守开口问道。庆喜将书的封面在伊势守面前晃了一下，而后将书合了起

[1] 彰义队，无血开城后由幕臣、一桥家臣、攘夷浪人以及江户市民组成的拥护将军庆喜的武装队伍。

来。封面上写着“宋臣言行录”几个字。庆喜任由月代和胡须长长，其模样令人望之心痛。

“你方才说胜海舟回来了？”

“是，还是由安房守汇报经过吧。”

“是吗？海舟，辛苦你了。自你昨夜回来之后，军舰奉行榎本武扬和步兵奉行大鸟圭介都相继前来。”

胜海舟为难地咋了咋舌，跪拜在地，开口说道：“此二人皆为强硬的主战论者，他们想必说了些违背您意愿的话。”

“没错。他们似乎仍未断绝与洛奇（法国公使）的联络。”

“法国也很固执，拿破仑三世仍表示希望站在将军一边。”

庆喜轻轻点了点头，“他们说，这种斗争在欧洲十分常见。虽然号称王党，但对手既然是萨摩，便应毫无顾忌地予以讨伐……”

“若按他们的道理来讲，的确如此……”

“他们说，水户的尊皇只是拘囿于头脑之中的尊皇，是忘记了行使实力的纸上谈兵。我们拥有足以坚决而出色地实行开国的实力，且远胜萨长所想。因此，现在应该坚决讨伐萨长，由我们拥立朝廷，实现真正的勤王。”

“那么将军是如何劝说他们的？”

“我对他们说，在很久以前我也产生过这样的想法。既然是自己曾经走过的路，自然不会不明白，但此事绝不可行。不过……”

“他们无论如何都无法接受吗？”

庆喜再次点了点头，双眼已经变得湿润。

“将军！日本也有了不起的人，一点便通。此人便是西乡。西乡曾握住我的手，下令停止总攻，然后匆忙赶往骏府商议。他或许还会亲自进京，在天皇膝下商议此事。”

“是吗？真是……辛苦你了。”

“好不容易才将大政奉还，倘若此时分裂国家，一切都将变成徒劳。不过，将军，倘若西乡回来说自己无法说服众人，您打算怎么办？”

胜海舟试探般地询问道，庆喜放在腿上的双手却开始微微颤抖。

“我相信日本人……相信深深渗入这片国土的日本人的良心……无论西乡一人的行动和力量如何，我……我对这片国土的信赖都不应发生动摇……”

突然，一直聆听的高桥伊势守大声呜咽起来，整个房间都笼罩在一片哭声之中。

对胜海舟而言，庆喜此时的觉悟便是决定自己行动的灯塔上的指航灯。

他永远是正确观察现实的行动者。海军的榎本武扬和陆军的大鸟圭介仍在推行抗战，纵然西乡完全接纳己方提出的条件，也无法保证能实现无血入城。

（事情并非如此容易……）

从鸟羽、伏见的先例便可看出，一旦萨长一方迫不及待地进入江户，无论指挥者意见如何，都难免会爆发小规模的战斗。而如何对此加以预防和镇压，便是胜海舟的责任。

“既然得知将军的觉悟，我也已下定决心。那么我们就当作会收到退隐水户的消息来安排一切吧。”

“交给你了，只能……交给你了，海舟。”

我再次告诫自己，这才是处理现场的关键。他并不认为将上野山团团围住的愤怒的轮王寺法亲王、松平太郎、彰义队会平安无事地就此离开江户。法亲王曾再三向官军请愿均被驳回，海军也是一样。幕府的军舰和船员仍在榎本武扬的掌握之中，只要榎本一声令下，海军或许便会不顾一切地开炮攻击，奋力突围。

纵然凭借西乡的努力，令朝廷接纳己方的请求，但若是此二人互相呼应，点燃战争的导火索，庆喜退隐水户一事便不可能实现。

“在下有事拜托将军，请将军自此刻起……开始生病。”

庆喜苦笑着说道：“这件事可比生病严重多了。其实，我偶尔的确会腹痛。”

“请您提前向田安中纳言说明——由于生病，纵然退隐一事得到准许，您也无法立刻出发。”

“你是说无法立刻前往水户！？”

“是的。而且，无论您心情如何，都希望您不要会见任何人。”

“这么说，连同伴也要欺骗？”

“将军！万一江户化作焦土，火势将会蔓延到整个日本！”

“的确如此……”

“既然如此，即便是同伴也必须欺骗。将军生病，无法立刻前往水户……倘若不对外散布这一传言，事情的后果恐怕将不止是我胜海舟被后人嗤笑这样简单。”

庆喜目光凌厉地望向胜海舟。对庆喜而言，或许这才是最违背其本意、最为残酷的策略。已是俎上鱼肉的他一定希望至少可以口诵大义，堂堂正正地离开江户。然而，胜海舟却叫他称病不见任何人。他一定是打算叫庆喜不见任何人，假装无法在离开之日出发，却于事前悄悄离开。

（作为最后的将军，可以采取如此凄惨的离去方式吗……）

五

“将军！西乡如今不畏牺牲地正在为拯救将军和江户而努力……可是，倘若江户与百万市民一同化为灰烬，将军也命丧江户……到时西乡会受到赞誉，但您认为遭到嗤笑的又会是谁呢！”

胜海舟不顾一切地劝说着庆喜。

“我很明白将军的遗憾和悔恨，但倘若今日之事无法成功，此前的恭顺将成为谎言，您的苦心将化作泡影。我决不能让将军蒙受如此屈辱。将军！请您无论如何都再忍耐一次！”

庆喜的严厉目光蓦地自胜脸上移开，一行清泪突然自脸颊滑落。

“海舟……”

“是……在。”

“东照权现进入江户的时间是天正十八年（1590年）吧？”

“是的……是在二百七十八年前。”

“自他当上将军也已有二百六十六年了。你想一想，我是权现公的后代……是继承权现公的水户之子，秉承先人教诲，一旦出事，便要站在朝廷一边而非幕府一边……作为水户之子，难道可以一边奉还大政……一边在第二百七十八年偷偷地离开这片土地吗？而且还要欺骗同伴？”

“将军！请您……请您忍耐。”

“我一直勉励自己无论是武勇和耐性均不能逊于权现公……如今却落到这般凄惨下场……”

“将军！正因如此，您才必须一直忍耐下去。倘若将军不能悄然离开，恐怕直至后世，皇国大志都将难以再现。”

“海舟……你不必担心，我已有了觉悟，就按你说的办吧。”

“不胜感激……”胜海舟并未哭泣，而是用手拍击胸膛。

即便情势犹如四面楚歌，也丝毫不放松战术上的计划，这便是胜海舟。

根据他的计划，这样一来，无论彰义队和榎本武扬如何企图暴乱，都可以救出最后的将军。当然，他的这个计划与世人常说的人情或忠义存在本质上的区别。在他看来，为了能让这个国家永远发展下去，就必须让人民一目了然地认识到，谁才是真正的爱国，谁才是真正以朝廷为重而活。

（只有如此，这个国家的繁荣才有希望……）

而且，在这个计划中，德川庆喜作为一方的人证，此时万万不能辞世而去。倘若庆喜此时被杀，历史将按照萨长的意愿被随意改写。如此一来，便无法将全日本的人才聚集到天皇膝下。为了让所有人才跨越各自以藩为中心的利己之墙、让他们看到太阳之眼，庆喜便是最重要的证人。他的革新便在于此。

于是，自第二天起，庆喜便成了一个需要忍受更多孤独静寂的反省之人。除了读书，他只能聆听时而在窗外响起的鸟啼声和风雨声。

庆喜称病谢绝会见，对象甚至包括为胜海舟与西乡会谈创造机会的山冈铁太郎。

朴实的铁太郎并未意识到庆喜是在装病。

“怎能让将军在此时被病魔缠身？”

出于纯真性情，他一直在太医身旁打转，却发现没有任何人前来探病，不禁火冒三丈，口中不住呵斥。

于是，到了4月11日，敕使同西乡一同前来江户，将写有前述五项条件的诏书颁给田安中纳言，而后收缴军器。直至那时，他们仍然相信庆喜还在上野山中。

海军的榎本武扬等人申请将上缴军舰的日子延期一天，到了夜里，他便率领八艘军舰逃离品川海，停泊在房州的馆山海边，窥探官军的举动。

后来经过胜海舟的劝说，他最终向朝廷上缴了四艘军舰，其余归德川氏所有，问题暂时得以解决。然而，当4月11日黎明到来时，庆喜已经不在江户了。

当胜海舟和西乡在前一天商定好所有入城步骤时，庆喜离开上野大慈院的事情便已确定下来。

（庆喜此举是要离开江户，前去水户反省……）

显而易见，胜海舟认为，只要明白这一点，主战论者的愤怒也会得以平抚。

当日天未明，庆喜便身穿黑木棉外褂和小仓缟裤裙，脚踏麻里草鞋，离开了大慈院。时至破晓的上野山中频频响起杜鹃啼声，此起彼伏。

随从有大旗本新村主计头、成田下总守、千田要等七八人，均为高桥伊势守和胜海舟挑选之人。除此之外，还在各个十字路口安排了人手，以保证庆喜一行得以顺利通过。

队伍最前方有人打着一盏印有宽永寺寺纹的灯笼，烛光不时地微微摇曳。一行人走下上野山，来到通往千住的路口。从表面上乍一看去，人们只认为是宽永寺的寺院武士一大早有事外出。没人注意到最后的将军离开江户的身影，只有麻里草鞋踏在积满露水的地面时发出的声音在耳边回响。

然而，到了千住大桥附近，不知从何处走漏了风声，送行之人变得越来越多。在微明的天色之中，只见那些人伏地跪拜，其中还有人啜泣不止，甚至有人禁不住喊出名号高呼道：

“将军！您就这样走了吗……”

“实在太遗憾了。”

“太遗憾了。”

每逢如此，走在最前面的新村主计头便出手加以制止。然而，当一行人正要经过大桥时，一个人影突然冲过阻碍抓住了庆喜的裤脚。

“将军！呜……呜……”

虽然来人并未特意报上姓名，但庆喜一眼便认出来了。与其说这是山冈铁太郎的啜泣，还不如说大声恸哭来得贴切……

“是铁太郎吗？”

庆喜目光炯炯地望向对方，开口问道。只见铁太郎忘我地在清晨的雾霭中爬了过来，仍旧痛哭不已。

“我要暂时前往水户。”

“呜……呜……”

“我去水户反省，你明白我的心意吧？”

“是……是的。只有水户……只有水户才是将军心之所属，才是思慕朝廷的故乡。”

“说得好。正因如此，我才会去，你要明白啊。”

“将军！水户满是思慕朝廷的志士们的亡灵……那些亡灵将会满怀何等的欣喜来迎接您啊……”

“是啊……那片土地上沉睡着众多始终如一的人，远比长州和萨摩多得多……”

“不，那些人一定会纷纷醒来一同迎接将军。他们的声音……他们的声音一定会令新世界睁开眼睛的。将军！在将军恭顺的声音响彻整个日本之前……在此之前……无论如何！无论如何！请您一定要忍耐！”

“铁太郎，天快亮了，再见。”

“是！天快亮了。将军抵达水户时，清晨将会再次来临……我也一定会忍耐的……”

说到这里，新村主计头突然上前插嘴说道：“时辰已过，尽快上路吧……”

“再见，保重。”

“将军……”

“不要再哭了，此前是江户，此后将是迈向新世界的第一步……我会一直守护着这个新世界，一生贯彻恭顺。再见。”

四周拜倒的众人歇斯底里地放声恸哭，桥下奔涌的浪潮声和麻里草鞋踏在地上的干涩声音透过哭声，直入人心。

庆喜凝望前方的天空，迈步前行。他再次想起胜所说的话——自天正十八年（1590年）起，如今已是第二百七十八年。

前方的天空已经开始放亮，甚至可以隐约看见鸟儿飞翔的身影。

（是啊，接纳江户城的敕使一行此刻正要离开品川的宿营了吧……）

想到这里，庆喜再次感到内心深处传来一阵痉挛般的剧痛，不禁产生出一种幻觉，不知道现在走在路上的究竟是家康还是自己。

（这是历史的变迁……）

其时，日本的安定便是先于万事万象的历史的希望所在，二百七十八年后，历史的车轮开始缓缓朝着世界安定的方向驶去。

（仅此而已……）

在这新世界中生存下去，只要一直思慕着天长地久的皇宫即可。

一行出了江户，只见轿子已候在桥对面。能够看见轿子，便证明天已亮了。

恭顺之鬼

一

水户的土地散发着一种大火过后的凄凉与荒芜。自烈公以来，炽烈的勤皇热火与以幕府为重的俗论党反复冲突，双方流下的鲜血如浪潮一般，使这里的城堡、大地、壕沟以及石墙都给人极其荒芜的感觉。

眼前一切让人心中满是痛楚，仿佛这里便是一间巨大的废屋，而住在里面的整个家族均已亡命。

在这种气氛中，残留下来的重臣们默默地迎接庆喜，将其接入曾令整个日本青年为之血脉贲张不已的藩校——弘道馆。

出迎众人大都没有说话，刚刚抵达的庆喜也一直保持沉默。

这所建筑是多么令人怀念啊！昔日，他与兄长五郎麿（池田庆德）、弟弟八郎麿（松平直候）、九郎麿（池田茂政）等人欢快地一同来此上学的情景宛如昨日般清晰地在脑海中浮现。

说起来，自移居一桥家起，庆喜便在种种政治的波浪中浮沉，今日又重新回到这里，回首自己的一生，不禁恍然如梦。

父亲烈公喜欢梅树，便在院中栽种了各种梅树，如今已结出青色的果实，偶尔还会响起鸟儿尖锐的啼叫。

（人的一生……）

人生究竟是什么？

刻有藤田东湖亲笔所书的弘道馆记的石碑矗立在那里，静静地与自已相望。石碑周围曾是全国书生志士的圣地，从这里喷涌出的活力四射的思想之泉，决定了他们的生死，并在全国各地孕育出成千上万朵革新之花。

最终，这种无比热情的思想直接向实践进发。

“由水户将过去的一切破坏殆尽，紧接着由长州来负责重建明天。”

年轻且充满活力的水、长联盟也如昨日方去，其纯粹热情熊熊燃烧，引发了安政大狱，又令樱田门外血染白雪……所有的这些往事仍然历历在目。

至少在当时，庆喜是这些志士们的希望之星。然而，事态一波三折，渐渐地理想被染上了现实政治的污垢。不，应该说是变得分不清哪些是污垢，哪些是纯粹之情。而后，事态继续不断变化，最终又令庆喜蒙上了贼名。

但事实上，在如此剧烈的变化之中，只有水户藩一家始终如一地展开斗争，甚至不惜让全藩变作空城……

庆喜站在玄关，面对如怒涛般自大门涌来的感慨，不禁感到手足无措。

（是啊，只有这弘道馆无所不知……）

只要凝聚所有意志在此保持恭顺，相信人们将会重新意识到，各自行动的目标是什么，心中真正所期望的又是什么。除此之外，如今的庆喜没有任何力量来说服众人。对他而言，剩下的唯一任务便是贯彻超越一切政治的沉默和反省。

“皇宫在哪个方向？”庆喜进入屋中后，静静地问道。

听到庆喜询问京都的方向，出迎的水户重臣伊藤玄蕃语气沉重地作了回答。

庆喜默默地面朝京都方向伏地跪拜，在拜倒的同时，一种难过涌上了心头。对水户而言，身居九重天外的天皇是连接理想与现实的梦幻桥梁，是绝对的存在，而如今，天皇或许已被强行拖至了俗世之中。

自太政官厅于该年春天（正月二十七日）移至二条城以来，岩仓、大久保等人不停奏请天皇亲征庆喜，频频提议迁都大坂。

当然，双方的目的并不一致。岩仓企图令天皇成为武人大元帅，实现以王政复古为名的夺权，而大久保等人的举动则是为了令萨摩取得以天皇政治为名的新政府的主导权。在这些近侍的包围之下，水户所期望的高远的国体之梦如今正濒临破灭。

（幼帝究竟还能否继续留在皇宫之中？）

想到这里，庆喜觉得弘道馆的巨大屋顶仿佛直接压进了自己的身体，不禁由拜倒变为了啜泣。他未曾想到，为了开始反省而在弘道馆进行的此番遥拜竟会令自己的良心感到如此痛苦……

庆喜此刻的悲伤正如同太平记中的大楠公说的那般难以道尽："只需得知正成[1]一人在世，便足以安抚圣虑。"

显而易见，"圣虑"并非指世俗之人的智慧，而是太阳之光所代表的创造天地的大自然（神）的意志。违抗该意志者亡，奉行该意志者生——这便是自日本历史中探寻出的万代不易的水户精神。

如今的庆喜虽然仍旧信奉这种精神，但其忠诚却并未能神出鬼没般地活跃于世。甚至可以说，庆喜已被逼至窘境，除了表现恭顺以外别无他法。

（为何会这样……）

虽然口中倡导着绝对忠诚，却不胜惶恐地失去先帝。如今，他又不得不将幼帝交到那些不辨是非的近侍手中，坐视他们簇拥幼帝，将神武东征之前的苦难强加其身……庆喜终于忍不住潸然泪下。

过于遥远的事情暂且不提，自权现公传至赖房，又自赖房传至光圀，再到齐昭，对朝廷绵延不绝的敬慕最终甚至令庆喜决定奉还大政。但无论它多么美丽、多么浪漫，依然遭到了不可理喻的现实主义的践踏。一念及此，庆喜又感到一阵难以遏制的悲伤，仿佛自己被切成了无数碎块。

（是啊……弘道馆远比宽永寺更加沉重……）

---

［1］　楠木正成（1294—1336），南北朝时代的武将，被世人称为"大楠公"。此处的"正成"是对自己的简称。

庆喜领悟到，正是祖祖辈辈发自内心的悲伤将自己唤来这里，眼泪不禁簌簌而下。

二

在庆喜抵达水户的第五天下午，乳母高野鹿子在伊藤玄蕃的引领下前往弘道馆拜访了庆喜。

鹿子是藤田东湖的妹妹，被庆喜的生母文明院（有栖川宫吉子）选中，尚待字闺中便成为庆喜的乳母。不久，庆喜成为一桥家的养子，鹿子便在自己的家塾之中挑选了一名女学生——也就是一色须贺，送至庆喜身边服侍。此人与庆喜可谓颇有因缘。

庆喜自然拒绝会见。理由极其简单——自己是蒙受贼名的反省之身，纵是家人亲族，也不应会见。

伊藤玄蕃向鹿子转告了庆喜的意思后，鹿子笑着说道："看来将军已经变成恭顺之鬼了。鹿子如今是久木久敬的妻子，在还是藤田东湖的妹妹时——不，还是将军的乳母高野时，便已是水户的女鬼。如今，一个鬼拒绝与另一个鬼见面……岂不成了鬼怕鬼？请您再通报一次，哪怕让我悄悄见他一面也好。"

她便是如此固执的女性。庆喜对她的脾气也十分熟悉，只好同意隔着拉门见面。

"我不能主动和她说话……"庆喜开口说道，话语之中满含眷念之情，"你告诉她，只要见到我平安无事，便须尽快离去。"

"明白。"

于是，伊藤玄蕃带领鹿子来到庆喜的起居室，鹿子则在旁边的房间迅速与玄蕃调换了位置。

她装作若无其事地率先打开拉门说道："将军，伊藤玄蕃已经按照您的吩咐退下了。"转眼之间，她便坐在了门内，自己成了传话人。

藤田东湖曾以无可挑剔的豪放气概集天下志士们的信赖于一身，但比之其妹鹿子尚要略逊一筹。

“将军！玄蕃先生说……他很想念您。”

“是吗？玄蕃这样说？”

“是的。他说……水户之魂重归水户，没有比这更令人感到喜悦的了。”

“我明白了，他……他是这样说的？”

“是的。将军！水户最近流行恶性麻疹，因此，除了玄蕃先生之外，请不要与其他人同处一室。”

玄蕃吓了一跳，庆喜也不禁瞪大眼睛。

“什么？大家都染上流行病了！？”

“是的。那人说，倘若染上了以幕府为重的麻疹，将军的水户精神将难以维系，因此务必多加小心……”

“多加小心……是谁说的？”

“是文明院老夫人说的。”

“什么？你……见过家母了？”

“是的……在松户的隐居处。她比以前气色更好。她希望将军把迄今为止的辛苦看做幼时的针灸，叫您不要因区区针灸之苦便失声大叫。”说着，这位女鬼终于张嘴轻声呜咽起来。

“高野，你近前来……你又不是麻疹。”

听到母亲的名字，庆喜终于忍不住主动开口。鹿子慌忙擦去眼泪，移上前去。

“将军！鬼是不会染上传染病的。”

“是吗？既然如此，我也不怕染上。我不是恭顺之鬼吗……你的两鬓也变白了。”

“是啊，当年将小猫挂在梅枝上的将军也已长大成人……成了能够彰显国家大义的独一无二的了不起之人……”

“高野！”

“是……将军……”

“你……你在夸奖我吗？”

“是……是的。不，绝非仅有我一人，老夫人也好，烈公也好，大家都很高兴……老夫人说，最高兴的应该便是先帝……”

“是吗？父亲和母亲都很高兴？”

“因此，当我得知将军抵达水户时，当日便立刻为父亲（幽谷）和哥哥（东湖）上了香。”

“是吗，不胜感谢。”

“当然，还有外甥小四郎和市之进。将军！这是水户长久的斗争。”

“嗯……你是这样认为的吗？”

“是的。从东照权现的遗言到义公、烈公的理论……历史上没有任何东西能够胜过这份现实存在的忠诚。鹿子……不，在将军年幼时服侍的高野……如今也在聚集此地的百姓子弟，加以训诫。我告诉他们，要昂首挺胸，因为我们才是勤皇之鬼的传人……”

“高野！够了，够了。天下很快便会明白的。我现在决不会感到后悔和悲伤，你也要成为一个好婆婆，不要过分斥责身边的人。”

听到这句话，鹿子轻轻翘嘴笑了起来。她一边笑，一边向后退去。

“将军，您知道吗？我这个老太婆如今仍在您身边一直注视着您呢。”

“什么？你在我身边……”

“是的。便是如今留在江户的一色须贺。须贺是我这个老太婆的分身……是我分出魂魄和血液培养出来的水户弟子。”

“须贺吗……”

“须贺的奉公便是我的奉公……不，应该是水户的奉公……请不要忘记。”

庆喜一时无言以对，只好张皇地环顾四方。

“你……你和须贺也在互通书信吗？”

“是的。须贺虽在江户侍奉您的亲人，心中却无时无刻不在挂念着将军。”说到这里，鹿子又露出严肃的表情，“我老太婆是东湖的妹妹，我要训斥！我要一直训斥男人毫无节操的轻浮，直至死去。我要将这可悲的鬼之道铭刻心中，一直训斥下去……”

三

庆喜与鹿子的会面令庆喜想起了许多令人怀念的水户之人。有母亲，有须贺，还有留在江户的亲人。不，除此以外，还有庆喜身边死去的众多人的脸。

庆喜眼前首先浮现出了在雉子桥御门被杀的中根长十郎清晰的脸庞，也看见了在京都死去的平冈圆四郎的容貌。还有原市之进、井上甚三郎、武田耕云斋、藤田小四郎……这些人虽已人鬼殊途，却仍与庆喜保持着不可思议的联系。

“高野啊，在这场骚乱中，庆喜究竟杀了多少人啊……每当念及此处，便觉罪孽深重。”

“您在说什么呀，大家都是为了令更多人活下来而作出的宝贵牺牲……您若是这样说，今后还将持续出现的牺牲岂非可悲？”

“是吗？真正的悲哀自此方始吗……”

“是的。水户领内残存的天狗与俗论之间的斗争尚未平息，会津及其他藩对官军的憎恨也不会即刻消除。事实上，须贺写来的信中曾经提到某个名叫新门之人的女儿。”

“什么？新门的……是阿芳吗？”

“是的。那个叫阿芳的人被人从京都送回江户，声称官军进入江户之日，她将先于父亲自决，须贺好不容易才将其劝阻……”

“唔。”

“有人死亡，便有人获救，有人诞生……只有这一点是将军无法随心所欲的……”

“话虽如此，但大家的不幸却都与我有直接关系。”

“因此，才要将心交给鬼……”

“果然还是恭顺第一吗？”

“是的，只有鬼才能理解水户之心。”

“是啊……是啊，庆喜该就此默默地消失，没错……默默地消失，只是不停祈祷新帝时代的繁荣……这便是本来的水户之心。”

“将军！高野……高野感到十分自豪。得以在将军幼时侍奉左右，实在是我无上的生存意义。据说，庶民们曾给将军起了个‘倔犟公’的绰号。烈公的儿子是日本第一的倔犟公……不要再让任何人看到您的眼泪，就像须贺一样……是的，要超越悲伤。”

“哈哈哈，高野的话还是那般厉害啊。”

“是。将军还记得吗？您年幼时的睡姿。”

“嗯，那时睡姿十分难看……”

“是的。为了纠正睡姿，我与井上甚三先生经过商量，决定在您枕头两边竖起两把剃刀，将脑袋夹在中间。”

“又令我想起可怕的事情了。”

“当然，此举得到了老夫人的允许。于是，将军自当夜起睡觉便一动不动了。希望您能想起当时的事。”

听到这里，庆喜不禁微微皱眉。无论怎么听，这都是对他的暗示。

（没错！只要下定决心，没有什么事是做不到的！）

看来鹿子此番前来似乎是出自庆喜母亲文明夫人的授意。既已决定恭顺，便不要心生动摇。要做日本第一的俎上鱼肉，将倔犟公倔犟到底——母亲的这种心情加上鹿子原有的智慧，令庆喜从她的话中既感到了安慰也感到了鼓励。

鹿子与庆喜交谈了近一刻钟，随后便即离去。

在离开时，她反复叮嘱庆喜不要担心正在反省的家人，因为鹿子的分身——须贺会一直在他们身旁。在任何情况下，须贺都可以保持冷静，既不会哭泣，也不会感到狼狈。鹿子告诉庆喜，他的母亲文明夫人也深知此事，因此要庆喜继续安心反省，而后便离开了。

最令庆喜内心感动的是，直至今日这一地步，母亲和鹿子仍然没有做出任何愚蠢举动。

母亲吉子（文明夫人本名）生于有栖川亲王家，是被任命为征东大都督的有栖川宫炽仁亲王的大叔母。因此，倘若她夹杂私情提出请愿或做出解释，庆喜也无可奈何，但她并未这样做。

或许是因为文明夫人十分清楚自己的儿子与炽仁亲王在政治上的器量差距。事实上，庆喜具备罕见的领导能力，而炽仁亲王却并无这一资质。

鹿子离开后，庆喜的心稍微平和了一些，犹如一点曙光照射在窗户上的感觉。

田安龟之助被立为嗣子，德川宗家的存续已不成问题。尾张被任命守卫江户城，得以施展才干，越前则经常作为新政府的协商人员，在双方之间斡旋。而由于与和宫之间的关系，纪州也得以安定。

眼下无法平抚的是会津和桑名两藩的现状，唯有此事是庆喜最担心的。从不同的角度来考虑，庆喜或许会被认为是欺骗了会津的容保和桑名的定敬两兄弟而自京都逃至江户的。

虽然为了避免在京都的新帝膝下爆发激烈冲突，除此之外别无他法，但从人情上来说，或许这才是最大的不信任和背叛。

庆喜在上野忍冈的大慈院隐居反省时曾留下这样一首诗歌——

为君为国身暂隐

忍冈僧衣墨染袖

这首诗歌并非庆喜所作，而是揣测其心境的幕臣所作。庆喜虽然反复思量着“必须变成恭顺之鬼”，但对这二藩的抱歉之情却成了他最大的自责。

“为了结果而欺骗了同伴。”

作为站在风口浪尖之人，这种悲哀有时在所难免。

“倘若那时的我一直咏诵诗歌，怎会仅止于暂时隐居。”庆喜后来如此述怀道，“岂止暂时，恐怕只能终生遁世……”

必须变成恭顺之鬼的觉悟与自其中引出的强烈反省和自责紧密连在了一起。

四

此处不得不提的是，在庆喜离开江户的六天前，他的兄弟——水户第十代藩主庆笃在水户去世，享年三十七岁。

病名为脚气攻心，自然是由于内心操劳及领地生活的艰难所致。正因如此，水户才笼罩着一层令人不快的阴晦之气。而当此天下大乱之际，嗣子人选自然不可轻易决定。

事实上，庆笃是庆喜的亲哥哥，其时跟随涩泽荣一前往巴黎留学的十八麿昭武已被定为继承人，但如今连德川宗家也前途未卜，因此事情并无进展。

庆喜会见鹿子的第二天，水户藩的伊藤玄蕃再次前来弘道馆造访庆喜。玄蕃或许是打算征询庆喜针对继嗣问题的意见，但却未能说出口。

因为他听到庆喜身边的新村主计头说，在庆喜离开大慈院后，聚集在上野的彰义队仍然打算一战。他们命令新门辰五郎在上野山周围修筑城郭，与进入市街的官军对抗。

其时，庆喜仍旧默默地向皇宫施了一礼，而后缓缓闭起含泪的双眼。

彰义队最初的任务当然是负责市内警戒。他们的总人数多达三千，经常提着写有大大的“彰”字或“义”字的灯笼，在市内巡逻，受到市民的感谢。

随着官军逼近江户，彰义队分成了天野派和涩泽派，最终首领涩泽成一郎也离开了彰义队。涩泽走后，三千五百石的旗本本多邦之辅暂时成为大将，但很快他也退出了。自那时起，彰义队便变成了无视庆喜和胜命令的暴兵。

有消息称，如今队员们由天野八郎等四人带领，从一番队到十八番队，人人身穿下摆窄小的义经裤裙和淡蓝色的开襟外褂，佩带细长的朱鞘大刀，趾高气扬地在市内昂首阔步。

无论如何，官军进城在道义上是说不通的。朝廷完全无视德川家二百六十余年的忠诚，不管三七二十一便将贼名强加于庆喜，反而导致他们开始反抗庆喜的统制。

不，不仅如此。宽永寺的杂务觉王院和轮王寺亲王（公现法亲王，小松宫嘉彰亲王之弟）如今也已成为彰义队的核心成员，认为他们才是明白真正大义之人。

“因此，山冈铁舟才会亲自前往上野，宣告解散。”

此时，庆喜仍然只是默默地听着，决不发表任何意见。

“可是，不仅队员，连觉王院都不听。他如此说道：‘你还有何面目来此山中？时至今日虽名为朝廷，实乃萨长叛乱。你代代沐浴德川恩泽，竟然一朝便已忘却？德川家的祖先对此事早已有所察觉，方营建此山，尊奉皇族为主，你难道忘记了吗？’法亲王若也是这番想法的话，此事不见血终究无法收场。”

庆喜仍旧一言不发，正在隔壁房间隔着拉门倾听的伊藤玄蕃也仿佛肝肠寸断。

从道理上来讲，觉王院所言不差，轮王寺法亲王的想法也是对的……然而，已经即位的当今天子已被萨长夺走，倘若致使双方对立，岂不如同南北朝六十余年斗争史再现吗……

如此一来将会与家康的意志发生严重龃龉，而家康也一定是考虑到皇统发生万一的情况，才用心良苦地将一名亲王迎至关东。然而，此举并非为了东西相争，而是希望能在叛臣暴乱时用以维持皇室正统。正因如此，庆喜为了避免一分为二，才做出大政奉还这一前所未有的举动。

（为何朝廷完全无法理解这份忠诚之心呢……）

“绝不可忽视法亲王的愤怒……铁舟和胜海舟说这句话时都很痛心。法亲王认为自己的主张才是正确的，如今正在劝说奥羽十七藩结成同盟。倘若奥羽十七藩相信如此方为大义并奋然起兵，那将军的恭顺不就徒劳了吗？虽然您尚在反省中，此举多有不妥，但能否请您下达一些指示？”

在隔壁房间的伊藤玄蕃情不自禁地探出身子，新村主计头的发问就像是他自己的话一样，令他感到切身般的心痛。

然而，庆喜仍旧没有回答，主计头的声音不禁陡然低沉下去："不行吗……这我明白，但是我听说只要彰义队老实解散，德川家便可以保住百万石的大名身份。因此彰义队虽欲行忠义之事，实则却是在摧毁宗家……"

"……"

"是的，轮王寺亲王也好，觉王院也好，全都一样。听说觉王院等人都嘲笑将军怯懦，称赞彰义队的队员才是深明大义的真正武士。"

"……"

"而且，据说在战争期间，队员日薪十两白银，预付五两，可谓毫不吝惜金钱。大家都已准备战死沙场，故而挥金如土。队员夜夜流连于吉原[1]，寻花问柳，只当作是在这个世界上的最后放纵……"

"……"

"您有所不知，他们每次反抗，宗家的百万石俸禄便会被削减……但即便如此，也不应歪曲是非……是的，在下并不担心彰义队本身，他们早晚都会被平息，在下担心的是奥羽十七藩以此为契机而结成同盟。"

庆喜仍旧没有回答。看来这个俎上鱼肉已经变成了一个鬼，将希望全部寄托于"尊皇绝对"的水户之道，似乎只有贯彻水户之道才是他唯一的生存价值。

[1] 吉原，江户时代公开允许的妓院集中地，位于东京都台东区，这一地名到1966年为止一直存在。

黎明前夕

一

人类通常不会意识到，推动时代潮流的正是人类本身。

一般人们会产生一种错觉，认为时代潮流这一巨大洪流来自他方，抵抗者亡，顺从者昌。而当人们意识到这种错觉时，便会发现超越并贯穿时间的真理的存在。

进入江户城时的西乡已不是离开京都时的西乡。他与胜海舟完成开放江户城的交涉后，并未打算亲自进城。

（自已进入江户城悠闲地休息，太对不住庆喜……）

他已经通过铁舟和海舟，明白了庆喜“恭顺”的严肃含义。

笔者以为，在西乡对大久保利通之流的马基雅弗利主义进行反省的同时，年轻的明治天皇也已开始表现出一个罕有明君的成长历程。

该年3月14日，“五条誓文”以天皇名义公布于世。其时，天皇一定以为，自己不得不亲自指挥全军，讨伐贼臣庆喜。这种氛围充斥在以岩仓为首的近侍中间，难以改变。

一、广开会议，万机皆由公论决定。

二、上下一心，盛行经纶。

三、官武一途及至庶民，亦当各遂其志，以至人心不倦。

四、破除旧有陋习，遵从天地皇道。

五、求知识于世界，大振皇基。

为行我国前所未有之变革，朕欲躬亲先众，立誓于天地神明，努力确定国是，树立保全万民之道。民众亦当基于此旨，齐心协力。

帝名（玉玺）

这一草案是由后来与山内一丰一同前往土佐的土州藩士——大和柳生一族的福冈藤次和越前的三冈八郎所作。先由三冈执笔起草，再由福冈逐一修正字句，最后再附上著名的“天皇御笔”公诸于众。

这里需要特别注意的是，这份“五条誓文”并非天皇向民众颁布之物，而是天皇自己向天地神明立誓的誓文，其中体现出了对此前天皇政治的不变信念，可以称得上是所有议会主义、世界主义的日本人的圣典。

这其中自然极大地反映了年轻天皇的内心世界。想必天皇是站在跨越一切政治问题的立场之上，认真地立下了这一誓言。而且，笔者以为，这一誓言进一步照射到全国民众身上，成为了孕育出明治人真挚而坚定的气质和对天皇敬爱之情的基石。

也就是说，为了追随觉醒的天皇，水户也重新在西乡心中复苏。这似乎并非笔者的独断。

西乡之所以没有进入江户城，是想到庆喜和胜的苦心，为了亲自警戒市内的骚乱。他让东海先锋总督桥本少将实梁、副总督柳原中纳言前光、参谋海江田武次、木梨精一郎、参谋助理吉村长兵卫及其他人等入住迁至城内的总督府，各自住在合适的房间内，自己则一直住在城外，与众多士兵一同起居，警戒叛乱。

不管怎样，自天正十八年（1590年）7月1日以来，历经二百七十八年的德川氏居所终于实现无血开城。

（不能令庆喜的决心蒙上污点……）

针对如何处置庆喜，当时的亲王、三职及其他人等尚未统一意见。

有人提议赐其自尽（剖腹），有人提议处以流放之刑，有人提议将其禁锢于西南诸国领内，有人提议令其终身寄居水户藩，有人提议勒令其于德川家继承人的领内隐居反省……无论哪种意见，都是出于对自己有益的算计。而且，这些人都不知羞耻地表示：“这是时代潮流所决定的啊！”

总之，德川家的存续得到了认可，但关于其所领俸禄，众人却又各持己见。有人说三百万石，有人说一万石——他们竟然以为仅旗本便有八万骑的德川家会接受一万石的俸禄，实在令人哭笑不得。

三百万石、二百万石、一百万石、五十万石、二十万石、三万石、一万石——仅仅关于所领俸禄，便出现了七种意见。

当然，继承人也未确定。多数公卿主张立尾张公子元千代，因为尾张与官军关系最近。然而，幕府认为继承人非当时年仅六岁的田安龟之助不可，庆喜似乎也深以为然。

如此一来，西乡也不得不顺着这一思路加以考虑。继承人出自田安家，所领俸禄最低为百万石级，所有家臣均自行予以处置。

关于这个处置方法，西乡的想法也与以前迥然不同。

（你我皆为皇国民……）

无论是旗本还是幕臣，只要是英才，便应加以提拔。文武一途及至庶民，亦当各遂其志，如此方为皇国……正因如此，他才身先士卒，亲自担任市内警卫工作，打算等待聚集在上野山中的彰义队自行解散。

军用资金不可能长久地维持下去，海舟和铁舟的奔走也逐渐开始奏效。只要彰义队自行解散，德川家百万石存续就会变得大有希望，庆喜的愿望也可以堂堂正正地实现。

然而，世间并非仅仅存在这些计划。大村益次郎以军防局审判员的身份来到江户声称：“应即刻讨伐彰义队！”

世上总是存在某些专家，认为不顺应时代潮流便会落后，事态将会进一步恶化。大村益次郎便是这样一名军事专家……

二

在军事方面，长州的大村益次郎无疑是一名杰出人才。他生于周防铸钱司村的医药世家，倘若世道未变，他一定会成为一名笃学不倦的兰学医师而受人景仰。

他起初进入绪方洪庵[1]的私塾学习，深感掌握西洋学的必要，便前往长崎，通过奥山静叔的介绍，跟随西博尔德[2]学习，并担任洪庵塾的塾长。自从他被宇和岛的伊达宗城发掘，便开始讲授西洋军事学，走上了一条不可思议的道路，可以说是个时代之子。

他之所以得到毛利家的重用，是因为在庆应二年（1866年）6月，当幕府计划第二次讨伐长州时，他作为石州方面的参谋，曾立下卓越功勋。于是，这个男人从医生变为军人，于该年正月同毛利世子一同进京，其才能得到认可，便以军防局审判员的身份来到了江户。这位风云人物独具特色，既可以称他为战争承包人，也可以说他是新知识、新制度的推销者。

与历经漫长岁月磨砺而形成的日本武士道不同，他懂得西博尔德的荷兰学、赫本[3]的英国学等新知识，并利用这些知识逐渐地出人头地，可以称得上是面向乱世、面向新时代的英才。

因此，到了明治二年（1869年），他被任命为永世俸禄一千五百石的兵部大辅。他不仅巩固了征兵制度的基础，还确立了明治陆海军的制度——陆军学习法国，海军学习英国——这一点与庆喜是一致的。此外，他还设立兵工厂、军医院，并上书提议在海军设立镇守府，在陆军设立镇台。

当然，他因锋芒太盛，于同年9月4日在木屋町的旅馆内被长州藩士神代直人、越后的五十岚贞利等人砍伤，于11月5日在大坂的医院去世，享年四十六岁。

---

[1] 绪方洪庵（1810—1863），兰学学者、医生，在大坂开创私塾，培养人才。

[2] 菲利普•弗朗兹•冯•西博尔德（1796—1866），德国内科医生、植物学家、日本文化研究者。

[3] 詹姆斯•柯蒂斯•赫本（1815—1911），美国医师，曾到日本作医疗及传道的宣讲师，编写了第一本日英词典《和英语林集成》。

像他这样不得善终的英才都如同商量过一般有着同样一种习惯，那便是无论对待何事，都恃才放旷、急于求成。大村益次郎出现在彰义队面前后，官军立刻决定于5月15日对上野山发动总攻，而且他们并不打算夜间进攻，而是决定在白天光明正大地发动炮击。

“夜间进攻，若被纵火则损失难以估量，因此一定要在白天进攻。”

事实确实如此。但如此一来，是否应该对敌人即刻施以讨伐，便成为了对五条誓文中所谓的天地公道最大的疑问。

其时，算上无家可归的少年和苦力，彰义队的士兵也不足两千人，而进攻的官军包括列藩二十一家，约有一万两千人。上野山的防守面积为三十万坪，总共约百万平方公里的大范围，而且必须守卫的入口多达八个。此外，在上缴军器之后，彰义队便一直面临着新式枪械数量不足的问题。

彰义队不管怎样都没有胜算，纵然不是大村，任何人带领官军进攻都能获胜……

但打必胜之仗究竟是否为名将所为呢……

于是上野山就此沦陷。那些意欲贯彻悲怆信念的人们血流成河，壮烈牺牲。根据天野八郎的手记记载，弃尸六百有余，伤者不计其数……

彰义队的战斗是何等惨烈，此处已无法描绘。总之，如此一来，庆喜的“恭顺”上便多了一道伤口。

对坚决贯彻国体尊严的人们而言，这道伤口绝对非同小可。官军将“蛮不讲理”的贼名强加于彰义队，却意外地令国体本身溅上了污点。而在物质上德川家原本或许能够保留一百万石的俸禄，也因此减到了七十万石。这一算计应加以注意。

陆上有彰义队，海上有榎本的逃脱——只需冷静地玩味这两个事件所代表的意义即可。榎本等人也好，彰义队也好，只要他们无法将对手视作皇军，便不会停止抵抗。

“挟天子而入歧途！”

绝不能默默地屈服于如此行为。纵然这种想法之中存在极大缺陷，但仅仅加以责备也是无济于事的。

不，萨长之间已经开始对此进行反省，年轻的明治天皇的双眸也在熠熠生辉。倘若此事并非发生在日本，而是发生在欧洲，则上述两件事一定会被大肆宣扬，庆喜的愿望也将彻底化作泡影。大东亚战争时的山下奉文[1]和本间雅晴[2]被毫无争议地处以绞刑——想想这个例子便可明白。

总之，虽然发生了两起抵抗事件，德川家仍以七十万石大名的身份留在了骏府，由此可见日本国特有的反省的强大。

在任何集团中，既有良心，也存在企图顺应时代潮流的效仿者。不，这些集团行动的双方面都有着不可思议的清晰脉络，互相影响着四周的事物。

就结论而言，西乡深体圣意，救了庆喜，而黑田清隆[3]则将榎本武扬从北海道救到了天皇膝下。

西乡和黑田均为萨藩出身，而对此事感到最为欣喜者之中便有长州的木户孝允（桂小五郎）。正是这些人的存在构建了明治天皇伟业的基石。而站在更高的境界来看，可以说，这才是日本传统的天地公道，因为其中流淌着致力于寻找这种公道并鼓舞人心的水户雄浑的精神。

总之，彰义队在上野的惨败绝不会简单地仅以这一局面下的惨败告终。以此为契机，以会津为中心的奥羽诸藩顺势整装，愤然而起。

庆喜绝对恭顺的态度虽然也令他们有所反省，但先入为主的强烈憎恨之情使他们异常愤慨："是他们蛮不讲理攻打过来的！""怎能束手挨打！"最终，固执的武士之道和本能的自卫相连，对官军的反感深深地扎入了众人心中。

---

[1] 山下奉文（1885—1946），日本陆军上将，战犯，多次对平民进行屠杀，1946年在马尼拉被处以绞刑。

[2] 本间雅晴（1887—1946），日本陆军中将，战犯，以在菲律宾蹩脚地击败麦克阿瑟后被其蓄意报复出名。

[3] 黑田清隆（1840—1900），日本第二任内阁总理大臣。

三

在以会津为中心的奥羽诸藩之中，有很多人认为，在将戊辰战争视作战争之前，首先必须将其视作“政治”。

身居天皇膝下发号施令者是官军，随意违抗其意者皆为贼人。这种形式化的皇宫争夺战是正要面向世界打开国门的日本人的理性所无法接受的。因此，倘若官军之中存在哪怕极少的一些关心“政治”之人，那么好不容易才实现的江户无血开城，便不应该如此急于毁灭彰义队。

显而易见，倘若彰义队败北，愤愤不平的旗本自然会分散到东北地方一带。与其如此，倒不如将这些愤愤不平的病菌悄悄封闭在上野山中，向他们慢慢渗透圣虑的宽广及五条誓文所宣扬的朝廷传统。

然而，这些都被企图利用时势的冲动和大村益次郎富于西洋式智略的作战头脑彻底破坏掉了。

在诸外国眼中，明治以后的日本十分好战，被指责为军国主义。事实上，最初的好战萌芽便出现在明治元年（1868年）的戊辰战争中。

原本只需一些时间，这种对立便可冷却下来。然而，急功近利之心反而亲手将不平和憎恨的病菌散播到了东北。他们藉攻陷上野之势，将战线扩大到了整个东北。

“不并肩战斗一次，士兵是不会变强的。”

官军以此为由，除了萨长以外，还自加贺、尾张、土佐、大垣、越前、高田、松代、松本等诸藩借兵，之后甚至还向西国借兵，最终将十万大军送上了战场。

另一方面，东军（关东幕府一方）的主力则是会津和长冈两藩士兵，另外还有仙台、米泽、庄内、南部、二本松、三春、棚仓及其他二十余藩的联合军队六七万人，也不得不加入这场战争之中。

其中，只有仙台、米泽和会津三藩向其他领国出兵，其余诸藩皆守在国境作战。因此，无论从哪个角度来看，这都算不上是聪明的作战计划。

官军故意在人间扩大战祸，煽动起反朝廷的怨恨，这样的战争很难说是符合朝廷之意的。当然，诸藩的主张和战意各有不同。事实上会津和长冈便绝不相同。

长冈藩的河井继之助从一开始便明确标榜严正中立，他已清楚地看出，只需过一段时间，这种激昂便会冷却下来，而庆喜的恭顺自然亦出于此意。

“所谓王师，不应好战而苦其民。而今萨长之兵恣意滥施兵威，逞其暴意，胁迫各藩，陷他人于不义。此实为藉王师之名而逞私威之贼师。其炮口指向长冈之时，身为男儿自当为国家未来奋起！”

这不仅仅是河井，也是当时不得不挺身而起的东北诸藩武士们的真心。笔者相信，经过明治元年（1868年）之战，河井继之助与西乡隆盛、胜海舟一样，都是贯彻先见之明和武士之道的一大卓绝英才，值得大书特书。

该年3月1日，他拥护着藩主牧野忠训撤出了长冈藩位于江户的藩邸。官军决定于3月15日对江户发动总攻，3月1日正是总攻的半个月之前。

他在撤回长冈的同时，便向一众藩士表达了自己的心意。

“此际，助会津、桑名诸藩抵抗王师有悖大义名分（这一点与庆喜看法相同）。然响应萨长而讨伐德川氏，则有悖君臣之义，因而眼下应坚持局外中立。我长冈藩应独立独行，首先镇抚领内，静待时局安定。然若官军不容局外中立，欲行无道之处置，我藩亦须断然防止。诸君，但请勿疑吾意！”

自然旗本和会津都曾固执地请其起兵，但他的主张依然没有发生丝毫动摇。

奉还大政的将军庆喜蒙受贼名，却仍保持恭顺。身为谱代的长冈藩万万不能无视庆喜的恭顺，反抗官军。然而，倘若主动投靠官军，对付旧主德川家，即便只是一个普通人也等同是人格丧尽。

于是，在事态平息之前，长冈藩并未支持任何一方，而是一边整顿内政，一边保持局外中立，其做法是很有道理的。

然而，随着官军迫至国境，他身为执掌一藩的总督，自然也不会袖手旁观。

闰四月二十六日，他将大本营设在离城一里远的摄田屋，在所有重要位置布置了兵力，而后手捧希望准许局外中立的请愿书，前往已经逼至小千谷的官军军营，拜访了监军岩村精一郎。

此次岩村与河井的会谈淋漓尽致地体现出了戊辰战争的本质。

河井继之助当时的心中怀有同拜访西乡的山冈铁舟和胜海舟同样的期待。只要对方肯听，他完全具备说服对方的口才、自信和能力。

“我们自然不会抵抗官军，但请不要提出令长冈藩兵站在前线攻打会津这样无视人情的要求，希望可以认可我们局外中立的为难立场。”

若是能开诚布公地说，河井继之助本身或许还有意在官军与会津之间斡旋。

其时，河井继之助四十二岁，正值盛年。他不仅师从齐藤拙堂、古贺谨一郎、佐久间象山、大槻磐溪等人，还前往备中松山拜访山田方谷，学习实用经济学，并奔赴长崎与中国人交往，在荷兰人叩开大门之后，又接触到了新世界的风潮。他与昭和时期的山本五十六元帅[1]极为相似，是一位出类拔萃的英才。

然而，他所拜访的监军岩村精一郎却不过是一个乳臭未干、极易冲动的青年而已……

四

年轻人的特点便是勇气十足。但只有在勇气上加入虔诚的思考，才能体现出一个人的价值。从这个意义上来说，勇气和虔敬是令才能变得成熟的必要条件。

在小千谷军营中迎接长冈军总督河井继之助的岩村精一郎尚未听说

[1] 山本五十六（1884—1943），二战军官，曾担任珍珠港事件总指挥。

过河井继之助的名字。在年龄足以做其父亲的继之助递上穷尽道理的请愿书后，岩村精一郎却若无其事地将请愿书放在桌上退了回去。

他一定无法想象这份请愿书之中隐藏着何等宝贵的内容，视情况而定，不管是长冈、会津甚至是官军在极大程度上都能减少流血。

“事到如今，你还想说什么？”他傲然地挺起胸膛，口中发出冷笑，“时至今日，已经没有必要看什么请愿书了。你们应该立刻上表恭顺之意，派出藩兵，讨伐贼军。倘若不能遵奉朝廷之命……”

说到这里，他再次低声笑了起来：“届时，天兵将前来讨伐，你们就等着吧！”

有心之人是绝不会在东北地方说出这种话来的。自孝明天皇以来，他们便一直在天皇身边侍奉，因此对天皇如何驾崩一清二楚。

（这当真是朝廷之命吗？）

决定长冈去处的焦点便集中在了这种怀疑和憎恨之上。而对岩村的第二句话，人人均会自心底感到一股愤怒：“这些萨长的私兵！”正是因为有旧将军庆喜的“恭顺”才勉强压制住了这股怒火不致爆发。

河井继之助心中自然亦存在同样的愤怒。他将请愿书重新放到年轻的岩村面前，并以训诫般的口吻说道：“王师对民众应以宽大为怀，我藩决不会反抗王师。可否请你将请愿书转交上司？”

“没有那个必要！如此一来，如何作战？要么迅速讨伐贼军，要么等待天兵讨伐，只能二者选一，任你决断。至于这种请愿书，没必要看，也无须转交上司。”

说罢，岩村便猛地站起身来，准备离席而去。

继之助慌忙抓住他的袖子，开口说道：“监军，你的行为可直接关系到锦旗的尊严啊！即便不能转交请愿书，至少听听我的解释……”

“不必了！方针早已决定。”

借着年轻气盛，他甩开继之助的手，嘴角浮现出嘲笑的神情，傲然离开了房间。

继之助握着请愿书，一时陷入茫然。

“这便是王师对待民众的态度吗……”

瞬时，他感到一种仿佛被拽入地底的寂寞。不久，这种寂寞便变成了强烈的愤怒。

（他们绝非王师！只不过是喜欢流血的……猖狂之兵罢了！）

昭和时代后期的人终究无法理解庆应四年（明治元年，1868年）时武士的这种意气。当时的武士生活在幕末的急剧动荡时期，肉体和精神都在危机感中得到了彻底的锻炼，是现代人所无法相比的。而且，从何为正义、如何贯彻士道的观点出发，他们拥有可以泰然决定自己生死的意志和决断。

至于河井继之助，倘若他遵从“顺应强者”的生存方式，自然另当别论。然而，作为历经磨练的“知耻武士”，这是他难以接受的。

而岩村精一郎（高俊）这位高知藩士，后来担任过佐贺县令、鹿儿岛县令、农商务大臣等官职，并于明治二十九年（1896年）被授予男爵。可想而知他身上一定存在着年轻人毫无顾忌的意气。

于是双方意气的碰撞最终令长冈藩毅然抛弃了“严正中立”这一极其自然的理性之路。

就这样，河井继之助身负战伤，于盐泽的战场之上含愤而死。长冈士族最终尸横遍地，并背负上了可耻的贼名。至于会津，其下场比长冈更惨，这里便不再赘述。

此事造成的影响一直残留到了山本五十六元帅在太平洋战争中战死的时期。元帅虽然明确断言“半年则胜，不然必败”，但他仍然没有反对开战，而是作为联合舰队的司令官，在战争中以长官的身份赴死。其行为深刻而清晰地反映出了这种意气。

元帅在这场戊辰战争中失去了祖父母，他一直忍不住问一个问题：“究竟哪一方才是真正的勤皇？”他的夫人是会津士族，自然也因这一场战争而吞下了同样的苦酒。对日本人而言，尊皇、勤皇的思想与如此根深蒂固的意气紧密而不可分割。

在这种氛围下，庆喜隐居在水户的弘道馆中，只是一味坚持“恭顺、反省”的生活。虽然这种坚持遭到了后世史学家的批评，但应该说，这也是水户可悲的意气。

只不过，在隐居反省的庆喜和他所继承的德川家之间，还存在御三卿之一的田安家。对他而言，这是最大的支撑。

田安家人才济济。上一代当家齐匡膝下有继承越前的庆永（春岳），还有庆永的弟弟——代替庆喜向官军开放江户城的庆赖。

为了德川宗家的存续，此二人在公武之间着实费尽苦心……

朝廷最终决定，德川家以田安庆赖之子龟之助（家达）为继承人，作为骏府七十万石的城主得以存续。做出决定的时间是5月24日。其时，东北诸藩尚不肯归顺，不安的气氛也愈发凝重。于是庆喜为了表明自己不变的决心，便上书请求能尽快进入龟之助的新封地骏府隐居反省……

从江户到东京

一

4月11日，庆喜离开江户，移居水户。7月19日，他又自水户出发，准备从水户的弘道馆迁至嗣子家达的新封地——骏府。如此算来，他在水户隐居反省的时间共计九十九天。

反过来说，历经二百七十八年，因丰太阁的政略被移至江户的德川氏又重新回到了骏府的居城。

庆喜自水户出发，经海路、陆路，于7月23日抵达骏府，住进宝台院隐居反省。其间，拥有二百八十年历史的大江户改称“东京”。

庆应四年（1868年）7月17日，朝廷正式发布改名通告。

其时，东北地方自然尚未平定。两个多月后的9月22日，会津城终于陷落，并留下了几多悲惨故事。

在会津城陷落之前不久，朝廷宣布更改年号。9月8日，朝廷改元，以庆应四年（1868年）为明治元年。自此，作为国家的日本的封建政治面目涣然一新。

这实在是一个极大的转变。

嘉永六年（1853年），黑船驶来浦贺海岸，令所有日本人一片哗然，开始意识到列强的存在。而今距离当时已有整整十五年，如此波澜万丈的历史过程足以胜过一个世纪的变迁。

即便如此，回想起来，其间连续发生的一系列事件着实如履薄冰。面对列强的武力威胁，日本左躲右闪，好不容易来到了“明治时代”。由于各种极其微小的失误，东洋诸国大都失去了独立主权，屈服于列强的淫威之下。其中，只有日本勉强避开了列强的侵略，原因何在？

有些人将原因归结于武士道，有些人认为原因在于以“神国”自居的一君万民的国体，有些人举出了勤勤恳恳的国民性，有些人则指向了对回归优异民族的追求。

当然，正是这些优点相互作用，在西方列强横行世界，几乎全球所有有色人种都沦为其殖民对象时，日本才奇迹般地实现了有色人种中唯一独立的国家。然而，对于这些毅然舍身投入到逆卷倒回的怒涛之中的大部分人而言，起到直接作用的便是水户学。

那些早早便注意到列强的科学并为之倾倒的人们与固执的幕府不断斗争。就其毅力而言，他们同样是武士道的实践者，而就其强烈的人类信义而言，亦在水户学的范畴之内。

庆喜便是点缀在水户一角的日本刀。

可以称作“日本文艺复兴”核心人物的水户齐昭亦曾亲手锻造过刀剑，藤田东湖也在《正气歌》中大声疾呼——日本人只有不断磨练，才能从钝铁变成削铁如泥的日本刀。

在这种希望和期待中，庆喜出现了。既然如此，应该如何对待自己所希望看到的“明治时代”这一问题，移居骏府宝台院的庆喜自然早已有了决断。

关于庆喜其人，时至今日，似乎仍无定论。其主义主张既是尊皇亦是开国，其本人既被尊为志士们的核心人物，同时又是最后的将军。他果断执行大政奉还，却蒙受贼名，其后又坚决贯彻恭顺至情……

连会津的松平容保都怨恨庆喜的无情，在诗中写道：“大树（将军）为何抛弃兄弟！”因此，彰义队如何看待庆喜的恭顺，自然不难想象。

“对我的忠义便相当于抵在我脖子上的利刃！”

队员们企图为江户最后的君主奉献生命，却遭到呵斥，自然会感到茫然，不知何去何从。

纵是越前的春岳，也在未曾公布的手记中流露出自己的感情，如此骂道——

庆喜其实是胆小鬼！

庆喜公名声颇著，才智过人，着实令人钦佩，然世人有所不知，其人实则异常胆小，故而难做决断，与水户烈公相同，可谓有其父必有其子……（后略）

春岳认为，当旗本们纷纷反对庆喜献出江户城时，庆喜实则十分担心，生怕献出江户城会犯下愧对历代先祖的不孝之罪，以致茶饭不思……由此推测，从而得出了庆喜胆小的结论。

对于开放江户城后的庆喜，很多史书中记载称："惊愕以至不知所以……"认为庆喜当时或许已经丧失理智。但与此相对地，也有不少人对庆喜的大胆感叹不已，九州三池一万石的若年寄立花出云守种恭便是其中一人。

庆喜乘军舰自大坂逃回江户后，打算通过滨御殿入城。立花种恭对当时的商议情形做了如下描述——

针对将军回城的手续，究竟是悄悄回城，还是光明正大地回城，我曾与将军商议，最终决定身穿戎装（当时的习惯）公然回城。当我拜谒将军时，将军显得毫不惊慌，脸上露着微笑。当我表示受惊非小后，他竟哈哈地笑了起来，其宽阔胸襟着实令我大吃一惊。

立花种恭虽官居若年寄，但他体验过很多辛苦，深谙人情。庆喜在京都战败，带领会津和桑名二侯逃回江户。因此，当立花种恭拜谒庆喜时，以为庆喜必然会显得意志消沉。然而，庆喜却像上文描述的那样哈哈大笑起来，才会令立花种恭大吃一惊。

家康当年兵败三方原，逃回滨松城，几口吃完汤泡饭后，便打着鼾声沉沉睡去。此时的庆喜与当时的家康颇为相似。

因为处于为难立场，故而表现得小心谨慎，这是事实。然而，在后来献出江户城时，庆喜的恭顺和反省态度一丝不紊，毫无纰漏地拉上了幕政大幕。这些是仅凭小心所无法办到的。

无论如何，笔者以为，这才是透过庆喜所处地位而展现出来的真实面貌……

二

庆喜进入骏府宝台院时，想必又再次想起了以前一桥时代的永久蛰居反省。

那时庆喜毫不客气地喝斥了井伊直弼，但在直弼拥立的家茂成为将军嗣子时，他却丝毫没有表现出任何私愤。作为武家统领，必须有人坐上将军的宝座。这个人无论是自己也好，家茂也好，都是德川家的私事，其实质只有如何对朝廷尽忠职守。

（那时，我也没有开雨窗，没有剃月代……）

然后，他便静静地沉浸在反省之中，努力令静坐的自己感到充实。

倘若庆喜拥有所谓的“帝王学”，便一定会对这种秩序采取极其严格的顺从态度。

“尽人事而听天命！”

在普通人看来，这种态度或许便是如此，但事实上，这正是庆喜的风格。

庆喜过去虽然深切地感受到自己的责任，但却并不渴望世间常说的“出世”，而在他所处的成长环境中也没有产生出这种渴望的必要。

在选择领导者的问题上，这一点其实十分重要。他并无不惜踢开他人也要出人头地的卑鄙野心，越前的春岳也是一样。而对于被统治的人民而言，是否怀有这种野心是存在天壤之别的。

野心之徒暗中的计划和行动皆是为实现“出人头地”的踏板，其出发点并非为了人民。这些人纵然宣扬为了阶级，声称为了组织，有时又叫嚷为了政党，夸耀为了国家，但事实上，他们都受到人性的诅咒，只为满足自己的认知、实现自己的野心而行动。

庆喜并未受到如此卑劣的诅咒。正因如此，纵然被人指责冷酷，他也一直在坚守顺逆之道。他由衷地期待东北战火平息之日的到来，同时还日夜祈祷明治这一一君万民的盛世尽快打破黑暗，迎来黎明。

明治天皇已经公布了“五条誓文”，在天地神祇面前立下亲政精神的誓言，庆喜也以拜伏在天皇膝下的觉悟，极力保持恭顺。既然如此，庆喜生存的首要条件便是——万万不可阻挡从江户奔向东京的时代车驾。

当然，对于天皇近侍的政治姿态，他并不满意，从某种意义上来说，他内心必定是深深感到一股“乃公不出”[1]般焦灼的不满。

然而，怀着如此想法而行动的他却彻底败北，反而蒙上贼名，几乎令整个日本陷入战火之中。事实上，直到移居宝台院之后，庆喜才真正下定决心，认为自己虽然活着，却应该从时代中消失。

庆喜这般人物自然不会恋恋不舍地执著于生命，他一定曾无数次考虑过自尽一途。在确定了德川家的存续，田安亀之助也被定为嗣子的那一刻，动摇庆喜内心的自尽诱惑一定是最强烈的。

“第十五代将军与江户一同凋落……”

如此结果想必会深深打动喜好悲剧的庶民。但如此一来，江户将直

[1] 源自《三国演义》中“乃公不出，如苍生何”，意思是我辈若不出面，苍生该如何是好。

接毁灭，而不会走上通往东京的道路。

（必须从政治的表面消失，但同时……必须默默开辟通往东京的道路！）

对于从不为自己考虑且具有王者之风的人而言，这是一种伴随着巨大苦痛的觉悟。

在当朝的历史之中，这种例子屡见不鲜。曾有天皇以对天地神祇负责的形式，虽已退离天皇皇位，依然以太上皇的身份行使权力。然而，如此做法往往只会造成可悲的混乱。

这是理所当然的。太上皇亲手玷辱天皇皇位，自然不会产生好的结果。水户的撰史便是要纠正这种错误……

（无论舆论如何，要为天皇皇位奉公，便必须贯彻水户至诚……）

这便是庆喜既不可自尽又要抹消自己的决心，同时也是他对新帝的奉公之道。

（政治上的庆喜已经死了……）

但是，作为一个日本人，他必须从江户一直活到东京，一同创建盛世，为盛世庆贺。

实际上，要将这种觉悟付诸实践，必须具备信徒般的终极信仰。不，事实上可以说，只有对这种信仰心有所领悟之人，才能够称为“达人”。

庆喜在宝台院领悟了这种信仰。他将从政治历史上消失，作为一个人活下去。显而易见，能够做出如此觉悟，必然需要对大自然的真谛有所领悟，即所谓尽人事而听天命。

8月15日，六岁的龟之助——德川家达抵达骏府，成为德川家的新继承人。庆喜公也离开宝台院，迁至市内绀屋町的原代官府，继续隐居反省。

无论何人前来拜访，庆喜几乎一律拒绝会见。尽管如此，他仍对自江户便一直跟随自己的小姓头新村猛雄（主计头）如此说道：“我如今才三十二岁……仍不得不继续活过漫长的茫茫余生。”

近侍究竟能否领会这句话的真正含义呢……

其间，会津及其他藩的抵抗也露出终止的兆头，天皇决定东幸。9月20日，天皇起驾离开京都。而前一天——即19日，会津藩主松平容保带领家臣手代木直右卫门、秋月悌次郎、枇川彦次郎，向米泽藩的军队投降。

三

无论怎样，御驾亲伐庆喜以及迁都大坂的计划等，都很难理解为是出自新帝的本意。正因如此，东北地方的各藩主才认为官军所为乃是无视圣心、挟持幼帝的私斗，坚决予以反抗。

客观来说，他们的反抗绝非毫无意义。正因有了他们的反抗，才令庆喜的“恭顺”望之犹如高远的富士山，促使了包括萨长众人在内的整个日本的反省。

于是，明治元年（1868年）9月20日“天皇东幸”时，“讨伐庆喜”、“天皇亲征”等阴谋性内容已经变成了天皇驾临改称东京的江户。正因相信事情理应如此，在鸟羽、伏见的激烈冲突之后，庆喜才立刻诚惶诚恐地退至江户，一味保持恭顺，为日本铺设出一条轨道……

因此，天皇东幸便是为明治维新这一大革新所铺设的全新的心之轨道，天皇政治便在这一轨道之上开始行进。而在新帝御驾离开京都的那一刻，庆喜已经从政治斗争的世界中消失。他虽已消失，但轨道已经铺好……

倘若忘记这一事实，便无法看清后面的历史。新明治的历史便是从庆喜的恭顺和新帝的东幸开始的。

只要正确看待这一政权的授受关系，便可明白当初那般强硬地反对兵库开港的萨长和公卿们为何会如此轻易地变为“开国派”。

开拓了以欧式风格与列强外交团进行外交交涉道路的是庆喜。此外，巩固西洋式军备的基础也好，营建财界团结的基石、以公会形式与对方交涉也好，全都在按照庆喜远大计划的线路行进。

正因如此，无论贯彻恭顺的庆喜是多么大的障碍，新政府都没有除掉他的理由。

理所当然地，第二年（1869年）9月28日，朝廷下达宽宥诏书“解除反省处分”，而天皇东幸便是达成此事的先兆。

9月20日，新帝离开京都。在车马东幸途中，他向各国公使发出谕告，说明一切外国事务均在东京处理。一行自石部站出发，经土山站、关站，于24日在途中遥拜了伊势神宫，并于4日抵达市站。

一路上，愤愤不平的诸大名纷纷效仿庆喜的恭顺，或是提交谢罪、降伏的请愿书，或是重新宣誓效忠，均在新的皇风面前拜服。

在车驾抵达桑名的9月25日，因勇敢作战而遭致毁灭的长冈藩主牧野忠训也谢罪乞降。

自此，为乞求保住庆喜性命而作出努力的西乡隆盛、胜海舟等，这些铸就了江户开城的明治功臣们的伟业也开始逐渐散放出民族团结的光芒……

新帝一行一路接纳向官军投降的诸侯，渐渐向骏府进发。9月27日，当一行经过热田时，新帝特地参拜热田神宫，并于28日抵达冈崎。29日经吉田站，10月1日抵达靠近荒井站的潮见坂，第一次见到了太平洋。

新帝第一次见到大海的雄大景观，与在桑名时的眺望自然不同。大海壮阔的景致自然也令新帝的心境变得愈发宽广。

2日，车驾通过今切渡口，经滨松、挂川、藤枝，于10月5日抵达江尻，6日抵达吉原，7日抵达三岛，8日抵达小田原站，通过人山人海的拜谒人群，顺次进入关东。

7日，车驾抵达三岛站时，新帝特意召来近侍，夸奖道：“经过德川家达（六岁的德川家当家）的领内时，沿途警卫十分周到。”

在新帝经过之日，庆喜因处于反省期间，只允许了侍从为他梳头。侍臣们想要进一步为他梳理月代、更换衣服，都遭到了庆喜的拒绝。

车驾终于离开藤枝，临近府中。庆喜得知这一消息后，便身穿带有家徽的木棉和服和小仓裤裙，端正姿势，一动不动地拜倒在地，祈祷天皇平安，直至车驾前往江尻。

庆喜在骏府时一直坚持这样做。铁路开通后，每当天皇乘坐专列往来时，庆喜总会换上家徽和服，走过泥泞的道路，来到寓所所在的原代官府门外，远远地隔着稻田，面向铁路，施以最尊敬的礼仪，直至列车通过，风雨不误。

正因庆喜如此虔敬，当有人将下榻于三岛站寓所的新帝赞誉关东的消息告诉他时，他才会保持着端正的身姿，双手紧抓裤裙，低声啜泣。

“从江户到东京的道路……开通了……”

当时的人们想必还未能理解庆喜这句话的真正含义。

庆喜的泪水一定是出自“太好了”这种感慨万千的情绪。在他铺设的从大政奉还到恭顺的轨道上，车驾终于第一次通过。而且，当时他的恭顺已令萨长舍弃私愤，逐渐营造出全新的氛围，令大家一致平等地团结在新帝膝下……

“从江户到东京！”

这是新日本的巨大洪流。正因如此，此事在万人心中必定产生出了各不相同的感慨。其中，“水户的勤皇（德川氏的勤皇）终于实现了”这种比任何人都更为强烈的感慨之人必定是这位最后的将军——德川庆喜。

庆喜毫不理会满眶的泪水，就此消失在政治之外，继续流着男儿泪，令近侍们感到不明所以……

四

新帝东幸后，庆喜便从政治表面消失了，但认为他从此便在幕末的政治史上彻底消失的想法，至少并非是日本式的想法。

他的才能和生活能力丝毫没有退化。不，应该说就在这些能力逐渐变得圆熟时，他却毅然决定退隐。实际上，这其中存在的“政治”要远远超过其表面上的活跃。

从小到大，他从未考虑过为出人头地或自己的野心而行动。普通年轻人则不同，一般都会认为如今正是春天来临之际，自当挺身奋起。这便是二者之间的差异。这种差异可以说是更高境界的政治本身，也可以视作是远超普通功臣们的“自负之心”。

“既然新轨道已经铺好，倘若我再出面，将令大家为难。”

初代将军家康短短两年时间内便辞去了将军职务，以隐居将军的身份开始培养第二代将军秀忠。在创业时期，这或许是最好的做法。

然而，庆喜的大政奉还却与当时有所不同。其目的是为了令诸政一新，倘若奉还之人仍旧恋恋不舍地干预政治，本该予以培养之人将无法成长。

这与一个家庭的情况完全相同。已经退隐的父亲对诸事一一干预，儿子恐将无所适从。

而且，开国方针和强兵富国的方针都已开始行进在庆喜铺好的轨道上。此外，庆喜蒙上贼名并被勒令隐退的这个感情上的问题依然残存。因此，倘若庆喜加以干预，新政府的所有人一定都会认为：“看吧，他果然是在玩弄阴谋！”

若是想不到这一点，便无法理解庆喜的哲学。在庆喜看来，不干预任何政治才是最好的政治。

庆喜的恭顺超越了感情，是对“大义”的实践，是为一君万民中的万民而存在的政治……庆喜相信，这才是日本国体，而维护这个国体才是为政者应该遵守的义（道理）之中最大的“大义”。同时这也是他的生存基准。

因此，“不能妨碍新世代”这种感情既是一种王者之爱，是一种体贴，也是武人严格的自律。

总之，自庆喜决定隐居反省之日起，他便从未出口干预过德川家内部和天下的任何事情。其苛刻程度令近侍众人也瞠目结舌。曾被称作近侍第一人，后来官至太政官大书记官的永井尚志对庆喜无比想念，特意前来静冈拜访，竟然也遭到了庆喜的拒绝。

就这样，明治元年（1868年）11月4日，朝廷取消征东大都督一职，发布了国内平定的公告。

然而，当时箱馆一带的榎本武扬之乱尚未平定。11月5日，新政府命令德川家达对此加以讨伐。

德川家达便是作为隐居反省的庆喜的继承人，继承了德川宗家第十六代当家的田安庆赖之子——龟之助，是越前春岳的外甥。

其时，榎本武扬、大鸟圭介等叛乱军率领旧幕府的开阳丸及其他军舰聚集在箱馆，而家达年仅六岁，自然无法平定。

新政府声称榎本等人乃旧幕臣，当由家达加以镇压。由此不难想象，新政府着实难以应对榎本等人的战斗力。

当时新政府正因接纳及处罚以投降之名接连宣誓效忠新帝的旧佐幕派大名而忙得焦头烂额。因此，新政府只能命令家达镇压叛乱，但原有俸禄被减至七十万石并退居静冈的家达年仅六岁，终究无能为力。

于是，11月12日，松平齐民（津山）、德川家达（静冈）、德川茂荣（纪州）、德川庆赖（田安）四人联名提交请愿书，表示“德川家达年幼，恳请命他藩讨伐箱馆”。

新政府令其待命，进行了多次商议后，最后甚至提议由庆喜带领松平齐民直接赶赴箱馆镇压。虽然这一计划后来突然中止，但其中明显透露出了新政府对庆喜手段的期待和畏惧。

新政府的首脑对庆喜的手段和实力实在是再了解不过了。正因了解，以前才会想方设法除掉庆喜。由此一来，就不得不将庆喜不干预新政府任何政策的决心视作王者的怜恤。

话说回来，日本是一个多么不可思议的国家啊！武力与武力的对抗已经呈现出所谓革命战争的状态，以致无法收场，但最终却以庆喜的“恭顺”这一行为为中心，使所有问题得到了解决……

应该也有人会认为这要归功于新政府功臣们的手段。不过，纵论手段，也是庆喜更胜一筹。但庆喜仍然坚持表现恭顺之意，最终令反政府的人也逐渐接受，创造出了一个井然有序的天皇世纪（明治时代）……

事实上可以说，欧洲人认为“不可理喻”的正是这一点，而庆喜则彻底将其看穿并付诸实际行动。

12月7日，朝廷命令庆喜之弟德川昭武（水户）讨伐箱馆，新帝下诏宣布将于明治二年（1869年）再次行幸，并于东京城内规划建造宫殿。可以说，如此一来，整个日本终于真正平定，恢复了新的秩序，江户就此彻底变成了东京。

该年9月28日，德川庆喜的反省处分也顺理成章地被解除，自10月5日起，绀屋町原代官府便成为了德川家一位市井之人的隐居之所。

庆喜其时三十三岁，就年龄而言，可谓正值壮年。

鹰隐于市

一

壮年自有壮年的生活能力。

与青年略有不同，其所具备的生活能力已经变得充实，足以在政略和战略上展翅而翔。因此，古人有云“三十而立”，期待一个人年过三十之后，除生活能力外还能具备领导能力，并能得到好评。

虚岁三十三的庆喜便是如此。他生于阴历10月，到几个月后的明治二年（1869年）11月，便将年满三十一岁。但身为清晨的雄鹰，他却收敛起所有羽翼，即便反省处分解除后仍在家中闲居，有谁能够想象得到呢？

9月28日，朝廷下达敕命，解除庆喜的反省处分。在那一刻，新政府中的很多人想到他的手段一定都感到战战兢兢。

其时，随着国内的平定，外交关系也大致走上轨道，除了东京、大坂、京都，其他府全部被改为县。国家财政方面，新政府也听取越前的由利公正（三冈八郎）的意见，通过发行信用纸币，令人们看到了摆脱困境的一线曙光。至于国家仪式方面，伊势大神宫的内宫、外宫的营建也即将顺利完工。

于是，在庆喜得到宽宥的同时，新政府实施特大恩典，继续保有松平容保、林忠崇的家名，同时赦免大久保忠礼、安藤信正的永久蛰居、酒井忠惇的蛰居、伊达庆邦及其子宗敦、南部利刚、酒井忠笃、丹羽长国、阿部正静、牧野忠训及水野胜知的隐居反省处分，并分别向久松定昭、上杉齐宪、久世广文、堀直贺、板仓胜尚、田村邦荣、松平信庸、酒井忠良、岩城隆邦、本多忠纪、内藤政养和南部信民赐予爵位。

作为王政复古的功臣，参与维新计划的三条实美、岩仓具视及其他三十余人自然也将得到恩赏。也就是说，在9月28日这一天，庆喜及其他打算为幕府献身的人都在新帝膝下重获自由。

（倘若庆喜重获自由，展翅高飞，该当如何是好……）

正因如此，这种恐惧和不安令全国依然感到低迷。

事实上，三十一岁的庆喜的智慧、才能和体力都逐渐充实起来，足以与他们进行政治上的对抗。倘若庆喜重新回到新帝身边，将会成为何等巨大的政治力量，将他流放的人对此是最为清楚的。

因为在所有政策上，新政府都不得不沿着庆喜规划好的政治路线前进。而庆喜自己也很清楚这一现实。

（此时隐退才是水户之心最好的归宿……）

朝廷对此事自然也有所表示。明治五年（1872年），曾被剥夺官位的庆喜官复从四位，明治十三年（1880年）升至正二位……

就这样，庆喜以严格的自律从政治表面消失，开始了自己作为一个日本人的第二次人生……

普通人在五十五岁退休便属过早，很多年过七十的政治家仍然在职。由此不难想象，从体力方面来看，年仅三十一岁的隐退是多么不自然的事情。

然而，庆喜早已下定决心。最大的理由便是对得以避免革命这一战国式大混乱的考虑，无论如何都要通过恭顺来维护大政奉还这一日本式政权授受的威严。

庆喜严格自律，认为既然恭顺之心已然奏效，便必须为新帝的亲政腾出位置，不可有丝毫妨碍。他或许相信，贯彻这种崇高的做法还可以逐渐磨练新帝近侍的忠诚心。

如此看来，便可以从庆喜“仍不得不继续活过漫长的茫茫余生”这句话中体会到无限的哀伤和男儿的觉悟。

于是，庆喜的第二次人生在骏府（静冈）绀屋町的原代官府开始了。为了庆喜新的起程，近侍新村猛雄（主计头）和被重新召回的一色须贺重新挑选了两名女性，安排在庆喜身边服侍。

此事自然也包含了庆喜生母贞芳院（文明夫人）的意见。当时，庆喜与正夫人——一条忠香的养女美贺（其实是菊亭之女）只是名义上的夫妻，夫人当时仍然住在东京，因此才会挑选两名女性在庆喜身边服侍。其中一名来自旗本新村家，另一名来自旗本中根家。

若无这两位女性，除了嗣子之外，庆喜将不会有其他子女。

安政五年（1858年）7月，美贺夫人为庆喜生下了一个女儿，却在当日便即夭折，甚至尚未来得及取名。在其后十三年间，二人再无子嗣。

美贺夫人知道自己是一条家辉姬的替身，夫妻生活恐怕并不融洽……因此，当庆喜即将步入与一切政治绝缘的生活时，他便处在了一种孤独的环境中，家庭方面也必须重新开始。

曾经进入江户大奥发号施令的须贺重新回到了庆喜身边侍奉。她生死如一地在这个家中终生奉公，此次也将是她的再次起程。

以虚岁仅三十三的年龄与一切政治绝缘，庆喜只能将过剩的生活精力投入到兴趣爱好之中。事实上，从明治三年（1870年）起，庆喜开始专心投入到自己的兴趣爱好之中。

明治四年（1971年）6月，他开始有了孩子。第一个孩子是新村信产下的，取名敬事。接着，中根幸又生下了善事。

然而，两个孩子都在出生后不久便即夭折。后来，幸又生下第三个男孩儿，取名琢磨，也在明治六年（1873年）7月——即出生九个月后夭折。

在三个孩子相继夭折的这段时间里，决不干预政治的庆喜心中恐怕正掀起一股惊涛骇浪。

二

显然，身怀充沛的才能却要保持沉默，无异于一种异样的痛苦修行。于是，庆喜开始一门心思投入到射箭、棒球、铁炮、放鹰、能乐[1]词曲、写作、油画、摄影等爱好中。而且，无论在哪个领域，他都表现出了超越业余的精通。世人评论这是源自他的聪明和对事情热衷的性格，果真如此吗？

我们是否也可以理解为这才是一个克制自身才能而生活的人，为了始终贯彻沉默而进行的痛苦的内心斗争呢？

总之，在三个孩子夭折之后，庆喜又接连有了长女、四男和三女。他的爱好生活与孩子的健康成长逐渐合拍，生活的稳定度也有所提高。

长女镜子（田安家德川达孝伯的夫人）生于明治五年（1872年）6月2日，四男厚（独创家业，男爵）生于明治七年（1874年）2月，三女铁子（一桥家德川达道伯的夫人）生于明治八年（1875年）10月27日，都很健康地茁壮成长。至此，须贺将家政到育儿的所有事情一肩承担，她的苦心可谓非比寻常。

就这样，当日本迎来明治八年（1875年）时，世间已是面目一新。

新政府以三条实美为太政大臣，事事皆由右大臣岩仓具视、参议大久保利通等人独断专行；而继佐贺之乱[2]后，西乡隆盛创建了私立学校，其弟从道向台湾出兵，等等，无论是国内也好，中日之间也好，皆不和睦。

---

[1] 能乐，日语意思是“有情节的艺能”，是最具有代表性的日本传统艺术形式之一。

[2] 佐贺之乱，明治七年（1874年）2月以江藤新平为首在佐贺爆发的反明治政府的士族叛乱。

将皇宫移至东京后，天皇第一次行幸水户德川昭武的府邸也是在明治八年（1875年）这一年的4月。此时天皇终于明白，事实上，烈公齐昭并非提倡锁国，他甚至打算亲赴欧洲，亲自调查列强国情。

其时，庆喜也已习惯了沉默的生活，看起来就像一个发自内心地享受自己爱好的人。

家政自然十分艰难，但跟随昭武视察欧洲归来的涩泽荣一决心断绝仕途，成为一个实业家。他为庆喜提供了无微不至的照顾，故而庆喜的隐居生活勉强得保衣食不缺。

“不可忘记涩泽的恩情。”

多年以后，庆喜仍时常如此告诫家人。总之，除了对政治的沉默苦行之外，庆喜似乎彻底过上了一个平稳的玩家生活。

可以说，上天从那时起反而开始向庆喜施以了血脉繁荣的恩惠。

此事涉及人与大自然之间的关系，事关重大，不可等闲视之。

那些被称作革命家、实干家的人为何都必然会在远未至天寿之际便遭到暗杀或袭击？倘若大自然之心便是希望子孙繁荣，那么他们究竟在哪里违背了大自然的意志……

庆喜自恭顺以来，一直极其严格地控制自己的行为。结果，他得到了众多子女。这些子女的生母正是信和幸两位女性，算上夭折的孩子，庆喜共有十男十一女。从这个意义上来说，可以认为，庆喜的第二次人生才是得到上天认同的人类的生存意义。

庆喜坚持贯彻沉默的苦斗时代也是以勤皇为重的明治精神在日本广泛扎根的重要成长期。明治十年（1877年），创业大功臣西乡隆盛和大久保利通之间爆发激烈冲突，引发西南战争，重新在日本引起了轰动。

这次激烈冲突的意义异常深刻。

“究竟谁才是对日本建国精神理解更为深刻的真正的勤皇？”

笔者以为，此次事件重新向整个日本提出了这个问题。

其时，西乡陷入与庆喜完全相同的立场，最终蒙上贼名，自刎身亡。不知世人是否知晓，事实上，自刎的西乡怀中所深藏的正是远在安政时代与吉田松阴一同处死而被葬于千住的越前志士桥本左内生前的建议书……

西乡一定担心，若与大久保和岩仓的马基雅弗利主义同流合污，日本之心将遭到蹂躏，故而以身祭奠了以桥本左内为代表的青年们追求美好的纯真心灵。

“事到如今，戊辰参战亦属营私之举，实在无颜面对天下，面对战死之人……”

这或许便是西乡当时的真实心境，但究竟有多少人能够理解这句话的真正含义呢？而又有谁能想到，事实上，真正理解之人竟是明治大帝。

后来，大帝不仅撤销了西乡的贼名，还找到他的遗孤，亲自承担教育费用，更授予侯爵勋位……这些都是之后的事。

总之，在明治十年（1877年），西乡心中对水户精神（日本精神）的反省令他超越贼名，走上了自刎之路。这与庆喜的恭顺做法绝非毫无关系。

在某种意义上，毫不夸张地说，庆喜的绝对恭顺是为了令明治时代乃至以后的日本人永远能回忆起日本建国的至纯至美之心而做出的决断。

庆喜像贝壳一样紧紧闭嘴，沉默地面对这一剧烈动荡的时期。从那时起，近侍们频频要求他写下维新时的真实过程，他都作出了严厉禁止。

这一点或许与欧洲的习惯大有不同。一方认为，无论如何都应将人类的经验记录下来；另一方则认为，说出来便成了自我辩护，人类应该听从大自然的裁定，按照大自然的规律生活。

后来，在涩泽荣一的强烈恳求下，庆喜写下了《德川庆喜公传》，但他在其中究竟又说了多少真相呢？常在文中感受到其追求沉默之美的自我抑制的，恐怕不止笔者一人。

在此期间，庆喜的孩子们也以“大自然运行”之态，逐渐增多……

三

在任何时代，大自然的运行都超越人的智慧，发挥着不可思议的作用。

它准许了尾张中村的百姓之子以丰太阁的身份君临整个日本，也令远离双亲而受尽苦难的家康打下了德川三百年的坚实基础。吉田松阴的一生、西乡隆盛的一生，还有后来被暗杀的大久保利通的人生以及在佐贺之乱中被处死的江藤新平、伊藤博文，在这些人盖棺之后，当人们思考他们落得如此下场的原因时，都会感到其生前所无法预测的大自然不可思议的支配。

“孩子不属于我！”

注意到这种不可思议的人将其称作命运，纵然认为上天赐予孩子是父母所难以掌控的，却也不能完全否认其中所蕴涵的神秘。

庆喜恐怕也有同样的感受。

在四男厚出生后，继续保持沉默的庆喜又有了十四个孩子。其中两女两男分别夭折，但其他孩子后来都各自融入社会，发挥了重要的作用。

四女　笔子　明治九年（1876年）7月

旧德岛藩主蜂须贺正韵夫人。

五男　博　明治十年（1877年）8月

旧鸟取藩主池田仲博。

七女　浪子　明治十三年（1888年）9月

旧津山藩主松平齐夫人。

八女　国子　明治十五年（1882年）1月

大河内辉耕夫人。

九女　经子　明治十五年（1882年）9月

伏见亲王博恭王妃。

十女　丝子　明治十六年（1883年）9月

四条隆爱夫人。

十一女　英子　明治二十年（1887年）3月

旧水户藩主德川圀顺夫人。

七男　久　明治十七年（1884年）9月

继承庆喜创立的家业的德川庆久。

九男　诚　明治二十年（1887年）10月

日后被特别授予男爵。

十男　精　明治二十一年（1888年）8月

继承胜家，海军少佐。

拥有上述出人头地的宝贵子女，究竟意味着什么呢？

或许可以认为，庆喜在恭顺后对自己下达了严格的缄口令，而这些孩子便是上天对庆喜超人般的克己之举所做的宽慰。而且，这些子女均为庆喜刚刚被解除反省处分时来到身边的新村信和中根幸所生。

与公爵德川家达继承的宗家不同，隐居后的庆喜听从明治大帝的意见，另外创立了一个公爵家。后来七男久以德川庆久之名继承了公爵家，再次从有栖川家迎娶了威仁亲王之女实枝子为夫人。而且，众所周知，二人所生的次女德川喜久子作为高松宫宣仁亲王的王妃，身系皇族名誉，一直努力从事传统的社会事业。

明治的伟大业绩绝非空中楼阁。上有明治大帝的英明，下有与天皇传统仁慈相呼应的庶民勤奋的努力，上下齐心，从而建起了一座光芒四射的历史之塔。

在这光芒之下有多少人为之牺牲，庆喜可谓一清二楚，因此才会严格保持沉默。而正因为圣明大帝体察到了隐藏在其沉默背后的人性的苦斗，才最终实现了伟大明治时代的上下一心……

明治时代实在是一个不可思议的时代。

在那个时代，此前一直君临世界的白人的欧洲文明以铺天盖地之势渗透到有色人种中间，打开了近代科学主义的闸门。

这场文明的潮流异常猛烈，抵抗之人均以“解放”的名义被毫不留情地侵略、征服，对侵略和征服表达不满之人则在所有方面被烙上了“野蛮人”的印记。

经过第一次、第二次世界大战，人们开始反省，人权并非白色人种的专属，人道主义必须超越人种而存在。从那时起，这一错误才开始得到反省。

这种反省成为世人的一种常识是在第二次世界大战之后，而在此之前，暧昧的弱肉强食与戴着面具的欺瞒一直横行世间。不，直至今日，世间各处仍残留着进化论般的横行霸道和人种差别论。

显而易见，近代国家只是建立在这种谬误之上的人类智慧和利己之心的产物，从这个意义上来说，日本国绝非近代国家。

根据明治以前的日本人的常识来看，建立在人间的利己集团属于尚未掌握文明的“蛮夷”。攘除蛮夷并按照大自然所创造的那样——即像神一样生活才是正确的。不，只有如此生活，生命才能同太阳一起迎来天长地久的繁荣……为了守护这一道路，挥动鞭子严厉地锤炼自己直至今日的便是江户时代的“武士道”。

可以称作家康遗言的“公武法度”中也清楚地表明了此事。

（前略）日月行道之心乃天子守护圣心之本，故宫中应效九天之意，于皇宫中设十二门、方十段，如此皇帝乃得十善万乘[1]。

显而易见，这种想法与吉田松阴及其他人的神国观是相通的。天皇体察创造天地的大自然之意，以十善万乘为目标，将大政交给幕府的“征夷大将军”。

因此，无论如何，大将军都必须负起责任，驱逐自外部蜂拥而来的“外夷”。纵然这一过程中曾出现些许错误，但历代将军和先帝都为此付出了所有努力。

---

[1] 十善，佛教用语，指十种善业；万乘指天子。

然而，由于“倒幕论”的出现，情况开始变得混乱。朝廷被以夺权为目的的手段搅得一团混乱，甚至连至高无上的天皇都驾崩离世。

庆喜断然执行大政奉还的原因便在于此。

倘若政权争夺继续进行下去，一直遵奉大自然法则的历经数千年的日本之心将会消失。于是，庆喜恭谨地将大政奉还。正因如此，才不应背离恭顺之道而互相争斗。

于是，庆喜的武士道令他坚持隐入市井之中，甚至显得有些顽固。而随着他对实践的坚持，大自然又为他送来了另一种极其普遍的人类的幸福。

四

庆喜得到了大自然赐予的幸福，随之而来的还有明治大帝发出的仁慈光芒。可以说，这正是大自然在君臣之间对自神（上古）而始的日本国体的微妙之处所立的证明。

庆喜曾一度因蒙上贼名而被赶出朝廷。明治二年（1869年）9月28日，朝廷下诏予以宽宥。从那时起，直至明治五年（1872年），虚岁三十六的庆喜一直过着无官无品的市井之人的生活。

明治五年（1872年）正月六日，庆喜被授予从四位。当他还是将军时，官居正二位权大纳言，由此不难想象，此时的从四位是多么低微的官阶。倘若庆喜是所谓的愤愤不平之徒，一定会谨慎地将官位奉还。

然而，庆喜并未这样做。

于是他默默地又过了八年，到了明治十三年（1880年）5月8日，四十四岁的庆喜被一举授予正二位。

正二位与曾任将军时的官阶相同。可以想象，这是宫廷内部对庆喜在这八年间贯彻恭顺所拥有的意义进行充分讨论的结果。沉默和不介入政治的功绩能够得到如此高评价的，可以说除庆喜外不作第二人想。这也再次证明，庆喜才是明治人真正的重要楷模。

又或许是鉴于明治十年（1877年）西乡隆盛的例子，所以朝廷才会尤为感怀庆喜恭顺的境界。

明治二十一年（1888年），五十二岁的庆喜移居静冈市的西草深町，并于6月19日授予从一位。

如此一来，往昔的贼名便已消失得无影无踪。作为过渡时期的将军，庆喜被认为是必须加以表彰的人物。

明治二十六年（1893年）1月27日——即庆喜被授予从一位后的第五年，庆喜的母亲文明夫人去世，享年九十岁。或许这便是所谓的圆满往生。

在严格的反省之后，庆喜自然对这位有栖川亲王家出身的母亲极尽孝道。母子之间第一次亲密交谈是在明治十年（1877年）4月。文明夫人当时特地前往静冈探望庆喜，在庆喜那里住了一个多月，并在庆喜的陪同下四处观赏，游览了不少古迹。返京之时，也一直由庆喜送至中途，而后才返回东京。

第二次是明治十五年（1882年）来热海做温泉疗养，庆喜也赶去热海陪伴母亲。当夫人在明治十九年（1886年）冬天病卧于东京小梅府邸时，庆喜也亲自进京，悉心照料。

明治二十六年（1893年），庆喜接到母亲再次病倒的消息后，立刻于1月27日火速进京，却未来得及见母亲最后一面。

如今悔之已太迟

唯有泪水流不尽

这便是庆喜奔到母亲枕边时发出的悲叹。对于这个甫一出生便用冷水洗澡的公子的一生，文明夫人在瞑目前想必是心满意足的……

九十岁的母亲——文明夫人的遗体从小梅府送至水户，葬在了瑞龙山。

庆喜陪同母亲的遗体来到水户，在2月5日结束葬礼后回到了东京。在位于东京千駄的德川家达公爵府邸滞留了一段时间，张罗法事，进入3月份时便返回了静冈。

第二年的7月9日，庆喜的夫人美贺也离开了人世，家庭内部了解将军时代的庆喜苦心的只剩下了永久奉公的须贺一人。

可以说，美贺夫人的一生也是急剧动乱时期贵族的悲剧。

她其实是菊亭的女儿，却被迫成为天皇皇后的姐姐——辉姬的替身，原封不动地带着为辉姬准备的嫁妆，以一条家养女的身份嫁给了庆喜。

美贺入嫁时，辉姬还活着，只是脸上留下了天花的疤痕。想必是她被传为美貌无双的容颜因天花而毁，所以才会放弃入嫁，同意美贺代替自己。

美贺入嫁之后，辉姬便自杀了，而且从自杀之日起，强烈的嫉妒心便令她开始诅咒嫁给庆喜的美贺……至少美贺对此深信不疑，在极度恐慌中结束了自己与丈夫不可思议的不和睦的一生。

庆喜决定住在静冈后，美贺也于明治二年（1869年）11月3日迁至静冈绀屋町的宅邸中，与庆喜在一起生活了二十五年，却终是一个有名无实的夫人。

明治二十七年（1894年），五十七岁的美贺患上了乳癌，正式迁至养嗣子家达公爵府中治疗，却于7月9日不治，追随婆婆、水户的文明夫人而去……

庆喜其时五十八岁，自然也进京参加了夫人的葬礼。但明治二十七年（1894年）那年，自家康以来历经三百年的“不侵略、不被侵略”的禁令已被破除，开启了日本和中国的战端。庆喜必定感慨极深。

其时，国内已制定宪法，议会也经过了数次总选举。因此，一直保持沉默的庆喜自然也不能对此加以批判。

明治三十年（1897年）11月19日，日清战争（甲午战争）已经结束，庆喜在涩泽荣一及其他水户族人的劝说下，告别了居住已久的静冈，迁至位于大帝膝下的东京巢鸭一丁目的别墅。

自此，新的明治风气终于吹遍日本大地，庆喜心中充满血腥的维新记忆也逐渐变成了遥远的过去。

六十一岁已经接近人生的终点，此时的庆喜想必仍坚持着自己的爱好，静静地眺望着新的江户……不，东京。

从那时起，庆喜开始在东京各处写生、摄影，享受人生。这只生性猛烈的雄鹰已经完全隐入了市井之中。

一如之相

一

明治三十四年（1901年）12月，庆喜从巢鸭一丁目的府邸迁至小石川第六天町的府邸。

这虽是他在东京的唯一一次搬家，却也可以看做是在逐渐靠近皇宫。庆喜其时六十五岁，明治大帝也已五十岁。

大帝理所当然地通过有栖川亲王表示想要宴请庆喜，但起初他却委婉地表示谢绝。

坚持恭顺、不做任何辩解、不表任何意见。庆喜已将这种顺应大自然的日本武士道铭刻于心，谢绝自是情理之中。

然而，在谢绝时也不能详细解释理由。于是，庆喜便以自己并无适合在宫廷中穿着的西洋式礼服为由，婉言谢绝。事实也确是如此。

于是，大帝再次表示和服即可，一定要见他一面。最终，庆喜经历了一次特殊的晋谒。

明治大帝在位期间，处理所有政务时都会身穿大元帅的军装，此事不需赘述。因此，有的天皇近侍甚至将此解释为“陛下格外喜欢军装”。

这自然是一个很大的误解。显而易见，天皇身穿军装只是特例，是基于“为了坚决保护日本的独立”这一特殊的时代要求。必须以大元帅的身份站在国家国防的最前列，身穿军装处理政务便是为了表示这种决心。

因此，大帝虽然允许皇太子殿下及皇太后、皇后避暑避寒，自己却从未休息过。当时正值要求国民履行全民皆兵的义务之时，大帝必然已认识到，自己必须当作非常时期加以应对。

正因如此，若要大帝将身穿和服的庆喜迎入宫中，自己也脱去军装接待，着实可谓特例。然而，大帝却当真这样做了。他身穿与庆喜的家徽和服相称的宫廷休闲服装，同皇后一道迎接了庆喜。

宾主双方经过天南海北的闲聊，而后开始用膳，并赐以御酒，皇后甚至还亲自为庆喜斟酒。

“故宫中应效九天之意，于皇宫中设十二门、方十段……”

对于拥有如此神国观的庆喜而言，大帝的接待也令人感觉仿佛神游于九天之上。不难想象，庆喜受到如此接待时是多么感慨。贼名、抗争、对立等人世间的感情早已散入蔚蓝晴朗的天空之中，消失得无影无踪。

笔者以为，天皇当时显然打算令庆喜创立一个有别于德川宗家的家族，并将其视作最大的功臣，授予公爵勋位。

沉默竟然受到如此高的评价，这样的例子想必在历史上也是独一无二……

明治三十五年（1902年）6月3日，大帝亲自主持授予仪式，正式授予庆喜“公爵”勋位。庆喜移居小石川小日向第六天町府是在去年12月，距离当时刚过半年。

当然，亲授公爵的构想似乎在很久以前便已开始讨论。明治三十二年（1899年）1月21日离世的胜海舟在《海舟言行录》（明治四十年（1907年）楫东正彦编纂）中便已有如下记载——

庆喜公与已故有栖川亲王殿下的王妃乃是亲戚，故而威仁亲王殿下大力推荐庆喜公参朝，从中极力斡旋，德川家亦曾同我商量，此事亦乃吾之夙愿，故吾亦曾多方奔走……（后略）

胜海舟当时是枢密顾问官，是正三位勋一等的伯爵，于明治三十二年（1899年）去世。由此可见，庆喜初次接受明治大帝的召见而入宫参朝的时间应在明治三十一年（1898年）。

关于庆喜与大帝的会面，胜海舟又继续做出了如下描述——

参朝翌日，庆喜公特地前来（冰川下的胜府）向我告知，他在晋谒天皇陛下时，所受礼遇异常郑重；拜谒皇后陛下时，也同皇后天南海北地聊了许久，并被赐予银质花瓶一对、红白绉绸、带有金质纹章的银杯及其他许多物件。此事也让我觉得不枉此生，不禁流下喜悦的泪水。

据说庆喜当时拿出一匹光绫（绢布）交给胜，请他写上“乐天理”这三个字。

不必说，“乐天理”自然便是皇室的理想，是日本精神本身。胜海舟感激不已，按照要求挥毫而就。

庆喜公拜托我在这匹光绫上写下“乐天理”三个字，我连忙吞下因过于喜悦而流下的眼泪，高兴地答应下来。我感到十分钦佩，庆喜公不愧是在水户家长大的人。

而且，书中还附有胜海舟感激之余所作的三首诗歌。

喜乐偕忘入梦际

不意竟与神心通

启于镰仓纷乱世

功成今日或不存

坚冰至于圆满日

春风骀荡化无踪

实际上，隐藏在这三首诗歌中的“日本之心”淋漓尽致地道出了明治之心。其中“启于镰仓纷乱世……”云云乃是对天长地久的期盼之心，并不打算将现实政治的责任推卸到朝廷身上。庆喜想必也是心满意足地回到了当时尚在巢鸭的别墅。

顺带一提，胜海舟死于不久后的1月21日。这位七十七岁的政界大长老在19日沐浴之后，猝然摔倒，昏睡了三天。他气息平稳，犹如沉睡一般，直至上午五点半才停止了呼吸。

前文已述，胜家由庆喜的小儿子精加以继承。

二

准确地说，在德川公爵家隐居的庆喜被授以与家达同样高的公爵爵位并在宫中举行亲授仪式的时间是明治三十五年（1902年）6月3日。

从不同的角度来看，如此一来，可以说自孝明帝以来纷争不断的“公武合体”的理想在历经三十年的岁月之后终于实现。这自然并非庆喜一人之功，而是整个日本以明治大帝为核心团结一致的结果。

但就在日本人团结一致之际，日本遭到了又一次国难的来袭，便是明治三十七年（1904年）的日俄战争。

关于这场战役，如今已不需赘述。然而，有人将这场战争解释为表现日本人好战的侵略战争，对于这种解释，显然必须以民族名义加以驳斥。

在庆喜时代，整个日本便企图避开这些帝国主义矛头，最终还是被逼至了避无可避的窘境。

这场战争的元凶究竟是谁？

又或许可以说，这场战争是英国算计的结果。对英国而言，俄罗斯帝国是一大强敌，是英国侵略亚洲的一大敌国。于是，英国便巧妙地将俄国的矛头转向日本，企图削弱双方的力量。

我们理应铭记，大帝当时直至最后仍坚决反对开战，在取得战争胜利之前，可谓煞费苦心。这一点早已经过多次探讨，无须置疑。显而易见，日本之所以能够取得震惊世界的胜利，原因便在于日本民族以明治大帝为核心的团结一致。想到这一点，便不得不重新评估庆喜恭顺的价值。

大帝自然也清楚这一点，所以在战后行赏时，甚至连以玩家姿态生活的大彻大悟的庆喜都得到了恩赏。

明治四十一年（1908年）4月30日，庆喜受赐勋一等旭日大绶章。如此一来，庆喜成为了受赐从一位勋一等旭日大绶章的公爵，官位甚至高于昔日的正二位权大纳言征夷大将军。

小人的行为和事迹总是会显露出拙劣的补过痕迹，而对于伟人功绩，其本人越是沉默，便越显得光芒四射。世间上有人以为，庆喜是藉着退至水户的时机而从政界消失的，但事实并非如此简单。

看起来似乎是败退，但事实上，他的做法却变成了国民整合的黏着剂。人生便是如此微妙，只要没有盖棺定论，某种价值便难以确定，绝不可草率评价。

对大帝而言，想必庆喜便是虔诚高尚的日本人的理想师表，而且越是加以深思，便越以为然。

政治以政策为武器，在天皇身边不断磨练。然而，脱离于此、静静地以人类本来面目生活也是一种境界不同的政治。不，事实上可以说，从事这种政治的人是远比那些浴血纷争、相互怨恨之徒更为优秀的政治家。显而易见，庆喜便是以此为目标而贯彻痛苦恭顺之人……

明治四十三年（1910年）12月，庆喜在新创立的公爵家隐居。庆喜该年七十四岁，家督由七男久以庆久之名继承。

生于明治十七年（1884年）9月的庆久当时二十七岁，夫人是威仁亲王之女实枝子，同庆喜的母亲文明夫人一样出身于有栖川亲王家。这位庆久公爵与夫人之间的次女便是高松亲王妃殿下，此事前文已有提及。

因此，在妃殿下年幼时，晚年的庆喜曾抱着她哄玩。事实上，笔者亦曾亲眼见过当时的庆喜公与妃殿下的珍贵照片，照片上七十余岁的老翁和童女之间洋溢着的真实而美丽的人情味，几乎可以直接为这张照片题名为"幸福"。

庆喜是跨越了重重波澜的了不起的人物，曾在大坂城拜谒的列强使臣们将他评价为"日本最有贵族风范的贵族"。

他忍受了一切风雪，如今这位淡泊的贵族老翁正将他慈祥的目光投射在孙儿身上。

（没错！这其中表现出了人类最高的喜悦……）

相互残杀是人生；时而憎恶、时而怨恨、时而勇敢战斗也是人生。但这些绝非人类本身最终的愿望。笔者以为，人类真正的愿望其实便在这简简单单的一张照片之中，这张照片毫无遗漏地将日本国体真正的目标静静地展现了出来。

当鸟羽、伏见冲突出人意料地爆发时，庆喜的内心想必亦曾因类似情感而产生过极大动摇。作为一个日本人，他想必曾拼命寻求能够真正结束乱世的道路，并最终决定，在当前情况下唯有恭顺方能实现国体目标。

庆喜的九男名叫诚。事实上，在他的子女之中，诚是活到最后的一个，直至昭和四十三年（1968年）11月方才去世，而他的出生日期是在明治二十年（1887年）10月。

大正二年（1913年）伊始，大正天皇提出，可以授予诚男爵勋位，令其分家。这一要求自然是遵循明治大帝留下的遗言。

诚出生于明治二十年（1887年），所以当时是二十七岁。大帝驾崩想必令庆喜遭受了无比巨大的打击。在这种情况下蒙天皇恩宠，庆喜感到诚惶诚恐，便参朝答谢。

他当时已经七十七岁。自孝明帝以来，庆喜蒙受三代天皇浩荡洪恩，不胜感激，故而不顾老迈身躯，参朝答礼。然而，他老迈的身躯似乎已经有些无法承受了。

他晋谒新帝，感极而泣，答礼后回到家中，已经有些轻微发烧。

他染上了风寒。

有人认为，随着明治大帝驾崩，这位不世出的恭顺者这次或许也要从历史之中消失了。不，应该说这是顺应大自然的国体所赋予的寿命已经走到了尽头……

三

三十三岁前的庆喜生活在一个数奇命蹇的极度动乱时期。

在世人眼中，庆喜从三十四岁开始到七十六岁为止的后半生似乎是一个跳出历史的脱离尘世之人。但事实上，他是日本伟大的智囊，一直在暗中默默支持着所有的国民整合。

这位日本智囊所结出的硕果便是闪闪发光的明治时代精神。

而且，庆喜曾经在贼名之下几乎被埋葬的一颗赤心，孝明帝时代自不用说，明治大帝和大正天皇也都一清二楚。这是世界上独一无二的特例，其中渗透着日本国体的独有味道。

这种味道源自于超越了人类思考的意识形态并以高度虔诚摄取大自然本身能量的建国之心。总之，七十六岁的庆喜在11月4日感染了肺炎卧床不起，在众多亲人和周围众人的悉心照料下，于11月22日病故。

到七十七岁便是喜寿，亲人之间自然会谈论到“贺寿”的话题……不过，换一个角度考虑，这或许可以称得上是圆满的享尽天年。

他的众多子女均成为口碑极高的名家，连小儿子精的身份也是胜伯爵，只剩下他的哥哥诚没有名分。在庆喜去世之前，大正天皇恩宠有加，特地向诚授予了男爵勋位。可以说，庆喜死前已了无遗憾。

幕府始祖家康逝于虚岁七十五，与家康相比，在这方面恐怕也是庆喜更胜一筹。

庆喜病危的消息上达天听，天皇派遣使臣前来探望，不仅授予其旭日桐花大绶章，还在11月29日派遣敕使来到灵前，宣读了如下悼词——

国家多难之际，肩负异常重任，审时势，施勤政，迎皇师，表至诚，恭顺绥抚，以资王政复古，其志诚可嘉。而今听闻溘逝消息，不胜痛悼。特遣侍臣，携讣吊念。

从中完全看不出庆喜曾是一个被迫下台之人。想想国外那些被迫站在与之相似立场的人们，便能够清楚地感受到将心置于政治斗争之上的国体的差距。

此事自然不仅仅是皇室，还有在圣心（大自然之心）之下生活的万民之心在支撑。

生有众多子女的新村信和中根幸自然悲叹不已，但只要是日本人，想必绝不会忽视在庆喜临终时被唤至榻前的终身侍奉的须贺。

在庆喜死后，须贺仍一直默默抚育着他的子女。从育儿、教育到结亲，皆由她一心操办，在所有方面、明中暗中都可以见到她勤劳的身影。

这种无言的侍奉是默默照耀万物的太阳之心，是一颗母亲的心，是所有知晓须贺存在的庆喜亲人感谢的对象。

葬礼于11月30日，在设置于上野公园宽永寺第二灵堂背后的殡仪场举行了神道仪式。

值得格外注意的是，庆喜的葬礼形式与历代将军皆有不同，既非天台宗[1]，亦非净土宗[2]，而是“神道仪式”。

此事自然得到了庆喜生前指示，饱含了他贯彻一生的永久保有当朝之心的用意。

或许有人认为，庆喜身为最后一代将军，这样做是为了同历代将军区分开来，但笔者以为并非如此。在庆喜离世的三十六年前，于鹿儿岛自尽的西乡隆盛曾留下这样一段话——

若要广泛采用各国制度，增进文明开化，首先应秉持我国本体，宣扬风化，而后徐徐斟酌彼之长处。倘若胡乱仿效，将至国体衰颓，风化委靡，无法匡救，最终为彼所制。

现在的日本正如西乡所忧虑的那样——一个脱离本体的欧洲二流大学，终于引发了无可救药的混乱，倘若继续发展下去，恐将出现不明国籍的民族。

从这个意义上来说，庆喜可以视作开国派。他站在水户尊皇（国体尊重）与文明开化的接点，实则拥有被属于开国派的萨长强加贼名而几乎丧命的过去。他被授予勋一等旭日桐花大绶章的公爵爵位，不禁令人产生错觉，以为他的开国思想已经得到认同。

这种错觉必须严格加以纠正。因为正如西乡所言，理应“秉持我国本体”宣扬风化。于是，才会有了“依照神道仪式进行”。

以敕使、皇太后、皇后的特使为首，各亲王家的使者、朝野名士甚至各国列强大使均衣装齐整、态度严肃地出现在了当日的殡仪场中。

---

[1]　天台宗，中国佛教最早创立的一个宗派，并于九世纪初被日本僧人最澄传到日本。

[2]　净土宗，佛教宗派之一，因专修往生阿弥陀佛极乐净土的念佛法门得名。

外国使臣均将庆喜视为日本前任元首，严格遵守礼节参加了送葬。其中，美国等国还向日本的外务大臣寄来了总统亲笔书信，正式致以悼词。

当灵柩抬出第六天[1]的府邸时，整个东京的消防员分为多组，每组均身穿全新的裤衩和马褂，以缅怀庆喜和新门辰五郎的往昔，并且臂缠消防员的分组标志，一起为庆喜送葬，令布满沿途的人群震惊，同时也回忆起了大江户的点滴往昔。

关于自己过去内心的辛苦，庆喜从未之诸于口。涩泽荣一苦苦恳求，终于令其写下“传记”，但按照约定，在庆喜死后方可发表，故而当时此书尚未面世。

然而，东京的市民也好，外国的使臣也好……不，甚至连所有消防员或许均已窥知庆喜严格的爱国至情。

长长的送葬队伍自第六天的府邸出发，穿过汤岛的山中隧道，一直抵达上野会场。庆喜的子女们脚踏草鞋排成一列的身影，深深地印在了沿途人群的眼中。

四

德川庆喜这位英杰生于过渡时期，长于过渡时期，他一生信奉天长地久的生命力，并贯彻对传统的期盼而度过一生。

日本在千钧一发的危急关头，最终成功地避开了生命观不同的异国流“革命”。

世界上任何一个国家都没有日本这样的智慧。家康在公家法度之中明确记载——“皇宫位于九天之上，为万民而存在”，此理想从天下副将军水户赖房开始，经光圀、齐昭，汇入了整个日本志士们的勤皇运动之中，又

[1]　第六天，地名。

被庆喜从大政奉还到恪守恭顺一路继承下来，开创了明治时代。可以说，庆喜的送葬队列无意中正表现出了这种民族精神。

不知人们是否注意到，在大正时代到昭和初期的东京帝国大学内，这一日本特殊的传统明显一分为二。

在当时的东京大学内有两位宪法学者，一位是上杉慎吉博士，另一位是美浓部达吉博士。学生们可以听取其中任何一人讲课，但二人的国家观简直是水火不容。

上杉博士认为“天皇是国家”，美浓部博士则主张“国家是法人”。

对日本而言，前者直接继承了家康的国家观，而后者便是现代史学中所谓的天皇机构说。

这也说明，从家康一直传到庆喜和志士们的神国观之中存在着令认为天皇是国家这一法人的机构的人无法信服的地方。

他们希望“绝对”尊奉大自然中的生命之根——光芒万丈的太阳，而不想将其视作局限于国家这一集团而追求利益的株式会社社长之流。这种日本特有的心情造成的影响十分强烈。

但在现实中，朝廷却采取“天皇亲政”的形态，仅将统帅权从大元帅的名义下分离出去。昭和二十年（1945年），所有行政权集中于国民选举的总理大臣，天皇再次恢复为国民统一的象征，形势重新变得与家康的构想一致。

至少庆喜此前一直在千辛万苦地寻找复兴之路，将所有心血全部倾注于思考每日的一举一动，对于将统帅权强加于天皇的大正时代的这一事实，不知他是怀着怎样的感慨逝去的……

庆喜对此自然未曾说过只言片语。他一生都深信太阳无声地抚育万物，是无须解释的。或许多此一举地想要弄个清楚的只有笔者一人？

就这样，庆喜的墓地设在谷中，避开了历代的将军墓。这样做自然是根据庆喜在遗言中的交待，而以神道仪式举行葬礼也体现出了庆喜始终追求美丽的建国理想的至诚之心。

然而，进入昭和时代，战争的乌云长期笼罩在故国上空，以至于这处意义深远的墓地也被弃置荒废，无人打理。直至距明治元年（1868年）一百年后的昭和四十三年（1968年）11月，才经“德川庆喜公事迹表彰会”之手得到重建。

无论庆喜如何保持沉默，他都是始终贯彻日本之心的世纪伟人，这一点毋庸置疑。在墓地重建的昭和四十三年（1968年），涩泽荣一翁的传记也已面世，广泛流传。而且通过真山青果以戏剧形式上演等途径，也得以令世人了解了庆喜隐居于上野山中时的情形。正因如此，那些追慕庆喜而正确认识、追忆历史的人们纷纷捐款，使得表彰会得以顺利完成。

方形的墓地被绿树围绕，踏上正门的石阶，右手边是庆久公爵和实枝子夫人的墓冢并排在一起，墓中间则立着刻有二人次女高松亲王妃殿下所作诗歌的石碑。

葱葱绿荫厚
祖父静卧中
漫漫逝百年
心尤思今否

庆喜和美贺夫人的墓冢并排建在后面，墓冢前面的方形草坪中间立有表彰碑。碑文由文学博士中村孝也选定，文字则由继承了一桥家、如今担任伊势神宫大宫司[1]的德川宗敬挥毫而就。

美贺夫人是正夫人，她的墓冢自然要与庆喜并列，而在庆喜墓冢后面是生有众多子女的新村、中根两位女性的墓冢。

[1] 大宫司，神社最高神官。

如此一来，脱离德川宗家而自创一家的公爵家的墓地已算完整，但在后面右侧却还建有两个小小的墓冢。

其中一人便是本文开篇便已出场的一色须贺，她全心全意侍奉庆喜，是日本女性的典型。

将一个侍女的墓冢建在此处，无论从形式上还是从习惯上来说，皆属特例，想来这应该是庆喜在遗言中有过特别交待。

庆喜这位沉默寡言的贵族终其一生为朝廷繁荣暗中祈祷，而我们也不应忘记他在墓冢安排上的这份体贴，这也是他在人情上的入微之处吧！须贺想必也正怀着终生贯彻奉公的满足感，与自己永远尊敬、无比思慕的庆喜的灵魂一起沐浴在阳光中，静静地听着雨声鸟鸣。

尽管如此，像庆喜这样褒贬不一、毁誉参半的人确属极为罕见。根据山川浩所著的《京都守卫职始末——会津老臣手记》等文献记载，庆喜公的特性不仅顽固不化，还屡屡改变想法，并且从不自我反省……

为了不改变想法，便要改变态度……这是何等困难的事情啊！纵有胜海舟和小栗上野介提出胜利的方案，庆喜仍然始终坚持恭顺，对不可动摇的国体的思慕从未改变，直至百年之后，其价值才得到认同。

此时在重建一新的墓冢之中，庆喜想必正在想着“没有敌人的人是不会失败的”，并沉浸在由此形成的“神州不灭”的境界中，静静地微笑着。

笔者探访墓地的时间是早春的午后，明媚的阳光在谷中陵园的上空照耀，天地仿佛已融为一体。

（完）

德川庆喜年谱（1863—1913）

1863年，文久三年。1月，庆喜进京。近卫忠熙辞退关白职务，鹰司辅熙就任关白。2月，庆喜建议关白实行攘夷。3月，将军家茂进入二条城；天皇驾临贺茂社，为攘夷祈愿；朝廷征募亲兵。4月，天皇驾临石清水八幡宫，为攘夷祈愿；幕府答复朝廷，以5月10日为攘夷期限；庆喜离开京都，中途向关白转达辞退将军辅政职务之意。5月，幕府向英国支付生麦事件的赔偿金；长州藩炮击驶来下关的外国船舰；姊小路公知被人暗杀。6月，美国船舰炮击下关；江户大火，江户城西丸遭到延烧；法国船舰炮击下关；高杉晋作编成军队；四国代表于横滨会面，决定攻打长州藩；将军家茂通过海路返回江户。7月，萨英战争爆发。8月，朝廷向幕府下达三港封锁令；攘夷亲政敕令发布；中山忠光等人于大和起兵；天皇放弃驾临大和，废除参政、寄人；七卿西下；天诛组起兵。10月，平野国臣于但马生野起兵；庆喜通过海路进京。12月，庆喜被朝廷任命为参议；鹰司辅熙辞退关白职务，二条齐敬就任关白；池田长发一行赴欧。

※林肯发表奴隶解放宣言（美国）。（庆喜二十六岁）

1864年，元治元年。1月，庆喜辞退参议职务。将军家茂进京。2月，幕府罢免京都治安官松平容保，任命松平庆永。3月，堀田正睦去世；庆喜成为皇宫守卫总督；武田耕云斋等人于筑波山起兵。4月，松平容保恢复京都守卫职职务。5月，庆喜前往大坂巡视沿海；将军家茂返回江户。6月，池田屋骚乱爆发。7月，佐久间象山被人暗杀；蛤御门之变爆发；庆喜指挥皇宫禁卫军，表现出色；平野国臣死于狱中；真木和泉自杀。8月，四国联合舰队炮击下关；幕府下令征长。9月，四国公使要求下关事件的赔偿和条约敕许。10月，幕府向天狗党发动总攻。11月，长州藩谢罪。12月，庆喜为天狗党西上事件离开京都，前往近江；高杉晋作于下关起兵；武田耕云斋等人向加贺藩投降。

※太平天国灭亡（中国）。（二十七岁）

1865年，庆应元年。1月，毛利敬亲父子服罪；庆喜镇压天狗党奏功。2月，武田耕云斋等人被处死刑。4月，幕府向诸藩下令再征长州。5月，将军家茂为征长一事离开江户；将军家茂参朝。6月，庆喜自此开始往返于大坂和京都之间，负责皇宫守卫和沿海防御。9月，四国公使率领军舰返回大坂港，要求兵库开港和条约敕许。10月，朝廷下达条约敕许，拒绝兵库开港。11月，庆喜请辞沿海防御，未被准许。

※林肯被人暗杀（美国）。（二十八岁）

1866年，庆应二年。1月，萨长同盟成立。庆喜多次参朝，商讨长州处分，请求勒令毛利敬亲隐居反省，于广封永久蛰居，朝廷予以准许。3月，各地爆发农民起义。6月，征长军出发；幕长战争（第二次征伐长州）开始；萨摩藩拒绝出兵征长。7月，庆喜欲探望将军家茂，得到前往大坂的敕许；将军家茂去世；各地均爆发农民起义；朝廷下达敕许，命庆喜代替将军征长。8月，庆喜继承宗家，着手军政改革；将军发丧，朝廷停止征长。10月，遣俄使节小出秀实出发。11月，各地均爆发农民起义。12月，庆喜受命就任征夷大将军；孝明天皇驾崩。

※普奥战争。（二十九岁）

1867年，庆应三年。1月，二条齐敬成为摄政；德川昭武赴法；朝廷赦免九条尚忠、有栖川宫炽仁亲王、山阶宫晃亲王及其他公卿，准许岩仓具视进京。2月，庆喜于大坂城会见法国公使洛奇。3月，庆喜奏请兵库开港，未被准许，而后再次奏请兵库开港敕许，未被准许；会见帕克斯、洛奇等外国代表。4月，高杉晋作去世；幕府设立外国总奉行。5

月，庆喜与松平庆永、山内容堂、伊达宗城、岛津久光等人商讨国事；乾退助、中冈慎太郎、西乡隆盛等人于京都密约起兵讨幕；朝廷准许兵库开港。10月，山内容堂向幕府建议大政奉还，庆喜请示朝廷，得到准许；庆喜辞退将军职务。11月，坂本龙马、中冈慎太郎于京都被人暗杀；江户铁炮洲成为外国人居留地。12月，三条实美等人官复原职，获准进京；宣布王政复古；小御所会议决定庆喜辞官纳地；庆喜会见外国公使，宣告政体改革；旧幕府及会津、桑名重臣逼迫庆喜起兵。（三十岁）

1868年，明治元年。1月，戊辰战争开始；庆喜在鸟羽、伏见之战中听闻战败消息，逃离大坂城，通过海路前往江户；朝廷下发庆喜追讨令，剥夺其官位；神户事件；相乐总三等人成立赤报队；小栗忠顺向返回江户的庆喜倡导主战论，庆喜不予采纳，决定恭顺。2月，离开江户城，移居上野宽永寺大慈院，隐居反省；堺事件。3月，通过西乡隆盛与胜海舟的会见，得知江户城开城消息。4月，讨幕军进入江户城；庆喜自江户移居水户；田安龟之助（家达）继承德川家家督。5月，上野战争爆发，彰义队败走。7月，江户改称东京；庆喜自水户移居骏府，继续隐居反省。8月，榎本武扬等人率领船舰脱逃。9月，改元为明治；天皇离开京都，前往东京；会津藩降伏。10月，天皇抵达东京；榎本武扬等旧幕军占领箱馆五稜郭。（三十一岁）

1869年，明治二年。1月，横井小楠被人暗杀；废除诸道关隘；萨长土肥四藩版籍奉还上奏。2月，告谕大意颁布。3月，东京迁都。5月，土方岁三战死；榎本武扬投降，戊辰战争结束。6月，准许诸藩版籍奉还，任命各藩主为知事。9月，大村益次郎遇袭，身负重伤；庆喜被解除隐居反省。10月，庆喜移居静冈市绀屋町的原代官府，妻美贺子也自东京移居静冈；各地均爆发农民起义。11月，大村益次郎去世。

※横跨大陆铁路竣工（美国）。苏伊士运河开通（埃及）。（三十二岁）

1870年，明治三年。1月，长州旧振武队士族于石见滨田叛乱；山口藩解散士兵叛乱，包围藩厅。2月，设立桦太开拓使。3月，开设众议院。7月，云井龙雄等人谋划暗杀政府大官事件。9月，藩制改革令出台；准许平民有姓。10月，设立工部省。11月，实行土佐藩大改革。12月，云井龙雄处刑。

※意大利统一。（三十三岁）

1871年，明治四年。1月，广泽真臣被人暗杀；锅岛直正去世。3月，毛利敬亲去世。7月，废藩置县；《中日修好条约》缔结。

※德国统一。（三十四岁）

1872年，明治五年。1月，庆喜官至从四位。6月，山内容堂去世。11月，国立银行条例公布。（三十五岁）

1873年，明治六年。1月，设立六镇台。征兵令公布。4月，副岛种臣与中国交换条约批准书。6月，改定律令公布。7月，地租改正。10月，征韩论破灭，西乡、板垣、后藤、江藤、副岛等人辞职。（三十六岁）

1874年，明治七年。1月，岩仓右大臣遇袭；提议设立民撰议院。2月，佐贺之乱。4月，西乡从道等人征讨台湾。8月，派遣大久保利通前往中国；针对台湾问题展开协商，于10月解决。（三十七岁）

1875年，明治八年。4月，立宪政体渐立诏令。5月，千岛、桦太交换条约。9月，江华岛事件。（三十八岁）

1876年，明治九年。3月，废刀令。10月，神风连之乱；秋月之乱；萩之乱。12月，前原一诚等人被处死刑。（三十九岁）

1877年，明治十年。2月，西南之役。4月，庆喜于静冈县兴津迎接母亲文明。5月，木户孝允去世。9月，西乡隆盛自杀。（四十岁）

1878年，明治十一年。5月，大久保利通被人暗杀。8月，近卫兵叛乱。（四十一岁）

1880年，明治十三年。4月，庆喜官至正二位；集会条例制定。（四十三岁）

1882年，明治十五年。10月，庆喜于静冈县热海迎接母亲文明。11

月，庆喜第四子厚分家，列属华族[1]。

※德国、奥地利、意大利三国结盟。（四十五岁）

1883年，明治十六年。7月，岩仓具视去世。（四十六岁）

1884年，明治十七年。7月，德川家达被授予公爵，第四子厚被授予男爵；该年爆发经济危机，各地事件频发。（四十七岁）

1886年，明治十九年。5月，第一次条约改正会议。7月，庆喜进京。11月，庆喜探望病中的母亲文明。（四十九岁）

1887年，明治二十年。10月，明治天皇驾临家达的千驮谷府。12月，保安条例公布；岛津久光去世。（五十岁）

1888年，明治二十一年。3月，庆喜移居静冈市西草深町府。4月，设立枢密院。6月，庆喜官至从一位。（五十一岁）

1889年，明治二十二年。2月，大日本帝国宪法公布。4月，庆喜进京，经盐原、水户返回静冈。10月，大限外相遇袭负伤。（五十二岁）

1890年，明治二十三年。11月，第一次帝国议会。（五十三岁）

1891年，明治二十四年。2月，三条实美去世。5月，大津事件。（五十四岁）

1893年，明治二十六年。1月，庆喜母亲文明去世，庆喜进京。2月，庆喜将母亲文明遗骸葬于水户。12月，松平容保去世。（五十六岁）

1894年，明治二十七年。7月，庆喜之妻美贺去世，庆喜进京。8月，日清战争（甲午战争）宣战布告。（五十七岁）

1895年，明治二十八年。4月，下关条约（马关条约）签订；三国干涉。

※孙文逃亡日本（中国）。（五十八岁）

1896年，明治二十九年。3月，进步党成立。7月，日清通商航海条

---

[1]　华族，日本自明治维新后赐予爵位的家族。

约[1]签订。该年爆发恐慌。（五十九岁）

1897年，明治三十年。8月，后藤象二郎去世；陆奥宗光去世。11月，庆喜移居东京，入住巢鸭府。（六十岁）

1898年，明治三十一年。3月，庆喜首次参朝，谒见天皇、皇后。（六十一岁）

1899年，明治三十二年。1月，胜海舟去世。7月，改正条约实施。8月，庆喜前往日光旅行。

※义和团事件（中国）。（六十二岁）

1900年，明治三十三年。3月，治安警察法公布。6月，庆喜成为麝香间祗侯。9月，伊藤博文成立政友会；该年爆发恐慌。（六十三岁）

1901年，明治三十四年。12月，中江兆民去世；庆喜移居小日向第六天町府。（六十四岁）

1902年，明治三十五年。1月，日英同盟缔结。6月，庆喜遵从诏书分家，被授予公爵。（六十五岁）

1904年，明治三十七年。2月，日俄战争开始。（六十七岁）

1905年，明治三十八年。1月，旅顺开城。9月，朴茨茅斯条约签订。（六十八岁）

1906年，明治三十九年。1月，庆喜参朝。（六十九岁）

1907年，明治四十年。6月，日法协约、日俄协约成立。7月，庆喜讲述往事的第一次“昔梦会”召开。9月，庆喜被授予勋四等旭日小绶章。（七十岁）

1908年，明治四十一年。4月，庆喜被授予勋一等旭日大绶章。10月，榎本武扬去世。（七十一岁）

1909年，明治四十二年。10月，伊藤博文于哈尔滨被人暗

[1] 日清通商航海条约，甲午战争后清政府与日本签定的一项贸易条约。

杀。（七十二岁）

1910年，明治四十三年。6月，大逆事件。8月，日韩合并条约签订。（七十三岁）

1911年，明治四十四年。1月，幸德秋水等人被处死刑。（七十四岁）

1912年，明治四十五年。7月，明治天皇驾崩。9月，陆军大将乃木希典与夫人静子殉死。12月，第一次护宪运动开始。

※清朝灭亡（中国）。（七十五岁）

1913年，大正二年。11月，庆喜第九子诚分家，成为男爵。11月22日，庆喜去世；被授予旭日桐花大绶章；按神道仪式葬于谷中墓地。

※第二革命失败，孙文逃亡。袁世凯当选大总统（中国）。（七十六岁）